우리들의
날개

우리들의
날개

전상국

중
단
편
소
설
전
집

5

차례

우리들의 날개

내가 국민학교 2학년 때 두호가 태어났다. 여덟 살 터울의 동생을 본 것이다. 두호의 출생은 우리 식구들뿐만 아니라 가깝고 먼 친척은 물론 이웃 사람들까지 떠들썩하게 했다. 7대 독자 집안에 사내아이가 또 하나 태어난 이 경사야말로 결코 예삿일이 아니었던 것이다. 그러나 이런 뜻하지 않은 기쁨 뒤에는 으레 그 기쁨이 무엇엔가에 의해 허물어져 내릴 것 같은 위구심이 일게 마련이다. 두려움은 두려움을 낳게 마련이고 드디어는 그 두려움의 뿌리를 뽑아버리기 위해 신경을 곤두세우다 보면 처음의 그 기쁨이 형체도 없이 사라진 뒤이기 예사다.

우리 집의 경우가 꼭 그랬다. 그때 아직 정정한 모습으로 살아 계셨던 할머니는 둘째 손자를 본 기쁨으로 동네 노인들 앞에서 덩실덩실 춤까지 추었다. 하루에도 수십 번씩 안방을 들랑거리며 두호 기저귀를 갈아 채우면서 그 기쁨을 감추지 못했다. 두호에 대한 할머니의 정성은 정말 극성스러웠다. 부정을 탄 사람, 이를테면 초상집에 다녀오는 사람이 우리 집 대문 근처만 얼씬거려도 야단이 났다. 내가 태어났을 때 그랬던 것처럼 두호도 석 달 열흘간이나 안방 문지방을 넘지 못했다. 정수박이를 만지면 단명한다고 해서 삼 년간 그곳에 쇠딱지를 한번도 씻어내지 않았다. 삼신풀이굿을 하기 위해 무당이 집 안을 들랑거렸다. 두호가 베는 베개를 가지고 장난을 하다가 할머니한테 호된 매도 맞았다. 매를 맞고 내가 서럽게 울 때마다 할머니가 말했다.

"너두 이 햏미가 다 그렇게 키웠단다."

내가 태어났을 때는 두호의 몇 갑절이나 되는 정성을 쏟았다는 얘기다.

"니가 다 복이 많으려니까 동생을 본 게야."

그러면서, 아무리 내리사랑이라고는 하지만 그 대견한 거야 맏손자에 비할 거냐고 남들 앞에서 내 자랑을 늘어놓던 할머니다.

그런데 할머니한테 이때껏 안 하던 소리를 가끔 구시렁거리는 버릇이 생겼다. 조상귀신들을 들먹여 입에 올리는 일이다.

"망할 영감태기 같으니라구. 몇 해만 더 살다가 갈 것이지……"

두호가 세상에 태어난 기쁨을 혼자 누리는 죄스러움을 몇 해 전 타향에서 객사한 할아버지에 대한 원망 섞인 그런 푸념으로 나타냈다. 5대 독자였던 할아버지는 당신의 아들이 장가를 가 손자를 낳기까지 안절부절못하고 공연히 집안 여자들만 들볶았다는 것이다. 딸 하나를 낳고 꼭 10년 만에 아들을 낳았는데 그때 할아버지 나이 서른여덟이었다. 이러다간 손자도 못 보고 죽겠다며 투덜거리더니 결국 아버지를 열일곱 살에 장가를 들였다. 그리고 아버지가 나를 스물둘에 낳았다. 그런데 집안에 대가 끊길 것을 염려해 전전긍긍하던 할아버지가 나를 낳은 뒤로 사람이 달라졌다. 육순이 지난 이가 늦바람이 난 것이다. 여자라곤 할머니밖에 모르던 할아버지가 이웃 마을에 살던 과부와 눈이 맞아 어디론가 종적을 감췄다. "귀신이 덧들인 거지." 그 일을 두고 할머니는 알다가도 모를 일이라고 했다. 딸 하나만 낳고 아들을 낳지 못한 할머니가 시앗이라도 봐 자식을 보라고 했을 때는 무슨 소리냐고 펄쩍 뛰던 이가 어쩌자고 그 어려운 손자까지 본 뒤에 그런 바람이 불었는지 정말 모를 일이었다. 할머니가 점을 쳐봤다. 당신에게 어려운 일이 생길 때마다 복채를 싸들고 점쟁이를 찾아다닌 할머니였다. 그럴 때마다 점괘가 신통하게도 잘 맞아떨어졌다. 10년 만에 아들을 낳을 해까지 알아맞힌 점쟁이도 있었다. 이번의 경우 할아버지가 늦바람이 나 이웃 마을 과부와 달아난 일을 두고 점쟁이가 말했다.

"집 나갈 팔자구먼!" 그 소경 점쟁이가 다시 말했다. "내버려둬, 잘 나간 거니까. 억지루 잡아뒀다간 자식 잃을 수여." 요는 집안에 살이 낀 두 사람이 한 지붕 밑에 살게 되면 결국 한쪽 기가 꺾여야 집안이 태평한 법인데 그렇게 되자면 한 사람이 죽는 길밖에는 없다고 했다. 할머니는 그 점쟁이 말을 고스란히 믿었다. 집 나간 할아버지를 원망하거나 자신의 팔자 푸념을 할 줄 모르는 할머니였다.

"니가 하라버이 대신이여!"

할머니가 내 등을 긁어주며 가끔 그런 뜻의 말을 했다. 할아버지가 집을 나갔기 때문에 우리 집의 손이 끊이지 않게 됐다는 얘기였다.

집 나간 할아버지가 돌아온 것은 내 나이 여섯 살 때였다. 거적주검이 돼 돌아왔다. 할아버지와 함께 도망쳤던 그 과부가 아편쟁이였던 것이다. 논 몇 마지기 팔아가지고 나간 뒤 그 돈이 다 떨어지자 그대로 거지가 되어 여기저기 떠돌아다녔다. 끝내 집에 돌아오지 않은 채 객지에서 거적주검이 된 할아버지 소식을 처음 듣던 날 할머니는 젖을 더듬는 내 손을 무섭게 뿌리쳤다. 그때 나를 쏘아보던 할머니의 그 눈을 나는 잊을 수가 없다. 지극히 짧은 순간이었지만 할머니의 눈에는 적의 같은 게 번쩍였던 것이다. 그리고 할아버지의 장사를 치르고 이태 만에 엄마가 아이를 배자 할머니는 점쟁이부터 찾아갔다.

"아들을 낳겠구먼." 점쟁이가 다시 말했다. "허지만 아들이라고 다 좋은 건 아니여."

입맛을 쩝쩝 다시며 그랬다. 할머니가 무슨 얘기냐고 다그쳐도 점쟁이는 속 시원한 말을 해주지 않았다. 다만 아기를 낳거든 그 출생 일자를 맞춰 다시 한번 와보라고만 했다. 그러나 두호를 낳기가 무섭게 그 점쟁이를 찾아갔을 때는 이미 그는 서울 어디론가 이사를 간 뒤였다. 다른 점쟁이들을 찾아다녔지만 별 신통한 소리를 듣지 못한 채 할머니는 오직 얼마 전의 그 점쟁이 말만을 마음에 새록새록 되새길 수밖에 없었다.

두호가 세 살 때 할머니가 돌아가셨다. 나는 엄마와 함께 할머니의 임종을 지켜보았다. 아버지는 그때 군대에 들어가 집에 없었던 것이다.

할머니는 숨을 몰아쉬면서도 방 안을 두리번거렸다.

"두호는 밖에 나갔어요, 어머니."

엄마가 큰 소리로 말했다. 할머니는 앓아누우면서부터 두호를 싫어했다. 싫어한다기보다 차라리 무서워하는 것 같았다. 당신 곁에 두호가 얼씬도 못하게 했다.

"우리 어머니가 왜 저런대?"

서울서 내려온, 아버지보다 열 살 위인 고모가 엄마한테 물었다. 엄마가 고모 곁으로 바짝 다가앉으며 말했다.

"내가 형님한테 묻고 싶은 얘기예요. 글쎄 어머님이 서울 가셨다 온 뒤로 저렇게 두호를 미워하신단 말씀예요."

고모가 뭔가 생각을 짚어내려는 듯 눈을 껌벅이다가,

"맞아. 어머니가 서울 우리 집에 오셨을 때 여기 읍에 살던 그 점쟁이를 만나보셨대. 어머니 말로는 아주 용한 점쟁이라고 하데."

"그래, 그 점쟁이가 우리 두호를 미워하라고 했대요?"

"설마 그럴 리가! 다만 그 점쟁이를 만나고 나서 부랴부랴 집으로 내려가셨거든. 하긴 이런 말씀은 하시데. 두호 재가 자식이 아니라 사라고."

"아마 그건 그때 재 아버지가 제 고집대로 군대엘 들어간 일 때문에 그랬을 거예요." 엄마가 말했다.

사실 아버지는 6대 독자이기 때문에 군대에 가지 않아도 되었다. 그런 걸 아버지 스스로가 지원해서 들어갔던 것이다. 할머니가 머리를 싸매고 누워 식음을 전폐하면서 말려도 아버지는 막무가내였다. 그 즉시로 서울 고모네 집으로 내려갔던 할머니였다.

"도대체 그 점쟁이가 뭐라고 했을까요?"

"그걸 누가 알겠나, 어머니밖에."

그 비밀을 끝내 입 밖에 내지 않은 채 할머니는 세상을 떠났다. 할머니의 마지막 숨을 거두는 모습이 그렇게 무서울 수가 없었다. 나는 밖으로 뛰어나갔다. 두호가 마당에 앉아 흙장난을 하고 있다가 내게 말했다.

"형아, 함무니 듀겄나?"

두호는 얼굴에 온통 흙을 묻힌 채 반들거리는 눈으로 나를 쳐다봤다. 나는 더럭 무섬증이 났다. 할머니의 마지막 숨 거두는 순간의 그 무서움과는 또 다른, 살아 있는 사람의 교활한 눈에서 찾을 수 있는 그런 무서움이었던 것이다.

아버지가 군대를 마치고 집으로 돌아왔다. 집에 돌아오는 즉시 조상 대대로 물려오는 논밭을 처분했다. 그리고 서울 망우리 근처로 이사를 했다. 할아버지나 할머니가 살아 계신다면 어림도 없었을 일을 아버지는 손바닥 뒤집듯 쉽게 해버렸다. 누가 말리고 어쩌고 할 겨를도 주지 않고 척척 팔아버린 다음 서울로 이사를 한 뒤 오막살이 같은 집 하나를 사고 남은 돈으로 화물 트럭을 샀다.

농사나 지어먹던 농사꾼이 이처럼 생활 환경을 바꾼 일은 아무래도 예삿일이 아니었다. 엄마는 귀신에 홀린 것처럼 아버지가 하자는 대로 따라 하면서도 가끔 아버지한테 대들었다.

"한호 아버지, 정말 이래도 되는 거예요?"

그러나 아버지는 어깨에 바람을 일으킬 뿐 엄마 말 같은 건 들은 척도 안 했다.

아버지가 이처럼 사람이 바뀐 것은 군대 생활 3년, 거기서 배운 운전 기술 때문이라고 할 수 있다. 아버지는 군대에 들어가면서 곧 운전교육대에서 자동차 운전을 배우게 되었던 것이다. 운전대를 잡는 그 첫날 아버지는 이것이야말로 자기가 바란 새로운 세계의 열림이라는 강한 느낌을 받았다. 한마디로 자동차 운전이 아버지의 적성에 맞았던 것이다. 그 고되다는 군대 생활이 아버지에게는 마냥 신바람이 났을 뿐이다. 아버지는 운전 미치광이가 됐다. 그는 시간만 있으면 자기가 운전할 차에 달라붙어 그 차의 내부를 속속들이 알려고 했다. 그리고 운전대를 잡고 칸보이 지프차를 따라 국도를 달려 나갈 때 그는 어금니를 비집고 올라오는 웃음을 참을 수가 없었다. 그 커다란 괴물을 움직여 나가고 있는 자신의 어떤 보이지 않는 힘을 느낄 수 있었던 것이다. 그래서 아버지는 당신이 배속되어 있던 수송 중대에서 가장 모범적인 운전병으로 인정을 받았다. 그런데 어느 날 수송 책임을 맡은 선임하사가 운전병들을 모아놓고 말했다. "어젯밤 내 꿈자리 되게 안 좋았데이. 느덜 중에 말이다, 내 꿈자리 액땜에 자신 있는 사람은 나서보레이!" 평소 농담을 모르던 그가 그런 농담 비슷한 말을 하자 모두 어리둥절했다. "인마들아, 내사 3대 독잔기라." 그가 약간 멋쩍게 웃으면서 계속했다. "내사 아직 아들도 하나 못 맨들었는기라. 우리 집 와이프 배 속에 지금 하나 삐약삐약하고 있다만…… 이런 처지에 내 죽을 수 있노?" 요는 꿈자리가 나쁜 자기를 누가 태우고 가겠느냔 얘기였다. 운전병들은 서로 눈치만 살폈다. 운전하는 사람들 마음속에 자신도 모르게 깃드는 금기 때문이었다. "인마들아, 그라믄 내사 하나 물어보겠데이, 느 덜 중에 외아들이 아무도 없나?" 선임하사가 운전병들을 둘러보았다. 그러나 아무도 손을 들지 않았다. 그때 아버지는 비로소 자신이 6대 독자라는 생각이 퍼뜩 떠올랐다. "니, 나 태우고 갈 자신 있나?" 손을 쳐든 아버지를 향해 선임하사가 물었다. "자신 있습니다!" 아버지는 자신도 모르는 사이에 그렇게 소리쳤다. 그러나 그날 아버지가 사고를 낸 것이다. 국도를 달리면서 옆에 앉은 선임하사가 출발 전에 한 말이 계속 머릿속에서 떠나지 않았다. 선임하사의 홍몽 속 그 배 속의 아기 생각에서 벗어나기 어려웠다. 특히 선임하사가 말한 그의 고향에 있는 아내의 배 속에 들어 있을 아이의 얼굴은 갓난애의 그것이 아닌 서너 살 먹은 아이의 모습이었다. 문득 그것이 두호의 모습으로 겹쳐 나타나기도 했다. 산모롱이 비탈길을 달려가고 있었다. 여름 한낮 쨍쨍한 햇볕에 아스팔트가 눅진눅진 녹았다. 한없이 무료감에 빠져드는 그런 시간이었다. 이런 때 운전하는 사람들은 가끔 눈을 뜬 채 졸기도 했다. 아버지가 바로 그랬다. 깜박했다가 정신을 차려보니 길 한가운데 아이 하나가 서 있었다. 아버지는 자신도 모르는 사이에 핸들을 잡아 꺾었다. 그리고 정신을 잃었다. 깨어보니 낭떠러지에 처박힌 차 속에 선임하사가 죽어 있었다. 아버지는 자신의 몸이 생채기 하나 없이 말짱하다는 걸 알았다. "그래, 그 길 가운데 있던 아인 어떻게 됐나?" 아버지 얘기를 듣던 사람 하나가 물었다. "글쎄 그게 묘하다니까. 나는 분명 아이를 보았는데 내 차 뒤를 따라온 운전병들에 의하면 그런 아이는 거기 없었다는 거야. 결국 내가 헛것을 봤다는 거지."

말하자면 아버지가 농사를 집어치우고 논밭을 팔아 서울로 올라온 즉시 화물 트럭을 산 것은 군대에서 선임하사를 죽게 했던 그 사건이 아버지 가슴에 오기처럼 뻗쳐올랐기 때문이다. 그것은 죄의식하고는 거리가 먼 생각이었다. 비록 사람은 죽였을망정 그날의 비현실적인 여러 요소가 아버지의 호기심에 불을 댕긴 것이다. 선임하사의 꿈, 선임하사의 고향, 그의 아내 배 속에 든 아이, 그리고 길 한가운데 서 있음으로 해서 자동차를 둘러엎었던 그 헛보여진 아이…… 이 모든 것은 아버지의 뜻과는 무관하게 일어났고 아버지의 의지로써는 어쩔 수 없는 그런 일들이었던 것이다.

이제까지 아버지는 그 커다란 괴물을 자신의 힘으로 움직이고 있다는 기꺼움으로 운전대를 잡아왔지만 그 사고 이후부터 그는 새로운 세계를 체험하는 기분이었다. 그것은 어떤 알 수 없는 힘과의 싸움을 의미했다. 제대를 하자 아버지는 기꺼이 그 싸움을 본격적으로 벌이기 시작했던 것이다.

아버지는 화물 트럭을 몰고 무슨 일이든 맡아서 했다. 답십리 고모네가 커다란 싸전을 했기 때문에 아버지는 처음 그 싸전에 넣을 곡식을 모으기 위해 시골로 차를 몰고 다녔다. 그다음은 이삿짐을 나르는 일도 하고 집 짓는 데 쓰는 자재를 나르는가 하면 자갈 채취장에서 그 하청을 맡아 하는 등 그야말로

닥치는 대로 뛰었다. 아버지는 항상 신바람이 났다. 몸도 보기좋게 붙고 얼굴도 피둥피둥 폈다. "야, 한호야. 느네 형 간다." 내 친구들이 그렇게 놀려대기도 했을 정도로 아버지는 젊었다. 그러나 엄마는 아버지와 달랐다. 아버지처럼 그렇게 젊지 않았다. 아버지보다 두 살 위이긴 했어도 요즘같이 그렇게 팍삭 늙은 엄마의 얼굴을 본다는 것은 그다지 기분이 좋은 일은 아니었다.

그것은 아버지가 차 운전을 하기 때문이었다. 엄마는 옛날 시골서 할머니가 하던 것과 똑같이 점쟁이를 찾아다녔다. 아버지가 차를 처음 끌고 나가던 날은 무당까지 집에 들여 굿을 했다. 굿을 한 떡을 마을에 돌리면서 엄마는 아버지의 무사를 빌었다. 아버지가 늦게 돌아오는 날은 골목까지 나가 아버지를 마중하느라 늘 잠을 설쳤다. 할머니가 그랬던 것처럼 엄마도 늘 구시렁거렸다. 엊저녁 꿈자리가 뒤숭숭하니 오늘은 그냥 집에서 쉬는 게 어떠냐며 아버지의 눈치를 살피곤 했다. 그러나 아버지는 엄마 말을 귓전으로 흘렸다. 그런 날은 하루 내내 엄마 얼굴에 그늘이 깔렸다. 아버지가 차를 가지고 나간 뒤 우리 형제가 조금 싸움을 해도, 하찮은 소리로 입바른 말을 해도 엄마는 언성을 높였다. 우리는 길에서 돌멩이도 마음대로 주워 들일 수 없었고 집 안의 물건을 함부로 옮겨놓아도 안 되었다. 아버지가 운전을 하기 때문에 우리 집에는 그렇게 금기가 많았다.

그러나 당사자인 아버지는 엄마와는 사뭇 달랐다. 엄마가 벌이는 그런 뒤숭숭한 일을 나무라지는 않았지만 대개 무관심하게 웃고 넘어갔다.

"꿈자리가 너무 나빠요." 엄마가 이렇게 말하면 아버지는, "당신 꿈은 나빴는지 몰라두 내 꿈은 되게 좋았다구." 이렇게 웃어넘겼다. 그렇다고 아버지가 엄마의 하는 일을 전연 무시하는 것은 아니었다.

"두호 엄마가 그렇게 집에서 빌어주니까 내가 무사한 거 내가 다 안다구." 이런 식으로 엄마를 위로했다. 엄마는 그 말 한마디가 고마워 눈물을 질금거렸다. 그리고 다음 날이면 또 용하다는 점쟁이를 찾아나섰다. 아버지에 대한 점괘가 늘 좋지 않게 나온다고 엄마가 답십리 고모한테 얘기하는 걸 여러 번 들었다. 엄마는 그 좋지 않은 점괘를 액막이하느라 사람들 눈을 피해 별의별 이상한 일을 벌이곤 했다. 소반 위에 쌀을 서른 세 줌 받아놓고 그 위에 칼을 세워놓는가 하면 실을 일곱 발 반을 재서 끊은 다음 그 실로 이상한 매듭을 만들어 천장 속에 넣기도 했다. 그리고 아버지의 구두 속이나 베개 속에는 언제나 부적이 들어가 있었다.

이러한 엄마의 액막이 놀음에 훼방꾼이 하나 있었다. 여섯 살이 된 두호가 바로 그 훼방꾼이었다. 두호는 엄마의 그러한 액막이 짓을 몰래 숨어서 보고 있다가 엄마가 자리를 뜨면 이내 달려가 소반 위에 놓인 칼을 집어 마루에 꽂는가 하면 엄마가 찬장 위에 감춘 실매듭을 목에 감고 다니기가 예사였다. 아버지 구두 속 혹은 베개나 옷 속의 부적도 늘 두호의 주머니에서 나왔다. 그 일로 해서 엄마는 무섭게 화를 냈다. 두호에게 매질을 하는 엄마의 눈에서 나는 살의를 보았다. 엄마는 부들부들 치를 떨면서 사정없이 두호를 패댔다. 그러나 두호의 그런 짓궂은 버릇은 쉽게 없어지지 않았다. 두호는 여전히 엄마가 하는 일에 훼방을 놓았다.

　한번은 엄마가 두호의 목에 칼을 들이대고 너 죽고 나 죽자던 때가 있었다. 아버지가 트럭을 사서 운전한 뒤 처음이자 마지막이 된 그 사고가 나기 바로 이틀 전이었다. 엄마가 좀 심한 액막이를 했었다. 그날 밤 나는 고양이 우는 소리를 듣고 밖으로 나가봤다. 엄마가 우리 집 고양이 목에 노끈을 감으면서 뭔가 중얼거리고 있었다. 뭔가 숫자를 세는 것 같기도 했다. 엄마는 고양이 목에 노끈을 꽤 여러 번 감았다. 고양이가 발버둥치고 있었다. 답십리 고모네 싸전에 있던 고양이 중의 하나를 얻어다 기르는, 꽤 큰 놈이었다. 두호의 고양이었다. 엄마가 그 고양이 목에 노끈을 감아쥐고 뒤꼍으로 돌아갔다. 뒤꼍에 연탄을 넣어두는 창고가 있었다. 엄마는 그 연탄 창고 서까래에다 고양이 목을 매달았다. 고양이는 허공에서 버둥대며 짧고 절박한 울음소리를 냈다. 엄마가 그 고양이를 가운데 놓고 정확히 서른여덟 바퀴를 맴돌았다. 서른여덟은 아버지 나이였다. 아버지는 그때 자갈 채취장에서 묵어가며 차를 굴리고 있었다. 내일모레면 아버지가 집에 돌아오는 날이었다. 나는 엄마에게 들킬세라 내 방으로 돌아왔다. 두호는 안방에서 잠을 자고 있었다. 나는 숨을 죽이며 엄마가 안방으로 들어가는 소리를 들었고 그리고 오래오래 계속되는 고양이의 비명을 듣다가 제풀에 잠이 들었다. 나는 꿈속의 그 고양이 울음소리 때문에 결국 잠이 깨고 말았다. 그러나 이미 그때 고양이 울음소리는 들리지 않았다.

나는 무서움을 참고 잠자리에서 일어나 살금살금 뒤껼으로 돌아갔다. 달빛이 연탄 창고까지 비껴들고 있었다. 거기 고양이가 축 늘어진 채 매달려 있었다. 내가 그 곁까지 다가가도 고양이는 그대로 미동도 하지 않았다. 죽은 것이 분명해 보였다. 나는 방에서 가지고 간 면도칼을 꺼내 고양이가 매달린 노끈 중간쯤을 끊었다. 그리고 그다음 순간 나는 그 자리에 주저앉을 만큼 놀랐다. 툭, 둔탁한 소리를 내며 땅바닥에 떨어질 걸로 예상했던 것과는 달리 나는 아무 소리도 못 들었던 것이다. 고양이는 땅에 떨어지지 않았다. 땅에 떨어졌는가 싶었는데 어느새 놈은 냐아옹, 아주 길고 암팡지게 한 번 운 다음 나는 듯이 내 눈앞에서 사라져버렸던 것이다.

"누가 고양일 살려줬니?"

아침에 엄마가 두호와 나를 불러놓고 아주 착 가라앉은 목소리로 물었다. 엄마의 얼굴은 차고 매서웠다. 눈에 팔팔 살기 같은 게 날렸다. 두호가 코를 훌쩍 들이마시며 내 얼굴을 쳐다봤다. 나는 두호의 얼굴을 마주 볼 수가 없어 얼른 시선을 다른 데로 돌려버렸다.

"한호야, 니가 그랬니?" 엄마가 나지막한 목소리로 다그쳤다.

"내가 뭘 그랬단 말예요?" 나는 짐짓 퉁명스럽게 말했다.

"그럼, 이번에도 또 니가 그랬구나?" 엄마가 두호의 멱살을 잡았다. 두호가 멱살을 잡힌 채 엄마의 얼굴을 그 큰 눈으로 빤히 치어다보며, "그거 내 고양인데……" 멱살을 죄인 채 불분명한 발음으로 입안말을 하다가 내 쪽으로 힐끗 눈을 주었다. 나는 얼른 두호의 눈길을 피했다.

"요 망할 놈의 새끼!" 엄마가 두호의 멱살을 더 다부지게 추켜들었다.

"너 죽고 나 죽자!" 엄마는 두호를 질질 끌고 부엌까지 가 식칼을 찾아 두호의 목에 댔다. 두호가 엄마한테 몸을 내맡긴 채 눈을 감았다. 엄마가 두호의 멱살을 풀면서 뒤로 밀어 던졌다. 두호의 몸이 부엌 시멘트 바닥에 나둥그러지며 머리가 계단 모서리에 둔탁한 소리로 부딪쳤다. 처음 몇 분 동안 두호는 울지 않았다. 엄마가 부둥켜안고 흔들어도 얼굴을 약간 찡그릴 뿐 아무 소리도 내지 않았다. 그러나 얼마 후에 두호는 아주 가냘픈 소리로 칭칭 울기 시작했다. 두호는 낮에 한 차례 토했다. 그리고 골이 아프다고 누워 일어나지를 않았다. 엄마가 두호를 안고 울음을 터뜨리다가 드디어는 가까운 병원으로 갔다. 그 병원에서는 종합병원에 가 진찰을 해보라고 했다. 종합병원은 이미 외래객을 받지 않는 시간이었다.

다음 날 오전 수업 중인데 담임이 나를 불러냈다. 집에 빨리 가보란 얘기였다. 엄마가 나를 기다리고 있었다. 두호는 일어나 앉아 장난감을 가지고 놀고 있었다. 나는 우선 숨을 내쉬었다.

"뭐야 엄마, 엄마가 학교에 전화한 거야?"

엄마가 나들이옷을 챙겨 입고 나서며 말했다.

"두호하고 집 좀 보고 있거라. 아버지가 다치셨단다."

엄마 눈에 주렁주렁 눈물이었다.

아버지가 운전하던 트럭이 사람을 치면서 산비탈에 넘어진 것이다. 아버지는 이마에 유리 파편이 하나 박혔을 뿐 다른 데는 말짱했다. 문제는 아버지 차에 치인 사람이었다. 병원에서 완치 6개월의 진단이 떨어진 중상이었다. 완치라고는 하지만 다리 하나를 절단해야 할 판이었다. 중상 당한 사람의 가족들이 다음 날 우리 집에 몰려와 난장판을 벌였다. 아버지는 병원에 있었고 엄마는 몸을 피했다.

두호는 그날도 배를 움켜쥐고 설설 기더니 아침에 먹은 걸 토해냈다. 아버지가 입원한 병원을 대라, 아버지 말고 다른 식구를 내놓아라— 몰려온 사람들은 아우성이었다. 나는 참담한 심정으로 그네들을 맞아야 했다. 하루 내내 버티던 사람들이 저녁에 물러가자 나는 긴장을 풀고 깜박 잠 속으로 떨어졌다. 꿈속에서 고양이 울음소리를 들었다. 그날 밤 나를 속여 도망친 뒤 한 번도 모습을 나타내지 않던 그 고양이가 나타나 목에 감긴 노끈을 풀어달라며 울어댔다.

아버지 차에 치인 그 사람의 치료를 위해서 우리는 집을 내놓아야 했다. 부서진 아버지의 그 헌 트럭은 아무런 보탬도 못되었다. 머리에 붕대를 맨 채 아버지는 엄마와 함께 얼굴이 새까맣게 죽어 이리 뛰고 저리 뛰어다녔다. 우리는 남의 집에 방 한 칸을 빌려 살았다. 아버지는 그 젊고 싱싱하던 얼굴을 잃고 축 어깨를 늘어뜨린 채 집 안에 숨어 살았다. 집을 팔아 해결을 보았기 때문에 교도소에 안 간 것만도 다행이라고 엄마가 말하곤 했다.

엄마가 대신 벌이를 나갔다. 아동복 보따리를 이고 행상에 나선 것이다. 방을 지키는 것은 아버지와 두호였다. 물론 두호는 그날 부엌 바닥에 머리를 부딪친 뒤 몇 번 토하고 머리통을 감싸며 꼭 죽을 것처럼 누워 있더니 아버지가 사고를 낸 그 경황 속에서 우리 식구들의 관심 밖으로 밀려나버렸던 것이다. 더 큰 탈이 생기지 않은 것만 해도 다행이었다. 물론 아버지는 두호가 그렇게 머리를 다쳤다는 얘기를 엄마한테 들어서 알고 있었다. 그러나 셋방 구석에서 아버지는 바보처럼 멍청한 눈으로 집안 식구 누구의 일에도 관심을 갖지 않는 것 같았다. 엄마가 평화시장에서 떼어온 옷가지를 싸들고 얼굴이 새까맣게 그을도록 돌아다녀도 별 얘기가 없었다.

아버지는 자신의 패배에 대해 골똘히 생각하고 있는 것 같았다. 운전대를 잡고 자신의 힘으로 불가사의한 어떤 힘과의 대결에서 능히 이겨낼 수 있다고 자신했던 그만큼 그의 패배의 후유증은 컸다. 아버지는 깊은 실의의 늪에 빠져 허덕였다. 운전대를 잡지 못한 아버지는 송장과 다름없이 보였다. 내 학교 성적이 급격하게 떨어져도 별 관심이 없었으며 두호가 얼굴에 핏기를 잃은 채 빼빼 말라가고 있어도 매한가지였다.

나는 밤마다 꿈에 고양이를 보았다. 고양이 목에 노끈이 칭칭 감겨 있었다. 나는 고양이 목에서 그 노끈을 풀어내고 싶었다. 숨이 답답하고 오줌이 마려워 견딜 수가 없었다. 그러나 고양이는 좀처럼 잡히지 않았다. 겨우겨우 잡았다고 생각하면 그것은 예외 없이 두호였다. 나는 늘 두호의 목을 다잡아 쥔 채 눈을 뜨곤 했다. 눈을 뜨고도 나는 한참씩 고양이와 두호를 혼동하고 있었다.

"엄마, 두호 병원에 좀 데리고 가봐요."

나는 어느 날 엄마한테 말했다. 엄마가 행상을 쉬고 집에서 묵은 빨래를 하는 날이었다. 아버지는 밖에 나가고 없었다.

"두호가 왜?"

엄마가 마당 한구석에 앉아 흙장난을 하고 있는 두호를 힐끔 쳐다보며 물었다. 그러나 나는 대답하지 않았다. 나는 두호가 정상적인 발육을 하고 있지 않다는 것을 오래전부터 알고 있었다. 핏기 없는 해쓱한 얼굴. 점점 커 보이는 눈과 항상 불안하게 움직이는 눈동자— 그리고 두호는 뼈만 앙상하게 메말라가고 있었던 것이다. 더 무서운 것은 두호가 하루 내내 거의 한마디도 입을 떼지 않는다는 것이다. 두호는 안집 아이들과 결코 어울려 놀지 않았다. 늘 외톨박이로 마당 한구석에서 흙장난이었다. 손으로 마당에 구멍을 팠다. 그리고 그 구멍에 오줌을 누었다. 때로는 똥을 누어 흙으로 덮었다. 안집 여자가 질색을 했지만 두호가 집에서 하루 내내 하는 장난이란 결국 그 한가지뿐이었다.

두호에 대한 내 경고를 무시한 채 엄마는 여전히 보따리 장사에만 매달렸다. 폐인이 되어 집에 처박혀 있는 아버지 대신 생활비를 벌어야 했던 것이다.

나는 이해할 수가 없었다. 아버지를 이처럼 낭패의 늪으로 떨어뜨린 그 힘은 무엇일까. 아버지는 그날 사고 당시의 정황 같은 걸 한 번도 얘기하지 않았다. 아버지가 군대 수송중대에 있었던 그 당시 선임하사를 운전석 옆에 태우고 가다 사고가 난 그날의 정황을 얘기하듯 뭔가 아버지의 입을 통해서 나올 법한 얘기가 단 한마디도 나오지 않았기 때문에 나는 실망하고 있었다.

그러나 아버지의 칩거는 오래 걸리지 않았다. 시들었던 풀포기에 다시 물이 오르듯 그렇게 아버지가 싱싱하게 살아 오르기 시작한 날이 왔다. 답십리 고모가 우리 집에 뻔질나게 드나들면서 뒤숭숭한 일을 벌이고부터였다. 답십리 고모가 집에 오는 날은 엄마도 장사를 쉬었다. 그리고 고모와 함께 부엌 뒤에서 뭔가 숭숭거리며 얘기를 나눴다. 그네들은 깊은 한숨을 몰아쉬기도 하고 때로는 고개를 크게 주억거려 어떤 사실에 대해 깊은 긍정을 보이기도 했다.

나는 이러한 어둡고 으스스한 집안 분위기를 내 어린 시절 기억에서 찾아 올렸다. 그랬다. 할머니가 살아 있던 그 시절, 시골에서 무당과 점쟁이가 집 안을 드나들던 그때의 그 귀기에 찬 냄새였던 것이다. 아니나 다를까, 우리가 세 들어 사는 집에 무당이 나타나 굿판을 벌였다. 그 굿판은 교회에 나가는 주인집의 완강한 저지에도 불구하고 강행되었다. 마당에서는 차마 벌이지 못하고 우리의 좁은 그 단칸방에서 법석을 떨었다. 나는 귀를 막아 쥐고 골목을 빠져나가 그 창피한 현장으로부터 도망쳤다.

그날 밤 나는 멀리 떨어진 도봉산 중턱까지 올라가 산속을 헤맸다. 하나도 무섭지 않았다. 나는 다만 두호를 생각했을 뿐이다. 두호를 산속에 데리고 오지 못한 아쉬움이 가슴을 눌렀다. 그 숲에서 나는 두호 앞에 무릎이라도 꿇고 싶었던 것이다. 사실을 말해야 한다. 두호야, 형이 그때 그 고양일 살려준 거다. 두호가 내 얼굴을 빤히 쳐다본다. 그리고 고집스러운 목소리로 말한다. "그거 내 고양이야." 그래, 네 고양일 형이 살려준 거야. 살려준 거라구. 그러나 내 목소리는 힘이 없다. 나는 아무것도 살려주지 않았다. 나는 비겁할 뿐이다. "그거 내 고 양이야." 두호가 다시 고집스레 말한다. 나는 두호와의 눈싸움에서 지고 만다. 나쁜 새끼. 살의가 손끝으로 뻗친다. 나는 두호의 멱살을 잡는다. 갈참나무 가지를 붙잡고 몸을 떨고 있는 자신을 발견한다. 그때서야 나는 두호를 산에 데리고 오지 않기를 잘했다는 생각을 했다.

그날 저녁 그 굿판 이후 우리 집에 묘한 일이 생기기 시작했다. 그 첫번째 변화는 아버지가 다시 운전대를 잡게 된 일이다. 단 며칠 새에 싱싱하게 물이 오른 아버지는 그의 새로운 생활을 위해 일어섰다. 이번에는 관광버스를 끌었다. 주로 외국인 관광객을 상대로 하는 규모가 괜찮은 관광버스 회사였다. 거짓말같이 며칠 전과는 전혀 다른 얼굴을 보인 아버지였다. 엄마도 물론 보따리 장사를 집어치웠다.

더 놀라운 변화는 그네들의 관심 밖으로 던져졌던 두호에 대한 문제였다. 소나기 같은 사랑을 퍼붓기 시작했다. 그것은 결코 정상적인 부모의 자식에 대한 사랑이라고 생각할 성질의 것이 아니었다. 그네들은 이제까지 자기들이 보였던 자식에 대한 그 미온적인 사랑에 대해 참회라도 하듯 광적인 사랑을 퍼붓기 시작했던 것이다.

나는 열외자가 되어 그네들의 그 비정상적인 변화를 적의 깊게 바라보았다. 그렇다. 나는 다분히 적의를 품지 않을 수 없었다. 두호와 나는 비록 여덟 살 차이기는 했지만 아직은 그네들 품속의 어린 새에 불과했기 때문이다. 나는 혼자 내던져지는 걸 무서워했다. 나는 솔직히 그네들의 편애에 대해서 참을 수 없는 분노를 모닥불 피우듯 가슴에 담아가고 있었다.

두호에게 좋은 옷을 사다가 입혔다. 안집 아이들도 갖지 못한 장난감들이 주어졌다. 어느 날 나는 두호의 주머니에서 어린이대공원 입장권 세 장을 발견했다.

"두호야, 너 어린이대공원 갔었구나?"

내가 물었다.

두호가 내 눈을 빤히 쳐다보다가 내가 짐짓 웃어주자 고개를 끄덕였다. 그리고 덧붙였다.

"형아한테 얘기하지 말랬쩌!"

나는 코웃음 쳤다. 뭔가 이해하기 어려운 음모가 우리 집안에 깔려 있었다. 그날 나는 월중고사를 보고 집에 일찍 돌아왔다. 방문을 열어젖혔다.

두호가 컴컴한 방에 혼자 앉아서 뭔가 먹고 있었다. 주먹보다 조금 큰 통닭구이였다. 나는 놀랐다. 아직 우리 집이 통닭구이를 먹을 만큼 형편이 피질 못한 걸 나는 알고 있었다. 통닭뿐이 아니었다. 나는 두호가 몰래 숨어서 먹는 여러 가지를 확인했다. 얼음과자, 비싼 과일, 그리고 두호가 가장 좋아하는 과일넥타 등이 입에서 떨어지지 않았다. 물론 나한테도 그 일부분이 돌아오긴 했어도 어째서 내가 이런 걸 먹어야 하나— 하는 마음의 부담 때문에 나는 그것들을 입에 즐길 수가 없었다.

두호가 안집 마당에 서서 바나나를 먹고 있었다. 아직 바나나 철이 되지 않아 엄청나게 비쌀 때였다. 안집 아이들이 두호를 둘러싸고 서서 바나나 껍질을 벗기고 있는 두호를 쳐다보고 있었다.

"두호야, 그거 이리 내!"

내가 두호를 노려보며 말했다. 두호가 그 바나나를 뒤로 감췄다. 나는 그것을 뺏기 위해 두호의 목덜미를 잡았다. 너무 거뿐하게 잡혀 들어 기분이 안 좋았다. 그러나 나는 그에 그 바나나를 뺏어 담 밖으로 집어던졌다. 두호가 울었다. 그의 거뿐한 몸무게만큼 두호는 아직 어린애였다. 땅바닥에 주저앉아 발버둥 치며 울어댔다.

"한호야!"

째지듯 암팡지게 내 이름을 부르며 부엌에서 달려온 엄마가 미친 듯이 내 온몸을 쥐어뜯기 시작했다. 평소 엄마한테서 볼 수 없었던 발작이었다. 무섭게 쥐어뜯으며 등판을 후려치던 엄마가 두호를 끌어안으며 느닷없이 울음을 터뜨렸다.

납득이 안 가는 이런 우스운 짓거리는 계속되었다. 아버지는 관광객들을 태우고 관광지에 갔다가 손님들로부터 팁을 받은 날은 꼭꼭 두호의 장난감을 사오곤 했다. 두호는 그 장난감들을 안집 마당에 여기저기 벌여놓고 놀았다. 안집 아이들이 침을 흘리며 두호 곁을 배돌았다. 그러나 두호는 대단한 고집통이었다. 안집 아이들과 전혀 어울려 놀지 않는 것은 물론 제 장난감에 손만 조금 대도 땅바닥에 주저앉아 발버둥 치며 울어댔다. 더 우스운 것은 그러한 두호를 편드는 엄마의 짓거리였다. 땅바닥에 주저앉아 우는 두호를 끌어안으며 두호의 장난감에 손을 댄 안집 아이들을 향해 욕을 퍼대는 것이었다.

"두호 엄마, 정말 왜 이래요?"

안집 여자와 엄마가 다투는 일이 잦아졌다.

"그래, 우리 애들 보란 듯이 이렇게 많은 장난감을 사다주는 거예요? 잘 멕이는 거야 애가 약해서 그렇다고 하더라도, 이건 도대체 어린애들도 아니고 뭐예요?"

안집 여자가 마당에 그득한 장난감을 가리켜 보이며 입가에 비웃음을 머금었다.

"아니, 내 애한테 내 돈으로 이런 거 사주는 게 뭐 잘못인가 요?"

"잘못이라는 게 아니라, 도무지 눈 뜨고 볼 수가 없어서 그래요."

"눈 뜨고 못 보다니요?"

"우리 애들 교육상 나빠서 그래요. 부잣집 애들도 그렇게 버릇 없인 안 키울 거예요."

"알겠다구요. 셋방살이 주제에 장난감이 다 뭐냐 그 말씀이신데, 이거 집 못 가진 사람 어디 서러워서 살겠나!"

그렇게 푸념 삼아 맞서던 엄마가 나중에는 두호를 끌어안고 울음을 터뜨리기가 일쑤였다. 그렇게 어처구니없게 울고불고 하는가 하면 나중에는,

"예수쟁이들 맘 좋다고 하는 건 새빨간 거짓말이라구. 못사는 사람 괄시하는 것들이 뭔 천당엘 가겠다구……"

이처럼 억지를 부리고 나서는 엄마를 향해 안집 여자가 끌끌 혀를 찬다.

"이 여자가 정말 미쳤나? 맨날 무당만 찾아다니더니 귀신이 붙었는가 봐."

"그래, 나 미쳤다. 이 예수쟁이야!"

"두호 엄마, 정말 요새 왜 이래?"

"왜 그러다니, 몰라서 그래? 나 미쳤어, 내 새끼가 죽는다는 데 안 미칠 년 있어?"

엄마가 입에 게거품까지 물며 언성을 높였다.

"두호 엄마!" 엄마와는 달리 안집 여자의 목소리는 낮다. 정말 딱하다는 그런 얼굴로 엄마를 부른다.

"두호 엄마, 낼 당장 나하고 교회 좀 같이 가요. 난 정말 두호 엄마가 딱해 죽겠어요. 그래 그 무당 점쟁이들 말을 그대로 믿는 거예요?"

이번에는 엄마 쪽에서 금세 풀 죽은 얼굴이 됐다. 한참 만에 엄마가 한숨 섞어 말했다.

"물론 이해가 안 갈 거예요. 그런 건 직접 겪어본 사람이 아니고선 아무도 모른다구요. 난 무서워요."

엄마가 두호 옷에 묻은 흙을 털어내며 몸서리쳤다. 싸움은 끝났다. 엄마나 안집 여자는 그 이상 더 얘기를 하지 않았다. 그네들은 그 정도로 화해가 된 듯 평상으로 돌아갔다. 엄마의 두호에 대한 비정상적인 사랑이 그런대로 묵인된 셈이다.

엄마나 아버지의 두호에 대한 그 이해할 수 없는 편애는 날이 갈수록 심해졌다. 나는 물론 알고 있었다. 두호는 하루하루 시간이 흘러갈수록 살이 빠지고 멍청한 애로 바뀌어가고 있었다. 나는 더 이상 참을 수가 없었다.

"왜 두호를 병원에 안 데리고 가는 거예요?"

아버지를 향해 내가 말했다.

"병원엘 안 데리고 가다니?"

"두호가 어디 아픈 줄도 모르고 계시잖아요!"

"야, 너 엄마한테서 아무 얘기도 못 들었냐?"

"무슨 얘길요?"

"한호야!" 엄마가 부엌에서 밥을 짓다 말고 허둥지둥 방에 들어섰다.

"넌 아무것도 모르면 잠자코 있기나 해! 왜 내가 두호를 병원에 안 데리고 간 것 같니?"

"그럼 병원에 갔었단 말이야?"

"한두 번 간 게 아니란 말이야. 병원에 갈 때마다 그러더라. 두호한텐 아무 병도 없다고."

나는 엄마가 거짓말을 하고 있음을 알았다. 두호는 단 한 번도 병원에 간 일이 없었던 것이다. 나는 시치미를 떼고 물었다.

"아무렇지도 않은 애가 왜 저렇게 빌빌 말라간대요?"

"그걸 내가 어떻게 아니?"

엄마가 딴전을 피웠다. 아버지는 이미 이불을 머리까지 덮어 쓰고 돌아누운 뒤였다.

그네들의 그 납득하기 어려운 두호에 대한 편애의 비밀이 밝혀진 것은 답십리 고모를 통해서였다. 내가 우정 고모를 찾아 갔던 것이다.

"고모, 그 점쟁이가 그렇게도 용해요?"

나는 짐짓 넘겨짚고 있었다.

"용하다니, 누가?"

"난 다 알고 있다고요. 고모 괜히 시치미 뗄 필요 없어요."

순간 오십이 가까운 고모의 얼굴에는 당황하는 빛이 역력
했다.

"엄마가 그 얘길 해주디?"

"무슨 얘길?"

내가 다그쳤다. 어렸을 적부터 고모는 내 말을 잘 들어주었
다. 나는 고모에게서 그녀들 비밀의 정체를 캐내고 말 심산이
었던 것이다. 돌아가신 할머니를 꼭 빼닮은 고모가 내 다그침
에 견디다 못해 입을 열었다.

"이건 너두 알고 있어야 할 거라고 생각은 했다만……"

오십이 가까운 고모는 열네 살 조카한테 그녀들이 숨겨온 비
밀의 내막을 털어놓기 시작했다.

"네 동생 걔, 살아야 몇 달 더 못 산다."

고모가 들려준 얘기의 핵심은 두호가 얼마 더 못 산다는 것
이다. 실로 어처구니없는 얘기였다. 일의 빌미는 아버지가 자
갈 채취장에서 자갈을 실어 나르다가 사고를 낸 데서부터였다.
말하자면 엄마는 아버지가 그런 사고를 낼 것을 미리 알고 있
었던 것이다. 엄마가 그처럼 찾아다니던 점쟁이들의 점괘가 그
렇게 나왔다. 엄마가 찾아간 점쟁이들은 하나같이 아버지의 운
수가 좋지 않다고 말했다. 할머니가 그렇게 말리는 군대를 기
어코 자원해서 들어간 것이며, 군대에서 운전 사고를 내 사람
을 죽인 일 그리고 조상 대대로 물려 내려온 논밭을 팔아치운
일에서부터 지금까지 서울에 올라와 그토록 풀리지 않던 갖가
지 일이 모두 점쟁이 말 그대로였던 것이다. 물론 엄마는 점쟁
이들이 시키는 대로 그 액땜이란 걸 부지런히 했다. 그러나 집

안에 깃든 사기가 너무 커 엄마의 정성이 들어 먹히지 못했다는 것이다. 엄마와 고모는 집안의 그 사기를 눌러줄 어떤 힘을 찾고 있었다. 그러나 어떤 점쟁이도 그것을 제대로 일러주지는 못했다. 얘기가 제각각 달랐다. 어떤 점쟁이는 몇 대조 할아버지 산소를 잘못 써 그렇다면서 면례장사를 귀띔해주기도 했고 어떤 이는 족집게로 집어내듯 집을 나가 객사한 할아버지의 원귀를 들춰내기도 했다. 그러나 아무도 그런 액운을 꺾을 만한 뾰족한 방법을 내놓지는 못했다.

"그런데 느 엄마가 그 점쟁일 서울서 다시 만난 거다."

고모가 말하는 그 점쟁이란 옛날 우리가 시골에 살 때 할머니가 단골로 가던 그 용하다는 사람이었다. 그러고 보니 할머니가 그네의 임종 바로 직전까지 두호를 얼씬도 못하게 하던 생각이 났다.

엄마가 그 점쟁이를 다시 만난 것은 아버지가 사고를 내고 폐인처럼 멍청한 얼굴로 방구석에 박혔던 몇 달 전, 먹고살기 위해 옷 보따리를 들고 돌아다닐 때였다. 물론 엄마가 먼저 할머니의 단골 점쟁이를 알아봤다. 그 점쟁이 역시 엄마를 알아봤다. 점쟁이는 우리가 시골에 살 때의 우리 집 내력을 따르르 꿰뚫어 알고 있었다. 엄마가 그 점쟁일 붙들고 늘어졌다.

아무 날 아무 시에 난 애기 잘 크나? 점쟁이가 그렇게 물었다. 잘 큰다고 엄마가 대답했다. 그렇겠지! 점쟁이가 딴전을 피웠다. 엄마가 한 달 동안 장사한 돈을 복채로 놓았다.

문제는 두호였다. 두호가 사(邪)라는 것이었다. 한 집안에 살이 낀 사람이 둘 있으면 그렇게 안 좋다는 얘기였다. 손이 귀한 집일수록 그런 일이 흔하다고 했다.

"느 아버지하고 두호가 바로 상극이란 거여!"

고모가 말했다.

"그럼 액땜을 하면 될 거 아냐?"

내가 비꼬는 투로 묻자 고모가 설레설레 고개를 흔들었다.

"딴 방법은 없다더라. 두 사람 중에 하나가 죽는 수밖에……"

그 말을 어렵잖게 해내는 고모의 얼굴에 개기름이 번지르르했다.

"그래서 두호가 죽을 거란 말예요?"

나는 나도 모르는 사이에 소리쳤다. 고모가 내 입을 막으면서 말했다.

"그 점쟁이 말로는 두호가 명을 짧게 태어났다고 하더란다. 그 대신 일평생을 산 사람처럼 제 기를 다 써먹고 죽을 거란 얘기였다."

몇 달 전 아버지의 운전사고 때 두호가 길 한가운데 나타났다는 것이다. 아버지의 군대 시절 그 사고 때처럼 느닷없이 한 아이가 길 한가운데 나타나 두 손을 번쩍 들더란 것이다. 그 아이를 피하려고 운전대를 튼 순간 사고가 났다는 얘기였다.

"우리 아버지도 두호가 죽을 거란 걸 알고 있어요?"

"느 아버지한테야 얘기 안 할 수가 없더라. 그러니 두호가 느 아버지 대신 죽는다고야 어디 말하겠디? 그래 느 엄마랑 짜구 설랑 두호가 몹쓸 병에 걸렸다고 거짓말을 했던 거다."

"아버지가 그걸 믿을 것 같아요?"

"믿든 안 믿든 어쩌겠냐?"

나는 내 마음속에서 뭔가 허물어져 내리는 것 같았다. 그것은 아버지에 대한 실망이었다. 나는 적어도 아버지만은 우리 집안 구석구석에 밴 그 미신적인 냄새와는 거리가 먼 사람이라고 생각해왔던 것이다. 뭔가 확실히 알 수 없지만 아버지가 집안의 그 뒤숭숭하고 요령부득의 어떤 힘과 맞서서 끝까지 싸울 것이라고 기대해왔던 것이다. 나는 아버지가 며칠 만에 집에 돌아올 적마다 두호의 장난감을 한 아름씩 사 오는 그 이유를 알았다. 벼엉신. 나는 입속으로 신음처럼 중얼거렸다.

"내가 느 아버지랑 엄마한테 그랬다. 기왕 죽을 자식, 죽은 뒤에 포원이나 없게 잘 해주라구."

"두호가 죽은 뒤, 마음 덜 괴로우려고 그렇게들 열심이라 그 얘기군요."

나는 뒤틀리는 심사대로 한마디 쏘아붙이지 않고는 견딜 수가 없었다.

그네들의 생각과는 달리 두호는 더 오래 버텨냈다. 눈은 더욱 퀭하게 들어가고 팔다리는 배배 꼬여갔지만 아직 그렇게 쉽게 꺼질 것 같지는 않았다. 잘 먹고 잘 놀았다. 장난감이 안집 마당을 가득 채웠다. 이제 안집 아이들이 그 장난감을 마음대로 가지고 놀아도 두호는 울지 않았다.

두호의 취학통지서가 나왔다.

"몸은 약해도 이놈이 공분 잘할 거야."

아버지가 말했다. 엄마가 고개를 설레설레 흔들면서 대꾸했다.

"공연히 애 고생시킬 것 없이 집에서 편히 놀게 하는 게 어때요?"

"당신 정말 미쳤군!"

아버지가 언성을 높였다. 두호 문제를 놓고 그들이 얘기를 나눌 때 아버지는 늘 이처럼 엄마를 나무랐다. 아버지의 마음속에서 싸움이 일고 있다는 뜻이다. 그는 점쟁이와 엄마의 말을 쉽게 받아들이지 않고 있음이 틀림없었다. 그러나 아버지는 돈만 있으면 두호를 위해서 뭔가 하고 싶어 안달을 했다.

아버지의 일이 잘 풀리면 풀릴수록 두호에게 쏟는 정이 각별했다. 말하자면 두호가 그처럼 빼빼 메말라가고 있는 대신 자신의 운이 잘 핀다는 생각 때문이었는지도 모른다. 어떻든 아버지의 수입이 괜찮아졌다.

"이놈들아, 일 년만 참아라."

일 년 후에는 집을 살 계획을 할 만큼 아버지의 수입은 좋았다. 엄마는 답십리 고모가 하는 계에 3번과 20번을 들었다. 얼굴에 화색이 돌고 안 하던 화장까지 하면서 엄마는 싱싱해졌다. 그러나 엄마가 두호의 불길한 그 일까지 잊고 있는 것은 아니었다. 우리 집 형편이 피면 필수록 두호에 대한 엄마의 편애는 심해갔다. 엄마는 아버지와는 달리 노골적이었다. 어쩌면 그것은 자식으로부터 지레 정을 끊으려던 엄마의 통곡이었는지도 모른다.

"애 죽은 뒤에 애통해해야 소용없어요."

두호는 엄마가 생각했던 것처럼 그렇게 쉽게 죽지 않았다. 두호는 방구석이나 안집 마당에서 소리 없이 혼자 놀았다. 어떤 때는 아침에 나간 애가 저녁때가 되어 돌아오곤 했다. 두호가 그렇게 밖에 나가 돌아오지 않을 때마다 엄마는 드디어 올 것이 왔구나 하는 얼굴로 허둥거렸다. 그러나 두호는 제 발로 집을 잘 찾아들었다.

"이놈의 새끼야, 너 어디 갔었니?"

엄마가 자신의 예감을 부끄러워하면서 그 부끄러움을 오히려 두호에 대한 매질로 나타냈다.

"엄마 속 이렇게 썩힐려면 어서 칵 죽어버려!"

매를 맞은 뒤 두호는 허겁지겁 밥을 퍼먹고 그 자리에 쓰러져 잠들곤 했다.

"너 어디 갔었냐?"

어느 날 내가 살살 달래면서 물어보았다.

"산에 갔어!"

"산에 뭣 하러!"

"새 잡으러."

"새?"

"산에 새 많아!"

두호는 새를 좋아했다. 안집에서 십자매 한 쌍을 키웠을 때 두호는 몇 시간이고 그 새장 앞에 웅크려 앉아 있곤 했다. 그 십자매가 비를 맞아 죽었을 때 두호는 독감으로 오래 앓아누웠다. 독감을 앓고 나서도 두호는 그 빈 새장 앞에 오랫동안 웅크려 앉아 있곤 했다. 엄마가 두호를 밖에 나가지 못하게 했다. 두호는 밖에 나가는 대신 집 안에서 불장난을 했다.

안집 여자가 얼굴이 파랗게 질려 펄펄 뛰었다. 엄마가 집 안의 성냥을 모두 두호 눈에 띄지 않는 곳에 감춰놓았다.

그러나 두호가 그예 불을 냈다. 그렇게 깨끗하게 타버릴 수가 없었다. 안집은 물론 우리 집 세간까지 몽땅 타버렸다. 처음에 두호까지 죽은 줄 알고 엄마는 땅을 치고 울었다. 두호가 발견된 것은 다음 날 아침 이웃집 지하실에서였다.

"네가 불장난을 했지?"

사람들이 다그쳤다. 두호가 대답 대신 울음을 터뜨렸다. 우리는 거지 신세가 되었다. 엄마는 경찰서에 스무 번도 넘게 불려다녔다. 아버지는 회사에서 돈을 꾸어다가 안집에 넘겨주었다. 엄마와 아버지가 교도소에 가지 않은 것만 해도 다행이었다.

우리는 산 밑 동네에 방 하나를 얻어들었다. 밥을 해 먹는 양은솥에서부터 숟가락까지 모두 새로 사야 했다. 형편이 말이 아니었다. 나는 학교를 당분간 쉬어야 했다.

"이 웬수 놈의 새끼!"

엄마는 두호한테 매질을 했다. 분에 복받쳐 매질을 하다간 제풀에 지쳐 두호를 끌어안고 울음을 터뜨렸다.

두호는 장난감도 없이 잘 놀았다. 집에 붙어 있는 시간보다 밖에 나가 노는 시간이 더 많았다. 밖에서 아이들하고 어울려 노는 게 아니라 혼자서 산에 올라가길 좋아했다. 산에 새가 많아.

아버지가 월급을 타 오기가 무섭게 엄마는 점쟁이를 찾아 나섰다. 집 안 구석구석이 으스스 귀기를 띠고 다시 그 이상한 부적들이 나붙기 시작했다. 이제 철이 든 두호는 엄마가 싫어하는 일은 하지 않았다. 그러나 엄마는 두호에 대한 경계를 결코 풀지 않았다.

그런데 또 일이 터졌다. 정말 엎친 데 덮친 격이었다.

"오히려 깨끗하게 됐어요."

아버지 소식을 가지고 온 회사 사람이 엄마한테 말했다. 아버지가 운전하는 차에 치인 사람이 그 현장에서 죽었다는 것이다. 크게 다쳐 입원을 한 뒤 두고두고 골치 아픈 일이 생기는 것에 비하면 회사 측으로서는 정말 잘된 일이란 것이다.

그 사고로 해서 아버지는 삼백 리 떨어진 지방 도시의 경찰서 유치장에 있었다. 엄마가 이틀에 한 번씩 아버지 면회를 갔다. 새벽에 나간 엄마는 밤 12시가 되어서야 돌아왔다. 엄마는 지쳐 있었다. 내가 라면을 끓여다 놓았지만 엄마는 이미 인사불성으로 잠이 든 뒤였다. 그렇게 옷을 입은 채 쓰러져 잠을 잔 엄마는 다시 새벽 3시쯤 눈을 떠 묵은 빨래를 하고 아침밥을 지어놓은 다음 집을 나갔다. 우리 형제 같은 건 엄마 안중에도 없는 것 같았다.

그날 밤도 엄마는 아직 돌아오지 않고 있었다. 우리가 세 들어 사는 안집에서는 텔레비전 소리가 몹시 높게 들려왔다. 온 식구가 박수를 치며 떠들썩했다. 권투 중계였다. 우리나라 선수가 세계 타이틀을 놓고 싸우고 있을 것이다.

나는 입술을 악문 채 참았다. 라면을 끓이는 냄비에 덴 손가락이 벌겋게 부풀어 올랐다. 안집 텔레비전이 와와 아우성을 치고 있었다. 케이오 펀치가 터진 모양이었다. 우리 방에는 텔레비전은 말할 것도 없고 그 흔해 빠진 라디오 하나 없었다.

"혀엉, 라면 다 끓었나?"

두호가 목을 길게 빼들고 부엌을 내다보았다.

두호는 제 몫의 라면 한 그릇을 눈 깜짝할 사이에 먹어치웠다. 우리들은 그날 점심을 굶었던 것이다.

"혀엉, 나 무울!"

내가 부엌으로 물을 뜨러 나갔고, 그사이에 두호가 내 라면 그릇을 차지하고 앉아 콧물을 길게 빼문 채 아귀아귀 먹어 대고 있었다. 와아와아 안집 텔레비전이 아우성치고 있었다.

"이 쌍놈에 새끼!"

나는 부드득 이를 갈았다. 두호가 힐끗 나를 치어다보았다. 나는 두호의 그 걸신들린 눈을 보자 소름이 끼쳤다. 두호가 이처럼 무서워 보이기는 처음이었다. 고양이 사건이 있던 그날 아침 엄마한테 목을 죄인 채 나를 쳐다보던 그런 눈이었다.

"두호야, 나하고 산에 가자!"

나는 서둘러 옷을 입으며 말했다. 실로 순간적인 결단이었다.

"……?"

"내가 저 뒷산에 새집을 맡아놨다. 밤에 가면 잡을 수 있어."

나는 두호의 그 퀭한 눈이 번쩍 빛을 내는 걸 보았다.

우리는 뛰다시피 산을 오르기 시작했다. 산의 큰길을 버리고 우정 샛길을 찾아 숲이 무성한 산속으로 들었다. 후둑후둑, 산새가 자리를 바꿔 앉느라 부산할 뿐 등산객들이 다 하산한 밤의 산속은 죽음처럼 조용했다.

"혀엉!"

두호가 내 뒤에서 헐떡이고 있었다.

"조금만 더 올라가면 돼!"

나는 걸음을 늦추지 않았다. 생각보다 두호의 걸음은 빨랐다. 내가 아무리 빨리 걸어도 두호는 내 뒤에서 헉헉 숨을 몰아쉬고 있었다. 그러나 나는 계속 걸음을 빨리 했다.

"형아, 같이 가자."

드디어 두호가 겁먹은 소리를 울음 섞어 질러댔다. 산속의 그 휘휘한 밤공기가 우리들의 발짝 소리에 의해 조금씩 흔들리고 있었다. 발끝에 채인 돌이 비탈을 굴러 내렸다. 그럴 때마다 나는 온몸으로 소름이 끼치도록 무서웠다.

"귀신이닷, 귀신!"

대여섯 걸음 뒤처진 두호를 향해 내가 느닷없이 부르짖었다. 귀신이닷, 귀신— 밤의 산속 메아리는 그 울림이 더욱 쟁쟁하다. 소리 질러놓고 나는 더욱 빨리 뛰었다. 마치 두호에게 잡히기만 하면 죽기라도 하는 양 그렇게 필사적으로 뛰었다.

"혀엉!"

상당히 뒤떨어진 데서 두호가 울부짖고 있었다. 우와 우와…… 산골짜기 전체가 울음소릴 냈다. 나는 문득 뒤돌아보았다. 산 아래 동네의 불빛이 전혀 보이지 않는 위치에까지 이르러 있음을 알게 됐다. 이제 단 한 발짝 앞도 분간하기 어려운 칠흑 같은 어둠이 깔린 산속이었다.

나는 길 옆 바위 뒤에 가만히 몸을 숨겼다. 그리고 숨을 죽인 채 두호가 가까이 다가오기를 기다렸다. 두호가 징징 울면서 다가오는 기척이 있었다. 두호가 가까이 다가올수록 나는 가슴이 죄어들었다. 두호가 무서웠다. 그러나 나는 더 이상 도망치지 않고 기다렸다. 드디어 두호가 내 곁에 이른 순간 나는 심장이 터질 것 같았다. 나는 벌떡 몸을 일으키며 벼락 치듯 소리쳤다.

"귀신이닷!"

두호가 악― 소릴 지른 다음 그 자리에 주저앉았다. 나는 얼결에 다시 산을 치뛰기 시작했다. 온통 내 발짝 소리뿐이었다. 그 발짝 소리에 질려 그만 걸음을 멈췄다. 정적이 쏴아 밀려왔다. 다시 온몸으로 소름이 끼쳤다. 두호의 기척은 어디에고 없었다.

나는 상반된 기대 속에 두호의 소재를 파악하고 싶었다.

"두호야!"

나는 벌벌 떨리는 목소리로 불러보았다. 그러나 내 목소리는 어둠 속에서 그냥 산울림이 되어 돌아왔을 뿐이다. 내가 내 목소리를 의식하는 그런 묘한 두려움이 머리끝으로 쭈볏쭈볏 뻗쳤다. 그러나 두호를 버리려는 내 결심이 흔들리는 건 아니었다. 두호는 이미 버려졌다. 두호는 대답할 수 없어야 한다.

"두호야!"

나는 더듬더듬 산길을 내려가기 시작했다. 오를 때는 전연 몰랐는데 경사가 급한 돌밭이었다. 발을 조심조심 디뎠다. 두호의 기척을 놓쳐서는 안 된다. 두호는 살아 있을 것이다. 살아 있어야 한다. 탁. 나는 발을 헛디뎌 하마터면 비탈길을 굴러 내릴 뻔하였다. 내가 발을 헛딛는 순간 돌 하나가 굴러 내리기 시작했다. 비탈을 굴러 골짜기 그 아래로 쏟아져 내리는 돌덩이들이 우당탕거리는 소리가 산속의 그 정적을 여지없이 깨고 있었다. 나는 귀를 막았다. 돌덩이 속에 휘말려 굴러 내리는 두호의 비명을 듣지 않기 위해서였다. 두호는 혼자 산에 갔어요. 엄마는 내 말을 믿으리라. 걘 죽을 애였어요. 엄마가 사람들을 설득할 것이다. 그러나, 귀에서 손을 떼었을 때 이미 돌 구르는 소리는 그친 뒤였다. 그 소리보다 더 무서운 정적이 쏴아 밀려왔다.

"두호야!"

나는 계속 두호를 부르면서 허둥허둥 비탈길을 내려서고 있었다. 마치 술래잡기에서 숨은 아이를 찾는 술래처럼 조심스레 두호의 기척을 살폈다. 그러나 두호는 대답하지 않았다. 등 쪽으로 소름이 쫙 끼쳤다.

"두호야!"

나는 더럭 외로움 같은 걸 느꼈다. 그것은 무서움과는 또 다른 떨림이었다. 나는 부들부들 몸을 떨기 시작했다.

엄마의 실신한 얼굴이 보였다. 네가 두호를 죽였지? 엄마가 내 목덜미를 옭아매며 소리친다. 절망의 아득한 구렁텅이가 보인다.

"두호야!"

나는 차라리 울고 싶었다. 그러나 몸이 심하게 떨릴 뿐 울음 같은 건 나오지 않았다.

문득 눈앞에 희끔한 것이 보였다. 나는 그 자리에 얼어붙었다.

"혀엉!"

느닷없이 덮쳐든 것은 두호의 작은 몸뚱이였다. 나는 겨우 주저앉는 것만은 면했다. 내 가슴에서 파닥이며 숨을 할딱이는 작은 새 한 마리. 두호는 내 가슴에 얼굴을 묻은 채 그 깡마른 두 손으로 내 몸을 다잡아 쥐고 발발 떨었다. 마치 절벽 끝에 매달 린 사람이 필사의 힘으로 바위를 그러쥐듯 그렇게 내 몸을 그 러쥐고 있었다. 나는 두호의 심장 뛰는 소리를 들었다. 어쩌면 그것은 내 심장 소리였는지도 모른다. 두호의 작은 손에서 따 스한 체온이 내게 전해졌다.

"인마, 왜 대답 안 한 거야?"

내 물음에 두호가 아직은 겁먹은 목소리로 더듬거렸다.

"형아가 나, 나 내뻐리고 갈려구 그랬지?"

나는 더 견디지 못하고 그 작은 몸뚱이를 와락 껴안았다. 비 로소 내 눈에서 뜨거운 것이 줄줄 쏟아졌다. 두호는 생각보다 무거웠다. 나는 두호를 등에 업고 어둠 속의 그 산길을 내려오 면서 다시 보이기 시작한 산 아래 마을의 그 휘황한 불빛에서 눈을 뗄 수가 없었다. 그러나 그 불빛이 있는 산 아래 마을에 대한 적의 같은 것은 씻은 듯 가신 뒤였다.

나는 겅둥겅둥 뛰다시피 산길을 걸었다. 내 등에서 두호가 간지럼을 타는 듯 키들키들 웃었다.

"두호야!"

"으응, 혀엉?"

"우린 지금 새처럼 날아서 내려가는 거야."

우리는 사실 어둠의 산에서 그 아래 불빛을 향해 훨훨 날아 내리는 기분이었다.

나는 이제 눈물 같은 건 흘리지 않았다. 배 속 깊은 데서 위 로 뿌듯하게 치밀어 오르는 어떤 힘을 느낀 것이다.

그것은 날개 꺾인 이 어린 새의 어깻죽지에 새살이 돋을 때
까지 내가 그의 날개가 되어 퍼덕여주리라. 그런 마음 다짐이
어금니에 씹힌 때문이다.

  ○ 1979년『작단』2집

달펭 씨의 두번째 죽음

오른손이 하는 일을 왼손이 모르게 하라.

아버지가 뭔가 남을 위해서 좋은 일을 하고 있음이 틀림없다는 확신을 갖게 된 달평 씨의 장성한 두 아들과 이제 고 3인 딸이 코를 벌름거리며 새삼 경외의 눈으로 자신들의 아버지를 쳐다보기 시작했을 때 그가 그 자식들한테 주는 말이었다. 오른손이 하는 일을 왼손이 모르게. 이것이 달평 씨의 선행 철학이었다. 이러한 좋은 일을 했다는 사실이 세상에 알려지고 그 일을 한 사람 자신이 그것을 벼룩의 코딱지만큼이라도 남 앞에 내세우는 일이 있다면 그것은 이미 선행이 아니라는 것이다. 참된 선행은 그것을 한 당사자 스스로가 그 당장에 자기가 한 일을 까맣게 잊어버릴 수 있어야 한다고 했다. 그러면서 달평 씨는 자기가 이제까지 남을 위해서 무슨 좋은 일을 했는지 설사 좋은 일을 했다고 하더라도 그것을 단 한 가지도 기억할 수 없다고 시치미를 뗐다.

"역시 우리 아버진 됐어!"

달평 씨의 아들들이 고개를 주억거렸다. 큰아들은 대학을 나온 뒤 곧장 이름 있는 회사에 들어가 윗사람들로부터 신임을 받고 있었고 둘째는 아직 대학 재학 중이었다.

"다 부전자전일 거니까 뭐?"

두 오빠들을 쳐다보며 달평 씨의 딸이 의미 있게 웃었다. 그러나 달평 씨의 아들들은 여동생 앞에서 서슴없이 고개를 홰홰 흔들었다.

"야야, 난 싹이 노랗다. 너한테 용돈을 지금까지 얼마나 보태줬나 하는 걸 싹 기억하고 있을 정도니까 말이다. 그뿐인 줄 아냐, 장차 내가 뿌린 돈이 얼마나 불어서 돌아올까 그런 걸 계산하고 있다는 것만 알아둬라."

"형은 그래도 씨나 뿌리면서 그런 얘길 하지만 난 내가 돈을 벌더라도 그것을 객쩍게 쓸 생각은 추호도 없다고. 나 먹고살기도 바쁜 세상 아냐!"

농처럼 하는 말들이었지만 그것은 그들의 진실이었던 것이다. 남을 위해서 좋은 일을 하고 있는 아버지가 존경의 대상은 됐을망정 장차 아버지처럼 아까운 돈을 헛되이 뿌리고 싶은 마음은 추호도 없었던 것이다.

"역시 오빠들은 에고이스트야. 요즘엔 오히려 고생을 모르고 자란 사람들이 더 지독하다고 하더라. 아빠처럼 고생을 한 분이 역시 다르셔!"

사실 달평 씨가 자수성가한 사람이라는 걸 알 만한 사람들은 다 알고 있었다. 그가 경영하고 있는 보은식당의 살림살이 하나하나에 나타나는 그 내핍과 절약 정신이 그것을 잘 입증하고 있었다. 달평 씨에 대해서 잘 알 길이 없는 보은식당의 10여 명 종업원들은 주인의 식당 운영에 있어서의 그 철저한 구두쇠 작전에 혀를 내두를 수밖에. 그 한 가지 예만 들더라도 나무젓 가락은 한 번 쓰고 버리는 것은 사용하지 않고 살 때 좀 단가가 높긴 해도 수십 번 되쓸 수 있는 대젓가락을 쓰도록 했다. 손님 들이 쓰다가 버린 것을 모아 끓는 물에 소독을 한 다음 미리 사 다놓은 종이주머니에 넣어놓으면 감쪽같았기 때문이다. 그렇 게 여러 번 하다가 보면 아무래도 끝부분이 뭉툭해질 뿐만 아 니라 희끄무레하게 마련인데 달평 씨는 그것을 감추기 위해 종 업원들의 손에 면도칼을 쥐게 해 새것처럼 만드는 작업을 시켜 오고 있었다. 그런 일은 우정 시간을 내어 하는 것이 아니고 식 당이 한가할 때 노는 손을 그때그때 이용하도록 했다. 손님들 상에 놓는 반찬도 그 가짓수를 줄이고 양도 적당히 조절해놓 지 않으면 안 되었다. 반찬은 가능하면 손님이 더 청해서 먹어 야 식당의 권위가 선다는 달평 씨의 지론이었다. 달평 씨의 잔 소리에 넌더리가 난 종업원들은 어렵잖게 떠나갈 채비를 했다. 그럴 때마다 달평 씨의 부인이 넌지시 그 종업원을 불러 몇 마 디 하고 나면 떠나겠다던 사람이 거짓말같이 다소곳해지는 것 이다.

실상 보은식당의 실질적인 운영자는 달평 씨의 부인이었다. 그러나 달평 씨의 부인은 그런 내색을 아무에게도 하는 법이 없었다. 심지어는 그의 아들딸마저도 어머니에 대해서 잘 모르 고 있는 형편이었다. 오른손이 하는 일을 왼손이 모르게 하라. 달평 씨가 흔히 쓰는 그런 말마저 할 줄 몰랐다. 도대체가 말이 없는 여자였다. 그렇다고 그네의 과묵함이 그 당장에 곁의 사람들한테 부담을 주거나 위압적인 것도 아니었다. 대조적이란 말이 있다. 흰빛과 검은빛 그 어느 한쪽이 없다고 하면 나머지 한쪽은 의미가 없다. 그처럼 달평 씨 부부의 분위기는 대조적이라 할 수 있었다. 상대적인 대조가 아니라 일방적이었다. 달평 씨의 부인은 오직 그 남편을 위해서만이 세상에 존재하는 것 같았다. 그네의 과묵이 바로 그러한 역할을 했다. 그네가 집안 살림과 식당 운영의 그 바쁜 틈바구니를 번갈아 드나들며 해내는 그 조용한 움직임은 그대로 달평 씨의 활력의 원천이 되었다.

"나 어디 좀 다녀올 데가 있구먼."

이 말 한마디만 남기고 훌쩍 집과 식당을 떠나버리는 달평 씨다. 그 지독한 구두쇠 작전으로 식당 종업원을 기죽이던 잔소리꾼답지 않게 훌쩍 식당을 비우는 것이다. 문제는 그가 식당을 비운 뒤에도 여전히 그의 목소리가 식당 안에 남아 있다는 것이다. 종업원들은 달평 씨가 식당 어느 구석에 숨어 서서 자기들의 일거일동을 지켜보는 것만 같았다. 이것은 달평 씨 부인이 남편 대신 나서서 식당의 모든 일을 손아귀에 넣고 휘둘러대기 때문이 아니었다. 오히려 그 반대였다. 달평 씨 부인은 남편이 있거나 없거나 여일하게 늘 자기의 그 조용한 분위기를 잃지 않았던 것이다. 바깥주인이 없는데도 안주인이 달라지지 않기 때문에 식당 종업원들은 달평 씨가 식당 어딘가에 남아 있는 것으로 생각하게 되는 것이다.

어떻든 달평 씨가 그처럼 큰 식당을 버려두고 며칠씩 떠나 있을 수 있는 것도 그러한 식당이 변화 없음을 알기 때문인 것이다.

"도대체 아버진 어딜 그렇게 가시는 겁니까?"

그의 아들딸들이 어머니한테 묻곤 했다. 적어도 어머니만은 아버지의 행방을 알고 있지 않느냔 추궁이었다.

"글쎄다, 어디 지방에 볼일이 있으신 것 같더구나."

그네의 대답은 고작 이 정도였다. 남편의 행방에 대해 그 자식들이나 다름없이 아는 바가 없으면서도 그것을 시비 삼아 툴툴거리지 않고 남편의 나들이를 그 자식들은 물론 주위 사람들에게도 지극히 당연한 것으로 받아들여지게 만드는 역할을 그네가 해냈던 것이다.

이제 이쯤에서 달평 씨의 숨은 선행 얘기로 말머리를 돌려보는 것이 좋을 것 같다.

분명한 것은 달평 씨가 집과 식당을 떠나는 그 며칠 동안이 바로 그의 선행이 이루어지는 기간이라는 사실이다. 그가 떠나고 난 뒤에 보면 새마을금고에 예치된 자금 중에서 그렇게 큰 돈은 아니지만 종업원 두어 사람의 한 달 월급 정도가 비게 마련이었다. 물론 달평 씨의 그러한 나들이가 자주 있는 것은 아니라고 하더라도 그가 저금 통장을 그만큼 축낼 때마다 달평 씨 부인으로서는 고충이 컸다. 그것을 남편이 모르게 충당해 넣어야 했기 때문이다. 도대체 달평 씨는 자기가 얼마만 한 돈을 꺼내다가 쓰고 돌아왔는지 전연 알지 못하고 있는 것 같았다. 어디다가 그 돈을 썼는지를 까맣게 잊어버리고 있을 것이니까 통장에서 얼마를 꺼내 갔는가를 모를 것은 너무나 당연했다. 내가 지난번 얼마를 꺼내 갔지? 그렇게 묻는 법도 없었다.

"아주머니, 이 사람 도대체 어딜 그렇게 간다는 겁니까?"

달평 씨와 가까운 사람들이 식당에 들러 그렇게 묻곤 했다.

"지방에 뭐 급한 볼일이 생겼다나 봐요."

그 아들딸한테 한 것처럼 어렵잖게 대답하는 달평 씨의 부인이다.

"혹시 이 사람 어따가 딴살림 차린 건 아니우?"

더 가까운 사이의 사람들이 그렇게 묻는 일도 있었다. 그럴 때도 달평 씨 부인은 그걸 아옹다옹 부인하지 않았다.

"글쎄 그런가 보죠."

이쯤 되면 오히려 묻는 쪽에서 김이 새게 마련이다. 식당에 좀 오래 붙어 있는 종업원들 중에는 달평 씨의 그 나들이를 두고 고개를 갸웃거리며 수군거리는 사람들도 있었다.

"혹시, 우리 사장님……"

간첩이 아닐까 하는 그런 의심이다.

"야, 이 사람아, 어딜 그렇게 훌쩍 갔다가 오는 게야?"

달평 씨의 친구들이 직접 달라붙어 추궁도 해보는 모양이었으나 결과는 매한가지였다.

"바람 좀 쐬고 왔네, 바람."

달평 씨가 하는 대답은 고작 이것이었다. 그렇다고 뭔가 크게 감추고 있는 사람들의 그런 흉물스러운 얼굴도 아니었다. 정말 휘이 바람이라도 쐬고 돌아온 사람의 그 홀가분한 얼굴 표정이다. 그렇게 며칠 지나다 보면 정말 자기가 식당을 떠나 있었다는 사실마저 까마득 잊는 게 보통이었다. 그렇기 때문에 며칠 떨어져 있는 사이의 그런 공백이 전혀 느껴지지 않게 마련이다.

보은식당이 문을 연 지 20년이 가까워지고 있었다. 비록 시변두리 지역이긴 했지만 그런대로 보은식당의 경기는 괜찮은 편이었다. 시중 사람들 중에는 곰국 하면 보은식당이 먹을 만하다는 얘기들을 할 정도로 보은식당의 곰국은 널리 알려지기도 했던 것이다. 보은식당의 단골인 어떤 사람이 말했다.

"그 집에 가면 말이야, 음식 맛두 맛이지만 그 주인 내외가 마음에 든단 말이야. 꼭 그 집 곰국 맛처럼 수더분한 사람들이 그 식당 분위기와 너무나 잘 어울린다 그거지."

"맞았어, 그런 사람들은 손님들 마음을 편안하게 해주는 힘이 있어."

"우선 그 사람들은 자신들이 하는 그 일에 긍지를 갖고 있다는 거지. 즉 자신들이야말로 맛 좋은 곰국을 만들어 파는 일을 위해서 이 세상에 살고 있다는 그런 생각들을 하고 있는 것만 같거든."

그들의 얘기가 맞는 말이었다. 달평 씨 부부는 자기들이 경영하는 식당에 대해 남다른 긍지와 자신감을 은연중 드러내 보이고 있었다. 건물이 낡고 비좁아 웬만하면 뜯어치우고 다시 훤하게 개축을 할 것이지만 달평 씨는 그러한 의견을 내놓는 이웃들의 충고에 대해 아랑곳하지 않았다. 요는 제 분수를 지키며 살아온 달평 씨 부부였다. 20여 년을 줄곧 같은 장소, 같은 규모에서 장사를 한다는 것은 그리 쉬운 일이 아니었다. 그러면서도 이제까지 아들딸을 남 못지않게 키워냈을 뿐만 아니라 요즈막에 이르러는 새마을금고에 꽤 많은 저금까지 예치해 새마을금고의 감사직까지 맡을 수 있었던 것은 그들 내외의 수더분한 식당 경영 자세의 성실성 때문이라고 할 수 있었다.

그러한 달평 씨가 남이 알지 못하는 기이한 나들이를 일 년에 대여섯 번씩 한다는 것은 확실히 예삿일이 아니었던 것이다. 아무리 달평 씨가 얼버무려 넘기려 해도 달평 씨의 그 기이한 나들이에 대한 궁금증은 날이 갈수록 높아갔다. 우선 아버지를 존경하는 (도대체 그 자식들이 자기의 아버지를 존경한다는 것이 그리 흔한 일이 아니다) 달평 씨의 아들딸이 나이가 들어가면서 부쩍 아버지의 행각에 관심을 표하기 시작한 것이다.

"정말 아버지가 남들이 얘기하는 것처럼 새엄마를 어데다 두고 있는 건 아닐까?"

둘째가 말했다.

"아버진 그럴 분이 아니시긴 하지만 모르지 또……"

이제 장가갈 나이가 된 첫째가 좀 뜸을 들이면서 말했다.

"자고로 남자의 인격을 얘기할 땐 여자와 술에 관한 건 빼놓고 하랬거든……"

그런 면으로 아버지의 나들이를 합리화하려 했다.

"남자들이란 다 구렁이니까 뭐."

고 3인 딸이 그런 식으로 껴들었다. 아버지까지 구렁이과에 집어넣기를 서슴지 않는 걸로 미루어 이제까지 자신의 마음속 끄떡없는 우상이 흔들리고 있다는 징조가 분명했다.

"하긴 또 모르지, 그냥 갑갑해서 잠깐 바람을 쐬고 온 걸 가지고 우리가 괜히 이러고 있는지."

별의별 추측들을 해가며 달평 씨를 깎아내리던 달평 씨의 친구들 중 한 사람이 한 말이었다. 어떻든 달평 씨의 그 느닷없는 바깥출입에 대한 주위 사람들의 관심은 높아질 대로 높아져 있었다. 그러나 중요한 것은 그 관심 속에 달평 씨가 돈을 얼마나 가지고 나갔느냐 하는 게 빠져 있었던 것이다.

도대체 달평 씨가 부인이 저금 통장에서 꺼내다 주는 돈을 가지고 나간다는 걸 아는 사람이 없었다. 그런 문제는 생각하려 하지도 않았던 것이다. 그것은 달평 씨 부인이 그런 내색을 전연 내비치지 않았던 때문이다. 분명 공모자는 아니면서도 공모자 이상으로 남편의 기이한 행각을 거들고 있는 셈이었다.

달평 씨의 이러한 소문나지 않은 선행이 세상에 알려지게 된 것은 정말로 뜻하지 않은 일로 해서였다. 어쨌든 10여 년 동안 계속해온 달평 씨의 그 기이한 행각이 만천하에 알려지게 되었다. 그것이 들통나면서부터 달평 씨의 모든 것은 죽어가기 시작했던 것이다. 그러나 그것을 계기로 달평 씨의 식당, 달평 씨의 명성은 단연 그 면모를 달리하기 시작한 것도 부인할 수 없는 사실이다. 그런저런 면에서 달평 씨의 선행이 세상에 알려지게 된 것은 모두 놀라고 볼 일이었다.

달평 씨의 부인이 그 전화를 받았다.

"거기가 달평 씨란 분이 경영하는 보은식당입니까?"

"네 맞습니다."

달평 씨 부인은 어떤 예감으로 가슴부터 떨렸다. 달평 씨 이름을 대고 식당을 찾는 사람은 아직 없었기 때문이다. 남편이 예의 그 느닷없는 나들이를 나간 지 이틀째 되는 오후였다. 전국이 오랜 장맛비로 인해 많은 수해를 입고 그 복구 작업이 한창 바쁜 여름철이었다.

"달평 씨 지금 안 계시죠?"

"네 그런데요."

"여기 보은동 파출솝니다. 달평 씨가 계신 곳을 알려드릴 것이니 빨리 와보십시오."

마침 식당에 나와 있던 둘째 아들과 함께 파출소까지 달려갔다. 달평 씨가 남쪽 지방 이름도 처음 듣는 조그마한 마을에 있으니 찾아가보라는 것이었다. 어떻게 된 일이냐니까 자기들도 그쪽 경찰서를 통해 연락받았기 때문에 아는 바가 없다고 했다.

뭔가 큰일을 당했구나 하는 생각에서 식당까지 문을 닫고 식구 모두가 부랴부랴 그 남쪽 지방까지 달려 내려갔다. 신문에 떠들썩했던 수해 지구였다. 그 수해 지구 중에서도 마을 뒷산에 사태가 나 무려 다섯 집이 흙더미 속에 묻혀 몰살을 한 마을이었다. 그런 수해 마을에도 조그마한 보건소 같은 게 하나 있었고 거기 달평 씨가 머리에 붕대를 감은 채 누워 있었다. 서울 큰 병원에 올라가 검사를 받아봐야 알겠지만 지금 같아서는 머리의 외상 외는 별 이상이 없는 것 같다고 달평 씨를 돌보아온 의사가 말했다. 수련의의 한 과정으로서 이런 무의촌에 나와 일한다는 젊은이였다.

"그렇다니까 글쎄, 이렇게 어엿이 자제분들까지 있는 어른이……"

달평 씨 식구들이 거기에 도착하자 대여섯 명의 마을 사람들이 몰려들었다. 그중에서도 서른이 좀 넘을까 한 청년이 하나 달평 씨 부인 앞에 무릎을 꿇었다. 달평 씨의 머리통이 깨어진 경위가 밝혀졌다.

산사태가 나 죽은 사람들의 장례를 치르고 난 어수선한 마을에 낯선 사람 하나가 나타났다.

"이번 산사태로 가족이 다 죽었지만 천행으로 살아난 어린 아이가 이 마을에 하나 있다는 말을 듣고 찾아온 사람입네다."

낯선 사람이 마을 노인을 붙잡고 얘기를 걸었다.

"예, 있습지요, 그런데 그건 왜 물어보십니까?"

"혹시 그 아이 이름이 김재돌이 아닙네까?"

"그렇소만……?"

"지금 그 아이가 어디 있습니까?"

"글쎄올시다요."

"혹시 그 아이의 친척이 되는 사람이 이 마을에 살고 있습네까?"

"친척이 다 뭐요. 객지에서 굴러들어온 사람이 남의 땅 부쳐 먹고 산 형편에……"

"그렇다면 먼 데서 온 그 아이의 일가붙이라도 있을 것 아닙네까?"

"글쎄올시다요, 아직은 없는 것 같지만서도…… 그런데 댁은 도대체 뉘십니까?"

"신문을 보고 찾아왔습네다."

"하긴 신문에 났을 게요만, 맨날 서울서 신문 기잔가 뭔가 하는 사람들이 법석처 쌓터니…… 그런데 댁은 왜 오셨다는 게요?"

마을 노인이 그렇게 추궁을 하자 낯선 사람은 잠시 머뭇거렸다. 마을 사람 몇이 더 모여들었다.

"혹시 그 아이를 누가 맡아서 기를 사람이라도 없을까 모르겠습네다?"

낯선 사람이 그렇게 화제를 돌려잡고 있었다.

"맡아서 기르다니요? 아, 제 애도 키우기 힘든 세상에 어떻게 남의 애까지 기른답니까요, 어서 공돈이나 떨어지면 몰라도……"

좀 젊어 보이는 마을 사람 하나가 껴들었다.

"걔가 지금 황만재 아저씨 댁에 있지요 아마? 그런데 그 집도 아들이 없어 조금 생각은 나는가 봅니다만 워낙 똥구멍이 째지게 가난해놓으니까 처음 생각이 바뀐가 봐요. 지서로 보낸다고 하던데, 모르겠네요. 벌써 그리 보냈는지."

"어디! 아직 안 보내고 있다던데."

다른 사람이 또 껴들었다.

"황서방 생각엔 수해 의연금이라도 걔한테 돌아오면 그걸로 한번 키워볼까 하고 있더래지."

"됐습네다!"

낯선 사람이 갑자기 무릎을 쳤다.

"그렇다면 제가 말씀을 올리겠습네다. 황머시라 하는 그분에게 그 재돌이를 그대로 키우라고 여러분께서 말씀해주셨으면 좋겠습네다."

모여든 사람들이 서로 의아한 듯이 얼굴을 마주 보았다.

"아주 터놓고 말씀드리지요. 그 재돌이란 애의 애비 되는 사람이 바로 제 조카뻘이 됩네다. 여기 와서 산다는 걸 어서 얼핏 듣긴 했는데 이번 신문에 난 걸 보고 확실히 알았지요. 그래서 이렇게 온 겁네다."

"아니 그렇다면……"

좀 젊은 사람이 얼굴에 심줄을 세우며 퉁겨 나왔다.

"아저씨, 그렇다면 왜 진작 안 나타나시고 지금에야 이렇게 나타나신 겁니까? 그 재돌이란 앨 데려다가 키우려고 오신 겁니까요?"

"글쎄 그게 여의치 못해서 이렇게 여러분들 앞에 의논을 하는 겁네다. 터놓고 말씀드려서 재돌일 제가 맡을 형편이 못 된다는 겁지요. 그래서 아까 말씀들 하시던 그 황머시라고 하던 분께 갤 맡겨볼까 해서 그러는 거지요."

"야, 참 기가 막히군!"

먼저 껴들었던 젊은이가 낯선 사람의 행색을 아래위로 훑어 보며 계속했다.

"아저씨, 보아하니, 나이두 꽤 드시구 한데, 밸이 꼴려 그냥 못 듣겠어서 하는 얘깁니다만 아저씨, 재돌이네가 그렇게 됐다니까 혹시 재돌이네 앞으로 있던 땅마지기나 있나 해서 이렇게 나타났다가 사정이 그렇지 못한 걸 알구 꽁무닐 빼는 거 아닙니까?"

"하, 무슨 말씀을 그리 하십니까, 아까 내가 말씀드린 대로 제 사정이 그래 놔서 우선……"

"사정은 무슨 놈의 똥 쌀 사정, 물에 빠진 걸 건져놓으니까 내 보따리 내놓으라고 멱살 잡는다는 격으로 이건……"

"글쎄 그게 아니고……"

"아니긴 뭐가 아니여?"

싸움판이라도 벌일 험악한 분위기가 되자 그 낯선 사람이 슬며시 일어나 두툼한 봉투 하나를 나이 많은 노인 손에 쥐여주면서 말했다.

"여러 말씀 안 드립니다. 여기 여러분 모두 계신 데다가 돈 좀 놓고 갑네다. 아주 작은 것이긴 하지만 황머시라는 그분한테 좀 전해주십시오. 재돌이를 키우는 데 보태 써주십사 하고요. 또 제게 여유가 생기는 대로 찾아뵙겠습니다. 우선 오늘은 이만……"

낯선 사람이 표연히 몸을 돌렸다. 봉투를 하나 받아 든 사람이 어쩐 영문인지를 몰라 어리둥절하는 사이에 낯선 사람은 허둥지둥 마을을 빠져나가고 있었다.

"저놈, 사기꾼이닷!"

마을 사람들 중에서 앞의 그 젊은이가 그렇게 소리치며 벌떡 일어났다.

"간첩이다 간첩!"

또 다른 사람이 외치면서 일어섰다.

순식간에 쫓고 쫓기는 사태가 벌어졌다. 나이 든 그 낯선 사람이 당할 수가 없었다. 마을 사람 중 앞의 그 젊은이가 위협 삼아 던진 돌이 낯선 사람의 뒤통수에 맞았다.

"제가 고만 실수를 해서 아저씨가……"

달평 씨 부인 앞에 무릎을 꿇었던 청년이 거듭거듭 사과를 했다.

"아, 우리 모두 잘못이지요. 이렇게 훌륭한 어른을 몰라뵙고 설랑……"

달평 씨 가족이 나타났다고 하니까 많은 마을 사람들이 나타나 한마디씩 사과 겸 위로의 말을 던졌다.

그런데 그 피해자인 달평 씨의 태도가 이상했다. 잔뜩 화난 얼굴로 눈을 감은 채 사람들의 얘기를 듣고만 있었다.

"서울 으른께서 화가 나셨지우."

마을 사람 하나가 귀엣말을 했다.

달평 씨가 그처럼 화가 난 것은 마을을 다녀간 신문기자 때문이었다. 천애 고아가 된 재돌이의 기사를 쓴 그 신문사의 기자가 또 다른 기삿거리가 없나 하고 찾아왔다가 달평 씨의 웃지 못할 희극 한 토막 얘기를 전해 듣고는 달평 씨에게 몇 마디 더 물어본 모양이었다. 그러나 달평 씨는 마을 사람들에게는 어쩔 수 없어 다 털어놓은 그 선행을 기자가 확인하자 모두 거짓이라고 잡아뗐다. 기자가 그 말을 곧이들을 리가 없었다. 오히려 달평 씨의 그러한 겸손의 미덕까지 곁들여 기사를 써 간 모양이었다. 기사를 쓴다면 미리 마을 노인 앞에 맡겨놓은, 재돌이 앞으로 갈 일금 30만 원까지 되찾아 가겠다고, 달평 씨가 버텼던 모양이다. 그러나 기자는 웃으면서 제발 그렇게 해보시라고 한 뒤 사라져버렸던 것이다.

달평 씨 가족들이 달평 씨를 모시고 상경한 다음 날 우리나라에서 발행 부수가 가장 많은 그 신문 사회면 한가운데 박스 기사로 정말 큼지막하게 그 이야기가 실려 있었던 것이다. 그 미담 기사의 윗부분에 머리에 붕대를 감고 누워 있는 달평 씨의 사진과 함께 재돌이란 아이가 처량하고 쑥스러운 모습으로 서 있는 것도 보였다.

대개의 미담 기사가 사실보다 과장 미화되기 마련인 것처럼 달평 씨의 얘기도 살이 많이 붙고 각색이 다채로웠다.

마을 청년한테 돌로 맞아 터진 머리를 달평 씨가 수해 복구 현장에 끼여 일을 하다가 낙반 사고로 그리된 것처럼 바뀌었는가 하면 재돌이를 키울 황 아무개 집에 돈 보따리를 몰래 놓고 가다가 개한테 물렸기 때문에 그 선행이 밝혀졌다는 등…… 이러한 달평 씨의 선행은 그가 어렸을 적 불우했던 과거를 잊지 못하고 자기처럼 불우한 처지의 아이들을 보면 만사를 제쳐 놓고 찾아나선다는 것이다. 본인이 굳이 밝히기를 거부해 확실한 것은 알 수 없지만 달평 씨에게서 도움을 받은 사람이 20여 년 동안(달평 씨의 그 나들이는 이제 10년밖에 안 됐지만) 거의 백여 명에 가까울 것이라는 추측 기사 끝에 달평 씨가 그의 가족들과 함께 겨우겨우 생계를 유지해온 보은식당이 그의 그런 숨은 선행으로 말미암아 문을 닫을 지경에 이르렀다고 동정적인 얘기도 곁들여 있었다.

"역시!" "그랬었구나!" "그러면 그렇지!"

근간에 조금씩 달평 씨의 괴이쩍은 나들이에 고개를 갸웃거리며 제멋대로 억측을 해온 사람들이 자신들의 못난 억측을 부끄러워하며 그 반사작용으로 고개를 크게 주억거렸다.

"아버지, 이제 좀 괜찮으세요?"

자랑스러운 아버지를 둔 달평 씨의 아들딸들은 달평 씨가 병원에 있던 일주일여를 그 옆을 떠나지 않고 그의 손발 노릇을 했다. 고 3인 딸이 아버지의 사진이 실린 그 미담 기사를 스크랩북에 오려 붙여서 식당에 내다 놓았다. 그러나 달평 씨의 부인은 어제나 다름없이 조용한 몸가짐으로 식당을 지키고 앉아 손님들을 맞았다. 혹 신문 기사를 보고 우정 보은식당까지 찾아와 곰국을 시킨 손님들이 그 미담에 대해 듣고 싶어 할 때마다 그네는 그냥 미소를 지으며 호감을 가져주는 데 대한 예의상의 목례를 잠깐 보일 뿐 단 한마디도 덧붙여 얘기하지 않았다.

"이렇게 손님이 많고 평판 있는 식당이 그래 문을 닫아야 하다니!"

달평 씨의 그 선행보다 보은식당이 문을 닫아야 한다는 걸 아쉬워하는 식도락가도 있었다.

"어쩌면 그렇게 좋은 일을 많이 하셨어?"

보은식당 옆에 이웃한 다른 가게 사람들도 한 번씩은 들러, 오른손이 하는 일을 왼손이 모르게 한 달평 씨의 선행을 극구 칭찬하기에 바빴다. 병원에도 꽃다발이나 과일을 사 든 문병객들이 줄을 섰지만 달평 씨가 그것을 달갑게 여기지 않는 눈치라 식구들이 중간에서 따돌리기에 진땀을 빼야 했다.

드디어 달평 씨가 병원에서 나와 식당으로 돌아왔다. 식당 종업원들이 입구에 모여 섰다가 박수를 쳤다. 달평 씨 부인이 종업원들의 그런 계획을 사전에 알고 그걸 필요가 없다고 조용히 만류했지만 종업원들은 꽃다발을 만드는 일만은 하지 않았을 뿐 마음에서 우러나는 열렬한 환영을 박수로 나타냈던 것이다.

식구들이나 종업원들이나 이웃 사람들의 눈이나를 막론하고 모두 병원에서 돌아온 달평 씨의 해쓱한 얼굴에 집중되었다. 그의 손가락 놀림 하나하나에도 관심을 보였다.

"그 개한테 물렸다는 다린 괜찮은가?"

달평 씨의 친구가 그렇게 물었다. 달평 씨가 아주 쑥스럽고 난처한 얼굴을 겨우 쳐들면서 입속말로 뭔가 중얼거렸다.

"그저……"

이상한 일은, 그때부터 달평 씨가 다리를 약간 절름거리기 시작한 것이다. 이상한 일은 그것뿐이 아니었다. 그처럼 싱싱하고 활달하던 달평 씨가 남의 눈치를 보며 비실비실 배돌기 시작한 일이다. 아들딸하고도 눈을 마주치는 걸 겁냈으며 종업원들한테 하던 그 꼬장꼬장한 잔소리도 씻은 듯 사라졌다. 처음에는 자기의 선행이 세상에 널리 알려진 데 대하여 그냥 나타나는 예의적인 겸손 정도로 생각되어 그러한 그의 태도가 사람들에게 더욱 호감을 주었다.

그러나 날이 갈수록 달평 씨의 태도는 이상해져갔다. 숫제 집에 박혀 식당에 얼굴을 내밀지 않는 날이 잦아지고 설사 식당에 나왔다 해도 한구석에서 서성거리다가 슬며시 자리를 떠 근처 다방에 몇 시간이고 앉아 있는 게 보통이었다.

"완쾌는 되신 거죠?"

달평 씨를 유심히 살펴본 사람 중에는 달평 씨가 머리를 다쳤던 것을 상기시켰고 그 후유증이 아직 남아 있지 않나 하는 기우를 나타내기도 했다. 그러나 달평 씨 부인은 얼굴에 아무런 변화가 없었다. 어제나 다름없는 표정으로 남편의 동정에 관심을 기울이는 사람들한테 말하곤 했다.

"원래 그러신 분인걸요."

이것은 달평 씨의 첫번째 죽음을 그 누구보다 먼저 직감하기 시작한 달평 씨의 부인이 남편의 그 흉악한 죽음을 남들 앞에 보이고 싶지 않아서 한 말이었을 것이다. 그렇다. 달평 씨는 본래의 자기를 잃어버리고 죽어버린 것이다.

그의 이러한 죽음과는 달리 세상은 그를 그대로 땅에 묻으려 하지 않았다. 매일 대여섯 사람 이상이 찾아와 달평 씨를 괴롭혔다.

"아저씨, 제가 10년 전 아저씨의 도움으로 새사람이 된 진구라는 사람이올시다."

얼굴이 험악하게 생긴 사람이 찾아와 달평 씨 앞에 술 한 병을 놓고 무릎을 꿇었다. 10년 전 이름을 밝히지 않는 사람이 보내준 돈으로 버림받은 사회를 하직하려던 불쌍한 인생이 재생의 길을 찾았다는 것이다. 신문에 난 달평 씨의 미담을 읽고 직감적으로 자기의 은인임을 알게 돼 찾아왔다는 것이다. 달평 씨가 자기는 그런 일을 한 적이 없다고 힘없는 소리로 말했지만 그 사람은 그럴 리가 없다고 우기면서 그 은혜에 거듭거듭 감읍하고 돌아갔다.

달평 씨가 오른손이 하는 일을 왼손이 모르게 선행을 시작한 지 꼭 10년 만에 그 열매가 열려 마구 굴러들어오기 시작했다. 고아원 원장이 전화를 걸어오기도 하고, 지방에 있는 무의탁 정신병자를 수용하는 곳에서 몇 년 전 찾아와 이름을 밝히지 않고 돈을 놓고 간 분이 당신이 아니냐며 그 돈으로 이러이러한 시설을 해놓았노란 사업 보고를 하는 사람도 있었다. 어떤 날은 지팡이에 의지한 환자 하나와 그를 부축하고 온 열서너 살 된 아이가 달평 씨를 찾아왔다.

"선생님, 이 은혜를 어떻게 갚아야 할는지 모르겠습니다."

목발을 짚은 사람이 눈물부터 흘리고 있었다. 아내를 잃고 어린 자식 셋을 혼자 힘으로 키우는 중에 중병에 걸렸고 그 수술비가 없어 네 식구가 함께 자살을 기도했다가 미수에 그쳤다는 딱한 이야기가 신문에 소개된 적이 있었다는 것이다. 그때 각계에서 돈을 보내와 병을 겨우 고쳐 자식들 뒷바라지를 할 수 있게 됐다는 것이다. 그 돈을 보내온 사람들이 다 제 이름을 밝혔는데 유독 한 사람만이 이름을 밝히지 않았고 또한 그 돈이 액수가 가장 많았다는 것이다. 그 이름을 밝히지 않은 사람이 바로 달평 씨가 틀림없다는 얘기였다. 이제 달평 씨는 그것을 부인하지도 않았다. 그저 겁먹은 눈으로 부인을 쳐다보았고 그 눈길을 받은 달평 씨의 부인이 아무도 모르게 봉투에 돈을 넣어 슬쩍 남편의 손에 쥐여주곤 했다.

신문마다 달평 씨의 지나간 행적과 미담이 소개되었다. 달평 씨를 찾아왔던 사람들이 그 은혜 갚음의 방법으로 신문을 이용할 줄 알았기 때문이다. 하나같이 미화되고 솜사탕처럼 부풀어 올라 흐뭇하고 콧등이 시큰해지는 이야기였다. 달평 씨가 그러한 사람들을 만나 더욱 겸손해지고, 그들을 보낸 뒤 더 비참하고 우울한 죽음을 맞이하여 비실거리고 있을 때 세상 사람들은 더욱더 높은 목소리로 달평 씨를 예찬해 마지않았다. 식당의 종업원들까지도 옛날과 너무나 달라진 달평 씨의 이러한 변화에 대해 아낌없는 찬사를 보냈고 그 찬사의 뜻으로 어제보다 더 부지런히 더 친절히 손님을 맞고 음식을 만들고 나가는 손님에게 깍듯이 예의를 차렸다. 손님은 눈에 띄게 늘었다. 자기 차례를 기다리기 위해 밖에서 기다리고 있는 사람도 있을 정도였다. 물론 그 손님들 중에는 달평 씨에게서 도움을 받았다고 확신하고 그 은혜를 갚으러 찾아온 사람도 상당수 끼어 있게 마련이었다.

"사장님, 오늘 왔던 그 눈먼 사람까지 합치면 모두 예순아홉 명이 다녀갔습니다."

식당 지배인이라고 할 수 있는 김 씨가 수첩을 꺼내 무엇인가 헤아려본 다음에 달평 씨한테 말했다. 25년 전 실명했을 때 익명의 사람으로부터 도움과 격려를 받고 오늘까지 살아올 수 있었다는 그 눈먼 사람이 예순아홉번째 사람이었던 것이다.

"예순아홉?"

아직까지도 멍청한 그 죽음의 늪에서 깨어나지 못하고 있던 달평 씨가 예순아홉이라는 말에 깜짝 놀란 표정을 했다. 눈에도 이상한 빛이 돌기 시작했다.

"그렇습니다, 사장님, 내일이면 이제 럭키 쎄븐, 70명을 돌파합니다."

그것이 계기였다. 죽었던 달평 씨가 느닷없이 살아나기 시작한 것이다. 그는 첫번째 죽음의 그 우울한 늪에서 싱싱하게 살아 올랐다.

"여보, 나 좀 밖에 나갔다 와야 하겠어. 한 10만 원만 줘봐."

달평 씨는 자기 부인한테서 돈 10만 원을 받아 양복 안주머니에 넣고 여기저기 전화를 걸어대기 시작했다. 우선 114를 불러 아무 고아원이나 그 전화번호를 대달라고 했다. 달평 씨는 교환이 대주는 전화번호를 종이에 옮겨 적었다. 두어 군데의 양로원 전화번호도 알아두는 모양이었다.

"아, 여보세요? 거기 양심 고아원이 맞습지요? 아, 원장 선생님 되십니까? 네에 저는 달평이란 사람입니다. 다른 것이 아니옵고 제가 오늘 그곳 원아들을 좀 위로해볼까 해서 이렇게…… 네? 아, 오늘은 미국 사람들이 오기로 돼 있다구요? 그럼 이렇게 하지요, 다음 주 제가 또 시간이 나는 대로 전화를 올리겠습니다. 네? 아, 네, 여긴 보은동 파출소 뒷골목에 있는 보은식당입니다. 그렇습니다, 달평이라고……"

그렇게 시작된 달평 씨의 고아원 방문 순례는 서울에서부터 전국 여러 곳으로 그 범위를 넓혀갔다. 그럴 때마다 그 보답하는 방법에 이미 익숙해진 고아원 측의 선처로 해서 달평 씨의 미담은 속속 신문지상에 오르게 되었다. 이제는 신문뿐이 아니고 라디오와 TV에도 달평 씨의 이름과 얼굴이 오르내렸다. 보은동의 가난한 집 노인들을 보은식당에 모아 경로잔치를 베풀던 날은 신문기자는 물론 TV 촬영반까지 동원되어 인근 마을 사람들을 놀라게도 했다.

달평 씨가 어느 단체에서 주는 상을 탔을 때 달평 씨를 아는 사람들은 몹시 툴툴거렸다. 달평 씨가 상을 탄 것이 배가 아파 그런 것이 아니라 달평 씨에게는 어느 단체가 아닌 나라에서 큰 상을 내려야 마땅하다는 한결같은 불만이었던 것이다. 사람들의 한결같은 그런 바람 때문이었는지 달평 씨는 드디어 나라에서 주는 큼지막한 이름의 상을 받게 됐다. 그 부상으로 주어진 상금은 그 현장에서 곧장 수해민 구호 성금으로 내버렸다는 얘기가 또한 신문에 났다.

상을 타면서부터 달평 씨는 정말 바쁜 몸이 되었다. 여기저기 불려다니며 즉석 연설을 해야만 했다. 주로 그가 오른손이 하는 일을 왼손이 모르게 베풀어온 선행의 동기에서부터 현재 어떤 정신을 가지고 또 앞으로는 어떤 방향으로 살아갈 것인가에 대한 달평 씨의 인생 전반을 보여주는 연설이었다. 그러한 연설을 하기 위해서 이 세상에 태어난 사람처럼 그의 말은 유려하여 듣는 사람의 가슴을 울리는 바가 있었다.

"나는 여섯 살 때 조실부모하고 이 험난한 세상에 마치 거친 풍랑 위의 쪽배처럼 던져지게 되었습네다. 아무도 내게 손을 내밀지 않았습니다. 손을 잡아주기는커녕 내가 살려달라고 발을 동동 굴러가며 매달릴 때마다 사람들은 매정하게도 내 손을 뿌리쳐버렸던 것입네다. 나는 그때부터 나를 버린 세상을 원망하기 시작했습네다. 이 가슴속에 칼을 갈면서 벼르기 시작한 겁네다. 아마도, 그렇습네다. 아마도 내가 그 가슴속의 칼을 계속 갈게 됐더라면 내 칼날에 맞아 죽은 사람이 부지기수였을 겁네다. 이 세상 한쪽이 내 원한의 칼날로 해서 갈기갈기 찢겨 그 찢긴 구멍으로 새어드는 독개스에 사람들의 숨통이 캑캑 맥혀 죽어갔을는지도 모릅네다. 아, 정말 생각만 해도 무서운 일입네다. 그러나, 세상은 반드시 그렇게 매정하고 각박하지만은 않았다 그겁네다. 이 세상에는 착한 일을 하는 사람들이 많앗던 것입니다. 그 당시 내가 천애고아가 되어 이리저리 떠돌던 때만 해도 고아원 같은 게 있을 턱이 없었습지요. 그러한 세상에서 나한테 구원의 손길을 내민 사람이 있었던 것입네다."

달평 씨는 자기를 구원해서 자기의 가슴으로부터 원한의 칼을 거두어 간 그 착한 사람의 행적에 대해서, 그리고 그러한 착한 사람의 행적이 이 혼란한 인류 사회에 얼마나 큰 빛이 되어 주는가를 목소리 높여 이야기하기 시작했던 것이다. 달평 씨에게 구원의 손길을 내민 그 착한 사람에 대해서 듣고 난 사람들의 결론은 바로 그러한 '인류 사회의 빛'이야말로 달평 씨의 모든 면과 너무나 일치한다는 사실이었다.

"아버지께서 그렇게 일찍 고아가 되셨다는 게 사실입니까, 어머니?"

어느 날 신문에 실린 아버지의 이야기를 읽고 식당에 들른 큰아들이 그렇게 물었다. 커오면서 들은 아버지의 과거와는 상당한 거리가 있었기 때문이다. 그러나 달평 씨 부인은 여전히 흐트러지지 않은 그 조용한 얼굴을 쳐들어 대답했다. 이즈막 그네의 존재는 더욱 작아져 거의 사람들 눈에 띄지도 않을 정도였다.

"아마, 그러셨을 게다. 어디 아버지께서 그런 얘길 식구들한테 해오셨어야 말이지."

"아버지가 어머니하고 결혼한 그다음 날 어머니한테 해준 그 결혼반지를 팔아 불쌍한 사람한테 쌀을 사주었다는 얘긴 거짓말이죠?"

둘째 아들이 아주 까놓고 물었다. 그러나 달평 씨 부인은 정

색한 얼굴로, 그러나 여전히 조용한 목소리로,

"아마 그러셨을 게다."

"그러면 그 전에 우리한테 보여주시며 결혼반지라고 말씀하시던 건 또 뭡니까?"

"으응, 그건 아버지께서 또 해주신 거지."

이제 달평 씨의 두번째 죽음의 그림자가 나타나기 시작한 것이다. 사실 달평 씨가 내놓고 좋은 일을 벌인다고 해서 그것을 그의 두번째 죽음의 징조라고 말하기엔 좀 뭣한 점도 있다. 아주 공공연히 드러내놓고 하는 선행이 더 떳떳한 성질의 것일 수도 있으니까. 더구나 달평 씨의 경우는 그것을 공공연히 내놓고 했을 뿐 그것을 뽐내거나 내세우지 않았으며 그 선행을 통해서 얻을 수 있는 사업의 이점 같은 걸 정말 똥 보듯이 우습게 알았으니 말이다. 매스컴이 달평 씨의 선행을 필요 이상 크게 알렸을 뿐이며 달평 씨를 초청한 강연회의 성격과 그 스케줄이 달평 씨의 입에서 그러그러한 말이 저절로 나오게 이미 음모되어 있었을 뿐이다. 사실 그가 경영하는 보은식당은 줄을 이은 손님과는 아랑곳없이 점점 기울어져가고 있었으며 그가 이룩한 명성과는 달리 그는 새마을금고의 감사직도 내놓지 않으면 안 되었던 것이다. 새마을금고의 예금이 바닥이 났던 것이다. 그러나 이러한 동정적인 사태와는 달리 달평 씨의 죽음은 거의 결정적인 것으로 나타나기 시작했다. 그는 형편없이 무너져 내리고 있었기 때문이다.

"이놈에 자슥들, 애비가 하는 일에 협조는 못할망정……"

옛날과 달리 아버지의 모든 것을 조금씩 부정적인 것으로 보

기 시작하고 아버지의 모든 것을 회의하기 시작한 그 자식들을
향해서 달평 씨가 불호령을 내리기 시작한 것이 바로 무너짐의
분명한 징후였던 것이다. 달평 씨에게 있어서 이제 그 아들딸
들은 맞서서 싸워야 할, 그래서 물리치고 정복해야 할 적이었
을 뿐이다. 내놓고 시작한 선행의 길은 그만큼 외롭고 험난한
형극의 길이라고 달평 씨는 생각하고 있었던 것이다.

　달평 씨는 새마을금고 감사직을 물러난 대신 사회 각계에서
주어진 수십 개의 명예직 감투를 쓰게 되었다. 달평 씨로부터
도움을 받았다고 굳게 믿고 있는 거의 백 명에 가까운 사람들
이 (신문에 이름이 밝혀진 사람들만) 모여서 만든 '달평 보은
동지회' 고문직이며, 각 고아원 양로원 혹은 지역사회에서 그
의 손길이 아쉬워 붙여준 수십 개의 감투가 그의 명함 속에 새
겨져 있었다.

　"이봐, 당신 지난번 내가 소록도에 다녀왔다는 신문 기사는
왜 여기다가 오려 붙이지 않았지?"

　어느 날 식당 벽에 걸린 대형 스크랩북을 뒤져보던 달평 씨
가 그의 부인을 향해 버럭 고함을 내질렀다. 그 고함 소리에 종
업원들도 비실비실 몸을 숨겼다. 그 고함의 파편이 분명 자기
들의 면상에도 꽂힐 게 틀림없었기 때문이다.

　"사장님, 그건 제 불찰입니다. 그때 신문을 어느 손님이 보
시다가 그냥 들고 가는 바람에 그만……"

　"그렇다면 또 사다가라도 붙여놔야 할 게 아니냔 말이야!"

　달평 씨는 식당 지배인을 향해 호령을 했다.

　"여보, 오늘 P일보 기자한테서 전화 안 왔습니까?"

밖에 나갔다가 들어온 달평 씨가 그의 부인한테 시비라도 걸 듯 물었다.

"아무 데서도 연락 온 곳이 없는데요."

달평 씨의 부인이 무슨 죄라도 지은 사람처럼 몸을 자그마하게 움츠리며 대답했다.

"뭐야, 연락 온 데가 없다구? 그럴 리가 있나!"

달평 씨는 뭔가 초조한 듯 실내를 마치 옛날의 나폴레옹이 그랬던 것처럼 왔다 갔다 했다. 신문기자나 잡지사에서 혹은 라디오에서 무슨 연락이 없는 날은 늘 그랬다. 그들에게서 요즘 연락이 뜸해지자 이제는 아예 달평 씨 쪽에서 먼저 이러이러한 기삿거리가 있으니 한번 와보라는 식의 미끼를 던지기도 했다.

그러나 어쩐 일인지 세상 사람들의 관심은 달평 씨에게서 자꾸 멀어져가고 있었다. 그것을 눈치 못 챌 매스컴들이 아니었다. 달평 씨의 미담이 세상 사람들에게 알려지는 기회가 부쩍 줄어들었다.

그러나 달평 씨는 거기서 물러설 위인이 아니었다. 그가 입을 더 크게 벌렸다.

"나는 전과잡니다. 용서 못 받을 죄를 수없이 지고도 뻔뻔스럽게 살아온 흉악무도한 죄인입니다."

달평 씨는 듣기에도 끔찍한 지난날 자기의 악행을 요목요목 들추어 만천하에 공개하기 시작했다. 치한, 사기, 모리배, 폭력…… 등등, 그는 초빙되어간 그 강단에 서서 꾸벅꾸벅 조는 사람들의 머리를 들게 하고 그 쳐든 얼굴에 공포를 끼얹었다.

그다음에 그가 보여주는 연기는 참회하는 자의 흐느낌과 손수
건을 적시는 눈물이었다. 그리고 그는 결론짓곤 했다.

"여러분은 이제 내가 어째서 내 식구의 배를 굶겨가면서 나보
다 못사는 사람, 나보다 불우한 이웃을 위하는 일에 몸을 던졌
는가를 아시게 되었을 겁니다."

청중들이 떠나갈 듯 박수를 치며 고개를 크게 주억거렸다.

"어머니, 그게 사실입니까? 아버지가 신문에 난 것처럼 그렇
게 나쁜 죄를 많이 진 분입니까?"

달평 씨의 아들딸이 숨가쁘게 달려와 어머니의 얼굴을 쳐다보
았다. 그들은 그제서야 어머니의 얼굴에 전에는 전혀 볼 수 없었
던 그늘이 깔려 있음을 발견했다. 그네의 입에서 나온 대답 역시
전과는 달리 남편이 밖에서 한 말을 부정하는 것이었다.

"아니다, 느 아버진 결코 그렇게 나쁜 짓을 할 어른이 아니다."

"그럼, 뭡니까, 아버진 왜 당신의 입으로 그런 말을 하시는 겁
니까?"

그러나 달평 씨의 부인은 더 대답하지 않고, 신문을 보고 부
쩍 늘어난, 얼굴이 험악한 사람들의 식당 방문을 맞기 위해 일
어서고 있었을 뿐이다. 어떻든 달평 씨의 그러한 폭탄선언으로
인해 세상 사람들은 다시 달평 씨를 입에 올리기 시작했던 것이
다. 얼굴이 험악하게 생긴 사람들이 찾아와 손을 벌리기 시작했
고 그들이 만든 무슨 친선 단체의 회장직 감투가 여지없이 달평
씨에게 씌워지기도 했다.

그러나 날 샌 원수 없고 밤 지난 은혜 없다고 세상 사람들은
모든 걸 너무나 쉽게 잊었다. 세상 사람들은 달평 씨를 다시 그

들의 관심 밖으로 내동댕이쳤다. 보은식당의 종업원들은 식당 안에서 나폴레옹처럼 초조하게 서성거리는 달평 씨의 모습을 더욱 자주 보게 되었다.

"오늘은 A주간 신문기자가 왔다 갔지?"

어느 날 밖에 나갔다 들어온 달평 씨가 그의 부인한테 물었다.

"예, 왔었어요."

"와서 뭘 물읍데까?"

"당신이 정말 옛날에 그런 나쁜 짓을 한 사실이 있느냐고 묻더군요."

"그래서?"

"모른다고 했지요, 제가 잘 모르는 일이기 때문에……"

후우 가슴이라도 쓸어내릴 듯 숨을 내쉬던 달평 씨가 손가락을 동그랗게 해 보이며 물었다.

"그래, 얼마나 쥐어 보냈소?"

"아무것도요, 마침 돈이 집에 하나도 없어서."

"뭐라구? 그래, 그 사람을 빈손으로 보냈단 말이야?"

"아무래도 식당 문을 닫아야 할까 봐요. 지난 기 세금도 아직……"

"뭐야? 도대체 여편네가 장살 어떻게 하길래 그따위 소릴 하는 거야?"

그러나 달평 씨의 부인은 사자처럼 포효하는 남편한테 맞서 대들지 않았다. 언제나처럼 조용한 얼굴로 식당에 찾아온 손님을 맞았을 뿐이다.

이때 식당에 와 있던 달평 씨의 아들딸들이 어머니 대신 우,

하고 일어섰던 것이다.

"아버지, 도대체 왜 이러시는 거예요?"

"아버지, 지금 우리 집 형편이 어떻게 돌아가고 있는지 아시고나 계신 겁니까?"

"아빠, 아빠보다 열 배, 아니 백 배, 천 배, 만 배도 더 잘사는 사람들도 못하는 일을 아빠가 어떻게 하신다고 그러시는 거예요? 아빠, 오른손이 하는 일을 왼손이 모르게 하라는 말 생각 안 나세요?"

"아버지, 제발 정신 좀 차리세요!"

자식들이 내쏟는 그 공박에 속수무책으로 멍청히 듣고만 있던 달평 씨가 벌떡 일어나 종업원들도 다 있는 그 자리에서 폭탄선언을 한 것이 바로 그때였다.

그것은 정말 대형 폭탄이었다. 어쩌면 달평 씨가 가진 마지막 카드였을 것이다.

"내 이 말은 더 있다가 하려고 했었지만…… 기왕 아무 때고 알아야 할 일…… 올 것은 빨리 오는 게 피차……"

여느 때와 달리 말까지 더듬어대는 달평 씨의 목소리는 사뭇 비장한 느낌까지 드는 것이었다. 종업원들까지 숨을 죽였다.

"너희 셋은 모두 내 핏줄이 아냐. 기철이 넌 호남선 기차간에서 주웠고, 기수 넌 서울역 광장에 버려진 걸 주워 온 거고, 애숙이 넌 파주 양갈보촌이 네 고향이지. 물론 남들한테야 저기 있는 느덜 어머니 배 속으로 난 것처럼 연극을 해왔다만……"

얼굴이 하얗게 질린 달평 씨의 세 남매가 서로 얼굴을 마주 본 다음 황황히 눈길을 피하며, 구원이라도 청하듯 카운터에

앉은 그들 어머니 쪽으로 고개를 돌렸다.

그때 달평 씨의 부인이 이제까지 그 누구도 보지 못했던 분연한 얼굴 표정으로 일어섰던 것이다. 그네가 소리쳤다.

"여보, 이젠 당신 자식들까지 팔아먹을 작정이에요?"

가속으로 무너져 내려 더 어찌할 길 없는 남편의 그 두번째 죽음의 순간에 이처럼 거연히 부르짖고 일어선 그네의 외침은 우리의 달평 씨를 다시 한번 살려낼 오직 한 가닥의 빛이었던 것이다.

○ 1980년 『한국문학』 9월호

좁은 길

참으로 이상한 일이었다. 아버지의 주검을 본 그 순간 불현듯 10여 년 전 어린 시절에 있었던 그 일이 너무나 선명하게 떠올랐던 것이다. 종해가 내 팔을 잡았고 기겁한 내가 그의 손을 필사적으로 떼치던 기억이었다. 더 분명하게 보인 것은 사람들이 물에서 건져놓은 종해의 주검이었다. 이미 푸르뎅뎅하게 부풀어 부패하기 시작한 그 주검 주위로 쉬파리가 웽웽 날아들었고 그의 헤벌린 입에서는 걸쭉한 물이 흘러나오다 이제막 멈춘 상태였다. 종해는 눈을 무섭게 부릅뜬 채 죽어 있었다.

그러나 아버지는 살아 있을 때와 조금도 다름없는 그런 단정한 모습으로 굳어 있었다. 곤하게 잠든 그 상태에서 그대로 숨을 거둔 것이다. 그런데 어찌하여 이처럼 깨끗한 아버지의 시신에 겹쳐 종해의 그 끔찍한 모습이 생생하게 떠올랐단 말인가. 사실 '떠올랐다'라는 표현은 옳지 않다. 언젠가 보았던 것을 되살려낸 것이 아니었기 때문이다. 나는 결코 종해의 주검을 본 적이 없었다. 종해에 대한 마지막 기억은 물속에서 허위

적거리던 그 팔의 절규와 공포로 희번덕거리던 그 눈뿐이었다. 그러니까 내가 마지막 본 것은 살려고 안간힘 쓰는, 아직은 살아 있는 종해의 모습이었던 것이다. 그때 나는 그의 손을 뿌리치고 허위허위 물속에서 빠져나와 단 한 번도 뒤를 돌아보는 일 없이 마을로 도망쳤을 뿐이다. 나는 강으로 되돌아오지 않았을뿐더러 그 누구도 나에게 종해의 죽은 모습을 얘기해주지 않았다. 도대체 어른들은 종해가 물에 빠져 죽은 일에 대해 내 앞에서 입을 여는 일이 없었다. 어른들처럼 천연덕스럽지는 못했지만 동네 아이들마저도 그 사건 얘기만은 능청스레 시치미를 뗐다. 그 이유는 간단했다. 우리 집안이 그 마을에서는 단연 권세가의 행세를 대대로 해왔을뿐더러 실상 그 당시만 해도 할아버지의 덕망이 대단했기 때문이다. 종해의 아버지는 할아버지의 농토에 빌붙어 사는 그런 처지기도 했다.

사람들이 언제나 다름없이 내 곁에 있었지만 나는 항상 혼자 외떨어져 있는 느낌이었다. 나는 종해의 익사 사건에 대해 어느 누구와도 이야기를 나눌 수 없었기 때문에 그 일의 전말을 털어놓을 수 없었다. 그때 내가 조금 나이만 들었더라도 그 전말을 털어놓고 내 심정을 어느 정도 이해시킴으로써 마음이 한결 가벼워졌을 것이다. 그러나 당시 내 나이는 고작 열 살이었고 종해의 일을 내 입으로 먼저 꺼낸다는 것은 생각할 수 없는 일이었다. 다만 나는 사람들의 함구 그 이면의 말을 캐내려고 꽤나 신경을 곤두세웠던 것 같다. 사람들은 이렇게 말하고 싶었을 것이다.

인마, 네가 종해를 물에 데리고 갔지?

너하고 동갑내기지만 걘 절름발이야. 너처럼 물에서 헤엄칠수 없다는 걸 알면서도 물속으로 끌고 들어간 게 바로 네놈이지 뭐냐.

본 애들이 다 그러더라. 네가 억지로 끌고 들어갔다고.

종해가 겁이 나서 너한테 매달렸다며? 그런데도 너는 걔 얼굴을 때리면서 뿌리쳤대지?

종해 머리를 물속으로 집어넣는 걸 애들이 봤다구 그러더라.

만약 집안의 어른들이나 마을 사람들이 그런 말들을 내게 직접 했더라면 나는 얼마나 마음이 홀가분해졌을 것인가. 나는 그네들의 말에 악을 써가면서 그 사실을 부인했을 것이다. 사람들의 생각이 틀리다는 것을 입증하기 위해 모든 지혜와 방법을 동원했을 것이 틀림없다.

그러나 사람들은 내게 그런 기회마저 주지 않았다. 그것은 어린 내게 그 일로 해서 평생 지워지지 않는 어떤 상처와 그늘이 생기지 않을까 하는 우려였을 것이다. 어른들의 그러한 마음 씀씀이 자체가 나를 숨 막히게 했다. 그것은 가혹한 고문이었다. 여럿 속에 있어도 혼자 외떨어져 있어도 나는 늘 외로웠다. 아마 그때 나는 얼굴이 눈에 띄게 수척했을 것이다. 그렇게 그늘진 내 얼굴을 조심스레 살피는 어른들의 눈을 볼 때마다 나는 더욱 숨이 막혔다.

까마귀 날자 배 떨어지는 격으로 그 일이 있은 뒤 우리 식구들은 고향 마을을 떠나 읍으로 이사를 했던 것이다. 이를테면 할아버지로부터 아버지가 분가를 한 셈이었다. 그때 아버지는 읍에 처음으로 생긴 금융조합에서 일하게 됐던 것이다.

어떻게 보면 고향 마을을 떠났다는 것은 내게 있어 기분 전환이라는 뜻에서 썩 좋은 현상일 수도 있었다. 그것은 종해의 죽음으로 인한 마을의 숨 막히는 분위기로부터 아들을 건져 올리기 위한 아버지의 계획적인 이사였는지도 모른다. 아버지는 그런 사람이었다.

그러나 낯선 읍에 이사를 하면서부터 나는 더욱 외톨박이가 되어 한껏 음울한 얼굴을 한 채 비실비실 배돌았다. 고향 마을로 돌아가고 싶은 생각뿐이었다. 그것은 마치 아이들로부터 따돌림받는 아이가 갖은 수모를 무릅쓰면서라도 그 아이들 곁에 있어야만 마음이 놓이는 그런 심리 상태였을 것이다.

그렇다고 해서 내가 종해의 죽음에 대해 그 나이로서 당연히 가질 수 있는 그런 정도의 죄의식에 사로잡혀 있었다는 얘기는 전혀 아니다. 아무리 생각해봐도 그때 내가 느꼈던 숨 막힘과 외로움은 종해의 죽음에 대한 어떤 죄책감 같은 것과는 다른 것이었다. 종해의 죽음에 내가 직접 관련이 되어 있지 않았으며 남들이 생각하는 것처럼 그렇게 비열하지도 않았다는 것을 내세우기 위한 것이 아니다. 오히려 나는 종해의 죽음이 어느 점으로 보나 내 쪽의 잘못으로 생겼다는 객관적인 입장을 부인할 생각이 없다. 그런데도 나는 단 한 번도 종해의 죽음을 놓고 죄의식을 느껴본 것 같지 않다. 죄의식은커녕 종해의 죽음 그 자체가 대단하게 생각되지 않았다. 종해가 다리병신이었기 때문이다. 내게는 그의 삶이 다른 아이들의 온전한 그것과는 비견될 수 없을 만큼 미천한 것으로 보였다. 병신새끼, 잘 죽었지 뭐. 이러한 생각은 결코 그에 대한 죄책감을 덜기 위한 것이 아니었다.

그러나 어른들은 내가 종해로 해서 어린 나이에 너무나 견디기 어려운 충격을 받고 있으며 그러한 죄의식을 조금이라도 덜 갖게 해주는 것이 자기네들이 할 일이라고 생각하는 것 같았다. 바로 그러한 사실이 나를 숨 막히게 했다.

아무튼 아버지의 주검을 앞에 놓고 가장 먼저 떠오른 생각이 10여 년 전 종해의 익사 사건이었다는 것은 참으로 묘한 일이 아닐 수 없었다. 아무리 생각해봐도 아버지의 죽음과 종해의 그것과는 전혀 상관이 없는 일이었다.

어떻든 아버지는 이미 이 세상 사람이 아니었다.

"에구, 이게 무슨 일이야?"

어머니는 외마디 비명을 내지른 채 넋을 놓고 넘어졌다. 두 누나들도 얼이 나간 채 망연자실 눈물마저 흘리지 않았다.

"이거 너무 허무하군."

소식을 듣고 달려온 아버지 친구가 침통한 얼굴로 중얼거렸다. 아버지는 한창 일할 나이라는 쉰일곱에 이 세상을 버린 것이다.

대개의 경우 사람이 죽을 때는 그 죽음 앞에 어떤 형태로든 살아 있는 사람의 직감 속에 그림자를 드리우게 마련인데 아버지의 경우는 전혀 그렇지가 않았다. 아버지의 죽음은 전혀 예고되지 않은 것이었다. 병사나 사고사도 아니었기 때문에 그 놀람의 정도는 더욱 클 수밖에 없었다.

아버지는 자살을 했던 것이다. 어이없는 일이었다. 수십 알의 키니네가 아버지를 영원히 잠재웠다.

84

"변 상무가 자살을 하다니, 이게 도대체 어떻게 된 일이야?"

사람들은 아직도 아버지를 3년 전 읍의 그 금융조합의 직책대로 상무라고 불렀다.

"거, 그때두 그렇게 그만둘 이유가 뭐냐구 했는데두 그여코 사표를 내더니만 이번에는 당신 목숨까지 내놓구 마는구먼그래."

임 조합장이었다. 그는 3년 전 아버지와 함께 겪어낸 그 일을 생각하고 있는 모양이었다. 임 조합장은 3년 전 그 사건 이후 다른 데로 전출되어 더 큰 곳의 조합장으로 있었다. 그는 부고를 받는 즉시 달려왔다고 하면서 아버지의 죽음이 도저히 믿어지지 않는다는 듯 허망한 얼굴을 했다.

"에이, 몹쓸 사람 같으니라구!"

발인하는 새벽에 느닷없이 들이닥친 최 전무는 아버지의 관에 엎드려 엉엉 소리 내어 울었다. 그 역시 3년 전 아버지와 함께 조합에서 일하다가 다른 데로 전출되어 나간 사람이었다. 그는 상무였던 아버지와 함께 겉금고의 다이얼 번호를 알고 있었다. 겉금고의 열쇠도 아버지와 번갈아 보관해왔는데 사고가 나기 며칠 전 그 열쇠를 아버지한테 넘겨주었기 때문에 혐의를 덜 받은 사람이기도 했다.

"변 상무님, 이게 뭡니까?"

또 한 사람 아버지의 관에 매달려 눈물짓는 사람이 있었다. 그 당시 속금고의 열쇠를 가지고 있던 윤 대리였다. 아버지가 겉금고의 열쇠를 가지고 있었기 때문에 두 사람이 공모할 수도 있었다는 추측에서 혐의를 더 짙게 받은 바 있었다.

"이렇게 먼저 가시면 어쩝니까유?"

박 수위였다. 그는 아버지가 땅에 묻힌 뒤에도 오래오래 그 무덤 곁에 쭈그리고 앉아 훌쩍거렸다. 박 수위 역시 3년 전 아버지와 함께 그 악몽을 치러낸 사람이었다.

"박 수위도 이제 많이 늙었구먼."

사람들은 대체로 남의 죽음 앞에서 심약해지는 법이다. 임 조합장이 무덤 앞에 쭈그려 앉은 박 수위의 등을 투덕이며 허망한 눈길을 하늘로 보냈다. 최 전무와 윤 대리도 제가끔 생각에 잠긴 채 무덤 곁에 우두망찰 서 있었다. 네 사람 모두 아버지의 죽음을 계기로 3년 전 그 일을 떠올려 동병상련의 씁쓸한 감회에 젖었을 것이다.

"김병대 그 사람 요즘 어떻게 지낸답디까?"

임 조합장이 그렇게 물었다. 김병대란 그 사건 당시 박 수위와 함께 숙직을 했던 직원이었다. 혐의자 중 유일하게 해고를 당한 사람이었다.

"서울에 살겠죠 뭐, 포목장사를 해서 그럭저럭 지낼 만하다구 하데요."

윤 대리가 받았다.

"그 사람한텐 연락 안 했나?"

조합장이 다시 물었다.

"웬걸유, 연락이야 했지만……"

윤 대리가 그렇게 머뭇거리자 박 수위가 받았다.

"아마 그 사람 시간이 남아돌아간대두 안 올 겁니다유. 그 사람 여길 떠날 때, 이 읍 쪽으룬 오줌두 안 싸겠다구 이를 갈지 않았습니까유."

"그럴 만두 허지. 젊은 사람이 워낙에 호되게 당해놨으니께."

최 전무가 고개를 주억거리며 그렇게 말했다.

박 수위가 가만히 한숨을 몰아쉬었다. 3년 전 그 금고 털이 도난 사건 이후 박 수위의 몰골은 말이 아니게 초췌해 보였다. 조합장이 박 수위의 어깨에 다시 손을 얹으며 물었다.

"그래, 박 씬 요새 몸이 좀 괜찮수?"

"괜찮은 게 뭡니까유. 밤이면 삭신이 쑤셔서 잠두 제대루 못 잡니다유."

그 당시 김병대와 함께 숙직을 했기 때문에 혐의를 가장 많이 받아 수십 차례 경찰서를 드나드는 중에 얻은 병일 것이다. 그 사건 전만 해도 70킬로그램이나 나가던 몸무게가 40킬로그램 안팎으로 줄었다고 했다.

"어이구, 생각만 해두 끔찍해서 원."

최 전무가 혀를 차며 고개를 설레설레 흔들었다. 아버지를 비롯하여 임 조합장, 최 전무, 윤 대리, 김병대, 그리고 박 수위 등 여섯 명이 모두 금고 털이 사건의 공동 피해자라고 할 수 있는 입장들이었다.

읍의 그 조합 금고 속의 돈이 흔적도 없이 사라진 것은 3년 전 여름이다. 평범한 월급쟁이로서는 평생 만져보기도 힘든 거액이었다.

금고 속의 돈이 없어진 것을 발견한 것은 다음 날 아침 정상 근무가 시작된 뒤 영농자금으로 대출되어 나갈 돈을 꺼내기 위해 상무인 아버지와 윤 대리 그리고 대출계 계원이 함께 금고 문을 열었을 때였다. 겉금고 문이 제대로 잠겨 있어 별생각 없이 속금고의 문에 키를 꽂으려던 윤 대리가 기겁하게 놀란 소리를 내질렀던 것이다. 속금고가 열린 채 그 속의 내용물이 마구 흩어져 있었기 때문이다.

조합이 발칵 뒤집혔다. 신고를 받고 달려온 경찰이 사건 경위를 대충 들은 뒤 곧장 수사에 나섰다.

외부인이 밖에서 문을 뚫고 들어온 흔적이 발견됐다. 조합 내부에 있는 화장실의 창문이 열려 있었던 것이다. 범인은 조합의 후문을 넘어 들어온 뒤 그 화장실 문을 뚫고 조합 안으로 침입했으리란 추측이었다.

그날 밤 숙직이었던 김병대가 두어 시간 조합을 빠져나갔다가 들어왔다는 사실이 수사 기관에 의해 밝혀졌다. 그 시간 다른 직원이 평소 가끔 해왔던 대로 잠깐 자리를 떠 단골 술집에서 여자와 함께 노닥거렸다는 것이 불행 중의 다행인 유일한 알리바이였다. 박 수위 혼자 조합의 숙직실에서 전날 먹다 남은 소주병을 꺼내 홀짝이다가 그대로 잠이 들었던 것도 속속 드러났다. 대체로 그런 시간에 도둑이 들지 않았겠느냔 추리였다.

그러나 실내 화장실이 뜯긴 것이 외부 침입을 위장하기 위해서였을 거라는 얘기가 수사관들의 입에서 새어나오기 시작하면서부터 문제는 사뭇 다른 방향으로 번져들기 시작했다. 실상 그 창문의 뜯긴 구멍으로는 아주 작은 어린아이도 드나들기 힘든 것이었다.

수사의 방향이 내부로 쏠린 것은 두말할 것도 없었다. 조합 내부에 있는 사람이거나 적어도 그 내부 사정을 잘 아는 사람의 소행일 가능성이 높다는 소문이 읍에 파다하게 퍼졌다.

임 조합장과 최 전무 그리고 아버지와 윤 대리가 수십 차례 수사기관에 불려 다녔고 김병대와 박 수위는 직무 유기 등의 죄목으로 잠시 구속 상태에서 조사를 받았다. 금고의 다이얼 번호를 알고 있던 최 전무나 아버지는 겉금고의 열쇠 보관자였기 때문에 더욱 의심을 받았던 것이다. 특히 그 사건이 생기기 며칠 전에 최 전무로부터 열쇠를 넘겨받은 아버지나 속금고의 열쇠를 가지고 있던 임 대리는 한때 매우 난처한 입장까지 처했지만 그날 밤의 알리바이가 성립되어 별 탈은 없었다. 아버지의 알리바이는 아들인 나 자신도 입증할 수 있었다. 여름방학이라 나는 집에 내려와 있었으며 마침 그날이 증조부의 기일이라 시골에서 수십 명의 친척들이 와 있었고 장손인 아버지는 그 친척들을 접대하기에 바빴던 것이다.

비록 열쇠와 다이얼의 번호를 가지고 있지 않았다고 하더라도 금고 털이의 혐의를 가장 많이 받은 것은 그날 저녁의 당직자인 김병대와 박 수위였다. 그들이 바로 그 현장에 있었던 유일한 사람들이었기 때문이다.

그 금고 속에 돈이 들어 있었는지 누가 알게 뭡니까? 궁경에 빠진 김병대가 그렇게 맞서고 나섰다. 그 전날 오후에 시에서 가져왔다는 돈을 금고에 아예 넣지 않았을는지도 모르지 않느냐는 것이었다. 그러나 그 문제는 최 전무와 함께 금고에 그 돈을 분명히 넣었다는 두 명의 대리와 그것을 직접 보았다는 직원들이 여럿 있었기 때문에 그 가능성이 전혀 없다는 결론이었다.

별 진전을 보지 못한 채 금고 털이 사건의 수사는 지리멸렬 장기화되고 말았다. 워낙 큰 액수의 사건이라 내놓고 하는 수사만 해도 석 달이 걸렸다.

아버지를 비롯해서 조합의 관계자들은 그 조사를 받느라 기진맥진 넋이 다 나갔다. 구속이 되어 그 안에서 조사를 받은 김병대와 박 수위는 더 말할 필요도 없었다. 그 두 사람이 일단 무혐의로 풀려나긴 했어도 그 여파는 사뭇 컸다.

도난당한 돈에 대한 판상 금액의 배분부터 문제였다. 조합의 중앙본부에서 오랫동안의 내사 끝에 조합 정관에 따라 전액을 판상하되 그 배분 비율을 정하는 데 말이 많았던 것이다. 김병대와 박 수위가 가장 많은 돈을 물게 됐고 아버지와 최 전무 그리고 윤 대리가 김병대들보다 적은 돈을 물게 됐다. 김병대가 그것이 억울하다고 크게 반발하고 나섰지만 결국 파면까지 당하는 사태에 이르렀다. 조합장과 최 전무도 조합의 감독 소홀로 다른 곳으로 전출이 됐으나 상무였던 아버지만은 어쩐 일인지 그대로 있게 되었다. 아버지가 그때 자진해서 사표를 내지 않았다면 아직도 그 조합에서 일할 수 있었을 것이다. 조합에서 그만큼 아버지를 필요로 했다는 얘기다.

도난당한 돈의 판상 기한은 3년이었다. 다른 사람들은 그럭저럭 그 돈을 해대는 모양이었으나 박 수위만큼은 그 고통이 여간 아닌 모양이었다. 체중이 절반으로 주는 등 몸에 병까지 생겨 일시 휴직까지 해야만 했던 것이다.

읍에 조합이 생길 때부터 잡일을 맡아 해온 박 수위는 딸린 식구가 여섯이나 되었고 오두막 같은 집 한 채와 산자락에 마런한 밭 쪼가리가 전 재산이었다. 그 돈을 판상하기 위해 그 집과 밭을 팔아버린 것은 물론이고 그런대로 몸이 좀 나아져 복직이 되긴 했어도 봉급은 손에 쥐어보지도 못하는 형편이었다. 박 수위의 딸 하나가 나하고 국민학교 동창이었는데 돈벌이를 간다고 서울로 올라가버린 것도 그 무렵이었다.

그 사건으로 해서 박 수위가 그렇게 고통을 겪고 있어도 어느 누가 도와줄 생각을 하지 못했다. 공연히 오해를 사고 싶지 않았기 때문일 것이다. 박 수위의 몸무게가 반으로 줄 정도로 오래 수사를 받았다면 그럴 만한 혐의가 있기 때문이 아니겠느냐 생각들이었을 것이다.

사람들의 의심하는 눈길은 그 사건 이후 사표를 낸 아버지에게도 쏠렸다. 죄가 없으면서 무엇 때문에 사표를 냈느냐 거였다. 사람들이 아버지를 더욱 이상한 눈으로 보게 된 것은 박 수위를 자주 집에 불러들였기 때문이다. 아버지는 세간의 이상한 눈초리에도 아랑곳없이 박 수위를 가끔 집에 불러 술을 나눴던 것이다. 그러나 두 사람이 마주 앉아 술을 마셔도 그 사건 얘기만은 단 한 번도 화제에 올리는 걸 본 일이 없다. 아버지는 원래 누구를 탓하거나 세상일을 놓고 개탄하는 분이 아니었다. 박 씨도 그러한 아버지 앞에서 굳이 자신이 당한 억울함이나 현재의 괴로운 심정을 털어놓지 않았을 것이다.

아버지는 어머니나 친지들의 완강한 반대에도 불구하고 박 수위 집에 여러 번 쌀가마를 보냈다. 좀처럼 아버지의 뜻을 거스르는 일이 없는 어머니였지만 박 수위를 가까이 대하는 일에 있어서만은 그렇지가 않았다.

사람들이 우릴 어떤 눈으로 보는지나 아세요? 시장에서 좀 빳빳한 새 돈만 꺼내도 가슴부터 뛴다구요. 그런데 박 씨한테 자꾸 그러시면 남들이 어떻게 생각하겠어요?

아버지는 묵묵부답이었다. 도대체가 우리 식구들은 물론이고 친척들까지 그 일로 해서 항상 마음이 편치 못한 상태인데 그 당사자인 아버지만은 적어도 외관상 그 내색을 하지 않았던 것이다. 그 일에 대해 너무나 초연한 자세를 하고 있었기 때문에 그것이 오히려 이상하게 보일 정도였다.

그러나 아버지가 그 사건으로 해서 빚어진 일 때문에 안색이 몹시 변한 걸 두 번인가 본 적이 있다.

아버지는 시골의 할아버지를 찾아가 여러 번 의논을 한 끝에 농토의 일부를 미리 상속받는다는 조건으로 처분하여 읍에 제재소를 차리려고 계획한 일이 있었다. 아버지가 조합에 사표를 제출한 저의도 아마 그런 데 있었는지 모른다. 어떻든 아버지는 당신이 땅에 묻히기 전에는 어느 자식에게도 농토를 나누어줄 수 없다고 버티던 할아버지의 완고한 뜻을 굽히게 하는 데 성공한 셈이었다. 할아버지를 설득하기까지 아버지가 얼마나 노심초사했겠는가는 시골에서 돌아올 때의 아버지 얼굴만 보아도 역력히 짐작이 갈 정도였다. 문제는 그런 돈으로 제재소를 차릴 단계에 이르렀을 때 수사 기관에서 또다시 아버지를 조사하기 시작한 것이다. 자금 출처의 추궁이었다.

이런 놈의 세상!

아버지는 평소의 당신답지 않게 얼굴에 노기를 띠었다. 그리고 어쩐 일인지 그 제재소를 차리는 것도 흐지부지되고 말았다. 그렇다고 아버지가 그런 노여움을 오래 가슴에 지닌 것도 아니었다. 그 이후로 아버지는 여전히 평온한 얼굴로 돌아가 있었던 것이다.

아버지의 안색이 또 한 번 변한 것은 내가 여름방학이 되어 집에 돌아온 그날 저녁이었다. 나는 그냥 지나가는 말로 영춘이 이야기를 했을 뿐이었다. 영춘은 나하고 국민학교를 함께 다닌 박 수위의 딸이었다.

글쎄 영춘일 서울서 만났지 뭐예요.

박 씨네 딸 말이냐? 서울 갔다는.

어머니가 내 말 상대였다.

정말 보기에 안됐던데요.

나는 솔직히 영춘이를 서울에서 우연히 만나게 된 것이 몹시 가슴이 아팠던 것이다. 그네와 마주친 곳은 청량리 근처의 허름한 간이식당이었다. 보리차가 든 주전자와 물컵을 손에 들고 눈앞에 나타난 그네의 초췌한 모습을 본 순간 나는 도망치고 싶은 생각뿐이었다. 나보다 더욱 당황해하는 것은 영춘이 쪽이었다. 그네의 모습이 몹시 초라해 보였다.

그 이야기를 했던 것이다. 그때까지만 해도 아버지는 내 얘기를 듣는 둥 마는 둥 신문만 보고 있었다. 나는 그 순간 속에서 어떤 저항 같은 게 불끈 치밀었다.

영춘일 본 순간 이상하게 가슴이 뜨끔하데요. 꼭 무슨 죄를 지은 사람처럼 말이에요. 아마 걔 아버질 생각했었나 봐요.

그것은 사실이었다. 어린 시절 종해의 죽음에 대해서도 단 한 번 죄의식을 느껴보지 못한 내가 영춘일 본 순간 그것이 분명 죄의식이라고 할 그런 느낌 속에 휩싸였던 것이다.

이놈아, 누가 너더러 그따위 생각을 하라구 했냐?

아버지가 신문 든 손을 부들부들 떨면서 그렇게 소리쳤던 것이다. 그 한마디를 던져놓고 아버지는 분연히 방을 나가버렸다. 그러나 아버지가 정말로 오랫동안 침통한 얼굴을 해 보인 것은 그 뒤 영춘이가 돌팔이 의사한테 낙태수술을 받은 뒤 뭔가 잘못되어 죽었다는 소식이 서울에서 날아왔을 때였다. 서울에 올라가 시립병원에서 영춘의 시체를 찾아 화장을 하고 돌아오는 일에 아버지가 끼었던 것은 물론이다. 그 일로 해서 아버지는 참담한 얼굴을 한 채 말을 잃었던 것이다. 아마 그때부터 아버지는 남모르게 야금야금 죽어가고 있었는지도 모른다.

"엄마, 왜 이러는 거예요?"

아버지의 장사를 치른 뒤 나는 어머니를 향해 울부짖었다. 학교 친구들과 약속한 동해안 캠핑도 갈 수 없게 되었다. 자칫하면 학교도 집어치워야 할는지도 모른다. 결혼을 앞둔 큰누나와 외국 유학을 꿈꾸고 있던 작은누나가 낙망한 얼굴로 방구석에 쭈그려 앉아 있었다. 아버지의 자살로 해서 우리 식구들의 인생행로가 백팔십도로 급선회하고 있는 순간이었다. 우리 집 안의 핵이어야 할 어머니가 넋을 놓고 누워 있었기 때문이다. 어머니는 아버지가 죽은 그날부터 폐인이 돼버린 상태였다.

나는 어머니의 그러한 얼빠진 얼굴이 싫었다. 아무리 엄청난 일을 당했다 하더라도 어느 정도 시간이 지나면 살아 있는 식구들을 위해서라도 기운을 되찾아 일어서는 게 옳았다. 그러나 어머니는 누운 채 멀뚱히 천장만 쳐다보는 상태로 넋을 놓은 채였다. 결국 우리들은 부모를 한꺼번에 다 잃은 셈이었다.

"엄마는 알고 계실 거 아녜요? 아버지가 왜 돌아가셨는지 말예요."

누워 있는 어머니를 향해 나는 그런 식으로 분통을 터뜨렸다. 그러나 어머니는 내가 어떤 방법으로 다그쳐도 일체 반응을 보이지 않았다. 적어도 당신과 동고동락하던 어머니한테만은 아버지가 어떤 기미를 보이지 않았을까 하는 내 생각을 어머니는 철저한 침묵으로 받아넘겼다.

아버지가 자살한 이유를 알고 싶은 것은 비단 나 하나뿐이 아니었다. 아버지를 아는 모든 사람들이 그것을 알고 싶어 했다. 아버지를 개인적으로 잘 모르는 사람들도 아버지의 자살에 대해 깊은 관심을 나타냈다. 읍의 모든 사람들 입에 아버지의 죽음이 오르내렸다. 우리가 살던 고향 마을에도 아버지의 얘기가 파다할 것이다. 어쩌면 종해가 물에 빠져 죽었을 때처럼 아버지의 문제에 대해서도 입을 다물고 있을는지 모르는 일이었다. 아니면 10여 년 전에 유보했던 종해의 얘기까지 곁들여 흥청망청 떠들어대고 있을는지도 모른다.

어쨌든 사람들은 아버지의 죽음에 대해 신경을 곤두세웠다. 임 조합장과 최 전무 그리고 윤 대리 등이 그처럼 짙은 정의를 보이는 문상을 왔던 것도 꼭 동병상련의 그런 것만은 아닌 어떤 낌새를 눈치채기 위한 것이 아니겠느냔 생각마저 들었다.

모든 것이 아버지의 책임이었다. 그처럼 무책임한 죽음을 뭇 사람 앞에 의문으로 던져놓았기 때문이다. 단 한 줄의 글귀라도 남기고 갔으면 문제는 사뭇 달랐을 것이다. 그 한 줄의 글귀가 당신의 죽음을 이해시키는 데 결정적인 역할을 했을 것이니까 말이다. 그러나 아버지는 아무것도 남기지 않았다.

자신의 죽음이 이해되기를 거부한 아버지의 자살을 어떻게 이해해야 할 것인가.

죽음도 하나의 길임에는 틀림없다. 그 길은 일단 모든 것과의 단절을 전제로 한다. 모든 잡다한 것을 정리하기 위해 흔히 그 길을 선택한다. 그러나 그 정리는 완전한 끝일 수가 없다. 죽음은 새로운 것이 시작되려는 하나의 서곡인 경우가 많다. 아버지의 죽음이 그랬다. 아버지는 당신이 죽음으로써 당신의 모든 것을 끝낼 수 있었다고 생각했었는지 모른다. 그러나 아버지가 죽은 뒤에도 아버지의 모든 것은 이 세상에 그대로 남아 있었을뿐더러 그것들은 또 다른 모습으로 새로이 시작되고 있었던 것이다.

살아 있는 사람들이 아버지의 모든 것을 나누어 가진 다음 새로 시작되는 일을 감당해야 했다. 그것은 어렵고 암울했으며 그리하여 분통이 터지는 일이었다.

어머니가 넋이 나간 상태로 누워버린 것도 결국은 아버지의 죽음으로 해서 새로이 시작되는 고통을 예감한 때문이었는지도 모른다.

"변 상무, 이 사람 혹시……"

사람들은 좀처럼 우리 식구들 앞에 아버지의 죽음을 들먹거리지 않았으나 끼리끼리 모여 앉기만 하면 자신들의 상상력을 펼치기 시작했다. 그것은 살아 있는 사람들의 권리였다. 아버지의 자살에 대해 사람들이 어떠한 추측과 결론을 내리든 그것을 탓할 수가 없었다.

사람들은 대체로 아버지의 자살을 3년 전 조합의 그 금고 털이 사건과 연관지어 생각하는 것 같았다. 치명적이었다.

"그 일이 있구 꼭 3년이여, 왜 그해 여름두 좀 더웠던가."

"3년이 됐다면 그 돈을 변상하라는 기한이 바로 이때 아닌가?"

"그렇지. 그러나 박 씨만 빼놓구는 다들 기한 전에 벌써들 넣었다구 하더군."

"거참, 이상두 하지. 왜 하필이면 3년 되는 해 바로 그 달에 죽었느냔 말이야?"

"다 그만한 곡절이야 있었겠지만 그렇게 꼼꼼하고 의연하던 사람이 그렇게 가구 나니까 어처구니가 없지 뭔가."

"꼼꼼하고 의연하니까 그렇게 갈 수 있었던 걸세. 헐렁한 사람 같아서야 어디 그렇게 죽을 용기나 있었겠나?"

"용기라구?"

"용기잖구! 제 목숨 제가 끊는다는 게 어디 쉬운 일인가?"

그들은 아버지의 죽음을 대체로 두 가지 면에서 생각하고 싶어 하는 것 같았다.

아버지가 3년 전의 그 금고 털이 사건에 관계가 되어 있으리란 의견이 그 첫째였다. 아버지가 단독으로 그 일을 해냈거나 아니면 밖의 누구와 공모를 했을 가능성이 크다는 것이었다. 그 사건 이후 군이 사표를 낸 일이며 별로 하는 일 없이 자식들을 서울 유학을 시키는 등 생활하는 것이 그 전과 다름없는 것부터가 이상하지 않았느냐고 말하는 사람도 있는 것 같았다. 또 어떤 사람은 아버지가 그러한 여유 있는 돈을 조합에 있을 때 이미 부정한 방법으로 축재를 했을 가능성에 대해서도 말했다.

"변 상무 죽기 전까지두 그 여잘 만났다면서?"

"그랬지. 우리 같으면 겁이 나서두 그런 데 얼씬두 안할 거구먼서두."

"그 민 마담이 변 상무 못 보군 하루두 못 산다고 했다면서?"

"그럴 수밖에, 벌써 언제 적부터 아는 사이라구."

"그렇다고 변 상무가 그 여자한테 돈을 대준 것두 아니라던데?"

"대주긴. 그건 내가 잘 아는데 오히려 얻어다 쓴 형편일세."

"그게 꼭 그렇진 않을 걸세. 몇 년 전만 해두 다방이 어디 잘 됐던가. 요즘 솔솔 돈이 모이니까 빌딩을 진다 어쩐다 한다지만 어디 그게 그렇게 쉬운 일인가. 여자 혼자 힘으루 말이야."

"쉽지 않으니까 민 마담이 통이 큰 여자라는 거 아닌가."

"그 사건 이후 그 여자두 여러모루 조살 받았대지?"

"사건 있는 데 여자 있다는 얘기두 있으니까."

민 마담이라는 여자는 몇 년 전 외지에서 들어와 읍에다가 다방을 두 군데나 열어 돈을 벌더니만 근래에는 규모가 제법 큰 슈퍼마켓까지 벌여 사업 수완이 대단하다고 이름난 40대 초반의 여자였다. 아버지와 민 마담이 가까이 지내고 있다는 걸 많은 사람들이 알고 있었다. 그러나 어머니는 민 마담에 대해 그닥 신경을 곤두세우는 것 같지 않았다. 아버지와 그 여자가 서울에 함께 올라가더란 얘기를 들어도 별달리 언짢은 내색을 보이지 않았다. 할아버지가 당신의 덕망과는 달리 축첩을 해온 사실을 겪고 산 대종가의 며느리답게 아버지의 그 문제에 대해서도, 남자가 계집쯤…… 그런 식으로 일축해버릴 정도였다. 어머니가 아버지를 믿고 있었기 때문일 것이다.

민 마담은 어머니와도 비교적 가깝게 지낸 셈이었다. 매사 차고 이지적인 여자였지만 어머니한테 차리는 예우는 매우 정중했다.

아버지의 죽음을 어머니 다음으로 안 것도 민 마담이었다. 아침 아홉시쯤이었는데 어머니는 어디서 온 전화인지 한참 얘기를 나누다가 아버지에게 그 전화를 받게 할 요량인 듯 수화기를 방바닥에 내려놓은 채 아버지가 늘 혼자 있기를 좋아하는 이층 서재로 올라갔던 것이다. 내가 이층에서 들려온 어머니의 비명에 놀라 이층까지 올라가 아버지의 죽음을 확인하고 병원 의사를 부르기 위해 아래층에 내려왔을 때까지도 그 수화기는 방바닥에 내려져 있었다. 수화기를 쳐든 순간 그 여자가 아직 그 속에 있었던 것이다.

아, 여보세요, 무슨 일이 있어요?

어머니의 비명을 수화기를 통해 들은 모양이었다. 헐떡이는 그 목소리를 향해 나는 구원이라도 청하듯 아버지의 죽음을 알렸던 것이다. 그 순간 나는 제정신이 아니었지만 엉겁결에 들은 수화기 속 민 마담의 그 한마디의 어감을 잊을 수가 없다.

그래요?

전혀 감정이 섞이지 않은 것 같은 그 차가운 한마디로 전화는 끊겼다. 물론 그 여자는 문상을 왔다. 나는 상주의 입장에서 그 여자가 분향을 한 뒤 아버지의 사진을 쳐다보는 단 삼사

초 동안의 그 정숙한 얼굴 표정에 깊이 감동했다. '그래요?' 하던 그 차가움과는 달리 아버지의 죽음을 진정으로 애도하는 것 같은 그 순간의 얼굴 표정이 그렇게도 이질적인데도 나는 대뜸 이 여자가 아버지를 진정으로 사랑했구나 하는 걸 직감했을 정도였다.

"그 사람 그거 울화증으로 죽은 걸세."

아버지의 자살을 3년 전 그 일과 관련시켜 생각하려는 점은 같지만 좀 더 아버지를 이해하는 입장의 견해를 보이는 사람의 말이었다. 자신이 저지른 일에 대한 깊은 회의와 죄책감에서 비롯된 마음의 갈등이 죽음으로까지 몰아간 게 아니겠느냐, 아버지를 범인으로 단정하고 싶은 그런 생각들과는 달리 아버지의 결백을 들고 나서는 사람들이었다.

"그 사람 원래 대쪽 같은 사람이 아닌가. 경우 바르고 인정 있고……"

"누가 아니래나. 남한테 싫은 소리두 안 하는 성미지만 남한테 앰한 소리 듣구는 잠두 못 자는 사람이니까."

"그 사람 사표를 달래 냈을라구. 그런 혐의를 받구 불려다니면서 그 수모를 당하구 어떻게 부하 직원들 앞에 서랴 싶었던 거겠지. 아마 그 성미에 상무 아니라 그보다 더 높은 자리두 집어치울 사람이지."

"허지만 그 사람은 우리처럼 속엣 생각을 좀처럼 밖으로 나타내질 않았어. 그저 혼자 속으루 삭이다가 정 안 되면 욱하고 터치군 했지. 아, 우리 어렸을 적 그 무서운 마쑤이란 일본 선생한테 대든 것만 해두 그래. 죠셴징은 도둑질을 잘한다고 입버릇처럼 떠들어대는 마쑤이한테 누가 언제 무엇을 훔치는 걸 봤느냐고 꼬치꼬치 따지구 들잖았는가 왜. 하두 끈질기게 따지구 드니까 그 마쑤이 선생두 그냥 껄껄 웃으면서 됩데 사과를 했잖은가 말이야."

"법을 공부하구두 그놈에 법을 잘못 써서 생사람을 잡는 게 무섭다구 그 계통으로 나가는 걸 포기했다면 알 만하지 뭐."

대체로 아버지를 어렸을 때부터 잘 아는 고향 사람들이나 멀고 가까운 친척들이었다. 그들은 한결같이 아버지의 결백을 주장했다. 아버지가 그 결백을 증명할 길이 없으니까 혼자 괴로워하다가 결국은 죽음으로 그것을 보여줬다는 것이었다.

"그렇게 죽을 바에야 산 사람들 생각두 좀 했어야 옳지. 아, 왜 유서 한 장 못 남겨? 그런 혐의를 받구 사느니 차라리 죽는 게 낫다고. 그래서 이렇게 죽는다구 왜 못 써놨느냔 그거여."

"그건 그 사람을 잘못 안 걸세. 그렇게 구질구질한 걸 남길 사람 같으면 아예 죽질 않을 사람이여."

그렇게 아버지 편에 서는 사람들은 대체로 우리 식구들의 귀를 의식해서 그런 말들을 하고 있었겠지만 그 자식인 내게는 그 말들이 그렇게 고마울 수가 없었다. 물에 빠진 사람은 지푸라기라도 잡는다는 것처럼 아버지 스스로가 파놓고 간 그 깊은 수렁 속에서 살아 오르기 위해서 나는 안간힘을 쓰고 있었던 것이다.

그러나 그것은 일시적인 위안이었을 뿐이다. 물의 흐름은 이미 걷잡을 새 없이 한 방향으로 도도히 굽이치고 있었던 것이다.

"다시 한번 찾아봐주시오. 어딘가 그런 흔적이 있을 겁니다."

"식구들한테 아무 말 한마디 안 남기고 자살을 한다는 건 말두 안 됩니다."

아버지의 죽음을 계기로 3년 전 그 일의 수사가 다시 시작됐던 것이다. 수사 기관 사람들이 우리 집에 수시로 들락거렸다. 물론 양해를 구하긴 했지만 우리 집의 구석구석을 뒤져댔다. 아버지가 남긴 유서가 어딘가 있을 것이라고 했다. 마치 우리 식구들이 그것을 감추고 내놓지 않는다는 그런 투로 몰아세웠다. 3년 전 미해결의 그 껍껍스러움을 이 기회에 씻기라도 하려는 듯 열심들이었다.

"듣기에 그 사람들이 탄원서를 냈다는구먼. 다시 수사를 해달라구 말일세."

집안의 어른 한 분이 어디선가 그런 소리를 듣고 와 전했다. 나는 가슴이 떨리고 다리가 후들거려 견딜 수가 없었다. 분하고 원통해서였다. 탄원서를 냈다는 그 사람들은 다름 아닌 아버지와 함께 3년 전 그 일을 겪어낸 사람들이었기 때문이다.

"그 임 조합장인가 하는 사람이 앞장을 섰다는 게야. 최 전무두 윤 대리두 똑같이 손을 잡구 나섰대드라. 김병댄가 뭔가 하는 사람까지 서울서 불러내서 탄원서에 도장을 찍게 했다는 게야."

믿어지지 않는 말이었다. 그러나 나는 길에서 그 김병대란 사람이 돌아다니는 걸 분명히 본 뒤부터 그 떠도는 말을 믿기 시작했다.

"즈덜은 억울하게 혐의를 받아 3년 전 그 큰돈을 변상까지 했으니 이 기회에 범인을 잡아달라는 거야. 그 돈을 도루 찾을 뿐더러 혐의까지 깨끗이 벗구 말겠다는 거지."

"더 기맥힌 건 말이여, 그 사람들이 자네 부친을 아예 범인으로 단정해놓구설랑 제멋대로 불리한 증언을 하고 있다는 거여."

"쥑일 놈들. 아무리 세상인심이 무섭다곤 하지만 즈덜이 어떻게 그럴 수가 있나 말이야."

"박 수위 아저씨두 거기에 가담했답니까?"

나는 역시 지푸라기라도 잡는 기분으로 그렇게 묻고 있었다. 그 사람만은 결코 그렇게 하지는 못할 것이란 생각을 했던 것이다.

"참, 그 박 수위란 사람은 그 탄원서를 쓰는 일에 처음엔 반대를 하고 나섰다구 하더구만."

"그런데요?"

"그 뒤야 어떻게 됐는지 누가 아나. 사람 맴이란 게 하두 요상해놔서."

"그 아저씬 절대 그럴 사람이 아니에요."

나는 그렇게 믿고 싶었다. 너무 외로웠던 것이다. 그 외로움은 아버지를 잃은 자식으로서의 슬픔 때문이 아니었다. 우리들은 아버지의 죽음을 진정으로 슬퍼할 겨를이 없었다. 어머니 혼자서 아버지의 죽음을 보자기에 싼 채 몰래 훔쳐보는 꼴이었다. 그 보자기에 싸인 아버지의 죽음은 혐오의 대상이었다. 우리 집의 안락과 미래, 희망을 깡그리 앗아가버린 아버지에 대한 원망이었다.

"우린 이제 끝장이에요."

어머니를 붙잡고 끈질기게 늘어붙던 수사관들이 제풀에 지쳐 돌아간 뒤 나는 아직도 천장만 멍청히 쳐다보고 누워 있는 어머니를 향해 부르짖었다. 그러나 어머니는 천장을 향했던 눈을 거두어 벽 쪽으로 돌아누웠을 뿐이다. 어머니는 이즈음 수사관들의 집중적인 추궁에 한결같이 고개를 가로저으며 아무것도 모른다는 말만 반복했다. 그들은 어머니가 아버지의 자살에 대해 모든 것을 알고 있으면서도 일부러 밝히지 않는다고 별의별 방법으로 윽박질렀으나 어머니는 막무가내로 침묵했을 뿐이다.

결과적으로 그러한 어머니의 침묵은 아버지를 더욱 깊은 수렁 속으로 밀어넣은 꼴이 되어가고 있었다. 아버지는 이제 그 수렁 속에서 도저히 빠져나올 수 없을 만큼 치명적인 올가미에 씌워졌던 것이다.

"엄마, 도대체 왜 이러는 거예요? 엄마가 이러고 있으니까 아버지가 모든 걸 뒤집어쓰게 됐잖아요?"

나는 거침없이 어머니를 나무랐다. 모든 책임을 어머니한테 뒤집어씌우기 위해서였다. 나 역시 다른 사람이나 다름없이 어머니야말로 아버지 죽음에 대한 열쇠를 가지고 있으리란 확신을 버릴 수가 없었던 것이다. 나는 어떡하든 어머니의 입을 열게 하지 않으면 안 되었다. 나는 황량한 벌판에 내던져진 것처럼 외로웠다. 10여 년 전 종해의 익사 사건으로 해서 외톨로 비실비실 마을을 배돌던 때의 외로움도 바로 이러한 것이었을까. 나는 이 8월의 더위 속에서 숨이 막혔다. 이제 내게 있어 아버지의 결백 같은 건 문제도 아니었다. 이 암울함으로부터 벗어나는 길은 오직 사실을 안다는 것뿐이었다. 그렇다. 나는 그 진상을 만지고 싶었다.

어머니가 벽을 향해 누웠던 몸을 부스스 일으켰다. 벽에 기대앉아 헝클어진 머리를 매만지는 어머니에게서 나는 어떤 결의를 보는 듯했다. 어머니는 비로소 자신으로 인해 모든 일이 건잡을 수 없는 사태까지 이르렀음을 어렴풋이 터득했는지도 모른다. 나는 이러한 어머니의 심적 변화의 순간을 놓치고 싶지 않았다.

"엄마, 얘기해줘요. 아버지가 왜 돌아가셨어요?"

하소연하듯 그렇게 물었다. 방 안에는 어머니와 나 둘뿐이었다.

어머니가 벽에 기대앉은 채 눈을 감았다. 어떤 격정을 애써 억누르려는 것같이 보였다. 어찌 보면 뭔가 커다란 결의로 이를 악무는 그런 매서운 얼굴이기도 했다.

"엄마, 아버지가 왜 돌아가셨는지 엄마는 알고 있죠?"

어머니는 아직 눈을 감은 채 이것도 저것도 아닌 아주 미세한 움직임의 고갯짓을 두어 번 해 보였을 뿐이다. 나는 초조해졌다. 이 순간 어머니와 마음을 터놓는 이해의 길을 트지 않는한 우리는 영원히 남으로 돌아설 것 같은 두려움이었다. 나는 진정으로 어머니와 화해하고 싶었다. 괴로운 일이었지만 나는 마지막 카드를 내밀었다. 사실을 안다는 것이 내게 그만큼 절실했던 것이다.

"엄마는 우리한테 뭔가 숨기고 있어요. 아버지가 그때 일과 관계가 있기 때문이죠?"

나는 숨을 흑 들이쉬며 기다렸다.

어머니는 몸이 흠칫 움직인 것 같았다. 감겼던 눈이 떠졌다. 나는 어머니의 눈에 괴어오는 노기를 보았다. 그러나 그 눈은 곧장 다시 감겼다.

"엄마, 나만은 알아야 해요. 아버지는 그 일과 관계가 있었지요?"

내가 거듭 다그치자 어머니는 눈을 떠 참따랗게 나를 올려다보다간 고개를 천천히 가로저었다. 그러나 나는 그 눈에서 아득한 절망 같은 걸 읽었다.

"도대체 왜 나한테까지 그 사실을 숨기는 거예요?"

나는 결연히 부르짖었다. 어린 시절 종해의 죽음으로 해서 내가 겪어야 했던 잠재적 울분이었는지도 모른다. 어른들은 왜 사실을 밝히기를 두려워하는가. 감추면 감출수록 그 실체는 비대해져서 나중에는 그것을 감싸고 있는 보자기를 뚫고 저절로 터져나오고 만다는 것을 번연히 알면서도 사람들은 할 수 있는 데까지 사실을 은폐하려고 하는 것이다.

어머니의 감긴 눈꺼풀이 파르르 떨리고 있었다. 격정을 이겨내려는 안간힘일 것이다. 그러나 어머니는 더 이상 견디지 못했다.

"에이 망할 놈!"

어머니는 발악하듯 그렇게 부르짖었다. 그리고 그대로 자리에 모로 쓰러졌다. 나는 그 이상 어머니를 괴롭히고 싶지 않았다. 실상 어머니는 아버지의 죽음에 대해 아무것도 아는 바가 없다는 것이 사실일지도 모른다. 어머니가 그처럼 실신해서 말을 잃은 것도 어쩌면 아버지의 느닷없는 죽음에서 받은 배신감 때문일 수도.

나는 허둥지둥 사람들을 찾아 나섰다. 어머니한테서 얻어낼 수 없는 사실을 다른 사람들을 통해 밝히고 말리란 결심이 섰던 것이다. 아버지의 죽음을 이해한다는 것은 나 자신을 외로움과 절망으로부터 구원해 올리는 유일한 길이었다.

임 조합장을 맨 먼저 찾아갔다. 최 전무와 윤 대리를 그 다음으로 만났다. 김병대를 찾아 헤맸지만 그는 이미 읍에서 떠난 뒤였다. 그를 만날 필요도 없었다. 먼저 만난 세 사람이 그가 말할 몫까지 모두 말해주었던 것이다. 그들은 한결같이 '우리는'이라고 했다.

"이 사람아, 자네가 우리를 이렇게 찾아와 하고 싶은 얘긴 결국 뭔가?"

틀에 박은 듯 그네들의 말은 똑같았다. 한 사람과 마주 앉아 이야기를 하고 있어도 나는 여러 사람과 맞서 싸우는 기분이었다.

"억울해서 그럽니다. 왜 우리 아버지가 모든 죄를 뒤집어써야 합니까?"

"죄를 뒤집어쓰다니? 누가 자네 돌아가신 아버지더러 범인이라고 했던가?"

"아버지가 돌아가시자마자 재수사를 탄원한 건 누굽니까? 죽은 사람은 말이 없으니까 아무렇게나 막 해도 된다는 겁니까?"

그들이 입을 열어 사실을 말하게 해야 했다.

"자넨 마치 우리가 자네 부친을 무고라도 한 것처럼 몰아치네그려."

"우리 아버진 결백합니다. 결백하기 때문에 그처럼 돌아가실 수 있었던 겁니다."

"그럼 결국 우린 결백하지 못해서 살아 있다는 얘긴가?"

"아버지가 돌아가셨다고 해서 그렇게 막들 하심 안 됩니다. 정말 그러심 안 되는 거예요."

그러나 그들은 침착했다. 내가 던진 올가미에 그렇게 걸려들지 않았다.

"이 사람아, 진짜 피해자는 자네 부친이 아니라 바로 살아 있는 우릴세. 자네 부친이 그렇게 감으로 해서 다 잊혔던 그 일이 새삼스레 들춰져가지군 살아 있는 우리가 곤욕을 치르고 있는 게 아닌가."

그들의 결속은 대단했다. 나는 그들에게서 아무것도 캐낼 수 없다는 것을 알아냈다. 그들은 아버지의 죽음으로 해서 자신들에게 끼쳐들 위해로부터 자신들을 지키기 위해 그처럼 단단히 결속한 다음 굳건히 버티고 선 것이다. 그들이 합심하여 굳게 잠근 성문 저쪽에 내팽개쳐진 아버지의 죽음이 초라하게 누워 있었다. 나는 와락 외로움을 느꼈다. 그 견디기 어려운 외로움은 종해가 죽고 나서 마을의 그 숨 막히는 무관심 속을 배돌던 때의 그런 것이었다.

"누가 뭐래도 우리 아버진 결백합니다. 우리 아버지의 결백을 증명할 분도 알고 있어요."

나는 그 외로움에서 벗어나기 위해 아무렇게나 말했다. 나는 그들이 아버지의 결백을 증명해주길 바라고 있었던 것이다.

"그거 참 반가운 얘길세. 자네 부친이 결백하다는 걸 증명할 수 있는 사람이 있다는 게 말일세. 도대체 그가 누군가?"

그들이 빈정거렸다. 나는 그 순간 박 수위를 머리에 떠올렸다. 박 수위가 그들 속에 끼지 않았으리란 확신이었다.

"아저씨가 우리 아버지에 대해서 나쁘게 말하고 있는 것처럼 아저씨에 대해서도 나쁘게 말하고 있는 사람이 있다는 걸 아셔야 합니다."

나는 '아저씨들'이란 복수를 사용하지 않았다. 일대일로 맞서야 했던 것이다. 그러나 그들은 철저했다.

"하, 그게 누구란 말인가? 우리를 나쁘게 말하는 작자가 누구냐 그걸세."

그들은 끝까지 '우리'라고 했다.

"그런 거까지 내가 아저씨한테 말해야 합니까?"

"이 사람아, 자네 우리한테 시비를 하러 온 겐가?"

"난 지금 아저씨 한 분하고 이야기를 하고 있는데 왜 여기 있지도 않은 분들을 끌어들여 자꾸 우리라고 하는 겁니까?"

"이 사람아, 아까두 얘기했잖은가. 자네 부친이 그렇게 가구 나서 우리 몇 사람이 큰 피해를 입구 있다고."

"그러나 아저씨처럼 생각하지 않는 분도 계십니다."

"무슨 얘긴가?"

"우리 아버지가 돌아가신 걸 무척 마음 아프게 생각하는 분이 계시다는 거지요. 그분이 바로 아버지의 결백을 알고 계시

좁은 길

는 겁니다."

나는 머릿속에 박 수위를 계속 떠올리고 있었다. 그는 적어도 내게 있어 양심의 상징 같은 존재였다. 아버지가 3년 전 그 일 이후에도 남들과는 달리 박 씨를 가까이 대했을 때부터 나는 솔직히 크게 감동했다. 그것은 참다운 삶을 사는 사람들에 대한 경외심이었다. 박 씨의 딸 영춘이를 식당에서 우연히 만났을 때 내가 느낀 죄의식이나 드디어는 그네가 죽었다는 소식을 들었을 때 그처럼 오래 가슴이 아팠던 것도 결국은 참다운 삶이 부당하게 치러낸 그 불합리함에 대한 가슴 답답함 때문이었을 것이다.

나는 당장 박 수위를 만나고 싶었다. 왜 진작 그 생각을 못해 냈단 말인가. 박 씨라면 아버지의 죽음에 대해 뭔가 냄새를 맡고 있을는지 모르는 일이었다. 그것이 사실이 아니어도 좋았다. 나는 박 씨를 통해 아버지의 죽음과 화해하고 싶었다.

박 수위를 만나러 가는 길에 나는 읍에서 제일 잘 꾸며놨다는 '여왕다방'에 들렀다. 아버지 생전의 모습을 추억하기 위해서였다. 박 수위를 만나기 전 나는 아버지를 내 가슴속에 살려 놔야 했던 것이다. 설사 아버지가 그 일의 주범이라 해도 이 순간만은 아버지의 추억을 아름답고 흐뭇한 것으로 해두고 싶었다. 아버지를 배신하는 사람들을 영원히 미워하기 위해서도 나는 아버지를 성문 밖 그 허허벌판에 내팽개쳐진 상태에서 살려 올려야 했다.

아버지를 만나기 위해 '여왕다방'에 들른 것이다. 마침 민 마담이 거기 있었기 때문에 나는 아버지와 쉽게 만날 수 있었다.

"나한테 할 얘기가 있던가요?"

민 마담의 표정은 부드러웠다. 새삼스레 그네의 젖가슴이 몹시 풍만하다는 생각을 했다. 나는 자꾸 그 젖가슴에 아버지의 손이 갔으리란 불경스러운 생각에 시달려야 했다.

"아버지 생각이 나서 그냥 들렀습니다."

거짓말이었다. 아버지 생각이 나서 들른 게 아니라 민 마담을 통해서 아버지를 살려내고 싶었을 뿐이다. 민 마담의 부드러운 말 한마디, 그 요염한 눈웃음이 아버지의 모든 것을 용서하리라고 믿었다. 나는 민 마담을 통해 아버지의 죽음이 던져놓은 그 충격과는 달리 더없이 거룩한 걸 아버지에게서 찾고 싶었던 것이다.

"아버지에 대해서 말씀해주십시오. 나는 아버지의 죽음을 이해할 수 없습니다."

아버지가 사랑한 여자를 통해서 아버지의 죽음을 이해하고 싶었다. 그러나 그것은 결정적인 실수였다. 나는 감상의 늪에서 유영하고 있었던 것이다.

민 마담의 몸에서 찬바람이 일었다. 나는 아직 그렇게 매몰찬 여자의 얼굴을 본 적이 없다. 내 앞자리에서 발딱 몸을 일으키며 그네가 말했다.

"그분은 돌아가셨어요. 돌아가신 분 얘긴 하고 싶지 않아요. 또 무슨 얘기를 할 만큼 그분을 알지도 못하구요."

나는 환상의 늪으로부터 소스라쳐 깨어났다. 아찔한 현기증이 왔다. 내가 보는 모든 사물은 이제까지의 의미를 잃었다. 그것들은 하나같이 무가치하게 보였을 뿐이다. 내 외로움을 달래

주기에는 그 모든 것들이 너무나 무력한 것이었다.

술을 마셨다. 머리에 털 나고 처음으로 혼자서 술을 마신 것이다. 결코 잘하지 못하는 술을 괴롭게 마셨다. 역시 술은 조화로운 것이었다. 나는 아버지를 마음껏 매도할 수가 있었다. 그처럼 가슴이 후련할 수가 없었다. 사람이 때로 인륜의 줄을 끊을 수 있음은 정신건강상 해롭지 않으리란 생각도 했다. 나는 나를 잊기 위해 술을 마셨다. 아버지를 쉽게 버리기 위해서도 마셔야 하는 술이었다.

박 수위를 만나리라던 애초의 계획을 버렸다. 어리석음을 두번 다시 범할 수는 없었던 것이다. 박 수위를 만나고 싶다는 애초의 감상을 버리기 위해서라도 술을 마셔야 했다.

그날 저녁 술을 마신 사람이 또 하나 있었다. 나처럼 모든 걸 버리고 싶어 마신 것이 아니라 그가 가진 것을 잃지 않기 위해 마신 술이었다. 그렇기에 그는 결코 취하지 않았다. 다만 취기를 이용하고 있었을 뿐이다.

"빨리, 빨리 들어가봐!"

작은누나의 얼굴이 파랗게 질려 있었다. 골목 어귀에서 나를 기다리고 있었던 모양이다.

우리 집 대문 앞에 수십 명의 사람들이 몰려 있었다. 골목까지 그의 목소리가 쩌렁쩌렁 울려왔다. 우정 그렇게 목소리를 높였을 것이다.

박 수위는 대청 한가운데 오롯이 앉아 있는 어머니를 향해 삿대질까지 하고 있었다. 속에서 치솟는 울분을 못 참겠다는 듯 신발을 신은 채 대청까지 올라섰다 내려섰다 하며 고래고래

고함을 질러댔다. 전혀 딴사람을 보는 것만 같았다.

"왜 못 내놓는 거유? 죄가 읎다면 못 내놓을 게 뭐유?"

아버지가 죽을 때 유서를 남겼다는 이야길 듣고 왔노란 것이었다. 그는 그런 식으로 아버지에게 모든 걸 뒤집어씌우려 하고 있는 것처럼 보였다.

"나 이거 세상천지에 밝히지 않군 못 살어. 변 상무하고 나하구 짜구서 해먹었다는 소릴 한대유. 내가 이런 억울한 소릴 듣구 어떻게 살란 말이여?"

박 수위는 입에 게거품을 물었다.

"내 딸 영춘일 살려내란 말이우! 걔가 어떻게 죽었는지 이 집두 잘 알 거 아니냔 말이여!"

말도 안 되는 생떼거지였다.

"내 돈 내 집 몽땅 물어내란 말이유. 나 죽어두 이 원수 안 갚군 눈 못 감어!"

큰누나가 더 이상 참지 못하겠다는 듯 뿌르르 나섰다.

"박 씨 아저씨, 지금 제정신으로 하는 얘기예요?"

"허어, 그럼 나보구 미쳤다는 거 아닌가? 그래, 나 미쳤다. 누구 땜에 애매한 소리 듣구 안 미칠 놈 어딨어? 어디 진짜 미친놈 맛 좀 볼려?"

그렇게 떠들어대던 박 수위가 느닷없이 대청의 분합문을 발길로 찼다. 분합문의 유리가 와장창 깨어져 내렸다. 피를 본 맹수처럼 박 수위는 더욱 날뛰었다.

마루 한가운데 정물처럼 굳어 있던 어머니가 유리창이 깨어져 내리는 서슬에 뒤로 물러앉았다. 우두망찰, 그대로 넋 나간 얼굴이었다.

나는 문득 마루벽에 기대앉아 눈을 내리깔고 있는 어머니를 보면서 그대로 순교자의 이미지를 떠올렸다.

내가 그네 곁에 다가가 손을 잡았어도 그냥 멍청히 마룻바닥만 내려다보고 있었을 뿐이다.

구경꾼들은 이미 안마당까지 꾸역꾸역 밀려들고 있었다. 박수위는 정말 제정신이 아닌 것 같았다. 입에 게거품을 문 채 화단의 돌을 들어 또 다른 분합문을 내리쳤다.

나는 이제까지의 방관자의 입장을 떠나 어머니 곁에 무릎을 꿇고 앉았다.

"엄마, 왜 아무 말도 못하는 겁니까? 왜 이렇게 앉아서 고스란히 당해야 하는 거예요?"

뜻밖에도 어머니가 고개를 조금 쳐들어 내 눈을 쳐다보았다. 어머니는 조금 웃고 있는 것처럼 보였다.

"나두 뭐가 뭔지 모르겠다. 난 정말 아무것도 모른다."

어머니는 지쳐 있는 것 같았다. 그네의 얼굴은 낭패감으로 무섭게 일그러져 있었다. 정말 이 기회를 놓칠 수는 없는 일이었다.

"엄마, 아버진 그런 사람 아니지요?"

나는 울먹이고 있었다. 사실에 이르려는 간계였다. 그것은 숨 막히는 순간이었다.

어머니가 내 얼굴을 빤히 쳐다봤다. 나는 차라리 도망치고 싶은 심정이었다. 지극히 짧은 순간이지만 나는 진실이 얼마나 무서운 것인가를 절감하고 있었다.

어머니가 내 쪽으로 머리를 숙였다. 내 귀를 빌리려는 눈치였다. 나는 숨을 들이쉬며 어머니의 입 가까이 귀를 가져갔다.

"느 아버진……"

어머니는 그쯤에서 뜸을 들였다. 아직도 어쩔까 망설이는 것 같았다. 그러나 물은 흐르게 돼 있었다.

"……이건 내 짐작이다만 느 아버진 처음부터 그 일을 저지른 사람을 알고 계신 것 같았다. 느 아버진 그것 때문에 괴로워하신 거다. 결국 그것 때문에 돌아가신 걸 게구……"

그 난장판 속에서 어머니가 내 귀 가까이 속삭인 말이란 고작 그런 것이었다. 어머니는 그 말을 끝으로 입을 다물어버렸다. 더 이상 말하지 않을 것이다. 그 이상 말할 성질의 것도 아니었다.

아버지가 3년 전 그 일의 범인을 알고 있었고 그 일로 해서…… 도대체 말도 안 되는 소리였다.

그러나 나는 가슴을 떨고 있었다. 말도 안 되는 바로 그 일 때문에 아버지가 그 길을 택했을지 모르는 가능성에 대해 생각하기 시작했던 것이다.

○1982년 『문학사상』 9월호

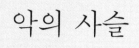

악의 사슬

피천구 씨 일가가 우리 집을 점거해버렸을 때 나는 어머니 생각부터 했다. 이렇게 무경위한 상황을 어머니는 내 귀에 못이 박히도록 들려주었던 것이다. 남한테 당한 얘기가 아니라 아버지가 세상 사람들한테 해댄 무작스런 행패에 대한 저주였다. 물론 그것은 삼십 몇 년 전 일이었다. 그러나 어머니에겐 어제와 오늘이 따로 없었다. 과거야말로 어머니가 오늘의 목숨을 지탱하는 유일한 밥이었다. 어머니는 당신의 지아비가 사람들의 기억에서 사라지는 것을 원치 않는 것처럼 보였다. 그것을 굳이 좋은 뜻으로 풀이하자면 어머니는 당신의 지아비가 저질러놓은 일에 대한 죄 갚음을 톡톡히 하고 있는 셈이었다. 일종의 피학증 같은 것으로 그것은 어머니 스스로 택한 숙명의 줄이었던 것이다.

웬수 웬수 해두 시상에 그런 쥑일 눔에 웬수가 또 어딨어. 내 그런 눔에 악종자 두 번 다시 볼까 겁시 난다.

당신이 구사할 수 있는 온갖 욕설과 저주를 퍼대는 일이 5년

여를 몸 섞어 산 지아비에 대한 유일한 추억이었다.

　그눔에 악종자 생각만 해두…… 어머니의 입을 통해 재생되는 아버지는 사람의 탈을 쓰고 태어났지만 짐승만도 못한 무뢰한이요 불한당이었다. 그게 어디 지수 아버이만 탓할 건가. 못된 시상이 지수 아버일 그렇게 맨든 거지. 오히려 이웃들이 아버지를 두둔하려 들 정도였다. 그러나 어머니는 그러한 이웃들의 동정에 고개를 설레설레 흔들며 정색했다. 시상 탓할 일이 따루 있지, 시상이 그르다구 인간이 다 그럴 수가 있는가. 지수 어머이, 아무리 그렇기루서니 자식들 듣는 데서 그렇게 함부루 그러는 거 아니우. 이웃 사람들이 그런 식으로 슬쩍 어머니 마음을 떠본다. 자식이 아니라 모두 웬수여. 나, 낳구 싶어 낳은 새끼 읎어. 어머니가 말하는 이 대목은 음미해볼 만하다. 어머니가 누님을 배에 가진 것은 머리도 얹기 전이었다. 뽕나무 밭에서 느닷없이 한 사내에게 낚아채인 것인데 그 사내가 정식으로 머리를 얹어주기까지 애 밴 처녀가 겪어낸 고초는 말할 수 없이 큰 것이었다. 아버지가 이 세상 사람이 아니라고 생각하면 나는 유복자였다. 그러나 어머니는 남들 앞에 단 한 번도 내가 유복자란 말을 한 적이 없었다. 그것은 그 '웬수'가 이 세상 어딘가에 살아 있다는 당신 나름의 확신이었을 것이다. 아버지의 죽음을 결코 용납하지 않은 어머니의 그 험구와 저주가 무서운 암시였음을 터득한 것은 피천구 씨를 만난 순간이었다.

　지수 어머이, 대관절 잰 누구 애유?

　어머니와 흉허물 없이 가까이 지내는 이웃 아낙네가 가끔 태수를 놓고 그렇게 귀엣말로 물었다.

내 밑으루 내질렀으니께 내 애지 그럼 누꺼여.

애 아버이가 누구냐니까 딴청은.

낳구 싶어 낳은 새끼가 아닌데 뭔 애비가 있어.

얼씨구, 내, 씨 옰는 수박 나왔단 얘긴 들었어두 씨 옰는 애 낳았단 얘긴 또 첨 듣겠네.

나보다 네 살 아래인 태수의 출생은 처음부터 마을 사람 모두의 관심거리였다. 태수가 태어난 것은 아버지가 세상이 바뀌는 기미를 알고 북쪽 병사들을 따라 종적을 감춘 지 4년쯤 지난 뒤였던 것이다. 일이 앞뒤가 가려지기 시작하는 나이에 접어들면서 태수의 출생은 내게 견딜 수 없는 치욕이었다.

어이, 저기 자네 이복동생 가는구먼. 마을 사람들은 태수가 보이기만 하면 킬킬거리며 농지거리를 해댔다. 옛끼, 이 사람아 저게 어째 내 동생인가. 다들 그러데. 쟤가 자네 으르신넬 빼닮았다구. 허허, 이런 고얀. 하긴 자네 으르신네 혼자 만든 건 아닐 걸세. 비석거리 송칠세이 귀밑터 박 서방, 깻들 홍보 아버이서껀 태수 어머이한테 보시 안했을 리가 없지, 다 객쩍은 소리구 내가 태수 쟤 진짜 아버이가 누군지 맞혀볼까. 최병태 북쪽으루 도망친 뒤 쟤 어머이 붙잡아다 여러 날 취조하던 상면 지서 박 뭐라던 순경이 그 임자일세. 그건 말두 안 되는 소리여. 그땐 쟤 어머니 배 속에 지수가 들어앉아 있었는데 뭔 소리여, 이런 답답, 그때 앨 만들었다는 얘기가 아니라 그 무렵에 눈이 맞아 만나기 시작했다는 걸세. 그게 아니야. 내가 알기룬, 난리 끝나구 거 왜, 한 눈에 개 누깔 해박은 고물장사가 마실에 와 있었지 않나, 바루 그 작자가 태수 아버이라는 얘기네.

그러나저러나 쟤 어머이가 여길 안 떠나구 끈덕지게 붙어사는 그 이율 모르겠다 그거야. 혹시 그 예펜네 입으룬 지 남편을 그렇게 욕을 해싸면서두 속으룬 딴생각하고 있는지도 모르지. 세상이 바뀌어 최병태 그놈이 또 나타나길 기다리는지도. 최병태 그놈이 살았을 리가 없네. 그때 도망친 때만 해두 벌써 38선 쪽은 아군이 다 점령한 뒤였거든.

내가 열세 살 되던 해 마을을 떠나 객지로 떠돌기 시작한 것도 그러한 소문의 늪에서 벗어나고 싶었기 때문이다. 그러나 어머니는 누님과 태수를 오지게 휘어잡은 채 마을을 단 한 번도 떠난 적이 없었다. 당신의 고집대로 누님을 인근 마을 농사꾼 집에 시집보냈다. 태수 역시 어머니의 뜻에 따라 마을을 떠날 생각을 하지 않았다. 안짱다리인 태수는 자신의 출생과는 아랑곳없이 심성이 고왔다. 누가 무슨 소릴 해도 묵묵부답이었다. 어머니의, 아버지를 향한 그 저주가 여지없이 자신에게 쏟아져 내려도, 어무이, 이제 그만허세유, 가 고작이었다. 비록 태수가 누구의 씨라는 걸 떳떳이 밝힐 수는 없다손쳐도 당신의 지아비한테 덴 푼수치고는 잘 거둔 자식 농사였다. 작년 가을 어머니가 예순여섯의 나이로 세상을 떠났을 때 가장 슬피 운 것도 태수였다. 제가 못난 탓으로 장가도 못 가 어머니의 마지막 한인 며느리가 지은 밥사발 한 그릇 못 받아보고 돌아가시게 했다는 자책이었을 것이다. 오히려 맏아들인 나는 어머니의 죽음을 통해 내 아내나 아이들한테 당당해지는 기분이었다. 어머니가 평생을 두고 그처럼 끈질기게 험구의 실을 낳아 짜놓은 아버지의 그 음습한 죄의 사슬에서 풀려난 홀가분함이었다.

사진 같은 게 집 안에 있을 턱이 없었지만 나는 아버지의 얼굴과 그 눈을 알고 있었다. 이 세상에 태어나 단 한 번도 들어본 적이 없으면서도 나는 아버지의 그 천박하고 잔혹한 얼굴에 걸맞은 목소리와 그 말투를 알고 있었다. 객지를 떠돌며 나 혼자 살기 시작한 때부터 나는 아무 데서나 불쑥 아버지의 그 눈빛 그 목소리와 조우했던 것이다. 어머니가 이제 그 이상 아버지에 대한 저주의 사슬을 짜내지 못하게 되었을 때부터 아버지와의 만남은 잦아졌다. 저세상에 간 어머니가 당신이 짠 그 사슬로 아직도 아버지를 묶어놓지 못한 때문인지도 몰랐다. 그렇다면? 하나의 의혹이 불쑥 일어날 때마다 섬뜩한 느낌으로 몸을 떨곤 했다.

피천구 씨와의 만남이 그랬다. 그가 우리 집에 모습을 나타낸 것은 우리가 난생처음 내 집이라는 걸 마련해서 이사를 한 지난봄이었다. 어머니 장사를 치른 지 다섯 달 뒤에 집을 샀던 것이다.

방을 내놓으셨다고 해서…… 서른두엇쯤 되었을 성싶은 점퍼 차림의 사내가 자기 키 절반도 안 돼 보이는, 역시 그 나이 또래의 여자와 함께 나타난 것이다. 이상한 일이었다. 정식으로 복덕방에 방을 내놓진 않았지만 그러잖아도 이제 막 그럴 참이었기 때문이다. 워낙 모자라는 돈으로 무리를 한 탓에 문간방을 우리가 쓰고 안방과 마루방을 세놓아야 할 형편이었던 것이다. 안방과 문간방 사이의 작은 마루방은 우리가 집을 사기 전부터 처녀들이 세들어 자취를 하고 있어 이제 안방만 내놓으면 됐던 참이었다. 어떻든 일이 쉽게 풀린다 싶어 그에게

방 구경을 시켰다.

"됐수다. 이만하면 우리 식구한텐 딱 알맞을 거구먼. 쥔 양반, 우리 복덕방 넣지 말구 맞흥정합시다."

안방을 한번 휘둘러본 피천구 씨는 벌써 그의 점퍼 안주머니에서 돈부터 꺼내고 있었다.

"그런데 저어……"

아내가 껴들었다. 일이 너무 쉽게 풀려나가는 데 대해 겁이 났던 모양이다.

"뭡니까, 아주머니? 방 놓으실 거 아닙니까?"

피천구 씨가 필요 이상 역정 낸 목소리로 으름장 놓듯 다그쳤다. 아내는 오히려 그 기세에 용기를 얻은 양.

"식구가 어떻게 되시는데요?"

셋방살이의 설움을 진저리 나게 겪은지라 우리가 방을 세놓아야 할 경우에는 결코 까다롭게 굴지 않겠다고 다짐 두던 아내였다.

"이 아주머니 봐라아. 그래 식구가 얼마까지면 되겠다는 거요?"

그는 사뭇 거오스러웠다. 그러나 아내도 지지 않았다.

"네 식구 이상은 안 되겠어요. 집도 작은 데다 우리 애들이 많아서 그래요."

"이거 집 없는 놈 어디 서러워서 살겠나 제엔장. 좌우지간 좋수다. 우린 모두 합해서 세 식구요. 자, 이만하면 됐지 않소?"

"식구가 금방 느시겠네요?"

비록 안방을 내주긴 하되 어디까지나 집주인 된 입장이라는 걸 굳이 과시하기라도 하려는 양 아내는 저만큼 마당 한쪽에 비켜 서 있는 여자의 불룩한 배를 마뜩잖이 훑어내리고 있었다.

"이 아주머니 까다롭구만. 맞아요. 이제 두어 달 있으면 또 한 놈이 기어나올 거요. 하지만 식구는 마찬가질 거요. 내가 내 달쯤 중동으로 일 나가게 돼놔서……"

어떻든 그가 서둘러대는 바람에 전세금의 삼 분의 일쯤의 계약금을 받고 방을 놓았다. 잔금은 이사 오는 날 제꺼덕 내놓을 것이니 염려 말라고 했다.

피천구 씨 일가가 들이닥친 것은 방을 계약하고 간 그다음 날이었다. 급하긴 하지만 우리가 안방에 들여놓은 세간살이를 문간방으로 옮길 때까지 며칠을 기다려주겠다고 선심 쓰듯 여유를 보이던 약속을 어긴 것이다.

"우리 사정이 급하게 돼서 어쩔 수 없수다."

그는 약속을 어긴 데 대한 사과는커녕 우리가 당황해하는 것이 몹시 못마땅하다는 듯 되레 큰소릴 쳤다. 어느 날짜에 방을 내준다는 걸 못 박지 않고 급하다는 그쪽 사정을 봐준 게 불찰이었다. 약속을 어긴 것은 그것뿐이 아니었다.

"잔금을 주셔야죠."

안방에 들었던 세간살이를 급하게 옮기느라 잔금 받아낼 경황도 없었던 아내가 어느 순간 그 생각을 해냈던 모양이다.

"아주머니 정말 이러시기요? 이제부터 한 지붕 밑에 얼굴 맞대고 살 건데 처음부터 이렇게 나오심 정말 정 떨어지겠수다. 돈 있고 사람 있는 게 아니라 사람 있고 돈 있는 법입니다."

이렇게 뜻 모를 소리로 얼버무리며 제 이삿짐 나르기에 바쁜 그를 더 붙잡고 늘어질 배짱이 있을 턱 없었다. 그저 막연히 일이 이상하게 돼 돌아간다는 위구심이 일기 시작했을 뿐이다.

어떻든 이사 오는 집을 위해 방을 비워줘야 하는 그 다급한 경황에도 나는 자기희생적 삶을 갖는 일이 이 세상을 속 편하게 사는 법이란 내 나름의 자위로 마음을 다스리고 있었다. 그것은 아버지가 저지른 죄의 그늘 속에 자신을 묶어둠으로써 이웃들과의 화해를 도모한 어머니의 삶의 방식이었던 것이다. 어머니는 마을의 천덕구니였다. 시키지도 않은, 손이 모자라 그냥 버려둔, 남의 콩밭에 엎드려 하루 내내 김매기를 했다. 마을 대소사에 떡방아 찧고 술 담그는 일에서부터 잔치 끝난 집 뒷설거지는 으레 어머니 차지였다. 출산하는 아낙네 산파 노릇은 물론이고 대소변 못 가리는 중풍 든 늙은이들 간병까지 자원해 도맡았다. 죽는 날까지 그렇게 자비하며 남을 위해 계속 움직였다. 고향을 떠나기 전이나 떠나 산 그 이후에도 어머니의 그러한 삶은 내게 더할 수 없이 굴욕적인 것이었다. 나는 사람들을 피해 늘 외톨로 지냈다. 그러나 그 짙은 열패감 안쪽에서 나는 날이 시퍼런 증오를 키우고 있었다. 일 년에 한두 번쯤 어머니를 찾아뵙기 위해 고향 마을에 들어서는 일은 그대로 가혹한 고문이었다. 어머니가 이웃으로 가진 마을 사람 모두가 적으로 보였다. 기꺼이 어머니가 짜놓은 그물 속에 들어가 앉아 눈을 껌벅이고 있는 누님과 태수마저 내 적이었다. 내가 해야 할 일은 어머니의 아버지에 대한 망집을 죽이는 일이었다. 아버진 돌아가셨어요. 아버지가 실재하지 않는다는 걸 강조하기 위해서는 나 자신부터 그 부재를 확신하는 일이었다. 난리가 끝날 무렵 공작산 계곡에서 떼죽음을 당한 뒤 휘발유로 불태워진 수백 명의 주검 속에 아버지를 곁들이는 일이었다. 그러나 어머니는 한결같이 고개를 저었다. 그 악종자가 그렇게 쉽게 죽을 것 같으냐, 어림 반 푼어치두 없는 소리여. 어머니가 버리지 않고 있는 아버지는 영원히 늙지 않는, 독이 바싹 오른 승냥이였던 것이다. 어머니의 그 험구와 저주를 듣고 있노라면 숨이 막혔다. 나는 어머니의 그 망집을 더욱 철저히 깨뜨리고 싶었다. 돌아가시기 3년쯤 전이었다. 이북에서 아버지를 만났다는 사람을 만났어요. 이북이 어데여? 내 거짓말에 어머니가 반응을 보였다. 그러나 어머니는 한심하게도 남북이 분단되어 서로 오갈 수 없는 그런 사실마저 이해하지 못했다. 어머니에게 있어두 개의 나눠진 세계 같은 건 관심 밖이었다. 오직 고향 마을이 아닌 그 바깥은 모두 아버지와 같은 악인이 사는 세상이었다. 그 바깥 세상에 당신과 마을 사람들의 원수인 아버지가 살고 있었다. 어머니에겐 지금도 아버지가 그 바깥 세상에서 사람들을 괴롭히고 있는 무뢰한으로 천방지축 날뛰고 있었던 것이다. 이북에서 넘어온 사람을 만났어요. 그 사람이 그러더군요. 아버지가 죽는 걸 봤다던데요. 그 웬수가 죽는 걸 봤다고? 어머니가 별 놀라는 기색 없이 되물었다. 말 같잖은 소리. 어머니는 고집스레 고개를 홰홰 내저었다. 그러나 어머니가 무너지기 시작한 것은 그때부터였을 것이다. 성님이 그때 그 말씀을 하시고 간 뒤부터 어머니가 이상해지기 시작하데요. 태수가 어머니 장례 때 그렇게 말했다. 그러나 결코 원망하는 투의 말은 아니었다.

"이 일을 어쩌면 좋지요?"

숫제 아내는 문간방으로 세간 나르는 일을 잊은 채 징징 우는 소릴 했다. 손에 맥살이 풀리긴 나도 마찬가지였다. 피천구 씨네 세간살이가 우리 집으로 오르는 좁은 골목길을 실히 50여 미터는 널려 있었기 때문이다. 하나같이 너절한 허접쓰레기였다. 한눈에 시골의 구질스런 세간살이임을 알아볼 수 있었다. 올망졸망한 항아리만 해도 20여 개, 다 낡아빠진 고리짝 뚜껑이 헤벌쩍 열리도록 채워 넣은 헌 옷가지들, 아직 잎도 떨어내지 않은 싸리비 묶음만 해도 좋이 서너 짐은 되는 데다 작고 큰 삼태기며 농기구까지 골목을 빈틈없이 메웠다.

"보다시피 우리 세 식구 세간살이야 뭐가 있습니까? 이게 모두 처갓집 겁니다. 시골집을 팔고 무턱대고 이렇게 올라왔으니 으쩝니까. 집을 살 때까지라두 함께 사는 게 자식 된 도리가 아닙니까요."

우두망찰하여 서 있는 우리 내외를 향해 피천구 씨가 한 말이란 고작 그런 정도였다. 리어카 한 대 세워놓을 정도의 좁은 마당은 물론이고 지하실과 마루가 온통 피천구 씨 일가의 세간살이로 발 들여놓을 틈도 없었다.

"아이구, 이 일을 어쩌면 좋아요?"

아내는 숫제 밤잠을 설치며 괴로워했다. 뜻 아니한 세간살이 사태만 해도 기가 막힐 지경인데 이제는 전세금 받아낼 일이 막막해진 것이다.

"며칠 기다려주셔야지 으쩝니까요. 내 주머니에 돈 있고 안준다면 몰라도, 나 정말 땡전 한 푼 없수다. 아주머니, 없는 놈

이렇게 해서라두 숨 좀 돌립시다요."

더 어처구니없는 일은 피천구 씨 식구였다. 이사하는 날 많은 사람이 버글거려, 이삿짐을 날라주러 온 사람들이거니 했으나 며칠이 지나도 그 버글거리는 숫자가 줄어드는 기색이 아니었다.

"할 얘기가 있으면 우리 마누라한테 따지시우. 모두 마누라 떨거지들인께."

자기네 식구만 해도 처음 말과는 달리 네 식구인 데다가 그 처갓집 식구가 다섯이나 되었다. 어수룩해 보이는 두 늙은이가 장인 장모였고 늦게 둔 자식인 양 아직 국민학교 4학년짜리 막내처남 말고도 중고등학교 다닐 나이 또래 사내애들 두엇까지 밉상인 얼굴로 집안을 서성거렸다.

"우리 마누라가 맏이고 저 아새끼들은 죄다 계모가 낳은 거랍디다."

피천구 씨는 꼭 남의 얘기 하듯 아무렇게나 씨부려댔다. 거, 최형 나가는 직장에 아새끼들 쓸 데 있으면 좀 집어 처넣으시우. 기집애들 같으면 팔아나 먹을 수 있을 테지만서두 이건 순 병신 머저리 같은 머스매 새끼들이고 보니 원.

피천구 씨 일가가 그처럼 우리 집을 점거해버린 지 닷새도 못 되어 일이 하나 생겼다. 마루방에 세든 처녀들이 방을 옮기겠다며 짐을 싸고 있었던 것이다. 우리가 생각해도 안집과 같은 마루를 쓰는 그 마루방에서 세를 산다는 것은 어려운 일이었다. 피천구 씨네 처갓집 식구들이 아예 그 마루에서 잠을 잤다. 더 뭣한 것은 술 취한 피천구 씨가 한밤중에 그 처녀들 방에 두 번씩이나 뛰어들었던 것이다. 그 지경이니 어떤 일이 있어도 그 방 전세금만은 당장 내주어야 했다. 피천구 씨가 세든 안방의 전세금 잔금을 못 받아낸 그 여파만 해도 견디기 힘든 판국에 그 돈까지 얻어줘 내보내자니 고통이 말이 아니었다. 그런대로 직장 사람들한테 빚을 내어 꾸려대긴 했지만 내 집을 마련한 기쁨은 간데없이 덜컥 빚더미 위에 올라앉고 만 것이다.

우리 나름으로 피천구 씨와 맞붙어 으르렁거려보지 않은 바도 아니었다. 그러나 우리는 피천구 씨의 적수가 아니었다. 그야말로 속수무책이었다. 전세 계약금으로 받은 돈에다 이사 비용까지 얹어 내놓을 테니 제발 방만 내달라고 아내가 하소연까지 했지만 막무가내였다.

"아주머니, 정 억울하시면 내 방법을 일러드릴까요? 그거 간단합니다. 법원에다 집달리 붙이셔. 그렇게 해서 나하구 원수 맺는 거지요 뭐, 제기랄 놈의 꺼."

이런 식이었다. 이제 피천구 씨 일가는 처녀들이 세들어 살던 마루방까지 차지해버렸다. 방을 내놓았지만 와보는 사람마다 마루에 그득한 짐보따리를 보곤 아예 댓돌도 올라서지 않는 형편이었다.

"처갓집 시골 논까지 다 날려버렸대요. 무슨 사업을 한답시고 논문서를 잡혀먹곤 그만이라는 거예요. 애기엄마 얘긴 투전판에서 다 날렸을 거라는 거였어요. 여북하면 그 처갓집 식구들이 고향에서 쫓겨나 이 무서운 서울 바닥에 올라와 저 고생을 하고 엎드려 있겠는가 말이에요."

아내는 피천구 씨 부인을 통해 그 집안의 내막을 염탐해봄으로써 마음의 위안을 얻고 있는 것처럼 보였다. 그러고 보니 피천구 씨한테 우리가 당하고 있는 것은 별것이 아니란 생각이 들 정도였다. 정작 억울한 것은 바로 그 집 식구들이었다. 그는 우리가 보기에도 처갓집 식구들한테 너무했다. 술을 먹지 않고도 세간살이를 집어던지며 고래고래 고함을 내질렀다. 처남들한테 주먹도 예사로 휘둘렀다.

"이 쌍놈에 늙은이들!"

술이 취해 늦게 돌아온 날이면 여지없이 장인 장모를 맞대놓고 욕을 했다. 애들 보기에도 정말 민망스러웠다.

"저 노인들 불쌍해 못 견디겠어요."

사위가 아무리 행패를 부려도 입 한번 벙긋 못 하는 시골 무지렁이 노인들이었다. 남 보기 창피해서인가, 그 노인들은 웬만해선 남들 앞에 얼굴을 보이지 않고 방구석에만 죽치고 있었다. 사위한테 재산을 다 뺏기고도 그처럼 기죽어 지내는 늙은이들에 대해서 나는 분노를 느꼈다. 그것은 피천구 씨를 향한 증오였다. 짐승만도 못한 놈 저건 사람두 아니라구. 악종 중에도 악종. 나는 내 몸에 경련처럼 일어나는 살기를 느꼈다. 어머니가 그처럼 줄기차게 증오의 실을 낳아 짠 피륙으로 지은 옷이었다. 그 옷을 입을 때마다 나는 열패감에 사로잡혔다. 그것은 내가 무력하다는 자각 같은 것이었다. 그럴 때마다 나는 다리가 후들후들 떨릴 정도의 살의를 느끼곤 했다. 그럴 때마다 나는 사람을 잔학하게 죽이는 환영에 사로잡혔다. 결코 그러한 장면을 본 적이 없는 일인데도 나는 생생히 그것을 기억해 올리고 있었다. 살려주세유, 제발 목숨만 살려주세유. 그들이 무룷을 꿇은 채 애걸복걸했다. 내 발길이 사정없이 그들의 가슴팍을 내질렀다. 그들의 몸뚱이가 허공을 날아 절벽의 그 밑바닥에 피범벅이 된 채 산산이 흩어졌다.

"저 친구 중동에 나간다구 하더니 그것두 결국 뻥이었군그래."

나는 애써 피천구 씨의 삶이 나와는 무관한 세계의 것임을 확인하듯 느긋한 자세를 보이려 노력했다. 그러나 아내는 피천구 씨를 좇아 같은 궤도를 필사적으로 뛰고 있었다.

"중동은커녕 교도소 드나들기도 바쁜 사람이라데요?"

"무슨 소리야?"

"오늘 낮에 형사 두 사람이 다녀갔다구요."

"우리 집에 형사가 왔었다구?"

나는 얼결에 큰 소릴 냈다. 가슴이 쿵쿵 뛰었다. 나라에서는 아버지를 기억하고 있었다. 내가 스물 몇 살이 될 때까지도 아버지를 기억하는 사람들이 내 이름 밑에 줄을 그었다.

"저 방 그 사람을 찾아왔었다구요. 그냥 지나는 길에 들렀다고는 했지만 저 집 애기 엄마 말로는 무슨 사건만 생겼다 하면 형사들이 찾아온대나 봐요."

"전과잔가?"

"자그마치 전과 7범이래요. 사기 세 번에 강도 절도가 네 번이라면서 애기 엄마가 치를 떨데요."

피천구 씨가 나를 집 근처에 있는 소줏집으로 끌어낸 것은 형사가 다녀갔다는 날로부터 두어 주일 지난 뒤였다. 소주 한 병이 다 비워질 때까지 한사코 입을 다물고 있어 이쪽에서 적잖이 불안해하는 눈치자 그는 두 병째의 소주를 주문한 다음 불쑥,

"최형, 우리 같이 좀 먹고삽시다."

내가 말뜻을 못 헤아려 어리둥절하자 그가 잔기침을 두어 번 큼큼하더니,

"최형, 내가 최형 다니는 신용금고 사무실에 서너 번 갔었수다. 갈 때마다 최형은 4번 캐비닛 곁에서 뭔가 열심히 계산하고 있더군. 내 지금 그 사무실에 있던 사람들 앉은 위치하고 그 얼굴 모습까지도 대보라면 다 댈 수 있수다. 금고 위치는 물론이고 그 금고의 돈이 은행에 몇 시에 입금이 되는 것까지 대충 알고 있수다. 물론 금고에 늘 얼마쯤 들어 있다는 것쯤도 훤하지요. 그 건물 경비원들이 몇 시에 교대를 하고 어느 시간에 자리를 잘 뜨는지도 알고 있다구요."

"아니, 지금 무슨 얘길 하고 계시는 겁니까?"

나는 소주잔을 든 채 헐떡이며 그의 얼굴을 쳐다보았다. 집에서 보던 그가 아니었다. 그러나 낯익었다. 그가 아닌 다른 어떤 얼굴이 그의 얼굴 위에 겹쳐지고 있었다.

"최형, 그렇다고 내가 최형한테 뭘 도와달라는 건 절대 아니오. 최형이 나하구 한 지붕 밑에 산다는 것만 해두 벌써 나한테는 크게 도움이 되는 일이지."

"도대체 무슨 얘길……"

"어허, 그냥 듣고만 계셔. 내 얘기에 신경 쓸 거 없다니까. 다만 내가 오늘 최형한테 하고 싶은 얘기 골자가 뭔고 하면 말씀이야, 앞으루 무슨 일이 생기더라두 절대 놀라지 말라는 거요. 최형은 그저 난 죽어두 모르는 일이라고 잡아떼기만 하면 되는 거요. 그렇게 하는 게 최형두 살구 나두 사는 길이지. 하긴 한

집에 산다는 것부터가 어차피 공범이긴 하지만 말씀이야."

횡설수설. 도무지 모를 소리였다. 그러나 나는 그가 아무렇게나 지껄여대는 말을 들으면서 가슴이 섬뜩했다. 단 한 번도 들어본 적이 없는 아버지의 목소리를 들었던 것이다. 뱀처럼 차가운 눈이 나를 내려다보고 있었다. 어머니의 악담과 저주로 빚어진 잔학한 얼굴이었다. 그는 제멋대로 주문한 술값마저 내지 않은 채 훌쩍 일어섰다.

그날 이후 나는 피천구 씨를 만나지 못했다. 그 집 식구들도 그가 집에 들어오지 않는 이유를 알고 있지 못한 것 같았다. 그렇다고 그가 집에 들어오지 않는 것을 걱정하는 기색도 아니었다. 그의 장인 장모도 날씨가 추워지면서 마루에서 안방으로 거처를 옮긴 듯 좀처럼 그 모습을 보기 어려웠다. 사위가 집에 있을 때면 골목길에 나앉아 멍청히 아랫동네를 내려다보거나 좁은 마당 한구석에 널려 있는 농기구들을 뒤적이는 게 일과더니 이제는 아예 그런 모습마저 보이지 않았다. 중고등학교 이상은 다닐 그런 나이의 그 처갓집 아이들도 땅맞은 고기처럼 빌빌 집 안에서만 돌았다. 그런대로 눈치 보지 않고 기세 좋게 뛰어노는 것은 피천구 씨의 두 아이들이었다. 그 아이들은 우리 집 아이들과 곧잘 어울리곤 했는데 얼굴에 어딘가 그늘 같은 게 깔려 있었다. 그 핏기 없는 아이들을 맞바로 쳐다보기가 뭣할 정도였다.

"정말 저 집 큰일 났어요."

아내가 징징 우는 소리를 했다. 이제 방 전세금을 못 받은 것 정도는 문제가 아니었다.

"저 집 당장 끓여 먹을 게 없는가 봐요. 연탄두 떨어져 냉방에서 잔대요."

엎친 데 덮친 격으로 피천구 씨 부인이 예정보다 보름여나 빨리 해산 진통이 오고 있다는 것이다.

"갈 돈두 없지만 돈이 있어두 병원엔 안 가겠대요. 두 애들두 모두 저렇게 집에서 받았대지 뭐예요. 애들 아빠가 병원에 가지 말랬대나 봐요."

그러나저러나 그 많은 식구가 당장 굶고 들어앉았다는 게 보통 문제가 아니었다. 서북향의 그 음습한 방에 처박혀 아예 얼굴을 내밀지 않는 그 집 식구들이 어느 순간에 떼죽음을 한 모습으로 나타날 것만 같았다. 그런대로 그 집 어린아이들은 손가락을 입에 문 채 밥상이 차려지는 우리 방을 들여다보고 서 있는 게 곧잘 눈에 띄었다.

"기가 막혀서…… 글쎄 말이에요……"

쌀 한 말과 연탄 20여 장을 들여보내고 나온 아내가 혀를 찼다. 피천구 씨가 딴 여자와 살림을 차리고 있다는 애길 그 부인이 하더란 것이다. 그것도 한 번이 아니고 이 여자 저 여자를 바꿔가며 그런 생활을 한다는 얘기였다.

썩어질 인간. 어머니는 아버지가 동네 아낙네를 범하고 마을에서 자취를 감추었다가 난리가 터질 무렵에 돌아와 도리어 행패를 부린 이야기를 할 때면 북북 이부터 갈았다. 마을에 돌아올 때 다른 데서 여자 하나를 달고 와 어머니와 같은 방을 쓰게 했다는 것이다. 짐승도 차마 그런 짓을 못할 거라며 어머니는 고개를 홰홰 내저었다. 아버지를 따라왔던 여자가 제 쪽에서 질려 도망을 치다 아버지한테 잡혀 매를 맞은 뒤 결국 목을 맸다는 얘길 할 때의 어머니는 몸까지 와들와들 떨었다.

"최 계장, 왜 그렇게 놀라구 그래?"

사무실에 조금 이상해 뵈는 사람만 들어와도 나도 모르게 벌떡 일어서곤 했던 것이다. 피천구 씨가 집을 나가기 마지막 날 나한테 들려주던 우리 사무실 얘기가 하루 내내 머리에서 떠나지 않았다. 나는 정신없이 숫자를 맞추어나가다가도 느닷없는 굉음에 놀라 벌떡 일어서곤 했다. 물론 환청이었다. 나는 하루에도 권총을 든 피천구 씨를 수십 명씩 보았다. 돈 자루를 들고 은행을 오가는 직원들을 볼 때마다 가슴이 활랑활랑 뛰었다. 밤이면 밧줄이 목에 걸리는 꿈에 시달렸다.

"성님, 저예유."

낯익은 얼굴이 느닷없이 눈앞에 나타나 덴겁하게 놀라고 보니 시골에서 태수가 올라왔던 것이다. 지난가을 어머니 장례 때 보고 처음이었다. 더구나 집을 사 옮기고 난 뒤라 직접 사무실로 찾아왔던 것이다. 태수는 꿀이며 잡곡 몇 가지를 싸 짊어지고 왔다.

"어머이가 돌아가시구 나니께 성님 생각이 새삼스럽더구먼유. 이사하실 때 올라와본다는 것이 그만 타작 일을 벌여놔설라므네……"

평소 그렇게 과묵하던 태수도 술 한잔이 들어가자 어머니를 잃은 자식으로서의 그 허전함 같은 걸 슬금스레 드러냈다.

"성님허구 이렇게 어머이 얘길 해보는 것두 증말 오래간만이네유."

글쎄, 내 기억에는 태수와 어머니 얘기를 나누어본 적이 있는 것 같지 않았다. 있다면 어머니를 모셔야 될 도리를 다하지 못한 데 대한 미안함을 드러내는 의례적 말이 고작이었을 것이다.

"성님은 어려서부터 고향을 떠나 고생하시며 사시느라 어머이에 대해선 아무래두 저보담은 잘 모르실 겁니다유."

태수는 애써 내 시선을 피하며 뭔가 긴한 소리를 하고 싶어 하는 눈치였다. 태수를 맞바로 쳐다보지 못하고 있는 것은 나도 마찬가지였다. 그가 어머니를 모셨다는 데 대한 마음의 짐 같은 것에다 어린 시절 그를 골려주는 내 심통이 불쑥 고개를 쳐든 것이다. 쟤 내 동생 아니다. 나는 아예 내놓고 태수를 사생아로 몰아붙였다. 마을 사람들이 태수의 출생을 놓고 수군거리는 소리를 들을 때마다 그 창피함을 태수한테 앙갚음했던 것이다. 사람들이 아버지 얘기로 입에 거품을 물 때도 나는 태수를 괴롭혔다. 그래, 때려줘두 좋다. 나는 태수가 내 아버지 자식이 아니라는 걸 증명하기 위해 태수를 학대했다. 아이들이 태수한테 심한 매질을 해도, 물속에 처박아 꼴각꼴각 물을 먹여도 모른 척했던 것이다. 그럴 때마다 태수는 서엉 서엉— 하며 나한테 도움을 청했고 나는 사정없이 떠밀쳐버리곤 했다.

"성님, 지금에 와서 이런 말씀을 드려 어떻게 생각하실는지 모르겠습니다만유, 저두 남들이 얘기하는 것처럼 성님허구 아버지가 다른 게 아닐까 하는 생각을 해왔드랬지유. 아버지가 마을을 떠나시구 삼 년 뒤엔가 저를 낳으셨다니께 왜 그런 생각들을 안 했겠어유."

나는 태수가 무슨 말을 하고 싶어 하는지 그 저의를 파악하기 어려웠다. 그가 자신의 출생 문제를 이처럼 정식으로 들고 나오리라곤 생각해본 적이 없었던 것이다.

"저번 어머니 장례 때 성님한테만은 이 말씀을 해드리구 싶었지만 워낙에 경황이 없다 보니께루……"

태수는 술을 연거푸 두어 잔을 마시는 둥 꽤나 뜸을 들인 뒤에,

"어머이는 돌아가시기 직전까지만 해두 아버지가 남한 땅 어딘가에 살아 계실 거라구 믿구 계시는 거 같았어유."

"아버지가 남쪽에 살아 계실 거라구?"

나는 헐떡거리며 다그치고 있었다. 그 순간 퍼뜩 피천구 씨 얼굴이 떠올랐다. 피천구 씨 부인의 몸 상태가 점점 안 좋아져 이러다간 아무래도 조산을 할 것 같다며 아내가 징징 우는 소리를 했다. 밤이면 피천구 씨 장인의 그 해수병 증세의 숨 넘어가는 기침 소리가 들려왔다. 피천구 씨의 네 살박이 아이는 용케도 우리가 밥 먹는 시간을 알아맞혀 슬그머니 문을 열고 들어서곤 했다.

"성님, 아버지가 남한 땅 어디엔가 살아 계시는 게 확실합니다유."

태수는 술잔을 훌쩍 비우며 입을 열었다.

"어머이가 돌아가시기 수일 전에 절 불러앉히구, 넌 최씨 자식이 분명하니라 그러시데유. 남들이 말하는 것처럼 애비 읊는 자식이 아니라는 거였지유. 어머이 말씀인즉 아버지가 난리 때 없어졌다가 휴전이 되구 나서 그 이듬핸가 밤에 몰래 두어 번 다녀가셨다는 겁니다유. 그러니께루 아버진 성님

이 아들이라는 것까징 직접 보구 가신 거지유 뭐. 제가 어머이 배 속에 든 것두 그때였다구 하시데유. 그런 걸 어머인 여태꺼정 숨기구 사신 겁니다유. 고향을 안 떠나구 줄창 그 집에 붙어 사신 것두 아마 그런저런 당신 나름의 속궁리가 있었기 때문이 아닌가 싶구먼유."

태수는 이제 곧바로 내 눈을 쳐다보며 술잔을 쑥 내밀었다.

"성님, 우쨌든 간에 제가 성님의 진짜 동생인 것만은 확실합니다유. 시골에 내려가는 즉시 잿골 누님한테두 이 얘기부터 할랍니다유. 성님, 제가 보건소에 가 필 뽑아보니까루 O형이라구 하더구만유. 성님두 O형이 틀림없을 겁니다유."

나는 태수의 혈액형에 대한 그 단순한 지식을 웃어줄 마음마저 없었다. 태수가 어둠이 짠 그 질긴 사슬을 끊고 빛 속으로 뛰어나온 것처럼 기꺼워하는 것과는 달리 나는 오히려 태수의 그 어둠 속 음습한 바닥에 맨발로 던져진 느낌이었다.

아버지가 살아 있다, 금지(禁地)가 아닌 바로 우리들 곁에 아버지가 살아 있을는지 모른다는 그 가능성은 내게 있어 핏줄 확인의 의미를 가진 태수의 그것과는 사뭇 다른 차원의 절박한 현실이었을 뿐이다. 태수와 마주 앉아 이야기를 나누는 그 시간도 나는 피천구 씨의 눈길을 뒤통수에 계속 받고 있었으며 그를 통해 연상되는 아버지의 그 피 묻은 손에 들린 질긴 밧줄로 목이 옭매여지고 있었던 것이다.

내가 정말로 피천구 씨의 올가미에 꼼짝없이 목이 걸렸다는 걸 깨닫고 당혹하기 시작한 것은 그의 부인을 병원에 입원시키면서부터였다. 아내가 서두르지 않았으면 피천구 씨 부인은 생명도 잃을 뻔했던 것이다. 조산에다가 하혈이 심해 수혈을 하느라 그 엄청난 돈을 만들기 위해 우리 내외는 그야말로 정신이 없었다. 그런대로 생명을 구했다 싶어 자위를 하고 있는 판인데 형사들이 들이닥쳤던 것이다. 그들은 피천구 씨 일가가 사는 방은 물론이고 우리 방까지 뒤졌다. 나중에는 피천구 씨 부인이 입원해 있는 병실의 침대 시트 밑까지 걷어보는가 하면 형사 한 사람은 아예 병실 밖에 지키고 서 있는 모양이었다. 그들은 누구도 피천구 씨가 무슨 일을 어떻게 저질렀다던가 하는 말을 입 밖에 내지 않았다. 그처럼 철저한 보안으로 미루어 예삿일이 아니란 것만 어림잡을 수 있었을 뿐이다.

그러나 피천구 씨가 아직 쇠고랑을 차지 않은 것만은 확실한 것이 형사들이 집뒤짐을 한 그다음 날 내가 나가는 신용금고 사무실로 그가 전화를 걸어왔던 것이다. 짧지만 지극히 명료한 내용의 협박이었다.

"최 형, 언제고 꼭 만나게 될 거요. 그러니 모든 것 좀 알아서 해줘야겠어. 염병할!"

영락없이 아버지 목소리, 그것이었다.

당신 부인이 입원했노란 그 말만이라도 해줘야 하겠다는 생각을 해냈을 때는 이미 전화가 끊긴 뒤였다.

○『말과 삶과 자유』, 문학과지성사, 1985

그늘 무늬

선생님, 퇴근 안 하셔유? 건물 끝에서부터 복도의 유리창 개폐 상태를 점검해오던 박 수위가 상담실에 얼굴을 불쑥 들이밀었다간 이쪽 대답은 아랑곳없이 사라져버렸다. 벽시계의 바늘이 12와 6을 수직으로 잇고 있었다. 정은은 아주 미세한 편두통 증세를 자각했다. 일직도 아니면서 토요일 이 늦은 시간까지 빈방에 혼자 남아 있는 궁상스러움을 들켜버린 것 같아 불쾌했다. 이 시간쯤이면 숙직 선생이 아래층에 나타났을 것이다. 일어서야 했다. 그러나 정은은 일어서야 하겠다는 생각과는 달리 손가락 하나 까닥하기 싫은 무력증에서 쉽게 풀려나지 못했다. 테오도르 폰타네가 쓴 『에피 브리스트』를 읽고 있었다. 두어 시간 동안 읽은 그 내용이 하나도 생각나지 않았다. 내가 정말 이 책을 읽고 있었던가? 이렇게 머리가 백지처럼 텅 빈 상태로 몇 시간이고 앉아 있는 자신을 발견할 때마다 정은은 진저리를 쳤다. 자신이 무엇인가 줄기차게 기다리고 있었다는 생각이 든 것이다. 도대체 무엇을 기다리고 있었던가? 그렇게 몇 시간이고 멍청히 앉아 있는 어머니를 수없이 보아왔다. 넋을 놓고 앉아 있는 어머니를 볼 때마다 정은은 어떤 섬뜩한 것이 몸으로 끼쳐들어 몸서리치곤 했다. 뭔가 스치듯 어룽지는 그림자를 어머니 얼굴에서 본 것 같았기 때문이다. 교도소 안에서 숨진 아버지를 인계받아 그 시신을 혼자 처리하고 돌아온 지 서너 달 만에 당신 자신도 슬그머니 눈감아버린 어머니의 그 얼굴에서 정은은 더욱 선명한 그늘 무늬를 보았다.

도대체 내가 무엇을 기다리고 있었단 말인가. 상담주임 책상 위의 전화기는 한 번도 울린 적이 없다. 물론 자신이 그 전화기를 단 한 번도 거들떠보거나 의식하지도 않았다. 정은은 전화기 앞에 설 때마다 누구와 통화를 하고 싶다는 생각보다 자기가 누구와도 무관한 존재라는 단절감을 느꼈다. 그 단절감은 오히려 매어 있는 상태에서 풀려져 나가는 순간의 분방한 자유처럼 달콤했다. 엉뚱한 데서 찾아 헤매는 술래를 바라볼 때의 근지러움 같은 것이기도 했다. 그러나 꼭꼭 숨은 자리면서도 술래에게 드러나기를 은근히 기대하는 아이들 심리처럼 정은은 항상 조마조마한 마음으로 누군가를 기다리고 있는 자신을 발견하곤 늘 놀랐다. 그래, 잠깐 혁진을 생각했었지. 그와 가졌던 학교 시절의 그 만남들이 때 낀 가구를 기름걸레로 닦았을 때처럼 광택을 내며 살아났어. 내가 남자를 생각했다고? 정은은 책상 위를 정리하면서 자신이 여자의 입장에서 한 남자를 그리워해본 적이 있었던가를 자문했다. 그네는 마음속으로 크게 도리질했다. 어머니와 이모의 삶에 기생하며 그네들의 영혼을 목 조르던 잔인하고 무책임한 그 남자들을 정은은 알고 있었다. 사실은 그 두 남자를 단 한 번도 본 적이 없지만 정은은 서른세 살의 이 나이까지 그네들과 함께 살고 있었던 것이다. 그 남자들의 체취와 음성까지 몸 속속들이 배어 있었다. 정은은 한 남자로 인해 어머니의 영혼이 어떻게 난도질당하여 썩어 문드러졌는가를 너무나 분명히 보았다. 이모에겐 아직도 형극의 세월이 이어지고 있었다. 어머니가 전통적 가부장제의 부권에 맹종한 희생자라면 이모는 그런대로 지아비의 이념과 궤를 같이한 능동적 삶을 꾸려가는 여인이었다. 정은은 알고 있었다. 어머니가 한 무기수를 기다리는 동안의 자신을 버텨내기 위해 기독교 신자가 되었듯 이모 또한 칠 년이란 긴 세월의 형기를 마친 뒤, 그 속에서의 기연(機緣)으로 부처 앞에 무릎을 꿇은 것도 북쪽으로 간 지아비에 대한 연연한 마음을 달래기 위함이라는 것을. 그 긴 기다림. 정은은 다시 한번 진저리치듯 몸을 떨었다. 난 아무도 기다리지 않았어. 별거 삼 년째인, 이제는 더욱 남인 남편의 얼굴이 잠깐 떠올랐다. 그것에 겹쳐 항상 무엇에 쫓기듯 불안해 뵈는 혁진의 친구 종수의 얼굴도 나타났다. 그러나 혁진이 이미 현실이 아니듯 그 두 사람 모두 자기가 기다린 대상은 아니라는 생각이 들었다. 정은은 의자에서 발딱 일어섰다.

"치, 친구가 어제 갑자기 죽었다는 거야. 중학교 동창인데 3학년 때 같은 반이었지. 어, 얼마 전 만났을 때만 해도 사, 사업이 잘된다고 뻥뻥거리더니만."

밖에서 걸려온 전화를 끊으면서 종수는 되도록 여유를 보이려 느릿느릿 말한다. 그러나 그는 이미 달리는 차 속에 있었다. 그는 아내가 텔레비전 화면에서 눈을 떼지 않고 있어 자신의 입가에 맴도는 이 묘한 웃음을 보지 못한다는 걸 생각한다. 그는 웃었다. 자신이 죽은 친구를 졸지에 사업가로 변신시킨 게 우스웠다. 사실은 그보다 앞서 그 친구의 주검이 인천 연안부두에 떠올랐다는 전화를 받는 순간 그는 웃고 있었던 것이다. 이상한 일이었다. 그 친구의 죽음이 전해지는 순간 그는 정은을 생각했다. 가볍지만 분명한 성적 충동이었다. 그의 머리는 빠른 속도로 음모를 시작했다. 직행버스를 머리에 떠올리자 뻐근한 상태로 요의가 왔다.

"어머, 왜 죽었대요? 어디 사는 분인데요?"

아내는 여전히 텔레비전 화면 속에 있었다. 사는—이라니. 그는 아내가 무심코 쓴 용언의 시제에 신경이 쓰였다. 친구의 죽음을 그네가 사실로 받아들이고 있지 않다는 생각이 들었다. 그네의 건성물음에 종수는 부아가 났다.

"인천에서 바다에 빠져 자살했어. 왜, 당신이 조문 가겠소?"

그 친구를 마지막 본 것이 삼 년 전 상갓집에서였다. 삼륜차 운전을 하다 사고를 내 머리가 터져 폐인이 되어 누워 지내는 중학교 동창의 모친이 별세했을 때 조문 온 동창은 겨우 셋이었다. 그 친구는 장의사 사람을 제쳐놓고 자기 손으로 친구 모친의 시신을 염하고 입관시키는 모든 궂은 일을 맡아 한 다음 종수들이 권하는 술잔을 아주 겸연쩍게 받아 마신 뒤 슬그머니 사라져버렸다. 꽤 두툼해 뵈는 부의 봉투를 받아 든 그 집 안상주는 그 친구가 누군지 전연 모른다고 했다. 종수들도 그 친구에게 동창들의 경조사를 연락한 적이 한 번도 없었다. 어떻든 그 친구는 동창들이 그 존재를 완전히 잊을 만하면 불쑥 모습을 드러내곤 했다. 동창들이 모이면 그 친구의 이야기를 조심스럽게 안주로 삼았다. 종수는 그 친구의 소식을 들을 때마다 가슴이 삭막하게 비어들었다. 편모슬하의 둘째 아들인 그 친구는 중학교 때 종수를 앞지르는 수재였지만 주위 사람들의 기대와 그 도움을 받아들인 종수를 비웃기라도 하듯 함께 입학했던 서울의 K고등학교를 1학년 1학기 때 자퇴해버렸다. 무서운 놈이야. 그를 돕던 고향의 유지 하나가 그 어린 나이에 스스로 배움을 거부한 그 친구를 그렇게 말했다. 종수는 이따금 전해지는 그 친구의 비뚤어진 삶이 보여주는 기행을 마음속에서 용서할 수가 없었다. 그에 대한 혐오감이 치밀 때마다 이를 악물고 공부했다. 그 친구는 어느 한 곳, 어떤 한 가지 일에 오래 머물러 사람들과의 낯 익힘을 싫어하는 것 같았다. 궁벽한 산촌의 어느 빈농가 식객으로 머무르며 농사를 짓고 있지 않으면 탄광에서 막장 일을 하고 있는 걸 보았다는 동창도 있었다. 대전역 근처에서 리어카를 끌더란 소식도 있는가 하면 울진 어항에서 정치망어선을 타고 근해로 나가는 걸 보았다는 사람도 있었다. 서울 은평구 쪽의 연립주택 공사장에서 그가 벽돌을 나르고 있는 걸 보았다는 것이 그 친구의 최근 소식이었다.

"보, 봉투 하나만 줘요."

무슨 말을 어떻게 해야 하겠다는 생각을 꽤 깊이 한 다음에 말을 하게 되면 영락없이 말을 심하게 더듬는 종수였다. 어릴 때 삼촌한테 악을 쓰며 대들 때만 해도 전혀 말을 더듬지 않았다. 그러나 그 직접 맞섬을 침묵으로 바꾸는 것이 자신에게 유리하다는 것을 터득한 뒤부터 종수는 말을 더듬었다.

"내일 인천에 갈 거예요?"

종수는 아내가 내민 봉투를 받아 그네의 눈앞에서 '賻儀'라고 큼지막하게 썼다.

"일찍 자야 하겠어. 피곤하군."

그렇게 중얼거리며 종수는 자기 방으로 건너가 늘 하듯 팬티까지 다 벗고 알몸으로 잠자리에 들었다. 그는 요를 깔지 않고 잤다. 어릴 때 오줌을 자주 싸 삼촌 내외는 아예 그에게 요를 깔리지 않았던 것이다. 신기하게도 많이 다치진 않았지만 삼촌이 봉당에서 마당으로 밀어 던지던 그 아찔한 추락의 순간이 잠깐 생각났다. 종수는 옆으로 돌아누웠다. 아무 생각 없이 푹 자고 싶었을 뿐이다.

설거지를 끝내며 정은은 시계를 보았다. 여덟시, 다른 일요일 같으면 아직 잠자리에 있을 시각이다. 그뿐인가, 빵 한 조각과 우유 한 잔으로 때울 수 있는 아침을 서너 가지 반찬까지 해놓고 먹었다는 게 우스웠다. 밥을 하는 동안도 벽에 걸린 액자의 기울기를 눈가늠해 바로잡는다든가 엽란 잎새의 먼지를 닦아내는 등 부지런을 떨었던 것이다. 꿈에도 뭔가 털고 닦고 꽤나 바삐 움직였다는 느낌이었다. 위층 남자가 역기를 마룻바닥에 떨어뜨리는 소리에 잠을 깼다. 일주일에 한 번 정도는 그 역기가 마룻바닥에 굴렀다. 위층의 남자는 도청에 나가는 공무원인데 술을 먹고 들어올 때면 가끔 정은의 아파트 인터폰을 누

르곤 했다. 그 집 여자의 전화 받는 목소리는 아래층까지 들렸
다. 선생님은 늘 집에 안 계시는가 봐요? 전화가 가끔 오던데
전혀 안 받으시는 걸 보면. 위층의 여자는 복도에서 정은을 만
날 때마다 그런 말을 했다.

정은이 남편의 전화를 받은 것은 밤 열한시가 조금 넘은 시
간이었다. 여덟시, 아홉시, 열시, 그렇게 한 시간 간격으로 전
화를 걸었던 것도 남편이었다. 그 전화들은 대개 열대여섯 번
의 신호 끝에 끊어지곤 했다. 정은은 이제 전화기의 그 울림을
세는 데 익숙해져 있었다. 오히려 전화를 받지 않는다는 그 팽
팽한 긴장감을 울림 소리를 세면서 야금야금 즐기고 있었는지
도 모른다. 정은이 원해서 놓은 전화가 아니었다. 낮 시간 직
장에서 받고 거는 것이면 충분했다. 그러나 남편이 일방적으로
그의 옛날 부하를 통해 전화를 가설했다. 전화선이 닿아 있는
한 두 사람의 관계는 지속된다는 그런 논리를 입증하듯 남편은
일주일에 세 번 정도는 시외전화를 걸어왔다. 전화번호를 알고
있는 것도 남편 말고는 몇 사람 되지 않았다. 설사 번호를 안다
해도 정은이 밤에는 일체 전화를 안 받는다는 걸 알기 때문에
걸어오는 사람도 없었다.

열한시 넘어 온 그 전화는 스물두 번씩이나 울렸다.

"집에 있으면서 그렇게 전화를 안 받아? 정말 자꾸 그럴 거
야?"

남편의 목소리는 거칠었다. 항상 술 취한 상태에서 거는 전
화였다. 남편의 그러한 거친 목소리를 들을 때마다 정은은 촉
감이 안 좋은 물체를 만진 것처럼 섬뜩하게 소름이 끼쳤다. 아,

불쾌해. 전화를 끊고 나면 그런 소리가 저절로 입 밖으로 새어 나왔다. 떨어져 살기 전 함께하는 잠자리에서 그가 떨어져나가는 순간에도 정은은 그렇게 중얼거리곤 했다.

"내일, 당신 집에 있어! 열한시까진 도착할 거야."

"오지 마세요. 저 내일 집에 없어요."

"집에 있어! 할 얘기가 있어 그래."

"지금 하세요."

"또 사람 미치게 하는군. 내일 꼭 간다. 오전 열한시."

전화는 일방적으로 끊겼다. 여자들을 많이 만나긴 해도 한 여자를 들어앉혀 붙잡아놓지는 않는 것 같았다. 어느 여자가 그의 애를 낳았다는 말도 듣지 못했다. 정은도 자신이 그 여자들 중의 하나라는 생각을 한다. 당신은 나 없으면 송장이야. 정은이 별거를 선언했을 때 그가 한 말이었다. 정은을 송장으로 만들지 않기 위해 이혼만은 결코 안 하겠다는 그런 남자였다. 별일 없어? 서울 올라오면 전화해. 사무실에 내가 없더라두 있는 장솔 알려줘. 그리구 참 다음 일요일에 집에 있어. 잘하면 가게 될 거야. 남편이 거는 전화 내용은 늘 그랬다. 그러나 그가 춘천에 내려왔던 것은 몇 번 되지 않았다. 남편은 아파트 열쇠를 하나 갖고 싶다고 원했지만 정은은 열쇠를 내주지 않았다. 그가 오겠다고 한 날은 일부러 아파트를 비웠다. 그러나 밖에 나갔다 들어와선 아파트 현관 주변에서 남편이 왔다 갔을 만한 흔적을 찾고 있는 자신을 발견하고 늘 씁쓰레 웃었다.

"청파동 집에 연락을 하면 차를 보내줄 건데……"

종수의 처가에는 장인 것 말고도 식구들이 전용으로 쓰는 승용차가 있었다.

"마, 만약 오늘 못 오게 되면 내일은 바로 사무실로 나갈 거요."

"오늘 못 온다니, 그건 또 뭐예요?"

종수는 마땅한 대답을 찾지 못한다.

"봉투에 돈 넣었어요?"

밖에 나가 엊저녁 전화를 걸어온 동창한테 연락이라도 해야 하겠다는 생각을 한다.

"돈 얼마 넣었어요?"

"에어컨 틀지 말아요. 애들이 더위에 적응하도록 내버려두는 게 좋아."

"전철로 갈 거지요? 청량리서 인천까지 한 시간밖에 안 걸린다던데……"

유월의 마지막 주 일요일, 벌써부터 시작된 더위는 아침부터 푹푹 쪘다.

종수는 청량리 역전 공중전화 앞에 잠깐 섰다간 그대로 대합실로 향했다. 대합실은 표를 끊기 위해 구불구불 늘어선 사람들로 꽉 찼다. 비둘기보다 통일이 더 좋고 통일보다 무궁화가 더 낫다는 발상은 어느 것에 근거한 것이었을까. 종수는 여덟시 삼십분발 춘천행 통일호 열차를 타기 위해 플랫폼으로 밀려들어가며 생각한다. 모든 것은 이름 붙이기의 발상에서부터 비롯된다는 생각이었다. 비둘기호는 보통이고 통일호는 특급이고, 무궁화호는…… 아래서 위로, 느린 것보다는 빠른 것으로, 더 쾌적한 실내, 보다 안락한 자리, 다른 사람보다 더 우월한 기분으로, 능력 있는 자의 최고선. 자기 자신은 이미 그 모든 것을 확보해놓고 있었다. 원하기에 따라 더 크고 완전한 것을 가질 수도 있었다. 일곱 개의 객차를 매단 기관차가 시동을 건 채 아침 햇살 속에 엎드려 있었다.

배낭을 걸머진 젊은이들로 객실은 만원이었다. 천장의 선풍기가 부지런히 바람을 돌리고 있었지만 속수무책이었다. 3호차 22번 좌석에 이르자 자리에 앉아 있던 중년 남자가 나쁜 짓을 하다가 들킨 아이처럼 낯을 붉히며 일어섰다. 입석권을 가지고 혹시나 하는 기대로 자리를 차지했던 게 무슨 죄나 되는 양 겸연쩍어하면서 다른 곳으로 옮겨갔다. 아슬하게나마 좌석권을 끊은 것이 정말 다행이다 싶은 안도감으로 자리에 털썩 앉았다. 버스를 타지 않고 기차를 탄 것이 잘했다 싶었다. 어릴 때 유일한 꿈은 읍소재지를 거쳐 가는 그 기차를 타보는 일이었다. 다 자라서까지도 종수에게 있어 기차는 모든 것을 이루는 최선의 상징이었다. 이미 이 세상 사람이 아니라는 부모도 그 기차를 타고 가면 만날 수 있을 것 같았다. 삼촌의 매질은 무서웠다. 이 새끼야, 네 부몰 생각함 이가 갈린다. 할아버지가 중풍으로 쓰러지기가 무섭게 종수는 자신의 출생 비밀을 알아야 했다. 그때까지만 해도 삼촌이 실부인 줄 알았던 것이다. 물론 호적에는 삼촌이 아버지로 돼 있었다. 너 좀 제발 죽어줘라. 죽는 건 간단하다. 저기 양잿물 있잖니? 그걸 한 덩어리 김치에 싸서 꿀꺽 넘기면 되는 거야. 그렇게 되면 네 애비 에미도 만날 수 있고, 좀 좋으냐? 할아버지가 눈을 멀뚱이 뜨고 들고 있는 자리에서 삼촌은 뭉툭하게 잘려나간 오른쪽 팔목을 종수 눈앞에 들이댔다. 네 애비가 낫으로 이렇게 했다. 널 키워서 그 빨갱이 놈 애길 해주고 그놈이 한 것처럼 네 모가질 낫으로 내려치려고 내 별러왔다. 삼촌이 오 년 전 간암으로 배가 퉁퉁 부어 시커멓게 죽는 순간까지도 종수는 그 호적상의 아버지인, 삼촌을 결코 용서하지 않았다.

"이보셔, 곁에 양반은 어디까지 가셔?"

종수 옆자리 창 쪽에 앉은 노파가 질 나쁜 틀니를 덜거덕거리며 말을 걸어왔다. 칠순도 넘었을 노파는 발밑에 여러 개의 올망졸망한 보따리를 모아놓고 앉아 있었다.

"춘천까지 갑니다. 남춘천에서 내리지요."

"남춘천은 또 뭐여? 좌우지간 춘천까지 간다니 잘됐구먼. 나두 춘천 셋째 아들네 집에 댕기러 가는 길인데 초행이라 놔서 겁시 나여."

기차가 성북역에 멈췄고 또 많은 사람들이 밀고 들어왔다.

"그런데 곁에 양반, 내가 셋째 아들 주솔 잃어버렸으니 이걸 어쩌? 그래두 남들이 그러는데 다 찾을 수 있다구 하데. 변칠 세이여, 우리 셋째 아들 이름이. 방송국 기술자지라우. 방송국에 전화 한 통이면 제꺽 찾을 수 있을 것이니께 곁에 양반이 좀 찾아주시어 잉?"

"방송국이라면…… 케이 비 에스입니까, 엠 비 시입니까?"

"케비씬지 엠비친지 난 그런 거 몰라. 작년까지만 해두 수원에 살았지. 그 녀석이 한군데 지그시 못 눌러 있구 할미새 꽁지 흔드는 것마냥 요기 깝작 조기 깝작 돌아다니는 것두 아마 기술이 좋아 그렇다는갑데. 에이구, 망할 녀석, 기술이 그렇게 좋은 녀석이 왜 아들 맨드는 기술은 못 배웠어? 히히, 우리 셋째 며느리가 싹싹하고 맴은 그만인데 아들을 못 낳지라우. 딸만 자그마치 셋인데 내 집에서 곰곰 따져보니께 이달이 해산달 아닌감. 이번에두 또 쩍 벌어진 것이면 내 눈 딱 감고 돌아설 참이구먼."

자기 나이가 일흔셋이라는 노파는 아들 다섯, 딸 셋, 팔 남매를 낳아 키운 과거지사부터 작금의 집집의 살림 형편까지 줄레줄레 풀어놓기 시작했다.

"큰아들은 난리 때 죽었어. 그 사람 지금 살아 있다면 꼭 쉰일곱이여. 내가 열여섯에 시집와 그 이듬해 두꺼비 같은 걸 쑥 뽑아놓으니께 시어머니가 덩실덩실 춤을 추데야."

종수는 몸을 노파 쪽으로 향하되 시선은 창밖으로 던지고 있었다. 유월의 질펀한 들판을 기차는 빠르게 내달았다. 자신이 첫돌 때 죽었다는 부모에 대해 애틋한 그리움 같은 걸 별로 느껴보지 못했다. 그러나 종수는 삼촌을 뺀 모든 사람들의 모습에서 자신이 원하는 아버지와 어머니의 현현된 모습을 찾고 있었다.

"큰아들이 남기고 간 손주가 지금 서른두 살이여. 경상도 창원에서 공장엘 다니는데 증손자까지 봤어라우. 그 손자하구 넷째 아들하구 동갑이구먼. 고부가 한 해에 몸을 풀었던 게여. 그 며느릴 몇 년 전에 만났어라우. 돈 많은 남자한테 시집가 잘살어."

혁진인 지금 미국에서 잘살고 있어요. 보세요. 이게 혁진이한테서 온 편집니다. 종수는 지난해 봄 혁진 모친의 초점 흐린 눈을 내려다보며, 혁진 형의 부탁대로 거짓말을 했다. 그때 혁진 모친의 병세는 절망적이었다. 가물가물하는 그런 중에도 그네는 아들의 고등학교 때 친구를 용하게 알아봤다. 종수가 잡은 그네의 손아귀에 미미한 힘이 오고 있었다. 우리 어머닌 갈보다. 혁진은 고등학교 때 자기 어머니를 어렵잖이 매도했다. 우리 형의 아버진 6·25 전에 공산당 열성 당원이었지. 전쟁이 나서 그 남자가 사라지자 어머닌 북진했던 남쪽 장교와 함께 남쪽으로 내려왔지. 그 전쟁 중에 죽긴 했지만 그 장교가 내 아버지야. 그 뒤로도 어머닌 지금까지 세 사람의 남자를 바꿔가며 살아. 물론 우리 형제를 잘 키우기 위해서라는 명분이 뚜렷했지. 형은 어머니가 내세운 그 명분에 감읍했어. 덕분에 많은 걸 얻어 저렇게 거드럭거리는 거고. 혁진은 그 어머니와 형을 혐오했다. 그는 자기가 싫어하는 두 사람들에게 충격을 주기 위해 이 나라를 떠났다. 대학을 졸업하자 그 어머니나 형한테 단 한 마디 의논도 없이 이 년 동안 노심초사, 그 어려운 미국 유학 티켓을 따냈던 것이다. 물론 그는 미국에 건너가 집으로 단 한 장의 편지도 보내지 않았다. 자넨 개 소식 알겠지? 행정부처의 공무원인 혁진의 형은 종수가 출세의 길로 나선 것을 누구보다 먼저 축하해왔다. 저한테도 전혀 연락이 없습니다. 어떤 모멸감으로 몸을 떨면서도 종수는 솔직히 대답했다. 정은을 찾아갔을 때도 그네는 힐난조로 반문해왔던 것이다. 정말 종수 씨한테 편지 한 장 없었단 말예요?

"그저 한이 되는 건 자식들을 남들처럼 높은 공불 못 시켰다 그거구먼. 입에 풀칠하기두 힘든 판에 핵교는 뭐 말라죽을 핵교여. 그런데두 우리 둘째 딸은……"

노파가 팔 남매의 넷째인 둘째 딸이 박사 남편 만나 호강하고 산다는 이야기를 엮어나가고 있었다. 대성리와 청평에서 많은 사람이 내렸지만 아직도 입석한 사람들이 더러 있었다. 통과 역인 상천역에서 기차가 잠시 멎었다. 상행열차가 엇갈리며 서서히 미끄러져 들어오고 있었다. 하행열차 쪽을 향한 묵묵한 표정의 얼굴들이 차창으로 스쳐갔다. 정은이 그 열차에 타고 지금 엇갈려 가고 있는지 모른다는 생각이 들었다. 가끔 서울에 올라오는 모양이었지만 그네는 한 번도 종수한테 전화를 건 적이 없었다. 저 역시 편지를 못 받았어요. 받고 싶은 생각도 없구요. 이 나라에서 혁진이 좋아했던 단 한 사람의 여자가 혁진의 미국에서의 실종에 대한 추궁을 그렇게 자르듯 피했다. 여자의 몸속에는 생명을 키워내기 위한 자궁과 그 자궁을 보호하기 위한 독기로 가득 차 있네. 굉장히 무서운 독이지. 애를 낳게 되면 그 독기가 분비물이 되어 아래로 흘러내리는 걸세. 만약 여자가 그렇게 애를 낳아 독기를 흘려버리지 않으면 그 독이 위로 뻗쳐 올라 그 여자의 정신을 지배하게 되는 경우가 더러 있다네. 그런 여잘 조심해야 돼. 술자리에서 어떤 친구가 한 그 농담을 종수는 정은을 대할 때마다 떠올리곤 했다.

"이보셔, 젊은 양반, 우리 막내딸 시집 좀 보내주시구랴. 딸셋 중 공부가 젤루 높아. 상업핵꼴 나왔어라우. 그게 쉰에 낳은 고명딸이여. 그 망할 영감태기가 늙은 배 속에다 애를 덜컥 심어놓고 먼저 가뿌렸지 뭐여."

사람들이 술렁술렁 일어서기 시작했다.

"여게서 내려야 하는감? 아이구, 이 늙은이 내삐리구 가면 큰일이구먼."

노파는 나이에 어울리지 않게 잰 동작으로 발밑의 올망졸망한 보따리를 챙겨들고 종수 뒤에 따라붙었다.

오전 열시 이십오분이었다. 종수는 공중전화 박스 속에서 땀을 빼고 있었다. 춘천의 전화번호부에 변칠성이란 이름은 나와 있지 않았다.

"방송국 기술자라니께!"

노파가 길 건너편에 앉아 기운 좋게 소리 질러오곤 했다. 두 방송국의 전화번호를 찾아내 다이얼을 돌렸다. 글쎄 그런 사람은 없다니까요. 지방의 두 방송국 어디에도 노파의 아들은 없었다. 종수는 올망졸망한 보따리를 한군데 모아 암탉이 병아리 품듯 그것을 감싸고 앉아 있는 노파를 실망시킬 일이 난감했다. 공중전화 박스 앞에 엎드려 있는 빈 택시에 뛰어들어 도망치고 싶은 생각뿐이었다. 문득 뜨거운 햇볕 속 길바닥에 앉아 이쪽을 건너다보고 있는 노파의 눈과 마주쳤다.

"변칠세이여, 변칠세이!"

어머니. 불현듯 어머니란 말이 입속에 맴돌았다. 그 순간 떠오른 생각이었다. 유선방송. 114를 통해 생각보다 쉽게 전화번호를 알아냈다.

"그래요. 맞는다니까요. 그러나 지금 변 씬 여기 없어요. 다른 데 갔다구요. 글쎄요. 영월이라든가 황지라든가…… 하여튼 두 달 전에 이사를 갔다구요."

벗어 왼쪽 팔에 걸친 양복 안주머니 위로 비죽이 솟아오른 편지 봉투가 눈에 띄었다. 종수는 전화박스를 벗어나며 양복 안주머니의 그 부의 봉투를 뽑아 들었다. 다가서는 종수의 얼굴 표정을 훑어보던 노파의 얼굴이 쪼글쪼글 오그라들고 있었다.

어디로 갈까. 정은은 건조한 피부를 화장수로 대충 적셔주면서 거울 속 자신의 얼굴을 향해 묻는다. 남편이 오겠다고 한 열한시 전에 아파트를 나가야 하겠다는 생각이었다. 마땅한 곳, 찾아가도 괜찮을 그런 얼굴이 떠오르지 않는다. 인구 십칠만의 작은 도시라 어느 곳에서고 아는 얼굴을 만나게 된다. 혁진의 실종을 구실로 찾아온 종수를 몇 번 만났다. 그를 만난 다음날이면 학생들은 그들만의 말로 정은을 놀려댔다. 이정은 선생님, 재미 좋으시던데요. 직장 동료들은 혼자 사는 여자에 대해 관심이 많았다. 이제 오지 마세요. 제 혼담길이 막히거든요. 언젠가 종수한테 농하는 투로 그렇게 말한 적이 있었다. 그때 정은은 종수의 얼굴이 새빨갛게 변했다가 다시 하얗게 질려드는 걸 보았다. 자칫하면 울음이라도 터뜨릴 것 같은 얼굴이었다. 그러나 정은은 종수가 겉에 드러나는 것처럼 그렇게 단순한 성격을 가진 사람이라고 생각하지 않았다. 뭔가 그가 택한 직업이 그에게 어울리지 않는다는 생각이 들었다. 그는 자기 자신에 대해서 말하는 적이 없었다. 자기 가정 이야기는 물론 그렇게 어렵게 성취한 출세에 대해서는 더욱 함구했다. 그의 줄기찬 관심은 다른 사람의 생각과 그 삶이었다. 모든 것을 혐오하는 일로 시작하던 혁진과는 대조적이었다. 종수는 이지적 면모와는 딴판으로 예닐곱 살 어린애 같은 유년의식에 머물러 있는 것처럼 느껴졌다. 혁진이 말입니다. 도대체 어떻게 된 겁니까? 왜 그렇게 사라져야 하지요? 그는 앞으로 나가는 것을 거부하고 일어난 일에 대해 계속 왜라는 물음표를 붙여 돌아다보려 했다. 그는 정은한테 중학교 동창생이라는 한 기인에 대해 꽤 열심히 말한 적이 있었다. 그러나 이야기는 언제나 그의 소박한 물음으로 끝났다. 어떻게 그렇게 살 수 있는 겁니까? 왜 그렇게 살아야 하지요? 그렇게 사는 게 정말 옳게 사는 겁니까?

아파트 계단으로 아이들이 우당탕 뛰어내리는 소리가 났다. 안녕하세요? 몇 명의 아이들은 정은과 마주칠 때마다 꾸벅 절을 했다. 아줌마, 나 백 원만 줘요. 느닷없이 손을 내미는 아이도 있었다. 그럴 때 정은은 질겁을 하며 도망치곤 했다. 우린 애가 있어야 해. 남편은 하고 싶은 말은 거침없이 다 하고 마는 사람이었다. 우린 애를 못 낳을 아무런 결함이 없다는 게 밝혀졌어. 문제는 당신에게 있어. 애를 못 낳는 건 당신이 내 애를 낳고 싶지 않기 때문이야. 정신과 의사한테 알아봤지. 드물긴 하지만 그런 정신적 외상이 잠재돼 있는 경우 그것이 불임의 원인이 될 수도 있다는 거야. 당신이 나하고 잘 때 이를 악무는 버릇도 내 애를 갖기 거부하는 당신의 잠재된 의식이라구, 무서운 일이지. 물론 그 책임이 모두 당신에게 있다고는 생각지 않아. 당신처럼 무서운 여자를 다루지 못하는 내 책임도 있다 그거야. 아무튼 우린 애가 필요해. 남편은 난폭했다. 그리고 둔한 사람답게 집요했다. 정은은 결혼 오 년 만에 처음으로 몸에 임신의 징후를 느꼈다. 놀라움은 잠시였다. 매일 무서운 꿈으로 시달려야 했다. 눈을 뜨나 감으나 자신의 얼굴 위로 얼룽얼룽 무늬지는 그늘 같은 걸 보았다. 그것이 자신의 몸속으로 들어온다고 했다. 그 무늬가 자꾸 커지면서 덮쳐드는 그러한 가위눌림의 상태가 때로는 사람의 모습으로 현현되어 나타나기도 했다. 얼굴이 백지장처럼 희었다. 그 남자의 목에 밧줄이 옭매여져 있었다. 그 밧줄이 자신의 목에 감긴 것처럼 숨이 막혔다. 정은은 소리를 내질렀다. 그 남자가 자신의 자궁 속을 터질 듯 채우고 있었던 것이다. 꿈을 깨고 나면 온몸이 땀으로 젖어 있었다. 자신의 두 손은 뱃가죽을 움켜쥔 상태였다. 아버지였어. 정은은 꿈에서 본 그 남자가 여러 번 특사 혜택을 거절한 채 자신의 형기인 무기형을 치르다 그 속에서 죽은 아버지라고 확신했다. 어머니에 의해 완벽하게 절연되었던 아버지를 자신의 몸속에서 확인하는 몇 번의 악몽 끝에 정은은 불과 이 개월 동안 응결되었던 핏덩이를 하초로 끈적끈적 쏟아냈던 것이다. 그 유산 이후 정은은 더 이상 임신하지 못했다. 어머니 혼자 독점하고 간 그 남자도 꿈에 다시 나타나지 않았다.

위층 여자의 깔깔거리는 웃음소리가 들려왔다. 바싹 마른 남편의 팔을 끼고 외출할 때도 저렇게 거침없이 웃는 여자였다. 여자는 소리 내어 웃는 법이 아녜요. 이모의 지론이었다. 이모는 왜 아이를 낳지 않았지요? 정은은 가끔 그런 당돌한 질문을 이모에게 던졌다. 일하는 노파 하나와 오롯이 암자를 지키고 사는 이모의 일상을 흔들어놓고 싶은 충동이었다. 쉰둘의 이모는 나이답지 않게 얼굴이 고왔다. 임신을 안 했으니 못 낳을밖에. 이모의 얼굴에 잔잔한 미소가 떠돌았다. 이모, 그게 무슨 뜻이에요? 그 양반이나 나나 우리 앞에 아이가 있어선 안 된다고 생각했기 때문이지. 그 양반…… 지금도 이모는 이 년밖에 함께 안 산 그 남자를 몸속에 넣고 있는 것일까? 지금도 그 생각이 옳다고 생각하시는 거예요? 그러나 이모는 빙그레 웃는 것으로 대답을 대신했다. 이모는 그분이 지금도 살아 있다고 믿고 계시는 거죠? 이모 얼굴의 미소가 더 많이 번졌다간 서서히 스러졌다. 그거야…… 그렇게 말미를 흐리던 정은의 이모는 문득 몸을 고쳐 앉으며, 만사는 공이지요, 나무아미타불 관세음보살…… 합장한 이모의 그 얼굴에서 정은은 아무런 고뇌의 흔적도 찾지 못했다.

정은은 거울 속에 비친 자신의 모습을 멍청하게 바라보았다. 이정은 선생은 처녀 같아. 동료 여선생들은 그런 칭찬 끝에, 아이를 낳지 않으면 전부 저럴까 했다. 정은은 늘 자신의 얼굴에 덮인 음울한 그늘을 보는 것이 싫었다. 구하는 것이 있으면 그게 모두 고통이지요. 더구나 그 구하는 것이 부질없는 것이면 그 고통은 더욱 큰 법이지요. 그런 큰 고통의 불길로 자신을 태워온 이모가 한 말이었다. 그런데 이때까지 내가 줄기차게 구하고 있었던 것은 무엇이었던가? 거울 속의 자신을 향해 반문하던 정은은 무엇에 놀라기라도 한 듯 몸을 일으켰다. 화장도 별로 안 하면서 꽤 오랜 시간을 쓰잘데없이 화장대 앞에 앉아 뭉기적거렸다는 생각이 든 것이다.

열시 이십오분. 정은은 서둘렀다. 남편이 여느 때와 달리 도착 시간까지 정확히 못 박은 것으로 미루어 오늘은 틀림없이 나타나리란 생각이 들었다. 청바지 위에 흰색의 티셔츠를 입었다. 운동화를 찾아 현관에 가지런히 놓았다. 한 시간 이상을 걸어야 하는 그 암자까지의 산길이 떠올랐다. 그래, 이모가 나를 기다리고 있어. 정은은 더욱 마음이 조급해지기 시작했다. 그러나 손은 남향인 거실 한구석에 놓인 난초 화분을 들고 있었다. 세 촉짜리 대둔소심은 그 꽃보다 잎이 튼튼해 좋았다. 관리가 잘못된 양 두 해째나 꽃을 거르고 있는 비아란까지 모아쥐고 주방으로 갔다.

하나 둘 셋의 호흡으로 화분에 물을 붓자 난석이 뿌우연 물을 쏟아냈다. 화분갈이를 한 것이 불과 열흘밖에 안 되었던 것이다. 난석을 씻어낸 물이 다 빠졌는가를 확인하기 위해 화분을 드는 순간 전화벨이 울렸다.

한 번 두 번…… 난 그를 기다리지 않았어. 그는 이미 남이야. 그는 너무 큰 것을 구하고 있어. 아무런 고통도 없이 많은 것을 가지려고 덤비는 어리석은 사람이지. 자신이 부당하게 차지함으로 해서 남들이 엄청난 것을 잃고 고통받는다는 걸 단 한 번도 깨닫지 못하는 사람. 전화벨은 계속계속 울렸다. 열셋, 열넷…… 그래 난 방조범이야. 그를 포기한 것이 잘못이었을까?

스물하나, 스물둘…… 이상한 일이었다. 전화벨 소리가 아득히 먼 곳에서 들려오는 음악 소리 같았다. 그것은 이미 목을 옥죄는 밧줄이 아니었다. 몸을 옥죄었던 긴장이 풀리면서 머리가 맑아졌다. 이모가 터득한 법열이란 이런 상태를 이름일까. 정은은 온몸으로 뻗쳐드는 희열로 몸을 떨었다. 그래, 난 아무것도 욕심하지 않았어. 혁진이 애욕의 관념이었듯 어머니가 감춘 아버지 역시 실재가 아닌 감사의 껍질이었을 뿐이야. 아아,

얼마나 신나는 일인가. 실재하는 저 전화벨 소리를 들을 수 있다는 것은. 정은은 스물일곱 번째의 벨이 울리기 바로 직전 송수화기를 집어 들었다.

"집에 안 계신다고 생각하니까 정말 나, 난감한데요. 그래서 그렇게 오래 전화를 안 끊고 있었던 겁니다."

종수는 정은이 일러준 장소에서 기다리고 서 있다가 택시에 올라탄 뒤 어린애처럼 즐거워했다.

"어디 가시는 길이에요?"

정은은 어금니로 쿡쿡 비집고 올라오는 웃음을 참으며 그렇게 묻는다.

"아, 아닙니다. 그냥……"

"이렇게 정장까지 하셨는데……"

"사, 사실은 오늘 친구의 장, 장례식이……"

"그 나이에 죽은 친구도 있어요?"

정은은 이미 오래전에 혁진의 죽음을 확신했다. 그가 마지막 보낸 편지에서 그는 자신이 버리고 떠난 것에 대한 회한과 자기혐오로써 죽음을 명료하게 예고한 바 있었다. 정은은 그 편지를 받았다는 것을 정조처럼 감추어왔던 것이다.

"어디까지 가십니까?"

정은이 아파트 입구에서 잡아탄 택시의 운전기사는 서글서글하니 사람이 좋아 보였다.

"덕두원리 아세요? 의암댐에서 서면 쪽으로 나가다가……"

"잘 알지요. 육이오 때 거기서 피난을 한 걸요. 그러나 거긴

메터 가지곤 안 됩니다. 시외인 데다 빈 차로 나와야 하거든요."

"알아요. 요금은 거기 가서 말씀하세요."

"부르는 대로 주시려고요?"

"아저씨가 부르는 데다 백오십 원 더 얹어드릴 거예요."

"아이구 고맙습니다 아가씨."

정은과 종수는 서로 눈을 맞추며 소리 내어 웃었다. 시외로 빠져나가는 게 즐거운 듯 운전기사도 두 사람을 따라 웃었다. 정은은 자신의 들뜬 기분을 애써 감추고 싶지 않았다. 종수의 느닷없는 출현으로 그런 기분이 된 것은 결코 아니었다. 그 시간에 남편과 아파트에서 마주쳤더라도 깔깔거렸을 것이다. 여러 번 계속 울리는 전화벨 소리를 세는, 가슴이 터질 것 같은 그 팽팽한 켕김으로부터 느닷없이 해방되던 이완의 그 순간을 정은은 아직까지 잊을 수가 없었다. 아주 찰나적인 그 이완 감정은 목을 옥죄었던 밧줄이 툭툭 끊어져나가며 몸이 위로 솟구치는 듯한 황홀함이었다.

삼악산의 짙푸른 유월이 의암호수 속에 그림으로 잠겨 있었다. 택시는 호수 절벽을 휘돌아 삼각산 그늘 속으로 접어들었다. 서면을 거쳐 춘천댐까지 곧장 이어져 화천으로 통하는 길이라고 정은이 설명했다. 호수를 끼고 뻗은 그 아스팔트 길을 한참 내닫던 택시가 서면 쪽 도로를 버리고 왼쪽 골짜기로 꺾어져 들었다. 국도변의 치장한 풍경과는 조금 색다른 농촌 풍경이 펼쳐졌다. 가끔가다 슬레이트 지붕 사이에 납작한 초가도 보였다. 개꼬리를 비죽이 내밀기 시작하는 옥수수밭 뒤로 수년 전 조림한 듯싶은 자잘한 밤나무가 누런 꽃을 뒤집어쓴 채 널려 있었다. 역한 냄새가 코를 쿡 찔러왔다.

"이게 무슨 냄새인지 아십니까요? 냄새 한번 더럽지요. 저 밤나무꽃 냄샙니다. 꼭 송장 썩은 냄새 같지요? 여기 말고 서면 쪽으로 가다 골짜기가 하나 있는데 육이오 때 거기서 사람이 많이 죽었지요. 한 구덩이 속에 스물두 명이나 얼기설기 처박혀 죽은 걸 봤어요. 낫이 등짝에 박혀 안 빠지니까 그대로 묻힌 것도 있데요. 그 시체들을 파놓으니까 꼭 이런 냄새가 진동하더군요. 그래도 여긴 아무것도 아녜요. 글쎄 그 가을에……"

"우린 지금 어딜 가는 겁니까?"

종수가 운전기사의 말을 자르듯 불쑥 물었다. 정은이 소리내어 웃었다.

"납치되어 가시는 분이 행선지를 물어요? 그러나 이 아저씨가 말하시는 그렇게 죽은 사람들이 있는 현장은 아니니까 안심하셔도 될 거예요."

산자락 아래 드문드문 널려 있는 마을을 서너 곳 지난 꽤 깊숙한 골짜기에 택시가 섰다. 차가 다니기엔 좀 좁지 않나 싶은 농로가 개천 건너 산밑으로 구불구불 뻗어 있었다. 택시가 그네들에게서 멀어져가자 정은은 개울물로 달려 내려가 손을 담그며 소리쳤다.

"그 넥타이 좀 푸세요. 이 더운 날씨에 그게 뭐예요? 여기서부터 산속으로 한 시간 이상 걸어 들어가야 해요."

"누가 저 깊은 산속에서 정은 씰 기다리고 있는 겁니까?"

"누가 기다리는 게 아니라 제가 찾아가는 거예요. 서쪽으로 가면 귀인을 만나리라— 그런 거 있잖아요."

찾아간다— 정은은 찾아간다는 그 말이 입속에 신선한 충격으로 왔다. 그네는 청바지 입은 팽팽한 모습으로 징검다리를 겅중겅중 날렵하게 건넜다. 산딸기를 따 먹기 위해 산비탈로 껑충 뛰어오르기도 했다. 저만큼 앞서가선 십 대 소녀들처럼 세련된 몸짓으로 허슬의 몇 동작을 연출해 보이며 웃었다. 아주 발랄한 몸짓이었다. 예쁘구나. 종수는 한숨 쉬었다. 그네가 무엇으로부턴가 풀려난 그런 홀가분함으로 훨훨 날아오르는 것과는 달리 종수는 이제까지 본 적이 없는 그네의 그 싱싱한 모습을 보며 아득한 절망감에 휩싸였다. 배신에 대한 분노 같은 그런 것이기도 했다. 쏴아, 소나기 쏟아지듯 세차게 매미 소리가 흘렀다.

"고백할 게 있어 정은 씰 찾아왔습니다. 치. 친구가 죽었어요. 그런데 말입니다. 그 친구가 죽었다는 소식을 듣는 순간 웃음이 나왔어요. 그놈이 죽기를 가디렸던 거지요. 그 친구를 내가 얼마나 미워했는지 모릅니다."

"어머, 죽은 그 친구분한테 무슨 죄를 지으셨어요?"

정은은 장난기 섞인 목소리로 받았다.

"그 죽은 친구뿐이 아닙니다. 난 혁진이도 미워했습니다. 내, 내가 정은 씰 찾아왔던 것도……"

"타인 콤플렉스의 늪이 너무 깊군요."

"나는 늘 정은 씨를 통해서 혁진의 죽음을 확인하고 싶었습니다. 지, 진정입니다."

산이 깊어질수록 매미 소리가 더 세찼다. 정은은 결코 정색하는 일 없이, 그러나 다소 격앙된 목소리로 말했다.

"누구나 다 그래요. 남의 죽음을 통해서 자기 존재를 확인하는 거죠. 더 비겁한 것은 남의 죽음을 자기 몸속에 가두고 다니는 일이지요. 자기의 참모습을 감추기 위해서 망령으로 위장을 하기도 해요. 더 질 나쁜 사람들은 원혼을 비장의 무기로 이용하는 거예요."

"그게 바로 나라는 걸 말씀드리고 싶었어요."

종수의 얼굴은 온통 땀으로 번질거렸다. 정은이 길섶의 풀잎을 뽑아 입으로 삐삐 소리를 내며 딴전을 피자 종수가 다시 말했다.

"솔직히 난 두렵습니다. 내 몸속에 든 마, 망령들을 쫓아낼 수가 없어요."

"종수 씨 경우는 그게 오히려 다행인지 모르겠네요. 그 망령들이 종수 씰 지켜주는 거 아니에요?"

여름 한낮의 산속은 적요했다. 그러나 그 고요함은 잡다한 소리의 거대한 집합 같게만 여겨졌다. 정은은 종수가 심각한 얼굴을 할수록 그게 우습게 생각되었다. 그가 내보이려 애쓰는 그 고통이 아무래도 사치스럽게만 보였던 것이다.

"할머니, 어디 가시는 거예요?"

정은이 먼저 그 노파를 알아봤다. 그늘 하나 없이 툭 불거진 비탈길에서였다. 작은 체구지만 아주 다부져 보이는 노파가 정은이 내민 손을 맞잡으며 와락 반겼다.

"아이구, 이게 뉘여? 선상님이시구만유. 이 더운데 어쩐 일루다……"

"우리 이모 계시죠?"

"아이구, 계시지 않구유. 우리 절에 경사가 났에유. 선상님 두 올라가 보심 깜짝 놀라실 게야유. 나두 지금 그 일루다가 춘천 읍내에 나가는 길이구먼유. 밥 많이 해놓고 왔으니께루 어서서 올라들 가셔."

그 노파가 종종걸음으로 비탈길을 돌아서기를 기다려 정은이 말했다.

"우리 이모와 함께 사는 할머니예요. 우리 이모처럼 혈혈단신이지요."

정은의 이모가 젊은 시절 옥살이할 때 그 속에서 보살펴준 늙은 보살로부터 물려받았다는 그 암자는 절이라기엔 그 규모가 너무 보잘것없었다. 무장간첩이 나타날 때마다 독가 주민의 소개(疏開)로 몇 번씩 폐가로 버려지기도 했다는, 정말 심산유곡 외진 곳에 터 잡은 암자였다. 그런대로 암자 뒤의 기암이 병풍처럼 둘러서 신라 때 무슨 대사가 참선했다는 이야기가 조금은 실감 나는 고풍한 맛도 제법이었다. 빈약한 불상 하나를 오롯이 모신 본당 격인 건물 앞에는 꽤 굵은 산목련 두 그루와 제멋대로 큰 향나무 한 그루가 서로 삼각을 이루며 서 있었다. 본당 곁에는 방 두 개가 붙은 납작한 별채가 방문이 둘 다 활짝 열린 채였다.

"거기, 이 선생 아닌가?"

두 사람 모두 깜짝 놀라며 뒤를 돌아다봤다. 그네들이 올라온 길과는 반대쪽, 오리나무숲이 깊숙한 그늘을 만든 도랑가에 정은의 이모가 서 있었다. 머리를 곱게 빗어 쪽진 그 중노의 여인네 품에 안겨 있는 갓난애의 머리가 보였다. 정은과 종수는 끌리듯 도랑 쪽으로 내려갔다.

"이모, 대체 그게 뭐예요?"

징그러운 벌레라도 보듯 그런 얼굴로 정은이 물었다.

"이 선생, 말투가 많이 불손하시구만. 부처님이 보내주신 분일세. 사흘 전이지. 법당 안에 누워 계셨어. 이런 경사는 절에서 전무후무한 일일 게야. 할머니가 그냥 키우자고 하시길래 차일피일하다 보니……"

"오는 길에 할머닐 만났어요."

"그랬을 게야. 귀한 분이 오시고 나니까 필요한 게 어찌나 많은지."

정은의 이모가 도랑을 건너 다가왔다.

"이 선생, 이리 와서 좀 보게나. 찬물로 얼굴을 씻어주었더니 이렇게 곱게 잠이 드셨구만그래."

엷은 포대기로 받쳐 안은 갓난애를 정은의 이모가 내밀어 보였다. 그 순간 정은은 감전이라도 된 듯 흠칫 몸을 움츠렸다. 잠든 갓난애의 뽀얀 얼굴 위로 어룽지는 그림자가 있었다. 오리나무의 무수한 잎들이 바람에 흔들려 만들어내는 그 그늘 무늬가 정은의 눈에는 갓난것의 영혼에 덧씌워지는 여러 개의 망령처럼 보였던 것이다.

"이모, 우린 여기서 네 시쯤 나갈 거예요. 이분이 서울 막차를 놓치면 안 되거든요."

정은의 입에서 그런 엉뚱한 말이 나왔다. 보지 말아야 할 것을 보고 말았다는 당혹스러움이었을 것이다. 그러나 정은의 눈은 어떤 엄숙한 의식의 한순간처럼 그늘 무늬 어룽지는 그 갓난것의 얼굴에서 떨어질 줄 몰랐다.

　종수는 갓난애를 뚫어져라 내려다보고 서 있는 정은의 굳은 그 표정에서 문득 귀기 같은 걸 느꼈다. 그것은 무엇엔가 놀란 여러 개의 망령들이 그네의 몸속에서 한꺼번에 빠져나오는 순간의 무서운 진통 같게만 여겨졌기 때문이다. 정말 그네의 말대로 서울 가는 막차를 놓쳐서는 안 될 것 같은 예감으로 마음이 뒤숭숭해지기 시작했다.

○ 1985년 『문학사상』 9월호

추억의 눈

초가을 비가 창밖에 제법 구성지게 뿌리는 일요일 오전이었다. 집에서 하루를 푹 쉬고 싶은 사람에겐 더없이 안성맞춤인 날씨였다. 또 시작했군요. 곁에 다가와 앉는 아내의 몸에서 향수 냄새가 엷게 풍겼다. 나는 그때 느지막이 대중목욕탕에서 돌아와 오렌지 주스로 갈증을 푼 뒤 온수에 의해 부드럽게 불려진 왼손 손가락의 회백색 티눈 각질을 뜯어내고 있는 참이었다. 두고 보라구, 오늘은 기어이 뿌리를 뽑고 말 거니. 오목하게 뜯겨 나간 각질 밑의 생살의 모세혈관이 금방이라도 터져 오를 듯 발깃발깃한 손가락을 내보이며 내가 대꾸했다. 못 보겠다는 듯 고개를 돌리며 아내가, 그러다가 또 저번처럼 피가 나오면 어쩌려고 그러는 거예요. 아닌 게 아니라 각질을 뜯어낸 티눈 부위가 몹시 아려들었다. 남들 말에 의하면 그 발깃한 생살을 눈 딱 감고 한 껍질 뜯어내야 비로소 티눈의 뿌리가 뽑힌다는 것이었다. 말이 쉽지 내 손으로 그 생살을 어떻게 뜯어낼 수 있다는 말인가. 하긴 두어 번 어설프게나마 시도를 해

보긴 했지만 번번이 손가락에 피만 벌창을 이뤄놓는 데 그치고 말았다. 그런대로 일주일쯤 지내다 보면 움푹 패었던 곳에 다시 원형의 각질층이 도톰하게 융기해 있기 마련이었다. 어느 구석엔가 실뿌리의 가뭇한 쪼가리가 남아 있다가 놀랍게 빠른 속도로 증식한 것이다. 계안이란 병명대로 꼭 닭의 눈깔만 한 것이 엄지손가락 지문 마디의 한가운데 박혀 무엇에 닿을 때마다 깔끄럽고 매사에 그처럼 거북할 수가 없었다. 신경에 몹시 걸릴 때 같아서는 그 당장 병원에 달려가 도려내고 싶었지만 그까짓 일로 생살에 칼을 댈 것이 두려워 차일피일 미뤄왔던 것이 이제는 오히려 며칠에 한 번씩 각질을 뜯어내는 일이 버릇처럼 되어버렸다. 아, 무서…… 이제 그만해요. 아내가 어리광 부리듯 내 겨드랑이에 손을 껴안으며 말했다. 지난밤, 일주일 만의 잠자리의 그 여흥이 아직 가시지 않은, 여자 특유의 찐득한 비음이다. 여자란 원래 무드를 잘 타는 동물이다. 집안 분위기가 그랬다. 창밖에는 추적이는 가을비, 아이들은 전날 제이모를 따라 외가에 간 채 아직 돌아오지 않은, 참으로 오붓하고 칠칠한 시간이 야금야금 관능을 쑤석이고 있는 시간이었다. 애들 몇 시에 온댔어? 내가 몸을 펴 기지개를 켜며 물었고 아내가 대꾸했다. 저녁때 오라고 했는데 또 몰라요, 지금쯤 벌써 오고 있을지도. 사실 이러한 안락한 시간일수록 일말의 불안이 어느 구석에선가 슬며시 고개를 들기 마련이다. 어떤 불길한 그림자를 거느린 예감 같은 게 불쑥…… 아닌 게 아니라 바로 그럴 즈음 전화벨이 울렸다. 시외전화였다. 시골 형이 그의 가게에서 걸어온 전화였다.

"어머이가 오늘 새벽 거기 간다구 떠나셨어."

가끔 있는 일로, 어머니의 상경을 알리는 형의 어투가 이날따라 별나게 딱딱하게 들려 서먹한 느낌인데, 그 말 한마디로 전화를 끊는가 싶더니,

"참, 읍내 사람 누가 글루 연락 같은 거 안 했는지 모르겠어?"

밑도 끝도 없이 그렇게 물어놓고 형은 이쪽에서 뭐라 대꾸할 여유도 주지 않은 채 다시 말했다.

"그리고 혹시 쇄기가 안 찾아갔었나 몰라."

그런 식으로 덤벙거리던 형은, 그런 일 없는데요—란 내 대답 한마디로 이쪽의 궁금증 같은 건 아랑곳없이 전화를 끊어버리고 만 것이다. 예사롭지 않은 일이었다. 읍내 사람이 누가 무슨 일로 나한테 연락을 한단 말인가. 거기다가 생뚱같이 쇄기 이름은 왜 들먹거린단 말인가.

형의 그러한 뒤숭숭한 전화를 받은 지 한 시간도 채 못 되어 가을비에 온몸이 후줄근하게 젖은 어머니가 들어섰다. 원래 작은 체구이긴 하지만 비를 흠뻑 맞은 칠십 노구의 어머니의 모습이 그렇게 초라해 보일 수가 없었다.

이따금 상경할 때마다 어머니는 그게 무슨 의무이기나 한 듯, 들어봤자 쥐뿔도 달가울 게 없는 고향 사람들 얘기를 줄줄이 엮어내곤 했다. 고향 구석구석에서 일어난 일들을 하나라도 빠뜨리지 않고 떠르르 꿰뚫는다. 읍내 젊은 애들 연애 사건까지 귀담아 들어두었다가 긴한 얘기 사이사이에 곁들이기도 잊지 않았다. 이틀 사흘이 지나도록 어머니의 고향 소식은 끊이지 않고 쉬엄쉬엄 이어진다. 신식 작은며느리의 눈꼬리가 파르르 떠는

서슬에도 아랑곳없이 마치 고향의 그 잡동사니 이야기들을 우리 집 구석구석에 옮겨 칠해놓기 위해 우정 상경한 것인 양 당신의 일방적인 이야기를 집요하게 늘어놓는다. 아빠가 자꾸 예예, 말을 받아주니까 그러시는 거예요. 어머니가 고향 이야기를 할 때마다 숫제 자릴 뜨거나 딴전을 보기 일쑤인 아내가 나를 몰아붙이기도 했다. 내가 대꾸한다. 누구나 늙게 되면 외로워지고 그 외로움을 달래기 위해 말 상대를 찾는 거라고. 특히 어머닌 내가 고향 일에 무관심한 건 내 서울 생활이 무척이나 고달파서 그런 거라고 생각하시고 계신 거야. 그래 당신이 고향 얘길 들려주면 내가 힘을 펄펄 내리라고 그렇게 생각하시는 거지. 비록 즉흥적인 것이긴 하되 나는 그 생각이 어느 정도 타당하지 않을까 생각한다. 어쩌다 내가 고향에 내려갈 때마다 어머니는 당신이 손수 부엌에 들어가 어린 시절 내가 즐겨 먹던 음식이며 반찬들을 장만해 상에 올려놓고는 내 식성이 변했는가 안 변했는가를 유심유심 살피곤 하던 것이었다. 내 젓가락이 그 반찬 쪽으로 자주 가지 않을 것 같으면 몹시 안쓰러운 표정으로 식성이 변한 건 사람 맴이 변해서 그렇다구먼서두…… 쯧쯧 혀를 차곤 했다. 아내가 코웃음 친다. 꿈보다 해몽이 좋네요.

"어머니가 왜 저러시는 거예요?"

아내가 얼굴에 다소 겁먹은 표정을 짓고 있었다. 모를 일이었다. 어머니의 이번 상경이 너무 뜻밖인 데다가 집에 들어선 이의 하는 양이 그 전과 사뭇 달랐던 것이다. 우선 다른 때처럼 올망졸망 잡곡이 든 자루를 짐꾼에게 들리지도 않았을 뿐만 아니라 형네 가게에서 파는 치약 칫솔 등 쓸 만한 잡화를 보따리 구석구석에서 꺼내놓지도 않았다. 그야말로 어머니는 홀홀 빈 몸으로 들어서서 우리 내외가 하는 큰절도 건둥 받아넘기더니,

"얘, 어멈아, 네 헌옷 하나 다우."

그렇게 비에 젖은 옷을 갈아입고는 애들 방에 들어가 누운 지가 몇 시간이 지나도 기척이 없었던 것이다. 평소 차멀미를 하는 이도 아니었지만 설사 여독으로 몸이 불편하다 해도 구시 렁구시렁 고향 사람들 얘기부터 늘어놓게 마련일 텐데 이날은 사뭇 그게 아니었다.

"집에 뭔 일이 있어요?"

내가 그 방으로 들어가 조심스레 묻자 어머니는 다부지게 벽 쪽으로 당겨 누웠던 몸을 부스스 돌이켜 누우며 그렇게 물어오 길 기다렸다는 듯 선선히 대답했다.

"갸가 그여코 일을 안 저질렀냐!"

한숨 쉬듯 그렇게 내뱉은 어머니는 더 참지 못하겠다는 듯 벌떡 몸을 일으켜 앉았다.

"갸라니요?"

나는 잡화상을 벌이고 있는 형의 얼굴부터 떠올리며 가슴이 섬뜩했다.

"선옥이 그년 말이다. 그년 이제 제 명에 돼지긴 다 글렀다!"

형 얘기가 아닌 것에 우선 마음을 놓으며 함께 방에 들어온 아내의 귀까지 계산에 넣어 물었다.

"아니, 선옥이라면 식당을 한다는 그 여자 말인가요?"

"갸 말고 선옥이가 어디 또 있다던?"

나무라치듯 그렇게 말하는 어머니의 눈길을 피한다는 게 이번엔 아내와 마주쳤다.

"그 여자 얘기군요."

경멸 가득한 눈길을 보내는 아내의 눈꺼풀에 파르르 가벼운 경련이 일고 있었다. 아내는 그때 선옥이한테 당한 모욕을 결코 잊지 못하고 있었을 것이다. 어머니의 육십 몇 회 생신을 맞아 모처럼 아내를 데리고 고향에 내려갔을 때였다. 버스에서 내려 옛날 장거리 구길로 올라가다가 그네와 마주쳤던 것이다. 거의 동시에 피차 알아보긴 했지만 내 쪽에서 짐짓 외면한 것이 탈이었다.

—이거, 동수 아냐?

삼십 후반에 접어든 나이답지 않게 얼굴이 핑핑하고 옷맵시가 스마트했다. 예쁘구나. 그 경황 중에도 나는 그런 생각을 신음처럼 씹었다. 퍽 당혹한 꼴이 되어 아내 쪽을 바라봤다. 무심중 그네와 아내를 견줘봤는지도 모른다. 선옥이가 내 아내 쪽을 쏘듯 훑으며,

—서울 색시 얻어 애 낳고 잘 산다는 얘기만 늘 들었지 이렇게 직접 보긴 또 첨이구먼.

그리고 덧붙였다.

—너무했다구 정말. 그래도 옛정이란 게 있는 법인데 그래 늘 그렇게 살짝 왔다가 가기야? 지금두 그렇지, 외면하고 지나칠 건 뭐람? 누가 옛날 동수네가 가난뱅이란 걸 객쩍게 들춰낼까 봐 그게 겁시 나 그러는 거야?

의도적인 듯 방자하게 나오는 선옥이 앞에서 실로 곤혹스러

워 도망치듯 그 자릴 피하는 우리 내외의 뒤통수를 향해 그네가 깔깔거렸다.

—야, 정말 개천에서 용 났지 뭐냐. 올라가기 전에 한번 들러. 한잔하면서 옛날 얘기 좀 하자구.

하리놀듯 방자한 짓거리에 그만 질려버린 아내는 그날 이후 그 여자가 누구냐, 그리고 어떤 사이였느냐, 그런 걸 일절 캐묻지 않았다. 아내의 자존심에 상처가 났던 것이다. 어머니가 상경을 해 강남옥 선옥이 얘기를 심심찮게 늘어놓을 때도 짐짓 딴전을 보는 게 고작이었다. 하지만 그럴 때마다 그네의 입가에는 야멸찬 비웃음이 경련처럼 일게 마련이다. 아내는 서울 토박이답게 천한 것 불결한 것 또는 미묘한 갈등의 줄다리기를 하면서 지탱되는 우리 형제간의 집안 우애에 대해서 거의 선병질적인 반응을 보였다. 고향 형이 내 앞에 궁색한 소릴 하러 들를 때 혹은 너저분한 보따리를 들고 어머니가 상경할 때마다 어쩔 수 없이 우리 집 구석구석에 배기 마련인 고향의 그 구질스런 일들에 대해서 혐오 가득한 얼굴로 맞서기 일쑤였다. 나는 그럴 때 참지 못하고 아내의 기를 꺾기 위해 언성을 높였고 그렇게 되면 그네 쪽에서 되려 입을 다문 채 예의 그 비웃음을 입가에 무는 것이었다. 결국 내가 또 하나의 나와 싸워야 하는 그 분통이 터지는 싸움만이 더욱 무서운 기세로, 조금은 아름답게 숨겨두고 싶은 고향의 추억으로부터 여지없이 추방당하고 마는 것이다. 아내를 향했던 적의는 어느 결에 선옥이를 비롯한 고향 사람들의 낯짝을 향해 여지없이 옮아붙게 마련이다.

"뭡니까, 그 여자가 뭘 어쨌길래 어머니가 이처럼 상심하시는 겁니까?"

내가 다그쳤다. 당신 때문에 빼앗기고 만 이 일요일, 이 칠칠한 시간, 나는 서서히 적의를 불붙이고 있었던 것이다. 어머니가 몸에 묻히고 온 고향의 그 음험한 소식들이 퍼덕퍼덕 날개를 치며 내 정수리를 쪼아댔다.

"글세, 그 벌 받아 마땅할 것이······"

어머니가 다시 몸을 눕히며 다소 감정이 억제된 목소리로 선옥이에 관한 이야기를 띄엄띄엄 풀어놓기 시작했다.

선옥이가 어마어마하게 많은 남의 돈을 챙겨 가지고 읍내에서 종적을 감췄다는 것이다. 그 일로 해서 읍내가 벌컥 뒤집혔다는 얘기다. 읍내 돈 좀 있다는 사람치고 안 물린 사람이 없다는 것이다. 그네가 경영하던 식당은 물론 죽은 지 오래된 중국인 남편이 물려주고 간 읍내 변두리 땅도 이미 남의 손에 넘어가 있더란 것이다. 식당을 벌여놓고 계획적으로 높은 이자를 주어가며 남의 돈을 끌어들이는 한편 그네가 벌인 사기계만 해도 수십 개가 넘었다는 게 나중에야 밝혀졌다는 얘기다. 꼴이 꼭 닭 쫓던 개 지붕 쳐다보기였다. 자식도 일가붙이도 하나 없이 혼자 살던 여자가 훌쩍 사라져버리고 나니 행방이 막연할 밖에. 소문만 풍성하게 떠돌았다. 몇 년 전 서울 변두리에 부동산 투자를 크게 했는데 그것이 녹지대로 묶여 폭삭하는 바람에 그 봉창을 대느라고 남의 돈을 빌려 쓰기 시작한 것이 눈덩이처럼 불어 그 꼴이 됐다는 얘기도 있었고 외지에 남자를 두고 챙긴 돈을 모두 그리 쏟아넣고 도망을 쳤다는 얘길 하기도 했다. 어떤 사람은 선옥이가 불치의 병에 걸려 그 오기로다 남의 돈을 떼먹고 지금쯤 어느 산속 깊은 데 들어가 죽었을지도 모른다고 했다. 그러나 어느 얘기 하나 신빙성이 있어 뵘직한 것은 없었다. 그것은 마치 선옥이가 읍내에서 사라지기 전 읍내 한다 하는 사내치고 선옥이 기둥서방을 자처하지 않은 사람이 없었던 것처럼 도무지 실상을 종잡을 수 없는 것이었다. 그러나 막상 선옥이가 사라지고 나니까 선옥일 제 것이라고 자랑하던 사내들이 손을 내저으며 꼬리를 사렸다. 얼굴이 모두 소태 씹은 꼴이었다. 하나같이 선옥이한테 돈을 떼었다는 사람뿐이었다.

"그놈에 지즈배가 상대한 사내가 어디 한둘이어야 말이지…… 그놈에 지즈배 때문에 읍내 이집 저집이 온통……"

온통 싸움판이 벌어졌다는 것이다. 잘난 남편 잠깐 빌려주고 뒷전에서 솔솔 돈 늘려가는 재미에 입 다물고 있던 여편네들이 막상 일이 그게 아닌 걸 알고는 가만히 있을 턱이 없었다는 것이다. 황금당 주인 최가며, 주유소 박가며, 오성 양복점 주인은 물론 장바닥에서 닭장사 하는 조 씨까지 톡톡히 물렸다는 얘기다.

"글쎄, 고 구미호 같은 것이…… 은혜도 모르는 개잡것이……"

뉘었던 몸을 뿌르르 일으켜 앉으며 어머니가 격앙된 목소리로 치를 떨었다.

"형네도 당했군요?"

나는 쉽게 넘겨짚었다. 처음부터 그런 예감이었다. 그렇지 않고서야 아무리 선옥이에 대한 옛정이 크대도 그럴 수가 없

었던 것이다. 어머니는 대답 대신 다시 풀썩 몸을 눕히며,

"그년 못돼먹은 거야 그렇다손 치더라두 느 성, 갸가 어디 그게 제정신 가진 사람이냐."

잡화상을 벌여 좀 모았던 돈을 선옥이한테 홀랑 떼었다는 얘기다. 가게에서 올리는 매상보다 선옥이한테서 나오는 이자가 더 짭짤해 그 강짜 심한 형수마저도 모른 체했던 것이 탈이었을 것이다.

"에미두 그렇지, 어디 그 돈을 느 성이 혼자 몰래 빼다가 줬다더냐. 다 즈덜끼리 의논들을 해 줘놓고설랑……"

선옥이가 도망을 치고 나자 형 내외가 대판 싸움을 벌였다는 것이다.

"시상에, 시상에 고것이 고렇게 맴이 변할 줄 누가 알았겠냐."

어머니는 눈물까지 찍어냈다. 믿는 도끼에 발등 찍힌 배신감 때문에 늙어 서러움을 새삼 느꼈던 모양이다. 사실 낳지만 않았지 한때 제 자식처럼 입을 거 먹을 거 거둬 키운 그 공이 그처럼 허무하게 무너지고 보니 기가 찰 수밖에.

"어쩐지 그래 뵈더라니!"

묘하게도 아내의 얼굴이 활짝 밝아져 있었다. 그러나 입꼬리에는 여전히 그 비웃음을 경련처럼 매달고 있었다. 아내의 그러한 묘한 심리와는 또 달리 나는 선옥이의 그 소식을 전해 들으면서 알 수 없는 해방감으로 들떠오르기 시작했다. 그것은 마치 선옥이가 날개를 달고 하늘 높이 날아 오르는 걸 밑에서 쳐다보고 있는 느낌이었다. 나는 가슴에 일렁이는 바람을 느꼈다.

"갸가 너한테 뭔 소식이 없든?"

어머니가 내 얼굴을 쳐다보지 않은 채 그냥 지나가는 말투로
물었다.

"누가 말입니까?"

"벨 요사스런 소릴 다 듣겠더구나. 글쎄 갸가 혹시 너하곤
뭔 연락이 안 닿았겠느냔 얘길 지껄이는 사람이 있다는 게야."

문득 오전 중에 걸려온 형의 전화 생각이 났다.

"누가 그따위 소릴 지껄인대요?"

"내가 뭘 아냐. 네 성수가 어서 듣고 와 그런 소릴 하길래, 내
그 말 같잖은 소리 하지두 말라구 윽박질러줬다만서두……"

어머니가 변명조로 늘어놓았다. 형수가 그런 얘길 했을 것이
다. 형이 잠자리 같은 데서 어쩌다 선옥이 얘길 꺼냈을 것이고
그 얘기 중간에 내 얘기까지 껴 넣었을 게 분명하다. 어쩌면 형
은 내가 선옥일 범한 그 첫번째 사내라는 걸 형수한테 들려주
었는지도 모른다. 형과 나의 공동 연적이었던 쐐기가 사라지
고 난 뒤 우리들 사이는 선옥일 사이에 두고 밀고 당기는 신경
전이 벌어졌던 것이다. 선옥이는 우리 형제 중에서 하나를 자
신의 배우자로 선택해야 될 입장에 놓이게 됐던 것이다. 어머
니의 뜻이 그랬다. 인물도 빼어나고 붙임성이 있어 누구에게나
귀염을 받는 선옥이를 다른 집에 빼앗기지 않고 그대로 며느리
로 눌러앉히고 싶은 당신의 욕심이었을 것이다. 그런 면에서
형은 퍽 유리한 입장이었다. 선옥이와 나는 한 살 차이였고 형
은 나보다 세 살이나 위여서 우리가 고등학교를 다닐 때 이미
사회인이 돼 있었기 때문이다. 사실 쐐기가 그렇게 읍내에 나
타나지 않았더라도 선옥이는 형과 결혼해서 평범한 아내가 됐

을지도 모른다. 아니, 쐐기가 문제가 아니고 바로 그 패물함 때문이라고 해야 옳을 것이다.

그해 봄방학을 맞아 나는 고향에 내려가 있었다. 형은 읍내 고등학교를 나오고 양조장집 서기 일을 보았다. 선옥이는 고등학교 1학년이었다. 그때까지만 해도 우리 집에서 한식구로 살았던 것이다. 내가 낳은 자식이 아닌 선옥이를 읍내 고등학교나마 보낸 건 어머니의 어떤 욕심이었을 것이다. 그런대로 우리들은 잘 어울리는 남매들이었다. 어디를 어울려 다녀도 남들이 이상한 눈으로 보지 않았다.

—동수 오빠, 쐐기가 왔대!

밖에서 뛰어들어온 선옥이가 헐떡거리며 말했다. 처음에는 장난으로 그러는 줄 알았다. 그러나 선옥이의 파랗게 질린 얼굴을 보고서야 나는 일이 심상찮음을 직감했다.

—어, 쐐기가?

나는 뭔가 그릇된 일이 선옥이를 놀라게 하고 있다는 생각을 했고 그것의 정체를 캐기 위해 분연히 일어섰던 것이다.

—봤대, 사람들이 여럿이서 봤대는 걸.

—어디래?

—다리 밑 거지들 있는 데 있더래.

—비슷한 앨 거야.

—아니야, 양복점 집 아저씨가 직접 이름도 물어봤다던데. 사이기, 제 이름을 똑똑히 대더라는 걸.

선옥이와 나는 새삼 얼굴을 마주 보았다. 그리고 누가 먼저랄 것도 없이 남산 중턱 그 치마바위로 치뛴 것이었다. 숨이 턱에 차게 남산 중턱까지 오른 우리들은 치마바위 뒤쪽 후미진 곳에 이르러 자잘한 돌무더기를 걷어내고 그 밑에서 목침보다 좀 작은 패물함을 확인했다. 5년여 단 한 번도 그 뚜껑을 열어보지 않은 채 그 은닉 장소를 수십 번이나 옮겨왔던 패물함이다. 선옥이와 나는 아직도 옻칠이 말짱하게 남아 있는 그 패물함을 확인하고 나서야 서로 얼굴을 마주 보았다. 이상한 일이었다. 분명 난리 때 죽은 걸로 알고 있는 쐐기가 읍내에 나타났다는 소식을 듣고 왜 우리들은 그곳까지 달려가 그 패물함부터 확인해야만 했을까. 나는 비로소 덜덜 떨리기 시작했다.

　—무서워, 오빠?

　단발머리 계집애가 내 팔을 잡았다. 쐐기가 나타났다는 걸 알릴 때의 그 겁에 질린 얼굴이 아니었다. 쐐기네 집에서 그 패물함을 훔쳐 내와 내 앞에 보였을 때처럼 자랑스러워하는 표정이었다. 무서운 계집애구나, 나는 그런 생각을 했다. 그러나 나는 어느새 내 턱 밑에서 쌔근대는 선옥이의 숨소리에 아득히 정신이 흐려지고 있었다. 선옥이는 크게 뿌리치지 않았다. 그네의 입에서 싸리버섯 냄새가 났다. 철 이른 우리들의 성년식은 그런 식으로 이루어졌다. 그 서툰 행위가 끝난 뒤 선옥이는 계집애답게 무릎을 모아 끌어안고 훌쩍거렸다. 그 순간 나는 선옥이와 결혼할 수 없을 것이란 어떤 예감에 사로잡혔다. 이 세상에 외톨로 남겨진 선옥이에 대해서 이제까지 가져온 측은하다는 느낌이 더럭 모습을 바꾸면서 무서움 같은 게 치민 것이다. 그것은 두 무릎을 모아 끌어안고 훌쩍이는 선옥이의 팬티에서 선명한 흔적을 본 때문이다. 나는 허둥허둥 산을 내려오다가 이제 막 피어나기 시작한 진달래꽃을 따 입에 넣고 씹었다. 배릿하면서 달착지근했다.

그날 저녁 선옥이는 집에 돌아오지 않았다. 어머니와 형은 안절부절못하며 선옥이를 기다렸다. 어머니와 형도 쇄기가 읍내에 나타났다는 소식을 이미 알고 있었다. 나는 무서워서 견딜 수가 없었다. 형에게 선옥이와 낮에 벌였던 일을 털어놓았다. 5년여를 숨겨온 패물함 이야기는 물론 하지 않았다. 그러나 선옥이의 팬티에 선명한 자국을 남긴 그 자줏빛에 대해서는 말해주었다. 나는 지금도 형의 그때 일그러지던 그 낙담한 얼굴을 잊을 수가 없다. 형의 눈에서 나는 절망을 읽었다.

―너, 선옥이와 결혼해야 한다.

얼마 만에 형이 신음처럼 중얼거렸다.

―필요 없어.

내가 잘라 말했다. 쇄기가 돌아왔기 때문이야. 그렇게 말하려다 그만두었다.

―그럼 선옥인 어떻게 하나?

형이 애원하는 눈으로 나를 쳐다보았다. 나는 형의 눈길을 피했다. 마음이 교활해지고 있었다. 선옥인 내 것이라고, 내가 주인이지. 우리들이 숨겨온 그 패물함을 생각하면 가슴부터 뛰었다. 물론 그 패물함은 언제고 열릴 것이고 그것의 반은 내 몫이다. 그리고 그 자줏빛 자국, 나는 왕자처럼 뻐기고 싶었다. 그러나 선옥이는 한 가정의 아내로서는 어딘가 부적합하다는 생각을 지워버릴 수가 없었다. 나는 혼자 음흉스럽게 낄낄 웃곤 했다.

선옥이가 집에 들어온 것은 다음 날 아침이었다. 하룻밤 사이에 얼굴이 그렇게 수척해질 수가 없었다. 친구네 집에서 잤다고 했다. 어머니가 불같이 화를 냈다. 형은 오히려 침착했다.

—더러운 계집애! 넌 이제 우리 식구가 아냐!

형이 말했다. 화를 내던 어머니가 오히려 주춤하며 형의 눈치를 살폈다. 형의 목소리는 낮고 찼다.

—이 계집애가 우리 집에서 안 나가면 내가 없어지겠어요.

나는 그네들을 거들떠보지도 않고 부지런히 밥만 퍼먹었다. 선옥이의 눈길이 내 뒤통수에 와 떨고 있는 것을 알고 있었지만 나는 허겁지겁 숟갈을 놀렸을 뿐이다. 그날로 선옥이는 집을 나가버렸다. 어머니가 허둥허둥 읍내를 헤매고 다녔지만 선옥이는 아무 곳에도 없었다. 새 학기가 되어 서울 이모댁으로 올라오기 전 나는 남산 중턱 치마바위까지 가보았다. 우리들의 보물은 그 자리에 그대로 묻혀 있었다. 나는 후우 숨을 내쉬었다. 선옥이는 살아 있었던 것이다.

"그 오라질 것이 되놈 서방도 그렇게 해서 제 손으로 잡아먹었을 거구먼."

어머니는 구시렁구시렁 갖은 욕을 다 주워섬긴 다음 선옥이의 죽은 남편까지 들먹거렸다. 선옥이가 읍내 중국 음식점 주인과 결혼을 한 것은 내가 대학에 들어간 그 이듬해였다. 남산에서의 그 일이 있은 후 꼭 3년이 되는 봄이었다. 나는 아직 겨울방학이 다 끝나지 않아 고향에서 빈들거리고 있을 때였다. 그 소식에 접하고 형과 나는 서로 아연한 눈길을 교환했다. 형도 이미 그때 결혼한 직후였다. 그러나 형의 얼굴은 벌겋게 달 아올랐다. 선옥이가 시집간 그 자리는 재취 자리였다. 다행히 전실 자식은 없었지만 그 중국 사람은 이미 오십 줄에 들어선 늙은이였다.

그네가 집을 나가고 나서 두어 달 뒤 나는 서울 이모네 집에 서 선옥이의 방문을 받은 적이 있었다. 그때 이모네는 중랑천 둑방 판자촌에 살았고 나는 그 판잣집의 방 하나를 동생뻘 되 는 아이들과 함께 쓰고 있었다. 이모네 식구들은 고등학생인 나를 찾아온 선옥이를 몹시 신기한 눈으로 쳐다보았다. 그때 선옥이는 이미 읍내 고등학교를 그만둔 채 버스 정류장에서 표 를 팔고 있다는 소문이었다. 집을 나간 지 두어 달 만에 그렇게 변모한 선옥이가 느닷없이 내 앞에 나타났을 때 나는 적잖이 당황하지 않을 수 없었다.

—우리 밖에 나가 걸어요.

선옥이는 오빠란 호칭을 쓰지 않았다. 하는 짓이 꼭 어른 같 았다. 나는 이미 그네의 주인이 아니라 종이 되어 서먹서먹 그 곁을 따라 걸었다. 중랑천 둑방에서 시작한 것이 태릉까지 걸 어서 갔다. 그때만 해도 태릉은 아주 한적한 곳이었다. 그 먼 길을 걸으면서 우리들이 나눈 얘기는 불과 몇 마디 되지 않았 다. 주로 그네가 묻고 나는 대답을 했을 뿐이다.

—이모님네두 살림이 어려운가 봐요?

—응.

—어머니가 학비는 잘 보내주시나요?

—응.

—큰오빠가 돈을 버니까 이제 어머니도 광주릴 안 이셨으면
좋겠어요.

　—글쎄.

　나는 선옥이한테 처음으로 우리 집 가난에 대해 부끄럼을 느
꼈다. 치욕이었다. 흘깃 쳐다본 선옥이의 목덜미가 훤칠하니
길고 깨끗했다. 단발머리도 꽤 길어져 있었다. 꽤 오랫동안을
별소리 없이 걷던 선옥이가 입을 열었다.

　—아무래도 그걸 쐐기한테 돌려줘야 할 것 같아요.

　—뭘?

　—우리들이 훔친 쐐기네 패물함 말이에요.

　—난 안 훔쳤어!

　내가 퉁명스럽게 내쏘았다. 그러나 선옥이는 늘 했듯, 오빠
가 훔치라고 시켰잖아! 그렇게 되받지 않았다.

　—우린 그때 너무 어렸어요.

　그뿐이었다. 어렸다. 난리가 나던 그해 나는 5학년이었고 선
옥이는 4학년이었다. 나는 쐐기한테 매를 맞고 코피를 흘렸다.
쐐기가 땅바닥에 던져주는 빵을 개처럼 입으로 집어먹는 일을
거절했기 때문이다. 선옥이만 없어도 나는 개처럼 허겁지겁 그
빵을 입으로 주워 먹었을 것이다. 쐐기는 그 꼴을 선옥이한테
보여주고 싶었을 것이다. 쐐기의 매운 주먹이 내 얼굴에 수없이
날아들었다. 그때 이미 중학생이던 형은 쐐기의 빵에 매수되어
그 자리에 나타나지 않았던 것이다. 쐐기가 달아나버린 그 강변
에서 자갈을 손에 쥐고 울고 섰는 나를 달래기 위해 선옥이가
그런 제안을 했던 것이다. 쐐기의 죽은 엄마가 감춰둔 패물함이

있는 곳을 자기가 안다고 했다. 쐐기 아버지도 쐐기의 새엄마도 찾지 못하는 곳에 숨겨진 그 패물함을 훔쳐다 주겠다는 것이었다. 선옥이가 들려주는 그 패물함은 내게 한없는 신비를 불러일으켰으며 부의 요술방망이 같은 것이었다. 그즈음 쐐기네는 겨울 피난을 가기 위해 가게 짐을 꾸리고 있을 때였다. 며칠 안 있어 읍을 떠난다고 했다. 너두 갈 거지? 내가 물었다. 응, 선옥이가 나를 말끄러미 쳐다보며 힘없는 소리로 대답했다. 좋겠다 너. 내가 한껏 부러워하는 목소리로 말했다. 동수야, 그거 훔쳐다 줄까? 선옥이가 다시 내 눈치를 살폈다. 선옥이가 없는 요술방망이는 내게 무의미한 것이엇다. 그럼 너두 안 갈 거지? 내가 그렇게 어깃장쳐 물었고 뜻밖에도 선옥이가, 안 갈 거야. 그렇게 다짐두었다. 정말 선옥이는 그 약속을 지켰다. 나를 위해 그 패물함을 쐐기네 집에서 훔쳐냈을 뿐만 아니라 쐐기네가 읍을 떠날 때 그 화물자동차에 오르지 않았던 것이다. 무서운 계집애였다. 그렇게 제 생명을 건져냈던 것이다. 나는 모든 것을 다 얻은 기쁨에 하늘로 둥둥 뜨는 기분이었다.

—쐐기 만나봤어?

태릉 입구에 이르러 내가 물었다.

5년 세월을 숨겨온 우리들의 비밀을 훌훌 떨쳐버리려는 선옥이의 변심은 뻔한 일이었다. 쐐기, 쐐기가 나타났기 때문이다.

—너무너무 불쌍해요.

쐐기를 만나봤느냐는 내 물음에 선옥이는 그렇게 대꾸하며 고개를 푹 꺾었다.

—읍내 사람들이 서비스 공장에 취직을 시켜줬다면서?

―하지만 일이 너무 힘에 부친가 봐.

―그건 어렸을 때 너무 호강만 하고 커서 그런 거야.

―그게 아니야요. 쐐기는 몸에 병이 있는가 봐.

그렇담 네 서방을 삼으면 될 거 아냐. 어른들이나 하는 그런 소리로 쏴주고 싶었으나 나는 선옥이의 얼굴 표정이 너무나 진지해 보여 짐짓 입을 다물었다. 결국 선옥이가 나를 찾아왔던 것은 그 패물함의 처리 문제 때문이었던 것이다. 말하자면 내가 그 패물함의 권리권을 쥐고 있다는 게 정식으로 인정된 셈이었다. 패물함을 쐐기에게 돌려줘야 하지 않겠느냔 선옥이의 의사 타진에 대해서 나는 가타부타 의견을 내놓지 않았다. 그네 또한 더 이상 그 이야기를 꺼내지 않았기 때문이다. 태릉 뒷산 울울한 숲에 이르러 우리들은 말을 버렸던 것이다. 그런 경우 말이란 얼마나 치졸하고 불필요한 것인가를 우리들은 잘 알고 있었다. 어느 한 지점에서 오랜 침묵 끝에 그네는 산 정상을 향해 무릎을 꿇고 기도하는 자세를 취했다. 나 역시 그네 곁에 좀 우스꽝스럽긴 했지만 두 무릎을 꿇고 앉았다. 그것은 내가 그네를 사랑하고 있다는 확신이 불덩이처럼 뜨겁게 가슴으로 치민 때문이었다.

그러나 선옥이와 나와의 모든 것은 그날 그것으로 끝이었다. 어쩌면 그것은 선옥이에게 있어서 새 세계의 열림을 뜻하는 계시였는지도 모른다. 그날 이후 3년 동안 선옥이의 변신은 실로 놀라운 것이었다. 선옥이가 변한 것이 아니라 세상 사람들이 선옥이를, 그 무릎 꿇은 조그마한 여자애로 내버려두지 않았기 때문이다. 문제는 패물함이었다.

선옥이가 그렇게 서울에 다녀간 뒤 나는 수십 통의 편지를 써서 부쳤다. 그네 앞에서 펼쳐 보이지 못했던 내 가슴속을 속속들이 보내주고 싶은 바람 때문이었다. 그러나 나는 단 한 장의 편지도 받을 수 없었다. 그네의 그 침묵은 내게 닦일수록 윤을 더해가는 진주의 가치만큼 단단한 비중으로 자리 잡기 시작했다. 나는 비로소 사랑에 들뜬 사춘기의 그 눈먼 열정으로 거의 미칠 지경이었다. 마지막에는 죽어버리겠다는 그런 협박 편지를 써 보냈다. 그때서야 지극히 간단한 답장이 한 장 날아왔다. 그대로 신파였다.

—우리들의 패물함을 잃었어요. 쐐기한테 그것을 돌려줘야 한다고 생각했기 때문에 치마바위까지 올라갔던 거예요. 그리고 거기서 세 사람의 남자를 만났어요. 결국 다 잃고 만 거예요. 모든 걸 다 잃었어요. 잊어줘요.

그뿐이었다. 나는 더 이상 편지를 쓰지 않았다. 다만 여름방학이 되어 이를 갈며 고향에 내려갔을 때는 이미 선옥이가 버스 매표소를 떠난 뒤였다. 버스 차장이 되어 장거리를 뛴다는 소식이었다. 혹시나 해서 치마바위까지 올라가보았으나 역시 헛일이었다. 나는 그네를 만나기만 하면 당장에 목 졸라 죽이리라 마음먹었었다. 선옥이가 그런 연극으로 나를 배신했다고 믿었기 때문이다. 그러한 생각이 지금까지 내 가슴속에서 지워지지 않았기 때문에 그만큼이라도 그네에 대해 경원한 마음으로 지내올 수 있었는지도 모르겠다. 어떻든 그 여름 나는 선옥이를 만날 수가 없었다. 다만 그해 겨울 선옥이가 성천운수 사장집 가정부로 들어갔다는 소식을 전해 들었을 뿐이다. 그리고 그 사장집에서 사장과의 좋지 않은 일로 머리를 뭉청 뽑힌 채 쫓겨났다는 뒷소문을 들었다. 또 다른 그네의 변신은 그네가 읍내 변방에 주둔한 군대 하급 장교와 살림을 시작했다는 것이었다. 숱한 추문 끝에 결국 중국인과 결혼한 선옥이었다. 중국 사람과 결혼한 선옥이는 아이를 낳지 못한 채 주위 사람들의 생각과는 달리 10년을 여일하게 잘 살았다. 그 중국 사람이 선옥이라면 껌벅 죽는다고 했다. 그러나 그 중국 사람은 읍내 강에서 무릎에도 못 미치는 얕은 물에 빠져 죽고 말았다. 심장마비였을 것이다. 그 뒤 달포나 문을 열지 않고 들어앉았던 선옥이가 그 중국 음식점을 개수해서 한식집으로 바꾸면서부터 그네는 읍내에 소문난 여자로 위치를 굳히게 되었던 것이다. 지금은 그 장소가 바뀌었지만 그때만 해도 선옥이가 경영하는 강남식당은 종합정류장 바로 앞에 있어 떼돈을 번다는 소문이었다. 실상 죽은 그 중국인 남편이 남겨준 재산도 상당했다는 것이다.

"참, 작은애야. 너한테 갸가 안 찾아왔든? 갸, 거시기, 이기 말이다. 만물상회집 아들……"

선옥이 일로 밤늦게까지 구시렁거리던 어머니가 나중에는 또 엉뚱같이 쐐기 소식을 끄집어냈다. 어차피 잡친 일요일, 나는 거침없이 이 예사롭지 않은 사태에 육박해 들어갔다. 선옥이 소식에 이은 쐐기의 소식…… 나는 어느새 어머니 곁으로 바싹 다가앉고 있었다.

"쐐기도 없어졌습니까?"

헐떡거리듯 다그치는 내 물음에 어머니가 오히려 당황해했다.

"아, 아니다. 저번짝에 길에서 우연히 갤 만났지 않았겠니. 걔가 날 붙잡고 네 주솔 묻길래 혹시나 해서 그러는 거다."

"내 주소를 가르쳐달래요?"

"그래. 뭘 좀 보내줄 게 있다고 하더라만……"

"뭘 보낸대요?"

"내가 아냐. 보내긴 뭘 보내. 부랄 두 쪽밖에 없이 사는 인생이……"

"이젠 정신도 제 것이 아니라면서요?"

"내가 보기엔 그러그러해 보이더구먼서도 읍내 사람들은 갤 사람으루다 취급을 않는다. 걔가 나타나기만 하면 모두 도망을 간다는구나. 걔한테서 냄새가 나서 마주 설 수가 없다는 게야."

"술만 먹으면 옷을 입은 채 그대로 오줌을 싼다면서요?"

"그거야 옛날부터 그런 거구, 그것보담은 우선 걔 몸에서 살 썩는 냄새가 난다는 게야. 걔 몸이 지금 말이 아니다. 명이 오지게 길어 살고는 있다만……"

혀까지 차면서 그렇게 말하는 어머니의 얼굴에 사뭇 감회가 깊은 그늘이 깔렸다. 그러고 보니 눈에 눈물까지 질금질금 괴었다. 어머니로서는 그럴 것이다. 우리들이 어렸을 적 시절 쐐기네 안일을 도맡아 해주며 쐐기를 보살펴온 어머니로서 어찌 쐐기의 일에 대범할 수 있겠는가.

쐐기. 언제부터인가 우리들은 사이기를 쐐기라는 별명으로 부르는 데 익숙해져 있었다. 사이기(史利基)를 적당히 축약해서 그렇게 부른 것인지 아니면 쐐기나방의 그 애벌레 쐐기를 연상해서 지어진 것인지는 확실히 알 수 없었지만 우리들은 난리가 나기 전에 모두 그 아이를 쐐기라고 불렀던 것이다. 실상 그 당시 우리 또래의 아이들은 이기를 마치 쐐기벌레 보듯 멀리했다. 한마디로 못돼먹은 애였다. 제 마음에 맞지 않으면 아무한테나 주먹을 휘둘렀고 힘으로 당할 수 없으면 돌을 들거나 이빨로 물어뜯었다. 못 같은 걸 항상 주머니에 넣고 다니며 저보다 큰 애들을 찔러댔다. 그런대로 쐐기는 우리 형제와 가장 가깝게 어울려 놀았다. 그것은 쐐기네와 우리 집 사이의 특별한 관계 때문도 있었지만 쐐기가 가진 그 풍부한 장난감과 먹을 것에 대한 유혹이 큰 요인이었다. 쐐기네는 읍내에서는 가장 규모가 큰 만물상회란 가게를 열고 있었다. 그 만물상회 옆으로는 쐐기 어머니가 직접 경영하는 양과자점이 읍내 아이들의 군침을 흘리게 했다. 난리 전이라 그때만 해도 조그마한 읍에서 지금의 슈퍼마켓 비슷한 그런 규모의 잡화상을 한다든가 서울서도 그리 흔치 않은 양과자집을 벌이는 것은 우리 아이들에겐 하늘처럼 우러러보이는 일이었다. 쐐기네는 그처럼 부자였다. 어른들 얘기를 들으면 쐐기 아버지와 어머니가 우리 읍내에 들어온 것은 해방이 되기 두 해 전이었다. 겨우 네 살이었던 쐐기 하나를 데리고 읍내에 들어온 그네들은 몇 해 가지 않아 그처럼 부자가 됐던 것이다. 원래 외지에서 들어올 때 많은 돈을 가지고 있었다고 했다. 어떤 사람들은 쐐기네 아버지가 외지에서 남의 돈을 가로챈 뒤 우리 읍에 숨어들어와 산다는 얘길 수군수군 나누기도 했다. 실상 아무도 쐐기네가 어느 곳에서 왔는지 아는 사람이 없었다. 찾아오는 친척도 없었다. 또어떤 사람은 쐐기 아버지가 머슴살이 하던 부잣집 딸을 꾀어내어 이곳저곳 옮겨다니며 산다고도 했다. 쐐기 어머니가 가지고있다는 그 숱한 금붙이를 그 예로 들었다. 그러고 보니 쐐기 아버지는 쐐기 어머니에 비해 여러 면으로 뒤떨어져 보이기도 했던 것 같다. 그러나 장사 수단은 대단해서 여름 난리가 나기 한해 전에는 읍내에서는 두번째로 화물트럭을 사서 시골 구석구석까지 물건을 폈고 그 대신 시골에서는 잡곡을 모아다가 서울에다 넘겨 엄청난 이를 본다는 얘기였다. 쐐기 어머니는 몸이가늘고 얼굴이 희었다. 긴 목에는 항상 아름다운 금목걸이가걸려 있었다. 그네는 손님이 별로 없는 양과자점 진열대 옆에앉아 항상 잔잔한 웃음을 입가에 띠고 책 같은 걸 읽거나 쐐기보다 다섯 살이나 아래인 쐐기 여동생의 머리를 예쁘게 땋아주고 있었다. 어린 마음에도 나는 늘 쐐기 어머니가 아름답다고생각했다. 그런 여자한테서 어떻게 쐐기같이 막 생겨먹은 애가태어났는지 모를 일이었다. 난 울 아버질 닮았대. 쐐기는 가끔제 입으로 그런 소릴 했다. 그런데도 뒷날 쐐기를 생각하면 그얼굴이 해사한 쐐기 어머니만 떠올랐다. 그네의 급작스런 죽음의 충격 때문이었는지 모른다. 그 여름 난리가 터지기 바로 한해 전이었다. 쐐기네 만물상회의 점원으로 일하던 아버지가 헐레벌떡 집으로 달려들어와 어머니를 찾았다. 아버지는 아침밥을 짓는 어머니를 끌고 쐐기네 집으로 달려갔다. 아직 잠자리에서 일어나지 않은 채 우리들은 어머니가 우리 집 밥을 다 해놓고 쐐기네 집 일을 하러 갔거니 생각했을 뿐이다. 그때 어머니는 틈틈이 쐐기네 가정 살림을 맡아 해주고 있었던 것이다. 요즈음의 가정부 비슷한 일이었다. 쐐기네 남매의 옷을 빨아 입히는 일에서부터 집안의 궂은일을 다 맡아서 했다. 아버지가 만물상회 점원으로서 남들이 하는 만큼의 일을 못하기 때문에 어머니가 그렇게 쐐기네 일을 거들어주는지도 몰랐다. 아버지는 어렸을 적 어떤 일로 왼쪽 손목이 잘려나간 외팔이였던 것이다. 그러나 그날 새벽 아버지가 어머니를 데리러 들어온 것은 쐐기네 살림살이 때문이 아니었다. 쐐기 어머니가 죽었기 때문이다. 그날 새벽 아버지는 다른 때처럼 쐐기네 집으로 가 가게 열쇠를 달라고 했다. 그렇게 열쇠를 받아 가게 문을 여는 것이 만물상회 점원인 아버지가 하는 첫 일거리였다. 쐐기 아버지는 그 전날 곡식을 자동차에 싣고 서울에 올라간 채 폭우로 길이 끊겨 돌아오지 못하고 있었다. 그런데 집 안에는 쐐기 어머니도 없었다. 사실 여느 때도 쐐기 아버지가 술이 취해 늦 잠을 잘 때면 열쇠꾸러미를 쐐기 어머니가 내다주고 했었는데 이날은 아무리 찾아도 그네가 보이지 않았다. 대문을 밀자 그 대로 열렸다. 불길한 생각에 안으로 들어가보았다. 쐐기를 비롯한 선옥이와 그 아래 여자아이는 아직 자고 있었다. 집 안 어느 곳에도 쐐기 어머니는 보이지 않았다. 혹시나 해서 만물상회 옆에 붙은 양과자점에 나가보았다. 아니나 다를까 그 뒷문이 열려 있었다. 아버지는 안에 쐐기 어머니가 있는 줄 알고 몇 번 불러보았으나 감감이었다. 부쩍 수상쩍어 뒷문으로 들어서 보니 쐐기 어머니가 진열대 밑에 번듯이 누워 있었다. 실오라기 하나 걸치지 않은 알몸으로 그렇게 죽어 있었던 것이다. 수사에 나선 경찰에선 불문곡직하고 아버지를 잡아 가두었다. 물론 여러 사람에게 혐의를 두고 조사를 안 하는 것은 아니었으나 무슨 일인지 아버지는 쉽게 풀려나지 않았다. 면회를 갔다 온 어머니는 아버지의 꼴이 말이 아니라며 애통한 울음을 터뜨리곤 했다. 물론 서울에서 돌아온 쇄기 아버지도 경찰서에 들어가 조사를 받았는데 거기서 나오는 길로 우리 집에 달려와 우리 집의 그 빈약한 살림살이를 때려 부수었다. 무슨 말을 어떻게 들었는지 몰라도 쇄기 아버지는 우리 아버지가 범인이라고 단정해버렸던 것이다. 아내를 잃은 쇄기 아버지는 제정신이 아니었다. 한집에 데리고 사는, 자기 딸이나 다름없는 선옥이한테까지 혐의를 두었다. 세 살 되던 해 개구멍받이로 들어온 것을 쇄기 어머니가 자기 자식처럼 키운 선옥이는 그때 겨우 열 살이었던 것이다. 대부분의 사람들은 선옥이가 그 집 친딸이거니 생각했을 정도로 쇄기들과 구별 없이 길렀다. 그런 선옥이를 쇄기 아버지가 발길로 내질러 마당에 태질을 치더라면서 어머니는 집에 돌아와 울먹거렸다.

　—느 아버이가 그렇게 된 건 다 그놈에 집 때문인 게여.

　난리 때 아버지가 행방불명이 된 걸 어머니는 쇄기네 탓이라고 두고두고 원망했다. 경찰서에서 쇄기 어머니 살해 범인으로 조사를 받느라 골병이 든 몸으로 여름 난리를 맞은 아버지였다. 잠깐 나갔다 오면 될 줄 알고 자기네 차를 타고 피난을 떠난 쇄기네였다. 집과 가게를 고스란히 두고 갔다. 물론 그때는 아버지가 쇄기네 만물상회의 점원도 아니었다. 그러나 아버지는 무슨 생각을 했는지 만물상회의 물건을 모두 우리의 좁은 집으로 옮기기 시작했다. 아버지 얘기는 주인 없는 집에 그냥 놔두었다가는 결국 다 잃게 된다는 얘기였다. 사람까지 사서 쐐기네 집 세간살이까지 날라 올렸다. 사람들이 이상한 눈으로 바라보는 것이 우리 형제들에겐 몹시 괴로웠다. 그러나 아버지는 묵묵히 그 일을 계속했다. 이제 쐐기네가 돌아와 이 물건을 고스란히 전해주어야 먼저의 그 혐의까지 싹 벗을 수 있으며 설사 그것이 아니라고 해도 그렇게 해주는 것이 옛정으로서의 도리라는 말을 어머니한테 하는 걸 들을 수 있었다. 아버지는 며칠을 두고 외팔로 그 물건의 품목과 수량을 헤아려 공책에 일일이 기록을 했다. 그 가게 물건에서 단 한 개도 손을 대면 안 된다고 우리들에게 엄하게 다짐을 두던 아버지였다. 그러나 적 치하가 된 세상에 아버지의 그 뜻은 수포로 돌아갔다. 저쪽 사람들, 즉 붉은 완장을 찬 사람들이 그 물건을 내놓으라고 했던 것이고 아버지는 그것을 내줄 수 없다고 버텼다. 내가 봐도 아버지의 고집은 무모했다. 결국 그 일로 해서 물건은 물건대로 빼앗기고 아버지는 국민학교 운동장에서 인민재판인가 하는 걸 받게 됐던 것이고 여러 사람과 함께 연초조합 창고에 갇혀 있다는 소식을 들은 것이 아버지의 끝이었다. 남산에 끌려가 죽은 사람들의 시체를 어머니와 며칠이고 뒤졌다. 그러나 아버지의 모습은 다시 우리들 앞에 나타나지 않았던 것이다. 더 무서운 것은 이웃의 눈이었다. 어쩌면 자신의 원수 집안일 수밖에 없는 쐐기네 재산을 지켜주려 한 아버지의 충정을 읍내 사람들은 그 반대로 해석을 했다. 쐐기네 재산을 앉아서 고스란히 차지하려다 그렇게 됐다고 수군거렸다. 더 애통한 일은 피난을 나갔다가 들어온 쒜기네 식구들(쒜기에게는 난리 나기 바로 전에 새엄마가 생겼었다)은 어머니가 아무리 아버지의 뜻을 전하려 해도 받아들이지 않았던 일이다. 재산을 다 잃게 된 게 모두 우리 아버지 때문이라고 하면서 어머니에게 손찌검까지 했다. 남편을 잃은 데다 누명까지 뒤집어쓴 어머니는 목구멍에서 피를 토하며 쓰러져 몇 달인가 몸져누웠다. 이웃에와 살던 외삼촌만 아니었어도 우리 형제들은 어머니를 잃었거나 굶어죽었을 것이다. 외삼촌은 억울해하는 어머니 마음을 풀기 위해 쒜기 아버지와 여러 번 싸웠다. 그 일로 해서 경찰서에 잡혀 들어가기도 했다. 그런데 이상한 일은 어른들 세계는 그렇게 원수지간인데도 우리 형제와 쒜기는 잘 어울려 놀았다. 그 새중간에 선옥이가 있었기 때문인지도 몰랐다. 선옥이는 가끔 우리 집에 와 앓고 있는 어머니의 이마를 짚어주기까지 하는 음전스러움을 보였다. 나는 지금도 어머니 머리맡에 무릎을 꿇고 앉아 이마를 짚어주던 선옥이의 그 조그마한 몸뚱이가 눈에 선하다. 그럴 때 우리 형제와 눈이 마주치면 배시시 웃어 보이던 선옥이가 인상 깊게 기억된다. 그러한 선옥이를 따라 쒜기도 우리 집에 놀러 오곤 했다. 올 때마다 자기 새엄마가 맡아서 하는 양과자점의 빵을 한 개씩 안겨주곤 했다. 우리 형제는 쒜기를 왕자처럼 모셨다. 우리들에겐 쒜기네의 그 넉넉함이 온통 선망의 대상이었던 것이다. 어머니가 애통해하는 그런 원한 같은 건 우리에겐 빵 한 조각이면 그만이었다. 양조장에서 버리는 그 지게미를 허겁지겁 먹고 얼굴이 온통 술기운으로 벌겋게 된 채 남산 중턱에 앉아 우리들에게 빵을 안겨줄 쐐기와 선옥이를 기다리는 것은 우리들의 보람이었다. 그러나 우리들이 그처럼 떠받드는 쐐기가 가끔 우리들을 배신했다. 선옥이가 우리와 어울려 노는 걸 자기네 아버지한테 이른다거나 심지어는 자기가 분명히 갖다준 빵인데 그것을 우리들이 훔쳤다고 아이들한테 소문을 퍼뜨리기도 했다. 기껏 먹게 해놓고는 느닷없이, 이 새끼야, 도로 게워, 빨리 게워— 하고 으름장을 놓았다. 나는 그것을 게우기 위해 목구멍에 손가락을 넣어 웩웩 구역질을 했던 것이다. 그럴 때 나를 구원해주는 것은 언제나 선옥이었다. 선옥이 말이라면 쐐기는 이상하게 고분고분해졌던 것이다.

"그래, 이기한테 제 주솔 가르쳐주셨어요?"

선옥이의 사기 행각이 어쩌면 쐐기와 어떤 연관이 된 것이 아닌가 하는 예감이 짙어지면서 나는 그냥 흘려 넘기는 투로 물었다.

"가르쳐주긴! 난 모른다고 했다."

"그랬더니요?"

"아마 네 성한테 와서도 네 주솔 묻더래지."

"형이 가르쳐줬겠군요?"

아침나절 형의 그 아리송한 전화 내막이 대충 잡혔다.

"갸가 왜 그런 걸 가르쳐줬겠니. 돈 백 원 줘서 쫓아버렸다고 하더라."

쐐기에 대한 형의 열등감은 대단했다. 쐐기가 주는 빵을 얻어먹고 어쩔 수 없이 쐐기 편이 돼주긴 하면서도 그 일로 해서 몹시 괴로워하던 형의 모습을 나는 지금도 잊지 못하고 있다. 내가 쐐기한테 매를 맞고 돌아올 때마다 내 상처를 어루만져주며 쑥스러워하던 형이었다. 난리가 끝나고 몇 년 뒤 쐐기의 형편이 옛날과 달라져 읍에 다시 나타났을 때 형의 눈에는 두려움 같은 게 여실히 드러났었다. 형이 양조장이나 농협 같은 곳을 집어치우고 잡화상을 벌인 것도 옛날 쐐기네 만물상회에 대한 그 선망 때문이었을 것이다.

어쨌든 모를 일이다. 쐐기가 무슨 일로 새삼스럽게 내 주소를 물었을까. 보내다니, 도대체 그가 나한테 보낼 것이 무엇이 있을 수 있단 말인가. 주고받는, 그것이 비록 물질적인 것이든 마음의 부채 같은 것이든 그러한 인간관계가 그와 나 사이에 끊어져버린 지 벌써 얼마나 오래되었는지 모른다. 난리 후 우리들은 너무나 차원이 다른 세계에서 살아왔다. 설사 그 거리를 어느 쪽에서 의식적으로 좁히려 시도했다손 쳐도 그것은 한낱 감상의 노폐물처럼 참으로 쓰잘 데 없는 유희에 불과했을 것이다. 하기야 어느 정도 가까워질 수는 있을는지 모른다. 그러나 이미 그러한 만남은 그쪽과 이쪽의 세계가 전혀 다르다는 걸 확인하는 결과 외에는 별 의미가 없을 것이다. 동정이 앞선 이해는 위선에 가깝다는 것을 나는 알고 있었다. 2년 전 쐐기를 만나 이야기를 나눈 뒤 그 느낌은 더욱 확연해졌다.

읍내 한동네에 살면서 우리 식구들 뒷바라지를 해주던 외삼촌이 위암에 걸려 돌아가셨을 때 나는 직장 일에 무리를 주면서도 그 장사에 참가했다. 내 아버지의 죽음이나 다름없는 분의 죽음이었기 때문이다. 그때 쐐기와 마주치게 됐던 것이다.

고향에 내려가는 기회가 많긴 했지만 일부러 쐐기와 이야기를 나누기 위해 시간을 가져보기는 그것이 처음이었다. 읍에서 시오 리나 되는 장지까지 가는 길의 그 어색한 만남이 다음 날 우정 시간을 내어 그를 만나게 된 계기였던 것이다. 만장을 든 것이 바로 쐐기였던 것이다. 읍내 상여 행렬의 만장은 으레 그의 몫이라고 했다. 무슨 일이 있어도 그것만은 뺏기지 않으려고 한다는 것이었다. 장사집에서 술 얻어먹을 구실을 만들기 위한 속셈이었을는지도 모른다. 그날도 쐐기는 누구보다 빨리 가장 요란스런 만장을 들고 설치고 있었다. 그가 가장 신바람을 피우는 날이 바로 만장을 들고 상여 뒤를 따를 때라고 했다. 몇 년 전만 해도 안 그랬다는데 근래에 와 그 걸음걸이가 여간 거북해 보이는 것이 아니라고, 그에게 만장을 쥐게 한 걸 후회하는 사람도 있었다. 그만큼 쐐기는 본인이 신바람을 피우는 것과는 달리 그 걸음걸이가 차마 봐주기 어려운 지경이었다. 어쩌면 그 거북스럽고 힘들어 보이는 걸음걸이는 고인을 영별하는 마지막 길에는 더없이 잘 어울리는 것이었는지도 모른다. 그래서인지 나는 상제들 줄에 끼어 걷다가 나도 모르는 사이에 쐐기의 곁에 따라 걸으며 얘기를 나누게 되었던 것이다.

—이거 수고가 많군. 몸도 성찮은 거 같구먼서두.

만장을 들고 마치 어깨춤을 추듯 해괴한 몸짓으로 뒤뚱뒤뚱 걷던 쐐기가 문득 내게로 눈을 돌리더니 금세 몸 자세가 굳어졌다. 상가에서 몇 잔 마신 탓에 불그레하던 얼굴빛도 언제냔 듯이 멀쩡해진 듯싶었다. 모처럼 가까이서 본 그의 얼굴은 누렇게 부황기가 깊은 데다 얼룩얼룩 버짐까지 먹고 있었다. 사십 줄에 들어선 불우한 중년 사내의 그 초췌한 모습에서 나는 새삼 세월의 덧없음을 실감했다.

—어이구. 오래간만이네유.

쐬기가 나를 향해 퍽 어색한 표정을 해 보였다. 그의 말투 자체가 자기 낮춤이었다. 나 자신 금방 어색해지는 걸 어쩔 수 없었다. 쐬기가 제 스스로 먼저 말을 걸어왔다.

—어머니랑 성님은 늘 뵙고는 있지우. 돌아가신 분께서도 절 꽤 봐주시느라고 애쓰셨지우.

외삼촌이 옛날에 아버지의 누명을 벗기기 위해 쐬기네 집에 달려가 싸우던 생각이 났다. 쐬기도 그 생각을 했던 모양이다. 이번에는 내가 먼저 입을 열었다.

—술을 많이 한다면서?

—잠이 잘 안 와 쬐금쬐금 먹기 시작한 것이 그만 술주정뱅이로 소문이 나버렸지우.

—잠은 어디서 자나?

물어놓고 나서야 공연한 걸 다 물었다고 생각했지만 어쩔 수 없는 일이었다. 바람이 좀 세게 불어 만장 깃대가 한쪽으로 몹시 휘자 쐬기는 그것을 애써 바로 세우며 더욱 거북스러워 보이는 걸음을 걸었다.

—아무 데서나 지내지유.

—그래도 어디 정해놓고 드나드는 데가 있어야 할 게 아니겠어? 어서 들으니까 이젠 다리 밑 거지들도 다 없어졌다면서?

정해놓고 드나드는 곳, 혹시 그에게도 가정 같은 게 있어야 할 것이 아니냔 생각이 불쑥 치민 때문이었다. 가정은 아니지만 한때 쐐기가 가정처럼 정해놓고 드나드는 곳이 바로 다리 밑 움집이었던 것이다. 그는 거기서 꽤 오랫동안 지냈다.

―지금은 성당 신부님들이 성당 한쪽에 집을 하나 지어줘서 게서 지내지우.

―이봐, 쐐기 정말 이러기야? 왜 나한테까지 말을 그런 식으로 하는 거야.

집을 가졌다는 인간이 어째서 이따위로 비굴할 수가 있다는 말인가. 나는 그가 일부러 내 우정을 거부하는 것으로 생각했다. 설사 그런 뜻이 아니었다고 해도 그가 나한테 경어를 써야 하는 한 우리는 영원히 손 닿을 수 없는 거리에 서게 될 것이다. 나무라치는 내 기세에 주춤해진 쐐기는 퍽 쑥스러워하는 기색이었다. 나는 그의 쑥스러워하는 얼굴을 바라보다가 문득 내 자신의 위선을 깨닫게 되었다. 만약 쐐기가 처음부터 내게 반말을 해댔다면 내 기분이 그닥 좋았을 리가 없다는 생각에 이른 것이다.

―힘이 들 텐데 누구 딴 사람한테 주지.

쐐기가 바람에 나부끼는 만장 깃대를 가누느라 절뚝거리며 걷는 게 퍽 힘들어 보여 그렇게 말했던 것이다. 그러나 쐐기는 뭔 소리냐는 듯 그 불편한 걸음걸이를 꽤 재게 놀려 의식적으로 나를 따돌리고 있었다. 나는 그 이상 그를 따라붙지 않았다. 뒤에서 보는 쐐기의 모습은 그대로 어릿광대였다. 늦가을인데 허름한 남방 하나를 걸친 그의 을씨년스런 모습이 스산하게 시들어가는 가을 들녘 풍경에 걸맞아 보였다. 산모롱이 하나를 돌아가자 웃샘밭 마을이 삼마치고개를 배경으로 그림처럼 펼쳐 보였다. 웃샘밭 마을에서 삼마치고개 정상까지는 실히 20여 리는 될 것이다. 그렇게 높고 험한 고개였다. 이제는 아스팔트가 깔린 열아홉 굽이 고갯길이 가을 볕 속에 아스라이 놓여 있었다. 삼마치고개. 나는 새삼스런 기분으로 내 앞에서 만나 선소리에 맞춰 만장 깃발을 우쭐거리며 걷는 쐐기의 뒷모습을 바라보았다. 그 순간 나는 내가 따라가고 있는 것이 외삼촌의 상여가 아니라 바로 삼마치고개에서 몰사한 쐐기네 가족의 상여 행렬이 아닌가 하는 착각이 들었다. 어쩌면 죽었던 쐐기가 그동안 귀신으로 남아 있다가 이제 시간이 차 제 무덤으로 돌아가는 것이 아닐까 하는 생각이 불쑥 들기도 했다. 그 당사자인 쐐기는 지금 무슨 생각을 하면서 걷고 있을까 하는 생각에 이르자 나는 어떤 일이 있어도 그날 저녁 쐐기와 술 한잔을 나눠야 하겠다는 결심을 했던 것이다. 봉분까지 다 끝난 뒤 무덤 뒷설거지를 위해 막거리 통자와 함께 산에 남게 된 일꾼들 틈에 끼인 쐐기에게 저녁때 우체국 앞 상호네 약국까지 와달라는 부탁을 거듭했던 것도 그와 술 한잔을 나누고 싶어서였던 것이다.

그러나 그날 저녁 쐐기는 상호네 약국에 끝내 나타나지 않았다.

—야, 서울놈아, 이제 와서 뭘 어쩌겠다고 갈 기다리는 게야.

저녁때 그네들의 아지트인 상호네 약국으로 모여든 학교 동창들이 내 감상주의를 여지없이 몰아붙였다. 그전에 자기들이 쐐기를 돕기 위해 별별 일을 다 벌일 때는 코빼기도 안 비치던 것이 이제 와서 뭔 개수작이냐고 맞대놓고 쏴오는 친구도 있었다. 비교적 출세한 서울 촌놈에 대한 앙심 깊은 공격이었을 것이다. 그러나 그들 공격이 내 비위에 거슬릴 것이 두려운 그 단순한 친구들은 곧장 정색을 하고 자기들이 쐐기를 위해 노력은 했지만 결국은 뜻대로 되지 못했다는 깊은 자책으로 얘기가 풀려갔다. 살기가 다 어렵다 보니 어쩔 수 없었노란 결론 끝에, 쐐기, 개 팔자가 그런 걸 우린들 어쩐다냐— 그런 단서를 붙이기도 잊지 않았다. 어떻든 네다섯이 모여 초저녁 고스톱을 시작했는데 모처럼 서울서 내려온 내 대접이랍시고 읍내 술집 순례가 시작된 것은 꽤 늦은 시간이었다.

　—야, 서울놈, 우리가 사는 술은 술이 아니냐?

　처음부터 그들은 배배 꼬면서 이쪽의 기를 꺾으려 설쳤다. 시골 평범한 애들이 평범하게 자라 그저 그러그러한 세상살이를 하면서 몸에 밴 그런 비뚤어짐과 허풍스러움이 자기들 마음속에서 선망해온 서울 것과의 쓰잘 데 없는 경쟁을 벌인 것이다. 술집이 읍내에만도 일흔다섯 곳이나 있다고 했다. 다섯 명이서 열두 군데의 술집을 순례했다.

　—이제 예순세 집 남았다.

　제재소를 차려 제법 자리가 잡힌 놈이 의기양양한 어조로 호기를 부렸다. 열한시가 가까워지고 있었다. 두 놈은 벌써 몸도 못 가눌 정도로 취해 도중에서 떨어져 나갔다. 잔은 내가 가장 많이 받은 편인데 도무지 취하지가 않았다. 마음을 풀어놓고 먹지 않아서 그런가 보았다. 나는 그들처럼 거침없이 유년의 추억 속으로 떨어져 내릴 수가 없었던 것이다. 아름다운 것이 잡히지 않았기 때문이다. 그런 게 잡힐 턱이 없었다. 그럴수록 나는 지금의 내 위치를 흐트러지게 해서는 안 되었다. 오늘의 쐐기가 우리들 사이에 껴들 수 없는 아래로의 변신처럼 나는 그들에게 넘보일 수 없는 오늘의 나를 보여줘야 했기 때문이다. 그런데 한 녀석이 선옥이 이름을 우리들 술자리의 안주로 올린 순간부터 나는 걷잡을 수 없이 취하기 시작했던 것이다. 비로소 그처럼 애타게 찾는 유년 기억 속의 아름다움의 실체가 잡혔기 때문이었다. 갈보, 똥갈보, 색골, 심지어는 선옥이의 죽은 중국인 서방 얘기까지 그 무덤에서 꺼내오는가 하면 읍내 그렇고 그런 치들의 이름이 강남옥의 도마 위에 얹혀 난도질을 당하고 있었지만 나는 그네가 하나도 불결하게 생각되지 않았다. 나는 갑자기 의기양양한 심정으로 남의 잔까지 들어다가 꿀떡꿀떡 마셨다. 아아, 술맛이 나는군.

　―동수, 너 이 새끼, 너두 옛날에 그년 먹었지?

　읍내 변두리서 비닐하우스 채소 재배로 꽤 재미를 본다는 놈이 히물거리고 있는 내 쪽으로 화살을 쏘았다. 어쩌면 그냥 그렇게 넘겨짚었는지도 모른다. 그러나 새삼스레 그렇지 않다는 소릴 하고 싶지가 않았다. 술은 정직하다.

　―그래, 먹었다, 왜?

　내 말이 무슨 신호라도 되는 듯 모두가 열세번째 술집에서 우르르 일어섰다.

　―가자, 강남옥으로 가는 거다!

　예순 몇 개 남은 술집 순례는 강남옥 하나로 끝내버리기로 의기투합했다. 읍내 거리를 고성방가하며 걸었다. 읍내 거리가 그처럼 만만하게 눈 속으로 잡혀 들기도 또 처음이었다. 고향에 내려올 때마다 모르게 변모해가는 읍내 풍경에 까닭 모를 저항과 열등감 비슷한 걸 느껴온 나로서 이처럼 당당히 읍내 거리를 활보하는 심정은 묘한 것이 아닐 수 없었다. 선옥이, 선옥이가 이 거리의 당당한 주인으로 살고 있다는 것이 하나의 커다란 기꺼움으로 어금니에 씹혔다. 나는 혼자 키득키득 웃었다. 그네 팬티의 그 선명한 자국…… 추억은 달콤했다. 그러나 강남옥은 문이 닫혀 있었다. 그런대로 닫힌 문 그 틈서리로 불빛이 새어나오고 있었다. 함께 간 놈들이 발길로 닫힌 문을 걷어찼다.

—사선옥, 사선옥 나와라!

우리들은 합창하듯 선옥이 이름을 불렀다. 기고만장하게 취한 사내들이 30여 년 저쪽 깜찍하게 예뻤던 그 계집애를 불러내는 것이다. 그러나 쪽문을 따고 나온 것은 우리의 소꿉친구 선옥이가 아니었다. 막 생겨먹은 청년이었다.

—쥔 나오라고 해, 쥔 마담 말이여!

—우리 아주머니 오늘 막차루 서울 올라가셨는데유.

—어떤 놈하고 갔어?

—뭔 말씀들을 그렇게 하세유?

—그럼 뭣하러 서울 간 거야?

—몸이 아파 병원에 가셨어요. 진찰 받으러유.

좀 능글스러울 정도로 말이 느러터진 청년이 제법 깐깐하게 받고 나왔다.

—당신은 도대체 누구야?

—새로 온 종업원이에유. 그런데 워쩐 일루 이렇게 밤늦게 작당을 해가지고 찾아오셨대유?

우리들은 풍차에 당한 돈키호테 꼴이 되어 비실비실 물러났다. 선옥이가 이 읍내에 없다는 것이 섬뜩하게 일깨워지는 우리들의 현실이었다. 우리들은 느닷없이 삼십 년 이쪽으로 굴러 떨어져 어쩌면 십 년은 더 늙어버린 그런 허망한 낯짝으로 서로의 얼굴을 쳐다보았다.

─언제 올라갈 거야?

그중의 하나가 지금까지와는 전혀 달라진 생경한 목소리로 내게 물었다.

─내일 아침 일찍 올라가야지. 공무원이 이렇게 시간 내어 오는 것두 보통 힘든 게 아니라구.

취기가 말짱히 걷힌 채 나는 제법 생색까지 냈던 것이다.

─어이구, 그렇다면 일찍 들어가 자거라. 그나저나 좀 자주 내려오려무나.

우리들은 그렇게 뿔뿔이 흩어졌다.

성당 신부님의 선처로 얻게 됐다는 쐐기의 집. 동창들과 어울려 술을 퍼마신 간밤 숙취로 해선 도저히 일어날 수 없었지만 기왕 서울 올라갔자 그날로 출근하기는 힘든 일, 나는 쐐기를 찾아보기로 하고 성당까지 올라갔던 것이다. 쐐기의 집은 성당의 부속 건물인 낡은 강당(초창기는 본당이었던 건물) 담벼락 끝 정구장 벽 그 바깥에 붙어 있었다. 어떻게 보면 정구장을 관리하는 기구들을 적당히 집어 던져 넣어두는 헛간 같은 것이었다. 헛간 같은 것이 아니라 그대로 정구장 담벽에 붙여 지은 헛간이었다. 사람이 하나 누우면 그저 두어 평쯤 남는 정도의 공간을 가진 그런 좁은 헛간 바닥에 나무로 만든 평상

같은 게 깔려 있고 거기 엷고 때 낀 이부자리가 휘주근하게 깔려 있었다. 그 한구석에 책이 10여 권 실히 쌓여 있는 게 이색적으로 눈에 들어왔다. 쐐기가 책을 읽다니, 하는 놀라움에서 나는 그 책 등짝의 글자를 읽어보았다. 케케묵은 잡지가 대여섯 권, 그리고 꽤 새것인『구약성서』한 권, 바로 밑에 놓인 교리문답 책이 눈에 띄었다. 무협소설쯤 돼 보이는, 겉장이 마분지로 된 책이 또 두어 권, 잡지는『신동아』『월간중앙』『지방행정』『새마을』등속이었다. 그것보다 내가 더 놀란 것은 책 옆에 놓인 이제 방금 무엇인가를 끄적거리다 나간 듯싶은 대학노트 한 권이 그 가운데 볼펜이 얹힌 채 펼쳐져 있었다. 쐐기네 집의 살림살이는 그것이 전부였다. 그 헛간 출입구 바깥은 그대로 한삼덩굴 같은 게 칙칙히 시들어가는 비탈이었다. 성당 언덕인 그 아래쪽 아스팔트 길에는 춘천 쪽으로 넘어가는 자동차가 두어 대 자욱한 안개 속을 치닫고 있었다.

　—어이구, 여길 어떻게 다……?

　뒤에서 느닷없이 나는 목소리에 나는 흠칫 몸을 추스르며 잡고 있던 그 헛간 문을 얼른 놓았다. 그리고 황황히 돌아다보았다. 집 주인이 거기 엉거주춤 서 있었다. 손에는 몹시 낡은 쟁반에 밥 한 그릇과 뭔가 반찬인 듯싶은 것이 하나, 그리고 콩나물국이 반 그릇쯤 썰렁하니 얹혀 있었다. 그이 아침밥일 것이다.

　—어젠 수고가 너무 많았어.

　나는 그에게 왜 엊저녁 상호네 약국에 들르지 않았느냔 말은 묻지 않기로 했다. 쐐기는 퍽 당혹한 표정을 감추지 못하면서 손에 들고 온 쟁반을 헛간 문 속에 집어넣고 그 문을 닫았다. 그러나 네 귀가 제멋대로인 그 헛간 문은 그대로 다시 열려버렸다.

—어이구, 어제 산에서 그만 술을 너무 많이 마셔 가지구 그만 깜박 잠이 들었다가 깨보니까 밤이잖아. 아, 그 사람들이 날 게다가 그냥 두구 다 내려가버렸지 뭐야.

쐐기는 꽤나 멋쩍어하면서 말했다. 그 전날처럼 경어를 쓰지 않고 있었다.

—그렇다면 그 먼데서 혼자 걸어 내려왔겠구먼.

문득 삼마치고개를 연상했던 것이고 그가 먼저 삼마치고개 사건을 얘기해주기를 바랐던 것이다. 그러나 쐐기는,

—그놈에 술이 탈이지 뭐.

풀죽은 소리였다. 나는 처음으로 그의 얼굴을 아주 가까이서 맞바로 쳐다볼 수가 있었다. 이렇게 마주앉아 얼굴을 쳐다보기도 실로 30여 년이 넘는 것 같았다. 그 역시 나이는 어쩔 수 없는 모양, 어렸을 적 그 우락부락 생겨먹었던 고약한 인상이 이제는 꽤나 늙어 보였고 늙은 만큼 선이 부드럽게 느껴졌다. 얼굴 전체가 버짐처럼 꺼칠꺼칠 살갗이 벗겨져 내리고 있었다. 거슴츠레 뜬 눈에는 눈곱까지 끼고 그가 이따금 가쁜 숨을 몰아쉴 때마다 그의 몸에서 역한 냄새가 쏟아져 나왔다. 늦가을이라 날씨가 꽤 찬 아침인데도 쐐기의 이마와 콧잔등에는 땀까지 방울방울 배어나오고 있었던 것이다. 한눈에도 그는 환자였다.

—몸이 몹시 불편한가 보군.

—언젠 안 그랬나 뭐.

—그래, 어디가 그렇게 아픈 거야?

—가슴이 늘 이렇게 결리구, 특히 날이라두 흐린 날은 굴신을 할 수가 없어.

그는 목 근처부터 가슴을 쓸어내리며 아픈 시늉을 해 보였다. 전날 술 때문이기도 하겠지만 가까이서 본 그의 얼굴은 병색이 짙었다.

—들으니까 춘천 성모병원에두 꽤 다닌 것 같던데, 그래 병명이 뭐래?

—정확히 얘기들을 안 해주더군. 한의원에두 많이 가봤는데, 게서 하는 얘긴즉슨 몸에 어혈이 들어서 그렇다는 거야.

—언제 몸을 다친 적이 있는 모양이지?

—맨이지 뭐.

그는 그 문제에 대해서 더 이상 입을 열지 않았다. 그러고 보니 짐작이 갔다. 우선 그 난리 때 삼마치고개에서 그가 살아나기까지의 과정이 그랬을 것이고 읍내에 돌아와 사람들이 얻어주는 일자리에서도 번번이 사고를 당했다는 얘길 들은 기억이 났다. 조수로 따라다니던 산판 자동차가 굴러 나무 등걸 밑에 깔렸다가 살아났다든가 읍내 강변 제방을 쌓을 때 돌을 안고 굴렀다는 얘기 등, 아무튼 명 하나는 긴 친구였다.

—그건 그렇구 여기서 어떻게 겨울을 나지? 바닥에 불을 때는 것도 아니고…… 이렇게 훤하게 틈이 많아 바람두 찰 거구……

나는 차츰 새벽차로 상경하지 않고 그를 찾아 올라온 내 감상주의를 후회하기 시작했다. 지금이라도 당장 벌떡 일어나 그에게서 도망치고 싶은 생각뿐이었다. 그러나 한편으론 교활한 유혹이 나를 그 자리에 주저앉히고 있었다. 잠깐, 잠깐이면 되는 거야. 한 시간쯤 후면 나는 가을 들길을 내닫는 직행버스에 앉아 속도의 쾌락을 만끽하고 있을 것이란 생각이었다. 그러나 그의 거처를 둘러보는 내 마음은 결코 가벼울 수가 없었다. 나는 암울한 기분에 휩싸여 병색이 짙은 쇄기의 얼굴을 맞바로 쳐다볼 수가 없었다.

─세멘종이를 구해다가 틈을 메우려고 그래. 늘 이렇게 산 걸 뭐. 몇 년 전까지만 해두 이집 저집 다니면서 한 끼씩 얻어먹고 잠은 극장이나 노인정 같은 데서 잤는데, 요즘 와선 몸이 워낙 불편해놓으니까 내 집이라구 이렇게 있어서 하루 종일 누워 있지 않으면 견딜 수가 없구먼. 사람들이 날 싫어하는데 자꾸 그 앞에 나타나기두 뭣하구……

사람들이 자기와 마주치는 걸 싫어하기 때문에 어쩔 수 없이 이렇게 멀리 떨어져 혼자 사는 방법을 생각하게 됐다는 얘기였다. 그것도 성당 측의 배려였다. 밤에 한두 차례 성당 주위를 순찰해준다는 형식적인 조건을 이곳에 빌붙어 살며 밥도 하루에 두 끼는 얻어먹게 됐다는 것이다.

─성당 미사에두 참가하나?

그의 방 한 구석에 놓인 『구약성서』와 교리문답 책이 생각났던 것이다.

─신부님들이 나오라구 해서 가끔 나가긴 하지만 사람들 틈에 껴 앉기가 뭣해서……

—읍내 사람들은 모두 자네가 미쳤다구 생각하는 모양이던 데……

눈 딱 감고 그렇게 말해버렸다. 내 마음속에 그를 미친놈으로 간주해버리고 싶은 충동 때문이었다. 그를 정상적으로 생각하고 능청스레 그와 대화를 나누고 있는 사실이 도무지 현실 같지가 않았던 것이다. 나는 쐐기의 입에서 느닷없이 욕설이 쏟아져 나오고 옛날 어렸을 때처럼 난폭하게 주먹을 휘두르는 포악한 아이로 변해주었으면 차라리 마음이 가벼울 것 같았다.

—그럴 거야. 나두 다 알고 있어요. 내가 그동안 좀 뭣하게 놀았어야 말이지. 이건 술만 먹으면 개차반이니 누가 나 같은 걸 사람으로 봐주겠어.

마치 남의 얘기를 하듯 그렇게 담담하게 받아넘겼다. 그렇다고 자조적인 그런 투도 아니었다. 쐐기는 읍내 사람들이 알고 있는 것처럼 미친놈이 아니었다. 쐐기는 너무나 멀쩡했다. 그것을 확인한 순간부터 나는 당혹해지지 않을 수 없었다. 그를 대하기가 그렇게 거북할 수가 없었던 것이다. 내 교활한 마음속을 속속들이 드러내 보이는 것 같았다. 그동안 얼마든지 이처럼 가깝게 만날 수 있었던 그 오랜 세월을, 그를 정상인이 아니라고 마음속에 치부한 채 피해온 일에 대한 자책 같은 것이었다.

—이렇게 살다가 그냥 죽고 말 거 아닌가?

그를 학대하고 싶은 충동이었다. 집과 가정과 아내와 자식과…… 그런 것을 갖지 못한 채 죽어갈 이 사내에 대해 연민이 아닌 어떤 적의 같은 게 살아났던 것이다. 그러나 쐐기는 역시 담담하게 받았다. 조금은 다변이 되긴 했지만.

─그런 거지 뭐. 그저 살아 있는 동안 죄나 크게 짓지 않구 살다가 가자는 생각이야. 배가 고플 땐 먹고 싶은 것도 많고 문득 탐나는 물건두 많았지만서두 꾹 참는 게 죄를 안 짓구 사는 거라는 생각을 하면서 살아온 거지. 한때는 그런 유혹을 이기느라 애두 많이 먹었구먼. 하긴 요즘도 몸이 정 괴로울 땐 불쑥 감옥에나 들어가 있는 게 더 낫지 않나 싶은 생각이 들 때도 있긴 해. 그러나 게서두 나하구 같은 방을 쓸 사람들이 당할 고통을 생각하면……

그가 아주 열쩍어하는 웃음을 입가에 띠었다. 나는 견딜 수가 없었다.

─자네가 이렇게 사는 건 본인 책임도 없지 않은 거야. 왜, 그전에 남들이 일자릴 얻어주면 몇 달 못 가 집어치우고 한 거야? 남들이 다 그런 얘길 하데. 자네가 이처럼 남한테 폐나 끼치면서 살려면 차라리…… 차라리 먼 데, 아주 타관에나 나가 살 것이지……

아예 죽어버리는 게 본인에게나 여러 사람을 위해서도 좋지 않겠느냔 그런 투로 내가 몰아붙였던 것이다. 쐐기가 눈을 내리깔았다. 날씨가 꽤 찬데도 그의 이마와 콧잔등에는 땀방울이 송글송글 맺히고 있었다. 숨 쉬는 것까지 몹시 거북해 보였다. 나는 그의 방 한구석에 놓인 채 식어가는 밥그릇을 넘겨다보았다.

─맞는 얘기지. 나두 그걸 알면서두……

눈을 내리깐 채 입엣소리로 중얼거리던 쐐기가 전연 엉뚱한 얘기를 꺼내놓기 시작했다.

─인천 부평에 우리 어머니 친정 식구들이 산다는 얘길 어렸을 때 들었지. 어머니가 남의 손에 그렇게 죽었을 때 거기 산다는 외삼촌이 찾아오기두 했었어. 삼마치고개서 어떻게 살아나 가지구 곧장 찾아간 게 부평이야. 주소도 모르고 그 나이가 많던 외삼촌 이름도 모른 채 무턱대고 찾아간 거지. 다행히 어머니 성씨가 방씨란 것은 알았기 때문에 부평 읍내 방씨 성 가진 집만 찾아다닌 거야. 거지가 되어 이집 저집에서 밥을 얻어먹으며 찾아다니니까 오히려 쉽더군. 하긴 개한테 물린 적도 여러 번이었지만 외삼촌네만 찾으면 모든 게 될 줄 알았기 때문에 하루하루가 재미있었어. 결국 찾아내는 데 성공했어. 그때 외삼촌은 병석에 있더군. 오줌을 못 누는 병인데 얼굴과 배가 퉁퉁 부었던 게 지금두 눈에 선해. 외사촌 형들이 나를 짐승처럼 대하는 거야. 외숙모는 더했지. 그 집이 원래는 부자였는데 우리 어머니와 아버지 때문에 망했다는 거였어. 외숙모는 이를 갈면서 죽은 우리 어머니를 욕했어. 그런대로 병석에 계신 외삼촌이 내 손을 잡아주면서 달리 생각 말고 한식구가 되어 살자는 거였지. 그런데 내 편이라고 생각했던 외삼촌이 내가 거기 간 지 1년 만에 돌아가시더군. 그리고 그 집에서 쫓겨난 거야. 거지가 되어 떠돌다가 서울까지 올라간 거야. 구두닦이도 했고 신문도 팔아보았고 서울역 앞에서 펌프 노릇도 했어. 그런데 그때부터 내 몸이 정상이 아니라는 걸 알게 됐지. 다른 애들처럼 열심히 뛰어다닐 수가 없었던 거야. 구두를 세 켤레만 닦아도 숨이 차고 가슴이 결렸어. 그저 자꾸 잠만 자고 싶은 거야. 길바닥이고 남의 대문 앞이고 몸을 눕히기만 하면 그저 땅

속으로 꺼져드는 것처럼 잠이 들곤 했지. 한 끼 정도만 먹고 살았던 거야. 그러다가 어느 날 문득 여기 고향 생각을 한 거지. 고향에 가기만 하면 사람들이 모두 반갑게 맞아줄 것만 같았어. 왜 진작 그런 생각을 못했었는지 그게 막 안타깝더군. 걸어서 예까지 오는데 꼭 열흘이 걸리더군. 난리 뒤라 길가 인심이 나빠 제대로 얻어먹지도 못하고 발바닥이 과줄처럼 부풀어올랐지만 고향에 돌아간다는 생각 때문에 하나도 괴로운 줄 몰랐지. 오면서 여러 사람 얼굴이 떠오르더군.

쐬기가 말을 멈추며 내 얼굴을 잠깐 쳐다보고 다시 눈을 내리깔았다. 길을 걸으면서 그의 머릿속에 떠올랐을 여러 사람의 얼굴을 새삼 더듬어보는지도 모르는 일이었다. 그의 이마와 콧등에는 더 많은 땀방울이 맺혔다. 정구장 시멘트 담벽에 비스듬히 몸을 기대며 숨을 가쁘게 쉬었다.

—몸이 꽤 불편한가 본데, 식사부터 하고 좀 누워야 하겠구먼.

내가 일어서려 하자 그가 손을 내저어 괜찮다는 뜻을 나타냈다. 그러나 나는 그의 동작에 어딘가 이상한 구석이 느껴져 그대로 주저앉았다. 그것은 흡사 간질병 환자의 발작과 같은 것이었다. 쐬기는 자신의 손등과 팔목, 그리고 목덜미와 겨드랑이까지 닥치는 대로 긁어대는 것이었다. 상체뿐만 아니라 양말도 아직 안 신은 발을 낡은 운동화 속에서 꺼내더니 발등부터 허벅지까지를 마구 쥐어뜯듯 긁어댔다. 나는 그의 맨발을 바라보면서 아— 하는 소리가 저절로 나왔다. 푸르뎅뎅하게 죽은 살빛에다가 말갛게 부어 있었던 것이다. 전날 만장을 들고 걸을 때의 그 절뚝거리던 거북스러운 걸음걸이가 새삼 짐작이 갔다. 운동화

벗은 그 발바닥에서 살 썩는 냄새 같은 게 확 끼쳐 나는 얼른
고개를 돌리고 말았다.

　—아니, 발이 왜 그렇게 됐어?

　그러나 쐐기는 내 말소릴 들은 척도 않고 온몸을 긁어대는
일에 열중하고 있었다. 그것은 아주 격한 동작이었다. 숨을 헐
떡거리며 손등, 발을 긁는 쐐기의 그 눈은 결코 정상인의 그것
이 아니었다. 벌겋게 충혈된 데다 이글이글 살기까지 뻗쳐 있
는 것처럼 보였다. 그는 나중에는 허리춤에 손을 넣어 사타구
니도 그렇게 발작하듯 긁었는데, 꼭 수음을 하는 그런 자세였
다. 나는 정말 일어나 도망치고 싶었다. 무서웠던 것이다. 그가
갑자기 내게 달려들어 그런 격한 동작으로 내 목을 죄일 것만
같았다. 그러나 나는 고양이 앞에 쥐가 기를 쓰지 못하듯 쐐기
의 발작에 넋이 빠져 몸을 꼼짝도 할 수가 없었다. 쐐기의 그런
발작은 그다지 오래 걸리지 않았다. 그는 마치 지랄병 발작을
하고 부스스 깨어난 사람처럼 멍청한 얼굴로 되돌아와 더욱 눈
을 내리깔았을 뿐이다.

　—아니, 발이 왜 그렇게 됐어?

　나는 그의 피부 곳곳에 손톱 자국으로 비듬처럼 부스스 일어
난 때 부스러기를 바라보며 그의 발에 대해서만 물어보았던 것
이다.

　—동상이야. 오늘처럼 이렇게 날이 궂으면 살빛이 이렇게 변
해. 미치게 가렵고…… 그럴 때는 작두에 올려놓고 다 잘라버
리고 싶을 지경이야. 날이 갈수록 통증도 심해. 그전엔 그저 견
딜 만했는데 나이 먹어갈수록 점점 심해지는군.

나는 정말 그를 찾아 올라온 나 자신을 원망하지 않을 수 없었다. 내가 무엇 때문에 이토록 가슴이 무거워져야 한단 말인가.
　—옛날 삼마치고개에서 그렇게 된 모양이군.
　그러나 쐐기는 벗어놓았던 낡은 운동화를 꿈지럭꿈지럭 발에 꿰면서 침묵을 지켰다.
　—뭘 적고 있는 모양이지?
　그의 방 한구석에 펴진 채로 놓여 있는 대학노트 쪽으로 눈을 돌리며 그렇게 묻자, 그는 퍽 쑥스러운 얼굴로 황황히 열린 문을 닫고 거기 기대앉는 것이었다.
　—그저…… 뭐…… 심심해서……
　입엣소리로 우물거렸다. 그때 문득 선옥이와 내가 감추었던 쐐기 어머니의 그 패물함이 생각났다.
　—선옥이가 좀 도와주지 않던가?
　—도와주다마다. 한데 내가 해만 끼쳤지.
　—옛날부터 남매인 걸 뭐, 해가 될 게 뭐 있을라구.
　—아니야. 옛날부터 남인걸.
　일순 쐐기의 얼굴에 쓸쓸한 바람이 이는 것 같았다.
　—가끔 들으니까, 자네가 선옥이네 식당을 자주 찾아가 행패를 부렸다더군. 그럴 때마다 선옥인 자네가 보기 싫어서두 읍을 떠나야 한다고 했다면서?
　쐐기는 고개를 푹 꺾었다. 그의 목덜미에도 땀이 지르르 번져 있었다.
　—다 맞는 얘기야. 내가 그랬어.
　—남이라면서 왜 거긴 자꾸 찾아간 거야?

잔인하다고 생각했지만 그렇게 묻지 않고는 견딜 수가 없었던 것이다. 그가 어둡게 짓누르고 있는 내 가슴을 그런 식으로 풀어보고 싶었던 것인지도 모른다.

—나두 모르겠어. 술을 몇 잔 얻어 마신 날은 나두 모르게 선옥이네 식당에 가 있는 거야. 그럴 때마다 선옥이가 직접 밥두 가져다주구 용돈두 쥐여주곤 했지. 여기 내가 쓰구 있는 이 부자리두 선옥이가 해준 거야. 신셀 져두 그 이상 어떻게 더 지겠어. 그런데……

—그런데?

—그게 참 이상하단 말이야. 선옥이가 나한테 잘해주면 줄수록 내 심보가 뒤틀려지더란 거지. 밥그릇을 내동댕이치구, 돈을 발기발기 찢구, 식당 유리창을 깬 것두 한두 번이 아니었어. 그러다 보니까 나만 나타나면 어디론가 숨어버리곤 했지.

—왜, 술을 그렇게 먹는 거야? 몸두 성찮은 사람이.

그런데 쐐기의 대답은 엉뚱했다.

—몸이 아파서 그래. 몸이 아플 땐 술을 먹어야 견딜 수 있거든.

—술이 진통제군.

나는 신음처럼 중얼거리며 단호히 몸을 일으켰다. 주머니에서 집히는 대로 돈을 꺼냈다. 천 원짜리가 10여 장이 집혀 나왔다.

—그 좋은 진통젤 사 먹게.

쐐기는 엉거주춤 몸을 일으키며 내가 내미는 돈을 받았다. 그는 돈을 받아들자 거렁뱅이의 그 천덕스러운 꼬라지로 허리를 굽실거렸다. 길이 없이 그대로 비탈이었다. 비탈에는 칙칙

하게 시들어가는 한삼덩굴이 역시 시답잖은 보랏빛 꽃술을 매
달고 있었다. 나는 문득 한삼덩굴에서 비교적 잎이 싱싱한 잎
자루 하나를 뜯어 들었다. 그리고 뒤에 선 쐐기를 돌아다보았
다. 그런 걸 우연의 일치라고 할까, 쐐기도 나처럼 한삼덩굴의
잎을 하나 따 코밑에 들이대고 있다가 나하고 눈이 마주치자
벌쑥 웃었다. 처음으로 그의 웃는 얼굴을 본 것이다. 나와 똑
같이 어렸을 때 그 추억을 되살려냈음이 너무나 분명했다. 그
는 가해자였고 나는 피해자였다. 동수야, 이거 냄새 맡아봐라.
쐐기가 내 코밑에 내민 한삼덩굴 잎자루의 그 역으로 돋은 까
칠한 가시가 섬뜩해 보였지만 무슨 냄새가 난다는 바람에 코를
내밀었던 것이다. 그는 그 잎자루를 내 코밑 인중에 댔다. 별
냄새를 맡을 수 없었다. 그 순간 쐐기의 팔이 날쌔게 움직인다
고 생각했는데 내 코밑이 따끔했다. 그렇게 따갑고 아릴 수가
없었다. 그 한삼덩굴의 잎자루가 스친 인중에 발긋하게 부풀어
오른 상처는 며칠이나 그 자국이 남아 있었던 것이다. 그것을
선옥이가 지켜본 것이다. 선옥이에게 그것을 보이기 위해서 우
정 그런 짓을 했을 쐐기일 테니까. 나는 말없이 쐐기를 향해 손
을 흔들어주고, 경중경중 성당 언덕을 내려왔다. 이제 다시는
그를 만나지 않으리란 작심을 굳히며. 그게 벌써 2년 전 가을
이다.

"당신 요즘 참 이상해요."

아내가 말했다. 남의 물건을 슬쩍 주머니에 집어넣다가 들킨
것처럼 나는 낯을 붉혔다. 어머니가 집에 와 있어 가뜩이나 신

경이 날카로워진 아내 앞에 내 자신의 초조한 모습을 들켜버린 사실이 그처럼 쑥스러울 수가 없었다. 내가 퇴근해 집에 있는 시간이라도 밖에서 걸려오는 전화는 대개 아내나 아이들이 받았다. 대민 관계의 내 직장 직책 때문에 우정 그렇게 하고 있었던 것이다. 나는 이즈음 사람들과의 만남을 두려워하고 있었다. 그들은 항상 나를 적으로 알고 무슨 수를 써서라도 함락시키려 갖은 작전을 다 폈다. 단 한 사람의 우방도 없이 나는 그들과 맞서 싸워야 했다. 가장 유리한 싸움은 그들의 유혹에 말려들지 않는 일이었다. 그러기 위해서는 사람을 만나지 말아야 했던 것이다. 전화가 올 때마다 아내가 중간에 서서 따돌렸다. 내가 의식적으로 그런 일에 관심을 표하지 않는 것이 우리 가정의 관계였다. 그러나 나는 어머니가 상경해 있는 이 일주일간 직장에서나 집에 들어와서나 초조해하고 있었다. 오늘 나한테 온 편지 같은 거 없어? 지금 그 전환 누구한테서 온 거야? 이렇게 다그쳐 들거나 전화가 오면 숫제 겅중겅중 뛰어가 내가 받아야 직성이 풀리곤 했던 것이다. 직장에서도 내가 부리던 사람들 책상 앞에 놓인 전화가 울 때마다 깜짝깜짝 놀라거나 밖에 나갔다가 들어와서는 나한테 온 전화가 없었는지 몇 번씩 확인을 했다. 막상 내게 걸려온 전화를 받을 때도 그것이 내 기대 속의 목소리가 아니었기 때문에 번번이 퉁명스러운 통화가 되곤 했다. 과장님, 요새 어디 편찮으신가 보죠? 밑에 사람들이 그렇게 묻곤 했다. 나는 신경성 소화제를 끼니마다 복용했고, 그렇게 소화제를 먹는데도 어떤 때는 진땀을 흘리며 괴로워해야 했던 것이다. 길에 나서면 내 옆을 스쳐 지나가는 사람들의 얼굴을 유심히 살피게 되고 사람이 많이 모인 곳이면 그냥 지나치지 못하고 뭔가 기웃거려보아야만 마음이 놓였다. 나는 예감처럼 누군가 불쑥 내 앞에 얼굴을 내밀 것 같은 기대로 퇴근길에 여기저기 헤매고 다니기도 했다. 나는 늘 누군가 초조하게 찾고 있는 나 자신을 발견하곤 했다. 그것은 기다림이었다. 기대와 불안이 뒤범벅이 된 그런 기다림, 그 기다림은 어떤 무너짐의 예고와 같은 것이었다. 이제까지 내가 이룩한 내 개인의 입신과 내 가정의 안일이 너무나 허망하게 허물어져 내리는 불길한 예감이었다. 그러나 불길하다고는 했지만 그 무너짐의 환상은 절망과 좌절을 동반한 것이 아니라 오히려 달착지근한 성질의 것으로, 마치 낙엽을 밟으며 눈시울을 적시는 소녀애들의 그런 달콤한 감상과도 같은 것이었다. 그러나 초조했다. 올 것이 제시간에 와주지 않았을 때 갖게 되는 그런 번잡스런 초조로 나는 어느 곳에 있거나 좌불안석이 되곤 했다. 나는 하루에도 몇 번씩 선옥이를 사랑했다가 미워했다가, 또는 그 증오로 해서 수십 번 목을 조르기도 했다. 그럴 즈음 형에게서 전화가 온 것이다.

"읍에서 온 전화예요."

아내가 예의 그 야멸찬 경멸을 매단 입술을 삐죽이 내밀며 내게 수화기를 건넸을 때 나는 가슴이 두근거렸다. 형은 어머니의 안부부터 물은 다음 진작 모시러 올라가야 하는 건데 그쪽 일이 바빠놔서 그렇게 됐다는 변명을 한참 늘어놓고 난 뒤,

"쇄기 소식 들었지?"

느닷없이 그런 물음을 던져온 것이다.

"쐐기가 어떻게 됐어요?"

내가 헐떡거리다시피 물었다.

"모르고 있었군. 그럴 줄 알고 전화를 건 거야."

형은 그쯤 뜸을 들이고 나서야 대뜸,

"쐐기가 죽었어."

"언제 말입니까?"

"오늘, 오늘 죽었어."

한 인간의 종언을 알리는 부고치고는 형의 목소리가 너무나 싱싱하게 들렸다.

"장사는 언제 지냅니까?"

나중에 내가 생각해도 우스운 걸 다 물어보았던 것이다. 아니나 다를까 형은,

"장사는 뭔 놈의 장사, 그냥 파묻는 거지."

나는 손에 맥살이 풀렸다. 형이 내 근황을 묻는 모양이었으나 나는 건성으로 몇 마디 대답하곤 전화를 끊어버렸다. 고향에서 형이 전화를 걸었다니까 얼굴에 화색이 돌던 어머니가 쐐기가 죽었다는 얘길 듣곤 당신의 자식을 잃기라도 한 듯 풀썩 주저앉으며, 애고애고 불쌍한 것— 그처럼 애통해할 수가 없었다. 쐐기가 살았을 때 데려다가 더운 밥 한번 못해 먹인 걸 후회하며 눈물을 질금거리던 어머니가 불쑥 물었다.

"그래, 걔가 어떻게 죽었다는 게냐?"

어머니 말에 비로소 나는 쐐기의 사인을 나 자신도 알고 있지 못하는 사실을 깨닫고 깜짝 놀랐다. 형도 그 사실을 말하지 않았을 뿐 아니라 나 역시 쐐기의 죽음 그 자체 이상의 것을 생

각하지 못했던 것이다. 쐐기가 왜 죽었느냐 하는 따위는 그에게 필요 없었는지도 모른다. 그러나 어머니에 의해서 일깨워진, 쐐기는 왜 죽었을까, 어째서, 어떻게 죽었을까 하는 것은 금세 커다란 그림자가 되어 내 머릿속을 휩쓸기 시작했던 것이다.

그 다음 날로 당장 고향에 내려가겠다던 내 생각은 내가 나가는 부처의 정기 감사를 받는 일과 겹쳐 부득이 주말로 미루지 않으면 안 되었다. 그 주말까지 며칠 동안 나는 몹시 뒤숭숭한 시간을 보내야 했다. 쐐기의 죽음이, 미지수로 내게 숙제처럼 남겨진 그 죽음에 따른 여러 문제가 내 주소를 묻더란 쐐기 생전의 그 일에 핀트가 맞춰지면서 더욱 혼란스러워졌던 것이다. 그런 혼란 속에서도 나는 계속 선옥이의 소식을 기다리는 초조를 함께 겪었다. 하루에도 수십 명의 선옥이와 만나지 않으면 안 되었다. 전화 속에서, 사무실 복도에서, 지하철 계단에서, 만원 버스 속에서…… 그러나 허둥허둥 다가가 확인했을 때 이미 그것은 선옥이가 아니었기 때문에 나는 손에 맥살이 풀리곤 했다. 나는 선옥이가 가져다줄 파멸을 서슴없이 손아귀에 움켜쥐고 싶었던 것이다.

주말의 마장동 터미널은 그야말로 만원이었다. 추석을 나흘 앞두고 좀 서두는 귀성객 때문일 것이다. 그런대로 고향 읍내까지 가는 직행버스에 금세 오를 수 있어 다행이었다. 어머니는 추석을 고향집 큰아들네와 함께 지내게 된 게 그처럼 기꺼운지 나보다 먼저 경중경중 버스에 오르고 있었다. 쾌청한 날씨였다. 고향 읍까지 두 시간 반이 걸릴 것이다. 늦어도 네시까지는 도착할 수 있을 것 같았다. 모처럼 어머니를 모시고 귀향하는 내 기분은 수학여행 떠나는 아이들처럼 달뜨기까지 했다. 어쩌면 선옥이가 없는 고향 읍내는 내게 무의미한 것일 수도 있었다. 그러나 그런 의미와는 다른 성질의 것이 나를 붕붕 떠오르게 하고 있었던 것이다. 선옥이가 거기에 살고 있기 때문에 의식적으로 배척해야만 했던 고향이, 선옥이가 사라짐으로 해서 느닷없이 내게 유혹의 손길을 내민 것이다. 읍의 최종 관문이라고 할 수 있는 삼마치고개 정상에 이를 때까지 나는 쐐기에 대해서, 그의 죽음에 대해서 생각하지 않았다. 언제나 그렇듯 나는 귀향할 때마다 오늘 내가 이룩한 나의 입신과 내 가정과 학벌 있는 내 아내와 사랑스런 내 자식들을 생각했다. 그리고 양양한 내 출세길에 대해서 가슴이 벅차오르곤 했던 것이다. 여봐란 듯 내보이고 싶은, 어쩌면 거오스럽기까지 한 자랑이 단물처럼 입에 괴어 꼭 미친 사람처럼 헤벌쭉 웃고 있는 나 자신을 발견하기도 했던 것이다.

"이제 다 왔재?"

삼마치고개 정상에 이르자 어머니가 벌써부터 옷매무새를 바로잡으며 말했다. 고개 정상에서 읍까지는 족히 30리는 되는 거리지만 거기까지 오면 벌써 읍내에 들어선 기분이었던 것이다. 열아홉 굽이를 돌아 내리는 고갯길은 아스팔트가 깔리긴 했지만 옛날이나 다름없이 아슬아슬한 급경사를 이루고 있었다. 초가을 따가운 볕 속에 조용히 갈앉은 산속은 이제 그 눈시리던 청색을 잃고 칙칙이 변모해가고 있었다. 얼마 있지 않아 이 삼마치고개 절벽이 온통 단풍으로 물들어 붉게 타오르겠지. 그리고 머지않아 그 단풍들이 떨어져 내려 앙상히 헐벗은 나뭇가지에 겨울바람이 무섭게 스칠 것이고, 어느 날 밤은 드디어 은백색으로 산이 덮이고 말리라. 비탈길을 조심조심 휘도는 버스는 엔진을 죽이기라도 한 듯 차 구르는 소리 외에는 아무 소리도 내지 않았다.

나는 흠칫 몸을 떨었다. 쩡쩡한 대낮인데 어디선가 총 쏘는 소리가 들려왔던 것이다. 군부대가 많은 지역이라 사격 훈련장이 골짜기 아래 어디쯤 있을 것이고 총소리는 바로 거기서 들려오는 것인지도 모른다. 그러나 나는 곧 그 소리가 환청임을 깨닫는다. 그것이 환청임을 깨닫는 순간 나는 우리가 탄 버스가 그대로 비탈 그 아래쪽으로 곤두박질치는 착각에 빠져든다. 버스가 아니라 여섯 바퀴 쇄기네 화물자동차였다. 짐을 높이 싣고 밧줄로 꽝꽝 얽어맨 화물자동차가 눈 쌓인 비탈길을 데굴데굴 굴러 내리고 있었다.

"애야, 바로 저기가 만물상회 집 도라꾸가 굴러떨어졌다는데재?"

어머니도 같은 생각을 하고 있었던 모양, 비탈 그 아래 칡덩굴이 무성한 골짜기를 내려다보고 있었다. 나는 문득 그 칡덩굴 속에서 쇄기가 우쭐우쭐 걸어 나오고 있는 걸 보고 있는 느낌이었다.

─다 죽었대요. 한 사람두 안 남고 다 죽었대요.

그 겨울날 쇄기네 화물 트럭이 삼마치고개를 오르다가 적 선발대의 습격을 받아 골짜기로 굴러 내렸다는 소식이 읍내에 쫙 퍼진 뒤 직접 그곳까지 다녀온 사람들이 그렇게 말했다. 쇄기네 자동차에 타고 가던 사람들이 다 죽었다는 것이다. 그 트럭에는 쐐기네 식구 셋하고 쐐기 아버지와 함께 미곡상을 하던 박 씨네 식구 여섯, 그 외에 운전수네 가족 넷까지 합해 모두 열셋이 타고 있었는데 죽은 걸 헤아려보니 그 숫자가 꼭 맞더란 것이다. 적군 선발대는 아군의 후퇴 작전을 교란시키기 위해 미리 삼마치고개 중턱을 차단해버렸던 것이다. 그날 저녁 삼마치고개에서 그 적군 선발대에 죽은 피난민만 해도 수십 명이 된다고 했다. 그들은 쐐기네 자동차를 쏘아 골짜기로 굴려 떨어뜨린 뒤 차체에 불을 놓아 싣고 가던 물건이며 거기 탔다가 죽은 사람들까지 다 태워버리면서 이틀을 버티다가 아군에게 쫓겨 달아났다는 어른들의 얘기였다. 그 난리 경황 중에도 윗샘말 사람들이 그 불타 오므라진 쐐기네 식구들의 시체에 흙을 덮어줬더란 얘길 읍내 어른들이 하는 소릴 들었다.

그들은 혀를 끌끌 차면서 결론 짓곤 했다.

―요는, 너무 서둘러댄 게 탈이었다 그거여.

―결국 사람 욕심이 사람 잡은 꼴이 됐지 뭔가. 하긴 여름 난리 때처럼 그 아까운 물건을 다 잃어버릴 생각을 하니 기가 막혔을 테지. 그래 남들보다 일찍감치 떠난다는 것이 그만……

쐐기네가 읍을 떠나던 날은 연 사흘째 내리는 눈이 프슴프슴 흩날리고 있었다. 그날따라 눈 속인데도 북쪽에서 내려오는 피난민이 유난히 많이 읍을 지나쳐 삼마치고개로 향했던 것이다. 눈이 많이 쌓인 고갯길이 막히기 전에 고개를 넘어둬야 안심이라는 생각들이었을 것이다. 쐐기네 아버지가 그처럼 서둘러댄 것도 눈에 덜컥 고갯길이 막힐 것을 염려해서였는지도 모른다.

아무튼 쐐기 아버지는 짐 싣는 사람들을 들들 볶아가며 떠날 채비를 서둘렀다. 쐐기네가 자동차에 짐 싣는 것을 구경 나온 사람들은 지난밤보다 더 가까이서 들리기 시작한 대포 소리에 불안한 기색을 감추지 못하며 밖에 나와 노는 아이들 손을 끌고 총총히 집 안으로 사라지곤 했다. 이번에 쳐내려온다는 되놈들이 바로 둔내 들판에 하얗게 깔린 걸 직접 보고 왔다고 허풍을 쳐 사람들 마음을 더욱 뒤숭숭하게 만들기도 했다.

—선옥이가 도망을 갔댄다.

형이 내 귓속에다 소곤거렸다. 그러고 보니 아까부터 선옥이가 보이지 않은 것도 같았다.

—얼루 갔대?

—내가 그걸 어떻게 아니. 쐐기가 그러더라. 오늘 아침에 선옥이가 자기는 피난을 안 간다고 하면서 집을 나갔는데, 혹시 우리 집에 안 왔느냐고 그러잖아.

형이 남들 모르게 내 손에 뭔가 쥐여주었다. 센베이 과자였다. 보나마나 쐐기한테서 얻었을 것이었다. 그러나 나는 그것을 낼름 입속에 집어넣고 씹었다. 이제 쐐기한테서 빵을 얻어먹는 것도 그만이었다. 차에 짐을 실으면서 쐐기 아버지가 그랬던 것이다. 이제 이놈의 곳 더러워서도 다시 돌아오지 않겠다고. 난리가 끝나도 서울에 자리 잡아 살 것이라고 했다. 나는 쐐기네 자동차를 둘러선 사람들 사이를 몰래 빠져나왔다. 선옥이를 찾아야 했던 것이다. 약속을 지켜준 선옥이었기 때문이다. 벌써 며칠 전부터 선옥이와 나는 쐐기네 죽은 어머니의 패물함을 훔쳐다 우리 집 뒤란 장작더미 속에 감춰놓고 선옥이가 피난을 갈 것인가 안 갈 것인가를 얘기했던 것이다. 머리를 마구 잘려 아주 흉해 보이는 선옥이는 죽어도 피난을 가지 않겠다고 말하곤 했다. 쐐기 새엄마에 대한 적의 때문이었을 것이다. 쐐기의 새엄마가 선옥이의 머리를 그렇게 마구 가위질해놓았던 것이다. 가게서 판 돈을 집어냈다는 것이었다. 정작 큰 것을 잃고도 고작 몇십 원의 돈이 없어진 걸 가지고 선옥이의 온몸에 멍이 들도록 팬 끝에 머리를 그렇게 잘랐던 것이다. 그날 선옥이가 우리 집에 달려온 것을 보고 우리 식구들은 너무나 놀랐다. 잘린 머리의 흉한 것도 그랬지만 입술이 터져 피멍울이 들 정도로 퉁퉁 부었는가 하면 온몸이 성한 데가 별로 없었던 것이다.

―아무리 제 자식이 아니라 해도 어디 이럴 수가 있냐.

어머니가 선옥이의 상처를 어루만져주며 혀를 찼다. 그러나 선옥이는 우리 어머니 품에 든 채 그 흉한 꼴로 내게 혀를 낼름 내밀어 보였다. 우리들의 감춰둔 패물함을 상기시키는 신호였을 것이다. 선옥이는 그렇게 무서운 계집애였다. 자기를 키워준 쐐기네를 그처럼 배신한 선옥이는 결국 피난을 함께 떠나지 않았던 것이다. 그것이 바로 그네가 살아남을 수 있었던 계기였다.

쐐기네 화물자동차가 하나 가득 짐을 싣고 그 위에 사람들을 태운 채 프슴프슴 흩날리는 눈 속을 뚫고 삼마치고개 쪽으로 나간 뒤 형과 나는 어딘가 남았을 선옥이를 이리저리 찾아 헤매다가 집에 돌아왔을 것이다. 그때 우리들은 머리에 수건을 써 꼭 새댁 같아 보이는 선옥이가 우리 부엌 속에 서 있는 것을 보게 되었다.

—어머니, 밥물 얼마큼 부으면 되나요?

그네는 우리 형제를 거들떠보지도 않은 채 방 쪽을 향해 큰 소리로 묻고 있었다. 그때부터 선옥인 우리 식구였다.

—네가 살려구 하나님이 다 그렇게 시킨 게다.

쐐기네가 삼마치고개에서 몰사했다는 소식이 읍내에 전해진 그 아침, 어머니는 선옥이가 살아난 게 어디 보통 있을 수 있는 일이냐며 기꺼워했다. 그러나 그 소식을 들은 선옥이는 얼굴이 하얗게 질리더니 울음을 터뜨렸다. 쐐기네 가족의 죽음을 애도해 어른처럼 꺼이꺼이 흐느끼는 선옥이의 등을 어루만지며 어머니 역시 울음을 터뜨렸기 때문에 우리 형제도 덩달아 눈시울이 뜨거워졌던 것이다.

서울에서 떠나기 전 연락을 해두었기 때문인지 정류장엔 조카들이 마중을 나와 있었다. 여고 2학년인 큰조카가 그 동생을 데리고 나와 버스에서 내리는 할머니를 양옆에서 부축을 했다. 깨끗한 교복 차림의 조카를 보면서 나는 선옥이의 그 시절 모습을 보는 느낌이었다.

"먼저 모시고 들어들 가거라."

나는 조카들에게 어머니를 맡긴 뒤 정류장 바로 앞에 있는 상호네 약국으로 들어갔다. 마침 장날이어서 그런지 약국에는 시골 사람들이 많았다.

"어이구, 어쩐 일이야?"

상호가 손님에게 잔돈을 건네다가 나를 발견하고 얼굴을 활짝 폈다.

"어머니가 올라오셨길래 모시고 왔지."

"참, 지난번 어머니께서 여기서 멀미약을 잡숫구 가셨지."

"장사가 잘되는군."

"내 장사가 잘된다는 건 좋은 일이 아니지. 환자가 늘어간다
는 얘길 테니까."

나는 그가 따 건네는 박카스를 받아들고 진열대 안쪽 의자에
앉았다. 소형 TV에서 대학축구를 중계하고 있었다. 방은 텅
빈 채였다. 아는 얼굴이 한둘은 늘 보이게 마련인데 아직 이른
시간이라 나오지들 않은 모양이었다.

"선옥이 소식은 들었겠군?"

내가 입을 떼기도 전에 상호가 조제실에서 말했다. 쐐기의
죽음과 선옥이 얘기 중 어느 것을 먼저, 어떤 방법으로 물어볼
것인가를 생각 중인데 그가 먼저 말을 꺼낸 것이다. 상호는 2
년 전 우리들이 고성방가하며 선옥이를 찾아갔던 그날 밤을 생
각했었는지도 모른다.

"그 여자한테 안 당한 사람이 없다면서?"

나는 우정 그 여자란 말을 썼다. 선옥이 문제에 대해서 좀 더
초연한 면을 보여주고 싶었던 것이다.

"소문은 그렇게 났지."

조제실에서 나오며 상호가, 지나가는 말투였다. 뜻밖이었다.
상호의 말투로 미루어보면 소문과는 다를 수도 있다는 얘기가
아닌가. 나는 팽팽히 죄었던 신경이 툭 끊겨져 나가는 기분이
었다. 서울서 어머니한테 듣던 대로, 읍내가 온통 벌컥 뒤집히

고 선옥이를 저주하는 읍내 사람들의 불같은 분노와 욕설이 우
박처럼 떨어져 내리는 그 속을 걷고 싶었기 때문이다. 비 오는
날 우산이 없어 아예 온몸을 빗속에 내맡긴 채 얼굴에 빗물을
철철 흘리며 자포자기한 심정으로 걷던 그런 기억처럼 선옥이
의 소문 속에 나를 내던지고 싶었던 것이다.

"그럼 소문과는 다르다는 얘긴가?"

"내 얘긴 선옥이가 떼먹고 도망갔다는 그 돈 액수가 그렇게
크지 않을 거란 얘기야."

"어떻든 선옥이가 남의 돈을 사기 쳐 떼먹고 간 건 사실이
아닌가 말이야?"

"다들 그렇게 생각하고 있지. 하긴 그게 사실인지도 모르
고……"

"그럼, 상호 자넨 그렇게 생각하지 않는단 말인가?"

내가 다그쳐 묻자 상호는 잠깐 내 쪽으로 얼굴을 돌려 쳐다
보면서,

"인심이란 참 묘하더군. 내가 알기로는 분명 선옥이한테서
돈을 빼어 쓴 친군데, 그 여자가 그렇게 없어지고 나니까 됩데
자기가 돈을 얼마얼마 떼였다고 야단법석을 떠는 거야. 어디
그런 놈들이 한둘이었어야 말이지."

선옥이를 두둔하고 나서는 듯한 인상의 상호 말에는 사뭇 분
개하는 느낌이 강했다. 그는 손님을 맞아 약을 팔면서 쉬엄쉬
엄 그 얘길 했다. 별 더러운 놈들이 많다는 것이다. 상호 얘기
는 지금까지 당한 건 오히려 선옥이라는 투였다. 읍내 한다 하
는 치들이 선옥이를 이용했다는 얘기다. 혼자 사는 여자가 강

하고 약은 것 같지만 실상은 정에 약한 그 약점을 이용해서 뭇 사내들이 계획적으로 선옥이를 농락한 게 틀림없다는 상호의 의견이었다. 여자 배 속에 주판이 다섯 개쯤 들어 잇으면 남자 배 속엔 그 주판 다섯 개를 눈 한번 찔끔하고 삼켜버리는 구렁이가 열 마리는 들어 있다는 것이다.

"아이구, 우리 약사 아저씨, 남자가 구렁이라는 거 잘 말씀하셨에유. 글쎄 우리 애 아버이두……"

약을 사러 들어온 삼십 대 시골 아낙네가 우리 얘기 중간에 껴들어, 냅다 구렁이 같은 자기 남편 얘길 꺼내고 있었다. 상호와는 구면인 듯 상호가 알은체를 한 다음 적당한 대목에서 말을 잘라버렸다.

"아주머이, 집에서 애기 울어유, 애기. 뭐 드릴까유?"

"뇌신 열 갑 주세유."

"지난 장날에두 사 가시구, 오늘 또 사 가시는 겁니까?"

"그때 사 간 건 애 아버이가 머리가 아프다구 다 잡쉈지 뭐유."

그 아낙네뿐이 아니고 내가 거기 앉아서 본 것만 해도 여러 사람이 뇌신 등의 두통약을 사 갔다. 진열장 맨 앞줄 꺼내기 좋은 곳에 두통약이 꽤 많이 들어 있었다.

"아니 웬 두통약을 그렇게 많이들 사 가는 건가?"

"이게 시골 사람들한텐 급한 대로 만병통치약인 셈이지. 또 실상 요즘 시골에 두통이 심한 사람도 많은 모양이고……"

"치료제라기보다 진정 역할밖에 안 하는 거 아닌가?"

"그런 셈이지."

"그런 걸 만병통치약으로 팔면서 마음에 걸리진 않나?"

"서울서 내려온 관리 양반이 그렇게 물으니까 가슴이 뜨끔하군. 사실은 나두 이 약을 많이 먹어. 그들이 앓고 있다는 두통이 가게 문을 닫을 때쯤이면 영락없이 내게로 옮아오는 거야."

"자네 장사 수완이겠지만 가끔 와봐두 시골 사람들이 자넬 꽤 좋아하더군."

"국회의원 출마하려고 그러네."

상호가 웃으면서 그렇게 받았다.

"그래, 선옥이 소식은 전연 모르고들 있는 건가?"

"자기 있는 델 그렇게 쉬 알리려면 도망을 갔겠나."

"그래두 어디 갔음직한 데가 있을 거 아냐?"

"돈을 떼였다는 사람들이 법석을 떨며 이리저리 수소문을 해보는 거 같더니 요즘은 그것도 수그러졌는가봐."

그때 사십 후반쯤 돼 보이는 시골 아낙네 서넛이 들어섰다. 그중에서 살갗이 검고 얼굴이 애상으로 찌든 것 같은 아낙네가 상호 앞까지 다가가 속삭이듯,

"저번짝에 가주간 그 약 좀 또 주셔유."

"아주머니, 이젠 그런 약 없어요. 그런데 아직도 병원에 안데려가셨구먼요?"

"글쎄, 그 양반 고집이 으트게나 센지…… 병원은 죽어두 안 간다는 거예유."

"그러지 말고 한번 큰 병원에 가보시라니까요."

"글쎄, 그게 그렇게 힘드네유. 그 양반 고집두 고집이지만, 막상 갈려구 해두 돈이 있어야지유. 땅마지기 있는 거 홀랑 날리구 나면 당장 떼거지가 날 텐데 으째야 좋을지 증말 모르겠

네유."

울상을 지으며 그 아낙네가 돌아가자 상호가 말했다.

"증셀 듣고 보니까 위암이 거의 분명한데…… 남편이 벌써 그걸 알고 있는 모양이야. 살아야 얼마 못 산다는 걸 말이지. 요새 시골 사람들, 암에 대해서 꽤 많이 아네. 그저 돈은 돈대로 없애고 죽어가는 게 암이다— 그렇게들 알고 있지. 저거 우리 모곤데 아무래두 실력이 딸리는걸."

그러면서 그는 소형 TV의 화면을 죽였다. 갑자기 약국 안이 조용해졌다.

"실은 말이야……"

TV 화면을 죽이고 난 상호가 내 곁에 털썩 주저앉으며 말했다. 내게 뭔가 긴한 말을 하고 싶어 TV를 껐다는 느낌이 들었다.

"실은 말이야, 한 서너 달 됐나, 선옥이가 여길 들렀었네."

나는 짐짓 옆에 놓인 신문을 집어 뒤적였다.

"와서 별 얘긴 없었지만 그때 한 말이 자꾸 맘에 걸린단 말이야."

"뭔데?"

나는 더 참을 수가 없었다.

"그냥 이것저것 병 얘기 끝인데, 선옥이가 이런 걸 묻는 거야. 병원에서 진찰을 해 암이란 진단이 나오면 본인에겐 직접 알라지 않는다는데 그럼 그 가족이나 보호자가 없는 사람은 누구한테 알려주느냐는 거였어. 그때 내가, 그런 경우는 본인에게 직접 알릴 수밖에 다른 방법이 없잖겠느냐고 반문하니까,

선옥이가 이렇게 묻더군. 만약 본인이 자기가 암 환자라는 걸 알았다면 그 사람이 어떻게 처신을 할 거냐— 그런 거였어. 그런 얘기를 나누다가 소화제나 하나 달라고 해서 노루모산인가 하는 걸 한 통 줘 보냈는데, 지금 생각하면 그때 선옥이 얼굴이 퍽 여위어 있던 것 같단 말이야."

"그럼, 자네는 선옥이가 암에 걸렸다는 얘긴가?"

내가 신문을 둘둘 말아쥐며 다그치자 상호는 얼굴에 이렇다 할 표정을 보이지 않은 채,

"그저 내 예감에 그런 생각도 든다는 걸세."

"그게 사실이라면 선옥이와 가깝게 지낸 사람들은 다 알 거 아냐?"

"선옥이와 가깝게 지낸 사람이 어디 있어야지. 없어지고 나 니까 모두 모른다는 거야. 심지어는 친동생처럼 거두던 식당 종업원들도 자기들 주인에 대해서 전연 캄캄하더군. 근래 가슴 이 아프다고 하면서 서울을 자주 오르내린 일밖에는 아무것도 모른다는 거야. 그렇게 철저하게 자기를 감추고 외톨로 산 여 자도 아마 드물 거야."

나는 몸을 굽혀 진열장 밑에 놓인 소형 TV를 틀었다. 아직 대학 축구였다. 후두둑 채널을 돌렸다. 뉴스가 나오고 있었다. 자막에 4시 50분이란 숫자가 그려져 있었다. 후두둑 다시 다 른 데를 돌렸다. 그 채널은 화면 영상이 제대로 잡히지 않았다. 탁, 스위치를 눌러 점선 심한 화면을 죽여버렸다.

"쇄긴 자살을 했다면서?"

다짜고짜 그렇게 질문을 던졌다. 자살. 쇄기가 그 질긴 목숨

을 스스로 처리했을 것 같은 확신이 상호와 얘기를 나누는 중에 생겼던 것이다. 막상 그렇게 말해놓고 나자 나는 갑자기 내가 와 앉은 고향의 이 위치에서 눈에 띄는 모든 것이 허망하게 느껴졌다.

"자네 형을 만났더니, 쐐기가 죽었다는 걸 알렸다구 하더군. 자네가 내려와볼 줄 알았다는 거야."

이제 쐐기의 죽음은 어쩔 수 없이 내 가슴에 부딪쳐왔다. 제 목숨을 제가 거둬 간 쐐기.

"나두 자네만은 금방 내려올 줄 알았었네."

"왜 그런 생각을 했지?"

"쐐기한테 관심이 가장 많은 사람이 자넬 테니까."

"걔가 왜 죽었는지 자넨 아나?"

내가 눈을 내리깔며 신음처럼 중얼거렸다. 왜 죽었는가.

"살기 싫으니까 죽은 거지."

"왜 살기 싫었을까?"

내 물음이 바보 같다고 생각했는지 상호는 대답하지 않았다. 서너 사람에게 멀미약, 박카스, 소화제 등을 판 뒤에야 다시 내 옆에 앉으며 말했다.

"자네처럼, 쐐기가 죽고 나니까 쐐기의 일에 관심을 갖는 사람이 많더군."

"무슨 얘긴가?"

"쐐기가 썼다는 그 일기 때문이지."

"일기라니?"

"믿어지지 않겠지만 요즘 쐐기는 허리춤에 걸장이 흐치흐치

낡은 대학노트를 한 권 가지고 다녔어. 얼핏 본 사람이 그러는데 뭔가 잔뜩 씌어 있더래. 그걸 사람들한테 내보이면서 으르렁거리더란 거야."

"으르렁거리다니?"

"요즘, 개가 죽기 한 열흘 전부터 사람이 싹 달라졌던 거야. 선옥이가 없어지고 나설 거야. 그 전엔 술이나 먹어야 오줌을 질질 싸면서 월급을 내라고 손을 벌리구 다녔는데, 요즘은 술을 먹지두 않구 생루다 트집을 잡고 늘어지는 거지. 아무나 만나면 행패를 부렸어."

"구체적으로 얘기해봐. 뭘 어떻게 행패를 부렸다는 건지."

시비라도 걸듯 그렇게 다그치자 상호는 힐끗 내 눈치를 살핀 다음,

"그냥 생떼를 부린 거야. 읍내 땅이 모두 난리 전부터 자기네 땅이라는 둥 전에는 안 하던 소릴 하고 다니는 거야. 옛날 자기네 만물상회가 있던 자리가 지금은 왕자다방이잖아, 그런데 거길 가서두 제 땅을 찾겠다구 행패를 부렸다는 거야. 거기 레지들한테 손찌검을 하는 바람에 난리가 났다는 거야."

"아까 그 일기를 내보였다는 얘긴 뭔가?"

"글쎄, 그게 또 우스운 얘기지. 그 노트 속에 자기네 재산을 떼먹은 사람 명단이 적혀 있다는 거야. 어디 그뿐인가, 읍내에서 근래 30여 년 동안 일어난 일들을 제가 다 안다는 게야. 누가 누가 이러이러한 나쁜 짓을 했는데 그걸 죄다 그 노트에도 적었다면서 자기가 입만 뻥긋하면 쇠고랑 찰 사람 많다는 거였어."

"그래 그 얘길 듣고 읍내 사람들이 무서워하던가?"

"무서워하긴, 미친 놈 떠드는 소릴 가지고 뭘…… 그런데 참 묘한 건……"

상호는 약국 안에 사람이 다 나가는 동안 바닥에 물을 뿌리며 뜸을 들인 뒤,

"쐐기가 죽고 나니까 읍내 사람들이 모두 그 노트에 대해 관심을 갖더라 그거야."

"뭔가 켕기는 게 있었던 게지?"

"꼭 그런 건 아니겠지만 왜 사람 심리란 다 그런 거 아니겠어. 우선 나부터두 그 속에 내 얘긴 어떻게 적혀 있을까 궁금하더라니까."

나는 고개를 끄덕거렸다. 2년 전 성당 정구장 담벽에 붙은 그의 처소에서 보았던 그 펼쳐진 노트 속에 내 얘기가 안 들어 있다고 볼 수 없잖은가.

"그래, 그 노트는 어떻게 됐어?"

"자네두 궁금한 게로군. 실은 말이야, 그걸 아무도 모른다니까. 아마 십중팔구 물속에 잠겼을 테지만."

"물속엔 왜?"

"물에 빠져 죽을 때 함께 가지고 갔을 테니까."

"쐐기가 물에 빠져 죽었단 말인가?"

나는 몸을 벌떡 일으켜 세우며 물었다.

"아니, 그럼 자넨 쐐기가 난리 때 끊어진 다리에서 떨어져 죽은 것두 몰랐단 말인가?"

"몰랐네."

나는 신음처럼 중얼거리며 주저앉았다.

"끊어진 다리 맨 끝에 쐐기 운동화랑 옷 보따리가 있었지. 물에 떠오른 시첼 보고서야 거기서 그걸 찾아낸 거지."

"옷 보따리라니. 그럼 쐐기가 요즘은 성당 있는 데 안 있었단 말인가?"

"벌써 거길 떠난 지 오래됐어. 술을 먹고 들어가 촛불을 켜놓고 자다가 불이 나 그 헛간 같은 집을 태워버렸다니까. 그것두 두 번씩이나 그랬지 뭐야. 어쨌든 그때 죽지 않고 살아난 것만 해도 기적이었지. 그때부터 또 여기저기 떠돌며 지냈던 거야."

"몇 번씩 기적처럼 살아난 귀한 목숨. 결국은 그렇게 가고 말았군."

내 말에 상호가 고개를 크게 주억거리며 대꾸했다.

"그러게 말이야. 그때 삼마치고개서 죽지 않고 살아나 지금까지 산 30여 년 세월은 쐐기한테 어떤 의미가 있었는지 모르겠어."

쐐기한테 의미가 있는 게 아니라 바로 그러한 쐐기의 인생을 지금이라도 되새겨보는 우리들 마음이 중요한 게 아니냐는 말을 하고 싶었지만 나는 단념해버렸다. 문득 삼마치고개에서 차가 굴러떨어졌을 때 눈 속에 묻혔다가 기적처럼 살아나 그들 적군 선발대에 잡혀 한 달 이상을 끌려다니며 고생하다가 도망쳤던 쐐기의 그 겨울이 생각난 것이다. 그는 난리가 끝나고 5년 뒤에 읍내에 돌아와 그때 눈 속에 홀로 살아남던 때의 그 멍청하던 기분과 생눈길을 뚫고 산속을 헤매던 기억을 몸서리쳐가며 들려주곤 했다는 얘길 들었다. 그래, 죽었다가 다시 살아난 셈치고 열심히 일해보겠다고 몇 번씩 다짐도 잘 둔다더니 말과는 달리 그는 번번이 겨우 얻어걸린 직장에서 얼마 가지 못해 쫓겨나곤 했던 것이다.

지난 신정 때 잠깐 다녀간 읍이 그 일 년도 안 되는 기간에 또 엄청 변모한 모습을 보여주고 있었다. 새 도시계획인지 극장 앞으로 큰길이 뚫리고 있었다. 여기저기 못 보던 건물이 꽤 우람한 뼈대를 드러내보였다. 우체국 맞은편 교회도 몇 년 전 신축한 그 건물을 그냥 둔 채 그 한옆으로 먼저 본당 크기의 배는 될 것 같은 새 건물이 세워지고 있었다. 교인이 많이 늘었다는 뜻일 게다. 몇 년 만에 본당을 다시 세울 정도의 교세라면 그만한 구원의 힘도 행사되었으리란 생각을 억지 춘향 격으로 붙여보면서 형이 벌이고 있는 가게로 향했다.

"그동안 어머니 모시느라고 고생 많았지? 어머니 여기 들러 들어가셨어."

언제나 그렇듯 형은 아우한테 너무나 저자세를 보인다. 아우의 출세를 정도 이상 남 앞에 내세우려 부심하고 실제 내 덕을 보고 있다는 걸 입증하고 싶어 안달하는 형이다. 그러자니 자연 허풍이 심하고 막상 내 앞에서는 고개도 맞바로 들지 못한다.

"쇄기가 와서 형한테 내 주소를 묻더라면서요?"

단도직입으로 그것부터 따지듯 물었던 것이다. 형은 내 물음에 꽤 당황해하는 얼굴이 되면서 무슨 죄나 진 사람처럼 더듬거렸다.

"그, 그랬지. 무얼 보낼 게 있다구 하더구면서두."

"그런데 왜 안 가르쳐줬어요?"

"그게 그렇지가 못했어. 그때 갸 행패가 대단했거든. 잘못 가르쳐줬다간 당장 쫓아올라가 무신 짓을 할는지 알 수 있어야지…… 그래 엉뚱한 주솔 가르쳐주긴 했지만 혹시나 해서, 맘이 안 놓여 접때 그런 전화를 건 거구면."

"엉뚱한 주소라니요? 혹시 그거 기억 안 나요?"

형은 눈을 껌벅껌벅하며 뭔가 더듬는 눈치더니 선생님 앞에 숙제 못 푼 아이처럼 얼굴에 풀이 꺾였다.

"서대문 어디라고 아무렇게나 대놔서…… 도통 기억이……"

나는 형의 옆얼굴을 쳐다보았다. 형도 이제 늙어가고 있다는 느낌이었다. 머리에 흰머리도 꽤 보였다. 그러나 나는 견딜 수가 없었다.

"선옥이한테 돈을 얼마나 떼였어요?"

아니나 다를까 형은 내가 묻는 말에 얼른 대답을 못하고 눈만 내리깔았다. 그러나 무슨 생각을 했는지 곧,

"몇 푼 되지는 않아. 하긴 이자 받아먹은 것만 해도 본전은 훨씬 넘을 거니까."

형의 눈엔 다소 교활한 웃음이 돌고 있었다. 그러나 나는 형을 경멸할 수가 없었다. 너 선옥이와 결혼해야 한다. 그날 내가 선옥이의 팬티에 선명한 자국을 남긴 저녁 형이 신음처럼 씹어 뱉던 말이 생각났다. 그리고 형은 선옥이를 향해서 부르짖었지. 더러운 계집애, 넌 이제 우리 식구가 아냐.

"그런 걸 가지고 형수하고 그렇게 다퉜군요?"

"여자란 원래 속이 좁잖아. 게다가 늙어가면서 강짜만 늘어가지고……"

형이 멋쩍게 웃더니, 시계를 들여다보며 소형 금고에서 돈을 얼마 꺼내 주머니에 집어넣으며 말했다.

"집에서 곧 나올 게야. 나오거든 나하고 조 아래 가서 술이나 한잔하지."

나는 형이 문득 옛날 얘길 하고 싶은 것이라는 생각이 들었다. 다섯시가 조금 넘어선 시간이었다. 저녁 해가 아직 한 뼘쯤 남게 걸려 있었다.

"형, 나 남산에 좀 다녀올랍니다."

"남산엔 왜?"

"아버지 산소에도 가본 지 오래됐고 또 쇄기도 그 근처에 묻었다면서요?"

"이왕이면 나두 같이 갔으면 좋겠구먼."

저녁 햇볕을 받은 형의 얼굴이 조금 상기돼 있는 것 같았다. 아버지의 무덤. 그 말이 형을 그렇게 만들었을 것이다. 어쨌든 형이 나와 동행하고 싶은 것은 진심일 것이다.

그러나 나는 얼른 몸을 일으켰다.

"아무래도 나 혼자 다녀오는 게 좋겠어요."

"그럼 해 떨어지기 전에 얼른 갔다 오지."

형이 쉽게 포기했기 때문에 나는 홀가분한 마음으로 형의 가게를 나왔다. 가게를 나오기 전 내가 제재소를 하는 친구에게 전화를 거는 동안 형이 앞 가게에 나가 4홉들이 소주 한 병, 사이다 하나, 그리고 안주가 될 만한 걸 곁들여 산 다음 그것을 넣은 종이 봉지를 내밀었다. 빵집 앞에 세워 있던 빈 택시까지 불러 대기해놓고 있었다. 나는 형의 그러한 호의가 새삼 가슴에 와닿았다.

다리를 건너면서 그 위쪽으로 아직 끊어진 채 앙상한 뼈대를 드러내놓고 있는 구다리를 바라보았다. 비가 유난히 많이 내린 여름 뒤라 그런지 다리 밑의 물이 꽤 많이 흘렀다. 강바닥의 모양은 옛날과는 사뭇 딴판으로 변해 있었다. 쇄기는 유별나게 물을 겁냈다. 그렇게 매사 포악한 애가 강에 나가서는 허리를 넘는 데는 아예 들어갈 엄두도 못 내고 모래밭에서만 배돌며 기가 꺾이게 마련이었다. 읍에 이사 온 지 얼마 안 돼 강에서 놀다가 물에 빠져 거의 익사 직전에 살아났기 때문이라고 했다. 다리를 건넌 택시가 강을 끼고 달려 올라가 몇 년 전 세워진 제사공장 쪽으로 치닫고 있었다. 나는 황급히 택시를 세웠다. 어딘가 낯익어 보이는 운전수가 제사공장까지 가는 게 아니냐며, 차에서 내려서는 나를 흘금거렸다. 그가 내 눈에 낯익듯 내 얼굴 또한 그에게 낯익어 보일 것이다. 내가 한때 함께 어울려 지냈을 그의 형이나 아버지의 얼굴, 그런 얼굴들의 2세들이 지금 내 고향을 가득 채우고 있는 게 아닌가.

남산 중턱까지는 온통 과수원이었다. 흰 봉지를 뒤집어쓴 배가 주렁주렁 아직 덜 넘어간 저녁 햇살 속에 드러나 보였다. 배밭은 철조망으로 둘러쳐져 있고 그 철조망에는 한삼덩굴이 무성히 엉긴 채 시들시들 메말라가고 있었다. 나는 2년 전 성당 언덕에서처럼 한삼덩굴의 잎줄기를 하나 뜯어 들었다. 그리고 그것을 코밑에 들이대고 냄새를 맡았다. 역시 배릿한 풀 냄새 외에는 아무런 냄새도 맡을 수 없었다. 나는 불현듯 코밑 인증에 놓인 그 잎줄기의 까실한 역자(逆刺)로 상처를 내고 싶었다. 그러나 나는 그 한삼덩굴 잎사귀를 왼손 손가락 마디에 넣고 비벼 던졌다. 수염이 꺼칠한 인중에 상처가 난들 그 따갑고 아린 것을 이제 새삼스레 누가 안타까워할 것인가. 나는 문득 산을 허위허위 오르다가 왼손 엄지손가락 지문 한가운데 난 티눈이 몹시 거북하다는 걸 느꼈다. 한삼덩굴 잎줄기를 비벼 던질 때 자극을 준 모양이었다. 열흘 전쯤 뜯어낸 각질이 고스란히 되살아나 더욱 탄탄한 집을 이루고 있었다. 그 각질의 균열된 틈 사이에 파랗게 풀물이 들어 있었다.

　해 떨어질 무렵의 스산한 바람이 산자락을 우수수 스치며 불어왔다. 숲에서 철 이르게 단풍이 먼저 드는 것은 울긋불긋한 북나무 잎사귀였다. 찌르르찌르르 풀벌레 소리가 그러고 보니 꽤나 요란했다. 흰불나방 닮은 애벌레에 의해 잎이 앙상하게 갉아 먹힌 오리나무가 저녁 바람에 가지를 흔들고 있었다. 치마바위 가까이 이를수록 가슴이 방망이질을 했다. 그러나 막상 치마바위 뒤쪽 그 후미진 데를 더듬어 내려갈 때는 비교적 마음이 담담해졌다. 오히려 조심조심 숲을 살피는 내 눈에 그럴듯한 것이 잡혀 들어오지 않았기 때문에 나는 묘한 배신감을 버릴 수가 없었다. 선옥이가 그 옛날의 숲에 있을는지도 모른다는 내 허황된 예감은 처음부터 감상적이었다. 나는 얼굴을 붉혔다. 그러나 옛날 그 자리에 우뚝 섰을 때 나는 내 귓가에 스치는 그네의 그 숨소리만은 되살려내지 않을 수 없었던 것이다. 무서워, 오빠? 단발머리 계집애가 내 팔을 잡았다. 나는 다시금 내 턱 밑에서 쎄근대는 선옥이의 숨소리에 정신이 아득히 흐려지고 있었다. 추억을 더듬듯 옛날 그 돌무덤의 돌을 몇 개 집어내보았다—세 사람의 남자를 만났어요. 결국 다 잃고 만 거예요. 모든 걸 다 잃었어요.

나는 허겁지겁 산등성이를 넘기 시작했다. 그 세 사내들이 교활한 웃음을 낄낄거리며 나를 쫓아오고 있었다. 어쩌면 그것은 셋이 아니라 두 사내였는지도 모른다. 아니다. 내가 나를 쫓고 있었던 것이다. 산등성이를 넘으며 나는 낄낄 웃었다. 내일 아침 첫차를 타는 게 좋을 거야. 그렇게 하는 게 덜 피로할 거니까. 일 년쯤 더 기다려보면 뭔가 되겠지. 그 일 년쯤 후 나는 프랑스 대사관쯤 나가 있을는지도 몰라. 나는 계속 낄낄거리며 남산의 옆구리 쪽 공동묘지로 다가갔다.

공동묘지는 그대로 돌밭이었다. 죽어서도 불평등을 짜증하듯 봉분이 빈약한 무덤들이 다닥다닥 붙은 채 널려 있었다. 바로 그 장소였다. 어머니와 함께 난리가 끝난 후 아버지를 찾기 위해 수없이 죽어 넘어진, 그 흐치흐치 썩은 시체들을 뒤지던 그 돌밭. 그러나 형과 나는 멀찍이 떨어져 코를 쥔 채 어머니의 그 작업을 지켜보고만 있었던 것이다. 아무 데서도 아버지의 주검은 나타나지 않았다. 살았다는 소식이 없으니까 그 주검이라도 나타나야 할 것인데, 아버지는 끝내 그 모습을 보여주지 않고 만 것이다.

나는 아버지 무덤 앞에 엎드려 절을 두 번 한 다음 형이 싸준 봉지를 뜯고 사이다를 종이컵에 따라 그때나 다름없이 빈약한 봉분의 정수리에 내리부었다.

아버지의 무덤. 그것은 선옥이가 낸 생각이었다. 저를 낳아

준 부모 얼굴도 모르는 그 계집애가 난리가 끝난 몇 해 뒤 아버지의 실종에 대해서 체념해버린 우리 형제에게 그런 제안을 했던 것이다. 아버지의 무덤을 하나 정하자는 것이었다. 처음에는 불쾌한 소리로 들렸지만 차츰 우리 형제들은 선옥이의 그 제안에 유혹을 느꼈다.

—아버지는 죽었어!

내가 결론을 내렸다.

—그래, 아버지는 돌아가셨다.

형도 동의했다. 그렇게 장난처럼 시작해서 드디어는 우리들 스스로가 아버지를 죽였다. 기다려도 기다려도 돌아오지 않는 아버지에 대한 죽음의 선고였던 것이다. 선옥이와 더불어 우리 형제들은 돌밭에서 잡초가 무성한, 내버려진 무덤 하나를 찾아 정했던 것이다. 돌아오지 않는 아버지는 죽고 이제 새로운 우리들의 아버지를 찾았던 것이다. 그 감상의 세월, 어처구니없게도 어머니마저 우리들의 아버지 무덤을 찾아 올라가 재배하고 통곡을 했다.

나는 그 감상의 덫을 벗어나기 위해 훌훌 일어나 쐐기의 무덤을 찾기 시작했다. 상호가 자세히 일러주지 않았더라도 쐐기의 무덤은 쉽게 찾을 수 있었다. 아직 떼가 입혀지지 않은 초라한 흙더미 앞에 "史利基의 묘", 그 한옆에 "1980년 9월 15일, 끊어진 다리에서 하늘나라로—"란 글씨가 검은색 페인트로 씌어진 비목이 보였다.

해 넘어간 산골짜기는 사뭇 썰렁했다. 제 빛을 잃어가는 들풀이 저녁바람에 우수수 쏠리고 있었다. 시내에서 꽤 떨어진 곳이지만 읍의 남단에서 울려오는 소음이 바람결에 실려 마치 홍수 난 강바닥에 돌 구르는 소리처럼 궁궁궁 울려왔다. 그 궁궁거리는 소음에 섞여 망치로 철판 두드리는 소리가 쩌엉쩌엉 산울림을 일으키고 있었다.

나는 난생처음 4홉들이 소주 한 병을 쇄기와 대작했다. 쇄기는 내가 따라주는 소주를 이제는 진통제로서가 아닌, 애주가의 그 감칠맛 나는 입맛으로 홀짝홀짝 받아 마셨다. 그러나 술병이 비자 나는 그 빈 병 속처럼 가슴이 허망하게 비어들었다. 어줍잖게 인생은 덧없이 무상하다는 생각이 불쑥 치민다. 참으로 허망하다. 살아 있다는 것은 무엇인가. 그리고 죽었다는 것은 또 무엇인가. 나는 오늘 여기 살아 있고, 그는 며칠 전까지만 살아 있었다는, 아니 수십 년 전까지 살아 있었다는 이 많은 무덤들과 아직 무덤을 갖지 못한 나와의 다름에서 나는 어떤 의미를 찾아야 할 것인가. 불교에서 말하는 그 영겁의 시간 위에 잠깐 머물다 돌아가는 것, 돌아갔다는 것, 돌아갈 것이라는 것, 그것의 다름은 어디에 있는 것일까. 옛날에 한 사람이 살았다. 그리고 그 옆에 또 한 사람이 살았어. 그런데 그 한 사람이 죽었지. 그리고 얼마 가지 않아 또 한 사람도 죽었어. 그런데 이번에는 그 옛날이야기를 하던 사람이 죽더군. "죽더군" 하고 냉소 섞인 웃음을 웃던 그 사람도 죽었다. 그거야. 옛날에……

그때 나는 내가 앉은 바로 앞, 메말라가는 풀섶 속에서 아주 작은 움직임을 보이고 있는 생물체를 하나 발견했다. 새끼손가락 크기만 한 방아깨비 암컷이었다. 긴 뒷다리 중 하나가 잘려나간 그 녹색의 여름 곤충은 뾰죽한 머리끝의 실날 같은 촉각을 아주 미세하게 움직이고 있었다. 내가 손을 뻗치자 그 방아깨비는 아주 느리긴 했지만 제 딴에는 필사의 몸놀림으로 위험 거리를 떠났다. 빈 소주병을 그쪽으로 굴리자 방아깨비는 또 몇 동작 움직여나갔다. 방아깨비는 살아 있었던 것이다. 바보 같은 것, 이제 곧 밤인데 그 어둠 속에 혼자서, 더구나 여름 곤충이 이 가을에, 어쩌자는 것인가. 그러나 그 방아깨비는 아직 살아 있었고 자신의 파멸 같은 건 믿지 않은 채, 그 파멸을 향해서 살아 있었던 것이다…… 옛날에 뒷다리 하나 잘려나간 방아깨비가 살아 있을 때…… 옛날에…… 나는 쐐기의 무덤 앞에서 훌쩍 몸을 일으켰다.

　—중요한 것은,

　나는 어둑해진 사위를 휘휘 둘러보며 취기가 도는 그런 목소리로 입엣말을 했다.

　—중요한 것은, 옛날에…… 하고 지나간 얘기를 할 수 있다는 거야. 더 중요한 것은 옛날에 그런 일이 있었다는 그걸 기억하고, 그걸 뒷날에 전해주는 거지.

　나는 문득 허리를 굽혀 풀밭에 뒹구는 빈 소주병을 주워 들었다. 그리고 무심코 손아귀에 힘을 준 순간 엄지손가락 끝의 그 티눈이 몹시 거북하게 감촉되었다. 나는 그 병을 오른손에 바꿔 쥐며 바위 있는 쪽으로 다가갔다. 그리고 지체 없이 병의 몸통을 바위에 내리쳤다. 몸통이 산산이 깨어져 나간 소주병 주둥이 근처의 그 날카롭게 날이 선 유리 조각의 끝부분을 왼손 엄지손가락 티눈 밑둥에 꾹 눌러댔다. 그리고, 질끈 눈을 감았다.

아— 나는 외마디 비명을 냈다. 검고 끈끈한 것이 손바닥에 흘렀다. 그 선명한 흔적, 쑤시듯 아픈 그 통증, 그것은 파멸로 가는, 살아 있는 자의 권리였다. 선옥이. 어쩌면 나는 더 큰 파멸까지도 받아들여야 할는지 모르겠다는 그런 생각에 취한 채 산을 내려오고 있었다.

○ 1980년 『문학사상』 12월호

여름의 껍질

망초 1

마장동 시외버스 터미널에서 이곳 풍암계곡의 입구까지 꼭 두 시간 삼십 분이 걸렸다. 버스의 종착지인 반곡리까지는 아직 두어 마장을 남겨놓은 지점이라고 했다. 대부분 십 대들인 등산객들이 기성을 지르며 와그르르 쏟아져 내리자마자 버스 속은 금세 텅 비었다.

"아저씬 반곡까지 갈 거예요?"

키가 자그마한 안내원이 내 앞으로 손을 내밀며 핀잔 주듯 말했다. 그럴 것이 등산 차림을 한 사람이 남들이 다 내리는 산 입구에서 내릴 생각을 안 하고 있으니 말이다.

"반곡리에서 서울 가는 막차가 몇 시에 있지?"

나쁜 짓을 하다가 들킨 아이처럼 나는 황황히 주머니에서 버스표를 찾아 건네며 몸을 일으켰다.

"네시 반이요."

밀치듯 그렇게 안내원은 나를 땅바닥에 내던졌고 버스는 빈 차체를 덜컹거리며 산모롱이를 돌아가고 있었다.

이쯤에서 내리기를 잘했다 싶었다. 막상 이 시간에 반곡리까지 곧장 들어가봤자 초행인 그 마을에서 내가 무엇을 어떻게 하자는 얘기인가. 낯선 사람을 향해 개들이 짖을 것이다. 처음에는 한 마리가, 그리고 결국에는 온 마을의 개들이 다투어 짖으며 내 뒤를 따르겠지. 개를 불러들이는 시골 아낙네들의 낯선 사람에 대한 경계하는 눈빛, 그네들의 수군거림. 그해 여름, 열세 살의 나이로 마을을 지나며 그런 따돌림을 수없이 당하지 않았던가.

이 난리에 혼자서 어디루 가는 게여?

내게 보리밥 몇 술을 물에 말아 건네며 사람들이 묻곤 했다.

우리 할아버지한테 가는 거예요.

나는 그렇게 당당히 대답할 수 있었다. 그러나 지금 내가 반곡 마을에 들어서서 내 아래위를 훑는 사람들에게 대답할 수 있는 것은 무엇인가.

여기가 내 아내의 고향입니다.

부질없는 짓이다. 나는 고개를 저어 어리석은 내 자신을 비웃었다. 내 아내의 고향, 그래서 그게 어쨌다는 거요? 어쩌자는 것인가. 이 쩡쩡한 여름날 햇빛 속에서 나는 도대체 어쩌자는 것인가. 이럴 때 나는 항상 외로움을 느낀다. 나 자신을 누구에게도 접맥시킬 수 없다는 이 막막한 단절감.

그러나 곧장 기분이 상쾌해진다. 이 낯선 시골 신작로 위에 내던져진 첫 느낌은 몹시 눈이 부시다는 것이었다. 구름 한 점없이 쩡쩡 해맑은 하늘과 아침의 햇살이 아직 닿지 않은 그 깊숙한 산그늘의 은밀스러움과 온통 푸른 산속을 꿰뚫으며 뻗어나간 하얀 신작로 바다에 부딪혀 되반사하는 햇살들의 코러스는 확실히 상쾌하고 눈부셨다. 길 밑으로는 풍암계곡과 반곡리 쪽에서 각각 발원한 두 개의 실개천이 시나브로 합류하면서 보름여의 장마 뒤라 제법 큰 여울을 이루고 있었다. 물 밑바닥 돌이끼까지 선명하게 비치는 물속에 이미 등산객 서넛이 발을 담그고 서서 얼굴에 물을 끼얹고 있었다.

버스 속에서 그렇게 시끌하게 들리던 등산객들의 목소리가 산속에서는 산의 숨소리에 빨려들어 별것이 아니었다. 다만 그네들의 원색 계통의 등산복 색깔이 자연 속에 그런대로 조화를 이뤘다. 어쨌거나 그들의 존재는 폭삭 왜소해진 채 두런두런 풍암계곡으로 오르고 있었다.

나는 계곡으로 접어드는 입구, 신작로 한 귀서리에 자리 잡은 구멍가게 평상에 털썩 주저앉았다. 둘러보니 제법 구색을 갖춘 가게였다. 주로 음료수이긴 했지만 대형 냉장고 시설까지 돼 있는 게 등산객을 상대로 톡톡히 재미를 봄직했다.

"서울서 몇 시에 출발하셨어요?"

사이다 병마개를 따 내게 건네며 가겟집 처녀가 물었다.

"여섯시 이십분."

"차암, 오늘부터 차 시간이 바뀐댔지. 그전엔 일곱시에 첫차가 출발했거든요. 어쩐지……"

사실 나도 일곱시 출발로 알고 나왔다간 이렇게 이른 시간에 이곳에 올 수 없었을 것이다. 아내 덕택에 첫차를 타게 된 셈이다.

"일요일이라 손님이 많을 거예요. 몇 시 출발하는 찬지 몰라도 좀 여유 있게 나가보세요."

아내는 내가 등산을 간다는 말을 해도 그 행선지를 묻지 않았다. 묻지 않는 걸 굳이 알릴 필요가 없었다. 물었더라도 나는 행선지를 엉뚱한 데로 댔을 것이다. 실상 나는 아내의 귀를 겨냥하고 며칠 전 시외버스 터미널에 전화를 걸어 팔봉산 들어가는 첫차 시간을 물은 적이 있었다. 팔봉산은 내가 가기로 계획한 반곡리와는 거의 정반대 위치에 있는 관광지였던 것이다. 아내는 사람을 의심하는 법이 없다. 그네는 내가 지금쯤 팔봉산에 있으려니 생각하고 있을 것이다.

"집안일, 신경 너무 쓰실 거 없어요."

다락에서 등산 장비를 내려 먼지를 떨며 아내가 말했다. 언제나 표정 없는 얼굴이다. 애들 이모 문제를 꺼낼 때면 예외 없이 이처럼 표정이 굳고 차갑다. 실상 그네는 그 일로 해서 내가 신경을 쓰는 걸 못 견뎌 했다.

"이건 당신 혼자 감당할 문제가 아니야."

"그렇다고 은주 아빠가 책임질 문제도 아니에요."

"내가 저지른 일이라고 했잖아."

"거짓말 말아요."

"믿어줘, 난 그런 사람이야."

"믿고 싶어요. 그러나 사실일 수가 없기 때문에 난 믿지 않는 거예요."

똑같은 말싸움을 우리는 얼마나 많이 벌여왔던가. 그네들이 집을 나가버린 뒤 아내와 나는 개미 쳇바퀴 돌듯 같은 말을 되풀이했다. 결론이 있을 수 없었다. 평행인 두 선은 언제나 만나질 수가 없는 것이다. 그래서 우리는 처음부터 서로 영원한 타인임을 묵계로 한 바 있었다.

"아가씬 이 동네에 산 지 오래됐나?"

"오 년 됐어요. 우리 아빠가 팔 년 전 저 계곡을 처음으로 개발했거든요. 저기 주차장도 우리 아빠가 만든 거구요. 반곡리까지 버스가 들어가게 된 것도 다 이 계곡 때문이라구요."

근래 서울에서 한두 시간 거리의 좋은 산 좋은 물치고 관광지로 개발되지 않은 곳이 없을 만큼 버스 노선이 닿고 관광버스가 줄을 이었다.

"사람들이 많이 오나?"

"평일에는 별로구요, 오늘 같은 휴일에는 관광회사에서 나온 차만 해도 스무 대도 넘게 와요. 작년 여름엔 최고 마흔 대까지 왔었다구요."

"이 가게가 바닥났겠구먼!"

"그러믄요. 오늘도 끝내줄 거예요. 지금 올라간 손님들한테만 소주 열여섯 병을 판걸요."

"여러 가지로 좋겠군. 이 공기 좋은 데서 돈도 벌고…… 더구나 아가씬 얼굴도 예쁜 데다 장사 수완도 대단하겠는걸."

"남들이 모두 그러대요. 장사 잘한다구요. 전 서울서 고등학교를 나오고 곧장 이리로 왔지만 한 번도 후회한 적이 없어요."

서울 등산객들만 상대하는 장사라 생긴 모습대로 말솜씨도 대단한 처녀였다. 문득 깨닫고 보니 쑤와— 매미의 울음소리였다. 나와 같은 차를 타고 온 등산객들은 이미 계곡 속으로 자취를 감춘 뒤였다. 매미 소리가 아니었더면 산골짜기 전체가 온통 정적일 뻔했다.

"아저씬 산에 안 올라가시는 거예요?"

나 자신이 생각해도 쑥스러웠다. 새삼 등산 차림으로 온 걸 후회했다.

"이상한데. 여기 와 앉았으니까 산에 들어가고 싶은 생각이 없어지는군."

"네, 그래요. 아저씨 같은 사람들 더러 있어요. 기껏 차를 타고 와선 여기서 술만 잔뜩 잡숫고 그냥 가던데요."

"몸은 여기 있었지만 마음은 산속을 헤매다가 돌아갔을 거야."

"맞아요."

처녀애가 손바닥이라도 칠 듯 화들짝 웃으며 말했다.

"그런 손님들은 술을 잡수면서도 여기저기 전국 명산의 경치를 줄줄 엮어내던데요. 꼭 신선 같아 보였어요."

나는 문득 객쩍은 소리로 시간을 보내고 있다는 걸 깨달았다.

"아가씨, 반곡리까진 얼마를 더 가야 하나?"

"거기 가시려구요?"

"마을 경치가 좋다던데, 한번 돌아보구 싶군."

"아, 아저씨 지질 조사 나왔나 보다."

"지질 조사?"

"그래요. 저번 때도 사람들이 다녀간걸요. 반곡 철광 근처를 조사해 갔대요."

"반곡리에 철광이 있다구?"

그네들의 입에서 단 한 번도 들은 적이 없는 애기였다. 도대체 그네들은 철광은 고사하고 반곡리 얘기를 입에 올리는 법이 없었으니까. 그네들은 고향 마을을 입에 올릴 경우에 아주 작은 소리로 속삭이듯 말했다.

어머니, 지금 잣골 잣나무들이 엄청 컸겠지요?

그래, 많이 컸을 게다.

이 정도에서 그네들은 고향에 대한 애기를 끝낸다. 한두 마디 대화 뒤에 계속되는 그 긴 침묵이 바로 그네들이 마음껏 유영하는 고향 나들이였다.

반곡까지 버스가 다닌다더라.

가보고 싶어요.

쯧쯧……

"아저씨, 신문도 못 보셨나 봐. 우리나라에서 매장량이 가장 많은 게 바로 반곡 철광이라던데요. 그런데 교통두 그렇구 여러 가지로 경제성이 없어 개발을 안 하고 있다는가 봐요."

"아, 그러고 보니 어서 들은 것두 같군. 그 반곡 철광이 바로 여기였군."

"지금도 반곡에 가면 일제시대 일본 사람들이 하던 철광 터가 있어요. 하지만 아무도 그 굴속까지 들어가지 않는대요."

"왜, 그 폐광 속에 괴물이라도 있단 말인가?"

"괴물보다 더 무서운 거예요. 귀신, 귀신이 버글버글하대요."

그렇게 호들갑을 떨던 가겟집 처녀가 몸을 자즈러지게 움츠리며 놀란 표정을 했다. 그네의 눈길이 머문 곳에 한 사내가 비틀비틀 걸어오고 있었다. 새마을 모자 같은 걸 모자챙이 옆으로 가게 쓰고 해 쩡쩡한 대낮에 검정 장화까지 신고 있었다.

"어머, 호랑이도 제 말 하면 온다구 하더니…… 저 아저씨도 그 폐광 굴속의 귀신처럼 무섭다구요."

"누군데?"

"미친 사람이에요."

그가 가게 가까이 다가왔다. 어쩐지 그의 눈빛이 정상인의 그것이 아니었다. 거기다 술까지 취해 있는 상태였다.

"어, 자네 왔군."

그가 내 앞에 손을 내밀었다. 나는 하마터면 그의 능청스러움에 넘어갈 뻔했다. 잠깐 헤어졌던 친구를 만나 하듯 그가 손을 내민 것이다. 가겟집 그 처녀가 미친 사람이라고 귀띔해주지 않았더라면 나는 퍽 당혹했을 것이다. 그런대로 내 쪽에서도 손을 내밀어 그의 손을 마주 잡았다. 그의 손은 크고 거칠었다. 자세히 보니 마흔대여섯 장년으로 보이는 얼굴이었다.

"자네두 이번에 모가지가 짤렸다지?"

뒷주머니에서 신문지 조각을 꺼내 펴 들며 그가 능청스레 말했다. 완전히 미친 상태는 아닌 모양이었다. 어쩌면 술 중독에 걸린 그런 상태를 미쳤다고들 하는지도 몰랐다. 나는 문득 그를 떠보고 싶은 충동을 받았다.

"저, 한충굽니다."

그러면서 불쑥 손을 내밀자 그가 물끄러미 쳐다보다가 침을 찍 내뱉었다.

"미친 새끼! 지랄 까지 말고 술이나 한잔 사라."

미친놈한테 당한다는 게 바로 이런 경우를 두고 하는 얘길 것이다. 어처구니가 없었지만 내친걸음, 나는 맥주 두 병을 따게 했다. 술잔을 건네자 그가 이제까지의 거오스러움과는 생판으로 허리를 굽혀 절절 기는 시늉을 했다.

"예예, 선상님, 저 잣골 사는 김택준입니다유."

잔을 주거니받거니 실로 한심한 수작을 벌이고 있는 참인데 관광차 두어 대가 들어왔다. 나이 지긋한 등산객들이 쌍쌍이 쏟아져 내렸다.

"저 고만 가봐야 되겠구먼유. 책임이 있어놔서유."

김택준이란 사십 대 사내가 자연보호란 마크가 달린 모자를 바로 쓰며 내게 굽실거린 다음 관광버스 쪽으로 횡하니 걸어갔다. 그는 만나는 사람마다 그 앞에 불쑥 손바닥을 벌려댔다. 여자들은 질겁을 하며 뒷걸음쳤고 남자들은 주머니를 뒤져 동전을 손바닥에 던져주기도 했다.

"자기가 풍암산 자연보호 책임자래요. 저런 식으로 벌어서 먹고사는 거예요."

"식구도 있나?"

"무슨 식구가 있어요. 단 혼자 몸이에요. 잠도 아무 데서나 잔대요. 어떤 때는 그 무서운 폐광 굴속에서도 잔다던데요."

"저 사람, 여기서 산 지 오래된 모양이지?"

"원래부터 반곡 토박이래요. 실은 저 사람이 아까 김 씨라고 한 건 가짜예요. 진짜 성은 용 씨라던데요. 그러나 누가 용 씨라고 부르면 칼을 들고 덤빈대요."

용 씨, 용만수. 언젠가 겨우 주워들을 수 있었던 내 아내의 아버지 이름이 그랬다. 얼굴도 그 사진도 본 적이 없는 내 장인 어른이 용만수였다. 그렇다면 지금 저 미친 사람과도 전연 무관한 사이는 아닐 것이다.

"아저씨, 뱀 잡수실 줄 아세요?"

"뱀?"

나는 적잖이 놀라지 않을 수 없었다. 그때 심 씨를 생각하고 있었기 때문이다. 김택준이란 그 미친 사람과 내 장인 용만수 씨가 하나의 연상 작용을 통해 얼키는 과정의 그 연상 스크린 위에 느닷없이 심 씨가 나타났던 것이다. 심 씨는 우리 집의 머슴이자 아버지에게 뱀을 잡아 바치던 땅꾼이었다.

"뱀이 그렇게 몸에 좋은가 봐요. 저기 좀 보세요. 저기 누워 계신 할아버지가 바로 뱀탕을 하는 사람이에요."

가겟집 처녀가 손가락질해 보이는 개천 건너 뚝방 한 그루 우뚝 무성한 잣나무 그늘 밑에 누워 있는 사람이 눈에 띄었다. 그 순간 나는 어떤 예감에 떠밀려 몸을 저절로 일으켰다.

"저 할아버지 생사탕이 서울 사람들한텐 아주 명물이래요. 단골손님이 많대요."

나는 소주 한 병과 안주가 될 과자 서너 봉지를 꺼내게 했다. 그리고 물건 값을 몰아 치렀다. 바가지를 썼다고는 할 수 없어도 어쨌든 서울보다는 퍽 비싼 편이었다.

"아저씨, 이따 점심 잡수시려면 조기 윗집에서 시켜 잡수세요. 싸고 깨끗해요."

생사탕 소개에다 이번에는 식당 안내까지 하는 처녀애를 뒤로하고 나는 개천길로 내려섰다. 내 앞에는 좀 전에 도착한 등산객들이 외줄로 늘어서서 계곡을 오르고 있었다. 그들의 울긋불긋한 원색 옷이 짙푸른 녹음 속에 퍽 이색적인 조화를 이뤘다. 나는 그들 등산객들에게 막연한 적의를 느끼고 있었다. 산의 신령스러움이 그들 남녀 쌍쌍에 의해 훼손되는 것 같은 느낌 때문이었다. 산은 언제나 경건한 불도량으로서의 이미지를 가지고 있어야 했다. 그러나 산은 잡다한 인간들의 부도덕한 행위를 항상 포용하는 듯한 자세를 지켰다. 때로 나는 그러한 산의 의연한 침묵을 견딜 수 없었다. 근래에 내가 산을 찾지 않고 있었던 것도 그런 이유에서였다. 일어나 호령하고 몸을 용처럼 뒤틀어 잡다한 것들을 떨쳐버릴 수 있는 그런 위대한 산을 나는 원하고 있었던 것이다.

"어서 오시게요."

잣나무 그늘 밑에 누워 있던 노인이 몸을 일으켰다. 나는 몸 전체를 옭죄던 긴장의 줄이 풀리자 그만 맥살이 풀리고 말았다. 그 노인이 심 씨일는지도 모른다던 내 예감은 빗나갔다. 세상에 그런 기적이 자주 있는 법은 아니다.

"내려가보실까요."

그는 턱으로 뚝방 아래 개천을 가리키며 내 눈치를 살폈다. 뱀을 먹기 위해 온 사람으로 아는 모양이었다.

"그게 아닙니다. 그냥 노인장하고 얘기나 나눴으면 해서요."

"나 같은 늙은이하고 뭔 얘길 나눌 게 있다고……"

노인은 내가 내미는 담배를 황공해하는 몸짓으로 뽑아 들었다. 나는 소주 뚜껑을 열고 가게에서 가져온 플라스틱 잔에다 가득 술을 채워 건넸다. 노인의 입가가 벌쭉이 벌어졌다. 술을 꽤 즐기는 편이라는 걸 대뜸 알아낼 수 있었다.

"선상님, 가만히 계셔. 내 불 좀 보고 올 것이니."

그가 좀 전에 턱으로 가리키던 개울가에 한 가닥 연기가 피어오르고 있었다. 아카시아 숲이 무성한 그 언저리였다. 그 아카시아 숲에서 예닐곱 살쯤 돼 보이는 여자애가 툭 뛰어나왔다. 노인이 허리를 굽히는가 싶자 그 여자애가 냉큼 등에 업혔다.

그 노인이 심 씨가 아니란 걸 확인했으면서도 나는 마음이 개운하지 못했다. 차라리 그가 심 씨였다고 하면 마음이 한결 가벼워졌을는지도 모른다.

그때 심 씨는 아버지에게 매일매일 뱀을 잡아다가 바치는 게 그의 유일한 일이었다. 심 씨는 나보다 한 살 위인 기중이라는 아들과 함께 우리 집 행랑채에 살았다. 기중이 어머니는 심 씨가 우리 집에 오기 전 병으로 죽었다고 했다. 기중이 어머니에 대해서 아버지가 친구한테 자랑 삼아 하던 얘기를 들은 적이 있었다. 아버지 고향에서 있었던 일이다. 그때 아버지는 서울에서 의학 공부를 하고 있었다. 어느 해 방학 때 집에 내려왔다가 이웃 마을 처녀 하나를 범했다. 물론 결혼까지 할 그런 계제가 못 되는 집안이었다. 처녀가 소나무에 목을 맨 걸 마을 사람들이 살려냈다. 처녀 집안에서 들고일어났다. 할아버지가 일을 수습했다. 머슴이던 심 씨에게 돈푼깨나 쥐여준 다음 그 처녀를 데리고 도망치게 했다. 그 처녀한테는 아버지가 서울서 데리고 오란다는 거짓말을 한 것이다. 그 뒤로는 아무도 심 씨나 그 처녀 소식을 듣지 못했다. 아버지가 결혼을 하고 의사가 되어 고향과는 거리가 먼 면 소재지에서 공의가 되어 살 때였다. 어느 날 우리 식구들은 아버지를 찾아온 심 씨라는 남자를 보았다. 등에는 대여섯 살 사내애를 업고 있었다. 아버지가 그들을 우리 집에 있게 했다. 심 씨는 그 뒤부터 우리 집 안팎의 일을 거들어주면서 살았다. 언제부턴가 아버지는 심 씨에게 뱀 잡는 일을 시켰다. 벨일 다 보겠군. 글쎄 공의 양반이 뱀이라면 사죽을 못 쓴다는 기여. 마을 사람들이 수군거렸다. 그러고 보니께 고것이 약은 약인가 베여, 그 의원 양반 정력이 어찌나 센지 여자 서넛은 있어야 된다는구먼. 누가 뭐래도 아버지는 뱀 먹는 일을 계속했다. 면의 유지인 아버지 친구들은 우리 집에 자주 드나들면서 아버지처럼 뱀을 먹었다. 심 씨 외에도 한 사람의 땅꾼이 도맡아 뱀을 잡아들였다. 나는 아버지의 그 피둥피둥하고 기름진 얼굴을 볼 때마다 구역질이 났다. 아버지는 한 해에도 몇 차례씩 명승지 유람을 떠났다. 그럴 때마다 어머니는 한숨을 쉬었다. 병원은 문을 여는 날 보다 문을 닫는 날이 더 많았다. 심 씨가 그 아들 기중이와 함께 밥을 끓여 먹으며 아버지의 병원을 지켰다. 내가 열 살이 되던 가을, 아버지는 달포가 넘는 유람에서 돌아왔다. 얼굴이 해쑥하게 여위어 있었다. 심 씨에게 뱀탕을 고라고 한 모양이었다. 심 씨가 우리 집 후원 한구석에 뱀을 끓이는 약탕관을 얹고 불을 피웠다. 그럴 때마다 기중이가 뱀자루를 들고 나왔다. 그 뱀자루는 항상 기중이네 방구석에 놓여 있었다. 기중이는 마을 아이들과 어울려 놀지 않았다. 늘 풀이 죽은 얼굴로 혼자 맴돌았다. 한집안에 사는 나하고도 어울리는 법이 없었다. 계집애처럼 수줍음을 타며, 도망치곤 했다. 그것은 모두 내 모함 때문이었다. 나는 항상 마을 아이들한테 기중이 얘기를 과장해서 전하곤 했기 때문이다. 기중이와 심 씨는 밤에 그 뱀들을 온몸에 감고 잔다든가, 밥을 먹는 대신 뱀을 생으로 으적으적 씹어 먹는다고 했다. 아이들은 내게서 그런 얘기를 듣는 걸 좋아했다. 나는 내 얼굴이 기중이를 닮았다는 마을 아이들의 놀림을 막기 위해서도 매일매일 거짓말을 만들어내야 했다. 아이들 눈에 기중이는 이 세상에서 둘도 없는 기인이고 무서운 짐승이어야 했다. 심 씨나 기중이는 결코 뱀에 물리는 법이 없는 걸로 아이들은 알고 있었다. 그러나 나는 심 씨가 뱀을 다룰 때 얼마나 조심을 하고 있는지 잘 알았다. 기중이는 더욱 뱀을 무서워했다. 그날 우리 집 후원에서 기중이가 독사에게 물려 죽은 것이다. 언제나 그렇듯 기중이가 뱀자루 아가리를 벌려 잡았고, 심 씨가 나무 집게로 뱀을 끄집어 올렸다. 나는 그때 우리 집 대청 뒷문을 통해서 그것을 보고 있었다. 집게에 허리를 집힌 뱀이 대가리를 꼿꼿이 세우며 자루 속에서 나왔다. 그때 나는 묘한 충동을 받았다. 손에 들고 있는 하모니카의 높은 음 부분에 입을 대고 째지듯 그렇게 소리를 냈다. 심 씨와 기중이가 거의 동시에 내가 서 있는 뒷문 쪽으로 고개를 돌렸다. 그 짧은 순간에 일이 벌어진 것이다.

달맞이꽃 1

남편을 골목길까지 배웅하고 나서 나는 대문을 잠갔다. 가슴으로 형언하기 어려운 것이 몰아쳤다. 외롭고 허전했다. 이처럼 가슴이 텅 빌 수가 없었다. 나는 남편이 먹고 나간 밥상을 주방에 그냥 둔 채 아직 곤히 잠들어 있는 은주 옆에 쓰러졌다. 은주는 여섯 살이었다. 내 배 속으로 낳은 자식이 아니었다. 물론 남편의 씨도 아니었다. 4년 전 두 살 난 은주를 영아원에서 얻어다 기른 것이다. 호적에는 우리들의 자식으로 올라 있었다. 혈액형도 남편과 같은 A형이었다. 그러나 결코 은주는 우리들의 피가 아니었다. 애초부터 은주를 입양시킨 것이 잘못이었다. 그러나 이제 와서 후회한들 무슨 소용이 있단 말인가. 다행스러운 일은 남편이 은주를 자기 자식처럼 사랑한다는 것이다. 영채를 사랑하듯 은주를 사랑하는 남편을 대할 때마다 나는 부끄러움을 느낀다. 이 세상 아무도 사랑할 수 없는 사람과 함께 한집에서 사는 남편에 대한 미안스러운 생각에서 우러난 부끄러움이다. 이 세상의 아무도 사랑하지 않는 아내를 이해하려고 갖은 노력을 다하는 남편에 대해서 나는 진정 고마움을 느낀다.

"당신, 학교에 안 나가는 게 좋겠단 말이야."

남편은 결혼할 때부터 내가 직장 생활을 하는 걸 원치 않았다.

"아이도 없고 심심해서 그래요."

결혼 초에는 그런 핑계를 댈 수가 있었다. 남편이 은주를 데려오자는 데 동의한 것도 그 때문이었을 것이다. 은주를 통해서 나를 가정에 묶자는 뜻이었을 것이다. 그는 내가 직장에서 겪은 고통을 헤아리는 것 같았다. 교육자가 자기가 가르치는 아이들을 사랑하지 않고 아이들 앞에 서야 하는 그 괴로움을 누가 쉽게 이해해줄 것인가. 직장 생활을 하면서 자기 동료를 이해와 믿음으로 사귀지 못하는 것도 참으로 견디기 어려운 고통인 것이다. 남편이 원하는 대로 직장을 집어치우고 집에 들어앉아 평범한 주부이고 싶은 게 내 소원이었다. 나는 진실로 평범한 아내로서 가정을 위해 나를 던지고 싶었다. 집안 식구들 옷을 빨고 장독대를 매만지고 화초에 거름을 주고 은주를 위해 예쁜 옷을 만들고 남편의 퇴근 시간을 기다려 그를 마중나가고 밥상 머리에 앉아 그에게 반주를 권하고, 잠들기 전에 가계부를 몰래 적고 적금 통장의 액수를 헤아리며 조용히 미소 짓고, 그리고 남편의 이불 속으로 파고드는, 잠자리에서는 거침없이 요부가 되는 그런 평범한 아내이고 싶었다. 그러나 나는 항상 패배하고 말았다. 구제불능의 상태였다. 일요일 하루를 집에서 보내는 일이 내게는 그처럼 큰 고통일 수가 없었다. 가슴에 서리서리 안개가 껴든 것처럼 속이 답답하고 숨이 나가지 않았다. 은주를 사랑할 수 없기 때문에, 불쌍한 내 동생 영채를 사랑할 수 없기 때문에, 더 무서운 것은 열 달의 고통을 이기고 나를 이 세상에 던져준 내 어머니를 사랑하지 못하기 때문에 나는 괴로울 수밖에 없었다. 그보다 더 견디기 어려운 것은 내가 사랑하지 못하는 모든 것을 군말없이 돌보고 사랑하는 내 남편을 내가 사랑하지 않는다는 사실이다.

"네 남편 같은 사람 세상에 그리 흔하지 않을 게다."

어머니는 늘 그 사실을 내게 일깨워주려 몹시 부심했다. 어머니의 말은 옳았다. 그는 남편으로서도 어머니의 사위로서도 영채의 형부로서도 거의 완벽한 사람이었다. 그가 아내에게 사랑받지 못한다는 것은 있을 수 없는 일이었다. 사랑하고 싶었다. 더없이 고맙고 이를 데 없이 착한 사람이기에 나는 그를 사랑해야 했다. 그러나 문제는 항상 내게 있었다. 나는 아무도 사랑할 수가 없었던 것이다.

"너, 한서방한테 좀 잘해줄 수 없니?"

이처럼 어머니는 안타까워했다. 딸 대신, 딸이 그 남편에게 해야 할 일을 당신 스스로가 했다. 그것도 사위가 눈치채지 않게 틈틈이 몰래몰래 사위를 위해서 몸을 부지런히 놀렸다. 사위와 정면으로 얼굴을 맞닥뜨리는 일조차 겁낼 정도로 사위를 어려워하는 이가 하나의 평범한 가정 분위기를 위해서 고심참담하는 모습은 차라리 역겨움을 불러일으킬 정도였다. 그 사실이 내 가슴을 더욱 암울하게 했다. 그럴 때마다 나는 차갑게 나를 식혔다. 그러나 참는 데도 한도가 있는 모양이어서 어머니는 결국 푸념 섞어 신세 타령을 하게 된다.

"내가 다 안다. 객식구 때문에 느이들 가정이 화목하지 못한 걸 내가 모르지 않는다."

당신답지 않게 속물스러운 푸념을 하며 한숨을 쉰다.

"이 에미가 전생에 죄가 많아서 그렇다."

결론은 항상 그랬다. 그 순간 어머니의 얼굴에는 이 세상에서 가장 불행하고 처연한 그런 그늘이 깔린다. 그런 때일수록 당신의 시선은 내 쪽과는 멀리 떨어진 허공을 쳐다본다. 내가 당신의 눈길을 무서워하듯 당신 또한 내 눈길과 서로 마주치는 걸 두려워한다.

그러나저러나 우리 집에서 가장 행복한 것은 영채라고 할 수 있다. 영채는 자기 자신이 저주받은 인생이라는 걸 모른다. 남에게서 사랑을 얻어낼 그 어떤 조건도 갖추지 못한 영채가 그처럼 행복할 수 있는 것은 자기야말로 이 세상에서 사랑받아야 할 대상이라는 어처구니없는 집념을 가졌기 때문이다. 집념이라는 표현이 옳다. 영채는 철두철미하게 남에게 받으려고만 했다. 서른세 살이라는 나이는 아랑곳없이 영채는 항상 세 살 어린애의 사고 속에 머물러 있었다. 여섯 살 먹은 은주에게도 어리광을 피웠고 은주보다 더 예쁜 옷을 입으려고 심술을 부렸으며 항상 은주와 똑같은 음식을 먹어야 했다. 그처럼 철저하게 자기 주제를 파악하지 못하는 인간에게 돌아가야 하는 대가는 멸시와 저주뿐이다. 어머니와 딸이라는 인류의 끊을 수 없는 모진 줄에도 불구하고 어머니마저 영채의 그 어처구니없는 심술 앞에 머리를 흔들었고, 그럴 때마다 나는 어머니의 눈에서 증오로 불타오르는 빛을 보았다. 그 증오의 빛이 내 몸의 구석구석까지 뜨겁게 파고들면서 나는 부들부들 몸을 떤다. 손끝마디마디로 세차게 뻗쳐오르는 증오로 해서 나는 느닷없이 발작을 일으키게 된다. 남들은 나의 이러한 증세를 히스테리라고 했다. 발작 증세가 끝나고 나면 나는 한없는 절망의 늪에서 허덕이게 된다. 남들이 나를 찬 여자라고 보는 것이 바로 그러한 때일 것이다. 영채마저 나의 이러한 발작 전후의 기분 상태를 두려워한다. 어쩌면 백치에게 공포를 주기 위해서 내가 그러한 발작을 일으키는 것인지도 모른다. 그럴 때 어머니는 암탉이 병아리를 깃 속에 품고 꾸꾸거리듯 영채를 끌어안고 그네들 방 속으로 숨어버린다. 누가 뭐래도 어머니는 영채를 위해서 이 모진 세상에 살아 있다고 할 것이다. 새벽부터 밤늦은 시간까지 어머니의 움직임은 계속된다. 집 안 구석구석을 쓸고 닦고 시장에 나가 찬거리를 보아 오고 은주의 책가방을 챙겨주고 심지어는 딸 내외의 구두까지 닦아놓는 등, 어머니의 손길이 닿지 않는 데가 없다. 그런 바쁜 틈틈이 영채가 죽도록 싫어하는 목욕을 시키는가 하면 머리를 감겨 곱게 빗질을 해 꽃핀을 꽂아주는 일까지 모두 어머니가 할 일이다. 사위가 퇴근을 해 집 안에 들어섰을 때 신경에 거슬릴 것이 없나 유심 유심 둘러보며 집안 정리를 한다. 그리고 딸이나 사위의 구미에 맞을 반찬에 신경을 쓰는 한편으로, 전기세가 지난달보다 조금 더 나왔어도 그것이 모두 당신의 책임인 양 면구스러워한다. 사십을 넘어선 딸한테 시집살이를 하는 어머니의 그 천덕스럽고 비굴해 보이는 꼬락서니가 또다시 내 비위를 건드리게 된다. 나는 그럴 때 느닷없이 소리를 내지르며 손에 잡히는 대로 물건을 내던졌다. 어머니의 그 모든 근면과 성실이 딸자식에게 빌붙어 사는 데서 오는 비굴로 보였기 때문이다. 딸을 위해서 진정한 사랑을 내리는 것이 아니라 병신 딸 영채에게 어떤 위해가 올 것이 두려워 전전긍긍하는 것이 못마땅했던 것이다.

"여자는 자고로 남자와 만나 한 가정을 이뤄야 사람 구실을 하느니라."

내가 발작을 할 때마다 어머니는 내 발작이 가라앉기를 기다려 이렇게 타이르곤 했다. 서른이 넘도록 시집을 가지 않는 딸을 둔 어머니로서 그 딸의 히스테리를 그런 식으로밖에 이해할 수 없었을 것이다. 그러나 어머니가 원하는 대로 남자를 만나 한 가정을 이룬 뒤에도 나의 이러한 발작 증세는 여전했다.

오히려 결혼해서 산 그 십 년 세월, 나는 더욱 옥죄어오는 구속 속에서 허덕여야만 했던 것이다. 어머니는 이제 모든 것을 포기한 듯했다. 어쩌다 가끔 영채를 끌어안고 눈물을 질금거리는 그 청승맞은 울음마저 걷어치웠다.

영채가 수태를 했다는 사실을 확인하고 난 뒤부터 두 달여, 그 두 달은 우리 식구 모두에게 가혹한 형벌의 시간이었다. 그처럼 근면하고 성실하던 어머니가 그 두 달여의 가혹한 고문에 견디다 못해 가을날 서리 맞은 호박잎처럼 폭삭 늙어버렸던 것이다. 어머니의 그 꿋꿋하고 질긴 영채에 대한 사랑과 그 사랑을 위한 생명의 줄은 여지없이 끊어져버렸다. 사냥꾼에게 쫓기다가 절벽 앞에서 되돌아선 노루의 절망한 눈빛이 아마 그럴 것이다. 분노와 좌절과 이제까지 버텨온 생명에의 허무가 뒤범벅이 된 그런 눈으로 어머니는 쓰러졌다. 그때부터 영채의 문제는 그 애의 형부인 남편과 나에게로 넘겨졌다. 나는 폭풍처럼 거세게 밀어닥치는 혐오로 하여 사리분별을 할 수 있는 형편이 아니었다. 오직 남편만이 여일하게 침착성을 보였다. 아니다. 남편은 침착하지 않았다. 기가 막히게도 남편은 영채의 일로 해서 싱싱하게 부풀어 오르고 있었다. 남편은 흥분하고 있었다. 자신의 기분을 내가 이해하도록 강요했다. 용서받지 못할 패륜을 떳떳이 내세워 그것을 당위로 이해시키려 했다. 이제까지의 우유부단한 그 가정적인 체취를 버리고 사나운 폭군이 돼버렸다. 그처럼 철저한 자유주의자가 영채의 일로 해서 그 면모를 대번에 바꿔버린 것이다. 나 자신 속수무책으로 그의 처방을 따라야 할 형편에까지 이르렀던 것이다.

"당신이 괴로워할 필요가 없어."

"영채는 내 동생인걸요."

"그러니까 더욱 내 책임이라는 거야."

"당신은 지금 거짓말을 하고 있어요."

"백번 천번 말하지만 이번 일은 내가 저지른 것이야. 내가 저지른 일은 내가 책임질 것이오."

남편은 그처럼 단호했다. 이 사람의 머리가 어떻게 잘못되지 않았나 싶게 돌변해버린 것이다. 그럴 때 어머니는 짐짓 방관자의 태도를 지켰다. 일절 그 일에 대해서 가타부타 당신의 의견을 내놓지 않았던 것이다. 그러한 어머니의 침묵을 남편은 자신의 주장에 승복한 걸로 간주했다. 그러나 결국 이긴 자는 어머니였다. 어쩌면 이겼다는 표현은 너무 적당치 못할는지도 모른다. 어머니는 도피했으니까. 영채를 데리고 우리들 집에서 자취를 감춰버린 것이다. 어머니와 영채의 가출은 내가 결혼하고 두번째 일어난 일이었다. 공교롭게도 영채와 어머니가 집에서 나가버린 며칠 뒤에 나는 새로 통장이 되었다는 수다스러운 여편네와 대문 앞에서 맞닥뜨리게 되었다. 통장이 돼 인사를 나왔다면서 남의 가정 형편을 꼬치꼬치 캐묻는 것이었다.

"늘 지나다니면서 보니께 시어머니를 뫼시구 사는가 베유?"

"친정어머니예요."

"그 얼굴이 허여멀쑥한 처녀 누구유?"

"동생이에요."

"그랬구면. 근데, 보니께 온전치 못해 뵈던데……"

"그래요."

"쯧쯧, 허울은 멀쑥하더구먼서두…… 그래 언제부터 그렇게 됐수?"

"배 속부터요."

"저런저런, 그나저나 선상님이 괴롬이 많겠수, 핵교 선상이시지우?"

"예, 국민학교 나가요."

"쬐그만 여자애가 있는 것 같던데 걔가 몇 째유?"

"걔 하나예요."

"저런, 많이 늦었구먼그래. 근데 더 낳지 않는 거유, 아니면 더 낳지 못하는 거유?"

나는 대답하지 않았다. 자식을 여럿 둔 통장 여편네의 그 생활에 찌든 궁상맞은 얼굴에 구역질이 났다. 잣골 내 고향 마을 그 돌변한 사람들의 이글이글 살기 띤 얼굴이 떠올랐다. 저 집 구석이 나한테 도둑질을 했다고 헛소문을 퍼뜨렸다니까. 오라질 것들. 마을을 떠나는 우리 식구들을 향해 그네들이 침을 뱉었다. 재명이가 마을을 안 떠나겠다고 발버둥쳐 우리 식구들은 잠시 마을 한가운데서 머뭇거리고 있었다. 그래서 옛 할머니들이 말하잖는가 말이여. 남 가슴 아프게 하면 그 죌 꼭 되받게 되는 게라구. 대처에서 공부 좀 했다구 꽤 날치더니만 서방 잘못 만나놓으니 저 꼴이 아닌가 말이여. 서방을 잘못 만난 게 아니라 서방이 계집을 잘못 만나 그 지경이 된 거지 뭘. 어머니를 두고 하는 얘기였다. 이 씨발, 개 같은 년들, 내가 이 원술 전부 갚아줄 거다. 영채보다 다섯 살 위인 재명이가 울음 섞어 내지르곤 했다. 재명인 그렇게 무섭게 암팡진 데가 있는 애였다.

마을 사람들이 소릴 질렀다. 제명에 돼지긴 싹이 노란 눔이구먼, 아들 하나라고 살려놓으니까, 저 입 까는 것 좀 봐. 재명이가 길바닥에 주저앉으며 발버둥쳐 울었다. 저눔 큰일 날 놈이구먼. 마을 남정네들이 수군거렸다. 어머니가 머리에 인 보따리를 조용히 내려놨다. 그리고 느닷없이 재명이의 중의적삼 입은 멱살을 낚아챈 다음 그 어깻죽지를 앙물었다. 재명이의 입에서 비명이 터졌다. 재명이의 어깨에서 배어 나온 핏자국이 중의적삼을 적셨다. 니놈 키워봤자 니 애비처럼 죽기 꼭 알맞을 게다. 어머니는 그처럼 모질게 내뱉은 다음 영채를 업고 무르춤 서 있는 내 목덜미를 질질 끌고 갔다. 고향 마을을 죽어도 떠나기 싫다는 재명이를 그 자리에 남겨둔 채 떠나겠다는 어머니의 결의였다. 누나야, 누나야, 재명이가 뒤에서 울부짖고 있었다. 엉니, 오빠 데리구 가지아! 내 등에 업힌 영채가 몸을 뒤틀면서 울었다.

　누나야, 누나야. 뒤돌아보지 마, 어머니가 말했다. 저놈의 새끼 저 독살 그대로 놔뒀다간 즈 애비처럼 빨갱이밖에 더 되지 못한다. 그러나 우리가 뒤돌아보지 않아도 재명이는 이미 우리들 뒤를 따라붙고 있었다. 재명이는 흐느껴 울면서 내가 들고 있는 보따리 하나를 뺏어 들었다. 나는 그때 왈칵 쏟아지는 뜨거운 눈물을 닦아내야 했다. 내 등에 업힌 영채가 고사리 같은 손을 내밀었고 그 손을 재명이가 맞잡아 쥔 것이다.

　"뭐니 뭐니 해도 바깥양반이 참 무던한 분인가 보우."

　통장 여편네가 계속 이주걱대고 있었다.

　"요새 세상에 군식구 하나 거느리는 게 어디 그렇게 쉬운 일

이우? 선생님두 바깥양반헌테 써비슨가 싸비슨가 잘해드려야
할 거유."

내 표정이 꽤나 굳고 찼던 모양이다. 그네는 열없게 웃으면서,

"한 이웃에 살면서 좋다는 게 뭐유. 이것저것 속상할 때 서로
위로해가면서 사는 거지 뭐. 참 우리 집에두 노인네가 있다우.
시어머이지. 칠십이 넘은 노인네가 아직 정정하다우. 애기 할머
니 좀 놀러 오시라구 해유. 이건 노인네가……"

통장 여편네는 이제 자기 집 속사정을 늘어놓을 심산인 모양
이었다. 나는 얼른 자리를 떠버렸다. 어머니, 그래 내 어머니는
지금 어디 잠깐 마을 나들이를 갔다. 영채를 데리고 훌훌 바람
이나 쐬러 재 너머 먹실 외가댁쯤 다니러 간 거야. 해 떨어지기
전에 어머니는 외가에서 주는 풋콩이며 햇감자를 한 광주리 이
고 돌아와 저녁을 지을 거야.

그러나 어머니는 영채와 함께 집을 나간 채 일주일이 지나도
록 돌아오지 않고 있었다. 남편이 각 방면으로 수소문을 해보는
모양이었으나 이렇다 할 행방을 알아내지 못하고 있었다.

우리가 결혼하고 이 년째 되던 해였다. 남편과 처음으로 심하
게 다툰 적이 있었다. 달맞이꽃 때문이었다. 어느 날 남편이 퇴
근길에 꽃모종 한 묶음을 사 왔다. 길둥근 잎 가장자리에 거친
톱니가 있는 풀이었다. 남편은 마당과 좁은 화단에 여러 가지
꽃모종을 사다가 심었다. 맨드라미며 분꽃이며 채송화며 시골
에서 흔히 볼 수 있는 그런 종류의 꽃이다. 이번에도 나는 그가
사 온 꽃 이름이 뭔가 묻지 않았다. 늘 그가 먼저 말했기 때문
이다. 그런데 이번 경우에는 자신이 사 온 화초에 대해 말이 없

다. 내가 한번쯤 져주기로 했다.

"그건 무슨 꽃이래요?"

사범학교 다닐 때 생물도감에서 분명 본 풀인데 전연 그 이름이 떠오르지 않았다.

"그걸 지금 생각 중이오. 화원에서 듣고 사 왔는데 무슨 생각을 하고 오느라고 그만 깜박했지 뭐야."

다음 날 화원에 들러 그 화초 이름을 알아보겠다던 남편은 그 사실마저 흐지부지 잊은 모양이었다. 그런대로 한 달쯤 후에 그 화초가 꽃을 피웠다. 새벽에 일어나보니 노랗고 큰 꽃이 잎겨드랑이에 탐스럽게 피었다. 꼭 어디서 본 꽃 같았다. 출근을 하려고 마당에 나서며 다시 화단을 보니 새벽에 그처럼 탐스럽던 꽃이 꽃잎을 오므려 시들고 있었다.

"그게 꼭 시골 길가에 피는 달맞이꽃 같구나. 저녁에 피었다 아침 해 뜨자 져버리잖든. 꽃 모양두 그러고 보니 비슷하구먼."

내가 꽃을 유심히 들여다보고 섰자 어머니가 관심을 나타내 왔다. 달맞이꽃. 그때 남편이 방에서 나오면서 소리쳤다.

"맞아, 달맞이꽃이랬어. 월견초. 이건 시골에 피는 그것보단 개량된 거래."

남편이 장한 듯이 마당으로 내려섰다. 어머니가 따라 나왔고 그 뒤에 영채가 보였다. 달맞이꽃. 나는 희붐한 달빛 아래 개울가 둑을 덮으며 만개한 달맞이꽃을 보고 있었다. 달빛 아래 보는 노란빛은 그냥 희다. 그 흐드러지게 흰 달맞이꽃 속을 내가 걷고 있었다. 재명이는 저만큼 앞서서 성큼성큼 걷고 있었고 그 달맞이꽃이 끝나는 곳에 거뭇한 집채가 보였다. 어머니가 거길 턱으로 가리켰고 나는 잠이 들어 점점 밑으로 처져 무겁기만 한 영채를 부썩 추켜 업었다. 밤새가 푸드득 산자락에서 날갯짓을 쳤다.

"엉부, 엉부!"

영채가 남편한테 매달리며 손을 내밀었다. 영채는 발음이 불분명했다. 형부를 엉부라고 부르는 등 세 살 그 시절의 말보다 오히려 퇴보한 느낌이었다. 남편의 노력에 의해 지금은 꽤 나아진 편이 그랬다. 남편이 팔에 매달리는 영채를 어린애에게 하듯 볼을 꾹 찔러주면서 주머니에 손을 넣었다. 그때 힐끗 영채가 나를 처다봤다. 영채의 사시와 마주친 나는 어떤 예리한 칼끝에 찔린 듯 부르르 몸을 떨었다. 극히 짧은 순간 나는 남편에게 매달린 영채의 머리채를 낚아채 마당에 팽개쳤다.

"무슨 짓이야?"

남편이 고함쳤고 나는 어느새 마당 화단에 들어서서 노란 꽃잎을 오므리고 있는 달맞이꽃을 모조리 뽑은 다음 두 손으로 짓이겨놓고 있었다. 이것이 내가 남편한테 보인 첫 발작이었고 그날 저녁 우리들은 대판 싸움을 벌였던 것이다. 나를 이해할 수 없었던 남편은 아침의 그 일에 대해서 해명할 것을 요구했다. 나는 아무것도 얘기할 수가 없었다. 무엇을 어떻게 얘기하랴. 당사자인 어머니와도 이십 몇 년이 되는 그때까지 단 한마디 말도 못 나눈 그런 계제에 돌아서면 남일 수밖에 없는 남자에게 무엇을 어떻게 얘기해야 할 것인가. 그러나 나는 남편의 끈질긴 추궁을 더 견딜 수가 없었다. 내가 할 수 있는 말, 해야만 되는 말이 전연 없는 것은 아니었다. 어쩌면 그것은 진작부터 내가 하고 싶은 말이었는지도 모른다.

"영채는 당신 처제예요. 백치라고 해서 그렇게 함부로 다룰 수가 있어요? 엉큼하고 치사한 당신 속을 누가 모를 줄 알아요!"

내 말에 남편은 아연한 표정을 했다.

"당신 지금 무슨 얘길 하는 거요? 내가 처제를 어떻게 했단 말이오?"

"위선자!"

"뭐라구!"

"당신은 위선자예요. 이제 그 양의 가죽을 벗어요. 아, 불결해!"

그때 어머니가 껴들었고 내 증오의 칼은 어머니의 가슴을 향해 돌려졌던 것이다. 누구에게든 그 칼을 꽂지 않고는 견딜 수 없는 그런 발작의 상태에 이르러 있었던 것이다.

"다 죽어버려! 뭣 때문에 사는 거야? 엄만 내가 행복할까 봐 저 병신 계집애와 함께 나를 지켜보는 거지? 그래서 그 더러운 목숨 죽지 않고 날 괴롭히는 거야. 엄마, 내가 왜 행복하면 안 되는 거야? 응, 왜 안 되느냐 말이야?"

결혼 일 년 반 동안 나는 행복하다고 생각했다. 행복한 시간을 내가 누리고 있다고 생각하기 시작한 그 순간부터 나는 행복을 잃어가야만 했다. 어머니와 영채, 그네들과 함께 나누어 가질 수 없는 행복이기에 이미 그것은 행복일 수가 없었다. 나는 남편과 함께 잠자리에 드는 것을 죄스러워했고 남편을 따라 웃는 일도 삼가야 했다. 그 잠재된 앙갚음을 어머니에게 퍼댔던 것이다. 어머니는 고개를 푹 꺾고 내가 내지르는 소리를 경청했다. 얼굴 표정 하나, 몸가짐 그 어느 곳 한군데 흔들림이 없이 들고 있던 어머니가 영채를 데리고 집을 나간 것은 그다음 날이었다.

그 첫번째 가출은 길지 않았다. 집을 나간 지 닷새 만에 영채가 돌아왔다. 하나 둘…… 다섯까지를 헤아리지 못하는 백치 영채가 제 힘으로 집을 찾아 돌아온 것이다. 몇 년 전 그러니까 남편이 영채를 길들이기 그 이전만 해도 어림도 없는 일을 영채가 해낸 것이다. 영채가 돌아오고 하루 뒤에 어머니도 돌아왔다. 영채가 돌아왔기 때문에 어머니가 뒤따라 돌아왔을 것이다. 그동안 어디서 어떻게 지냈느냐고 물었어야 옳은 일이지만 나는 그 일을 해내지 못했다. 남편 역시 그런 것을 문제 삼지 않았다. 어쩌면 우리 내외가 어머니에게 그것을 캐물었어도 당신은 입을 다물었을 것이다. 어머니는 그냥 재 너머 이웃 마을 친척집에라도 다녀온 것처럼 시치미 떼고 언제나 다름없이 근면하고 성실한 가정부의 역할을 해냈을 뿐이다.

그러나 이번만은 달랐다. 그냥 마음이 아파 영채를 데리고 바람이나 쐬러 지향 없이 훌쩍 집을 떠난 그런 경우가 아니었다. 당신이 아니면 해결할 수 없다고 깊이깊이 생각한 나머지 마음에 결단을 내리고 그렇게 결연히 집을 나갔기에 첫번째 가출처럼 영채가 쉽게 돌아오리라고 나는 생각하지 않았다. 어쩌면 영영 그네들을 보지 못한 채 이 세상을 마치리란 비장한 생각이 예감처럼 집 안 구석구석에 쌓여 있었다. 남편도 그렇게 생각했을 것이다. 그네들이 쓰던 그 골방, 아직도 벽에 걸려 있는 몇 점의 옷가지, 영채를 위해서 남편이 사다준 수십 가지의 장난감들이 방 한구석에 너무나 정연하게 정리되어 있었다. 어머니는 자신의 결단으로 영채 문제를 해결하지 못하는 한 결코 집에 돌아오지 않을 것이다. 그러나 당신이 그 일을 끝냈다고 해서 훌훌 손 털고 귀가할 그런 문제도 아닌 이상, 이제 다시 어머니의 얼굴을 보기는 틀렸다.

나는 베개에서 머리를 들었다. 실로 오래간만에 흘린 눈물이 베갯깃을 적시고 있었다. 은주는 아직 깨어나지 않고 있었다. 나는 처음으로 잠들어 있는 은주의 이마에 내 얼굴을 댔다. 따스한 체온이 은주의 고른 숨소리를 타고 내 가슴 그 밑바닥까지 전해져왔다.

망초 2

"저기 있는 애기가 영감님 손녀신가 보군요?"

생사탕 고는 데서 올라온 노인이 자리를 잡고 앉기를 기다려 물어본 것이다. 좀 전 노인의 등에 업혔던 예닐곱 살쯤 된 여자애는 그대로 그곳에 남아 불을 지키고 있었다.

"선상님, 저것이 내 딸이라우."

소주잔을 들어 단숨에 들이켜고 난 노인이 좀 멋쩍어하는 얼굴로 대답했다.

"아니, 올해 몇이신데 저렇게 어린 따님을 두셨어요?"

"일흔하고도 여덟이오, 칠십여덟."

잘 믿어지지 않았다. 노인의 꼬장꼬장해 보이는 모습 같아서는 고작 육십에 몇 살을 더 붙여볼 정도였다.

"가만히 생각해봄 막막합니다요. 내야 이래 살다가 꼬꾸라지면 그걸로 끝이지만 저 어린것들이 어떻게 살아갈는지 정말로 한심합니다요. 저것 위로 열 살, 열세 살 이렇게 둘이 더 있습지요. 가운데 놈이 사내지요."

그러고 보면 모두 예순을 넘어 둔 자식들이다. 그것이 정말 가능한 일인가. 나는 그 노인에 대한 호감에 앞서 불결한 벌레를 보듯 노인의 햇빛에 그을린 얼굴을 뜯어보았다. 아직도 살아 있는 자의 치열한 욕망과 생에 대한 강한 애착이 그 눈 속에 번뜩이고 있었다.

"어떻든 영감님 대단하십니다그려. 그렇다면 마나님께선 아직……"

"예, 우리 마누라 이제 마흔다섯이오."

"그러시겠군요."

"헌데 지금 내가 젊어서 진 그 숱헌 죄에 대한 벌을 받구 있습지요. 예, 마누라가, 이게 내 네번째 마누란데, 작년 겨울에 중풍으로 쓰러졌지요. 끓여 먹는 거야 애들이 그럭저럭 해결하지만 떠억 방바닥 지구 자빠져 있는 마누라 대소변 받아내는 일이야 그걸 누가 합니까. 다 내가 진 죗값을 받고 있는 거지요."

주는 대로 거푸 몇 잔을 받아 마신 노인이 묻지도 않은 자기 젊어서의 그 파란만장한 얘길 풀어놓는다.

"예, 경기도 화성 바닥에서 백만보, 섰다 백만보, 박치기 백만보 하면 떠르르 모르는 사람이 없었지요. 내가 끼지 않는 노름판은 노름판이 아니었지요. 체구는 이래 작아도 씨름판에서

충청도 황장사를 냅다 메다꽂았다면 알쪼 아닙니까요. 박치기
꾼으로도 한몫 단단히 했지요."

"활량이셨구먼요?"

"말해 뭣해. 순 남의 돈으루다 잘 먹고 잘 놀았지. 천하 계집
이 다 내 꺼 같았으니까 말이여. 이번 마누라까지 정식으루 결
혼식을 올린 것만 해두 네 번에다가, 활량 죽어두 기생집 울타
리 밑에서 죽는다고 전국 유람하며 내가 망쳐놓은 계집 그거
이루 다 헤아리자면 머리 아플 거구먼. 기생이야 뭐 다 그런 거
구, 과부, 유부녀, 혼인날 받아놓은 처녀, 아직 젖 냄새가 솔솔
나는 풋것 하며…… 이제 선상님한테 처음으루 하는 얘기지만
내가 젊어서 계집 겁탈두 많이 했구먼. 혼자 돌아다니는 놈, 꼴
리긴 하구 으쩔 거여. 헌데 고렇게 아무렇게나 막 주워 먹는 것
이 또 각별한 맛이더라 고거여. 히히……"

노인이 잔을 내 앞으로 내밀었지만 나는 그냥 그 잔에 술병
을 기울여 술을 따랐다. 술을 입에 대지 않는 게 여러 가지로
좋을 것 같아서였다. 막상 입에 술을 넣어봤자 목구멍으로 넘
기기 전에 배 속의 모든 것이 뒤집혀 올라올 것 같은 느낌이었
다. 노인의 눈이 뱀의 그것처럼 점점 더 교활해지고 있었다.

"여름 난리 땐 어디 계셨습니까?"

나는 단도직입으로 찔러 물었다. 내 아내의 고향 반곡까지
들어갈 구실을 하나라도 만들어야 했기 때문이다.

"여름 난리라니?"

내 물음에 노인이 흠칫 몸을 추스른 것 같았다. 그 교활한 눈
에 경계하는 빛이 역력했다.

"6·25 사변 말입니다. 그때도 이곳에 사셨나 해서요."

"이곳 누굴 찾으시는데?"

역시 교활한 노인이었다. 쉽게 말려들지 않았다. 나는 기왕지사 더 빨리 중심에 던져지고 싶었다.

"영감님, 용만수 씨라고 옛날 저 잣골에 살던 분인데."

"용, 용만수라?"

노인이 잠깐 뭔가 생각해보는 눈치더니,

"용 씨라면 아마 저 잣골에 살았다는 얘기가 맞는가 봅니다요. 옛날 난리 전만 해도 반곡이 온통 용 씨네 판이었다고 합디다."

"영감님은 그럼 여기 오신 지 얼마 안 되시는구먼요."

"나야, 이 풍암산에 사람이 많이 찾아든다고 해서 들어와 살게 된 거지요. 벌써 한 예닐곱 해 됐는가 보우. 그전에야 용문산에서 오래 있었지요."

"6·25 때도 그쪽에 사셨겠군요?"

"웬걸, 그땐 충청도에 살았지요."

"충청도 어딥니까?"

"보은, 거 대추 많이 난다는 데 말이여."

보은, 아버지가 공의가 돼 우리 식구들을 데리고 가 살던 데가 바로 보은군 안에 있는 면 소재지였다. 거기서 심 씨를 만나게 됐던 것이고…… 우리 식구들이 떼죽음을 당한 곳도 바로 그곳이 아닌가.

"영감님 그렇다면 혹시 심재봉이라는 사람 기억나십니까? 보은군 일대서 뱀꾼으로 이름이 나 있었을 텐데요?"

"전연 듣지 못하던 이름이구먼. 더구나 내야 이 짓을 해 먹고

사는 게 불과 10여 년밖에 안 됐지요. 용문산에서 처음 시작한
것이니까 말씀이야."

나는 그 이상 캐고 싶지 않았다. 설사 이 노인이 심 씨를 안
다고 한들 그것이 무슨 의미가 있단 말인가. 내가 찾고 있는 것
은 심 씨가 아니다. 그렇다고 내 아내의 아버지 용만수 씨의 과
거를 굳이 캐어 그 뿌리를 더듬어보고 싶다는 뜻도 아니다. 나
는 다만 내 마음의 어느 구석에서 일어난 충동에 끌려 이곳까
지 온 것일 뿐이다. 집을 나간 장모와 영채의 행방을 찾는다는
그런 저의가 없다고는 할 수 없어도 그네들의 행방보다 더 크
고 값진 것이 나를 기다리고 있을 것 같은 유혹. 나는 그 유혹
의 손에 이끌려 이곳까지 왔던 것이고 드디어는 내 어린 기억
속의 심 씨와 상봉을 하고 급기야는 들꽃이 하얗게 나부끼는
그 들길을 혼자서 걷게 될 것 같은 예감으로 가슴이 뛰었다. 추
억과 만난다는 것은 즐거운 일이다. 그것이 비록 창자를 끊는
아픔을 동반한 것이라 해도 시간이 흐른 뒤 그런 아픔들은 이
미 아픔 이상의 달콤한 힘을 가지고 나를 맞아주기 때문이다.

"선상님, 반곡이 초행이셔?"

"예, 말만 들었지 처음 와보는 뎁니다. 저쪽으로 올라갈수록
경치가 좋다면서요?"

풍암 계곡 입구에서 등을 돌리며 구불구불 뻗어 올라간 신작
로 그 위쪽 골짜기는 짙푸른 산들에 첩첩이 둘러싸여 마치 산
수화의 한 풍경을 보는 것 같았다.

"선상님, 이 풍암 계곡도 아직 안 들어가보셨지?"

"아직……"

"들어가보셔. 아직 잘 알려지지 않아서 그렇지, 금강산 다음에 설악산, 설악산 다음이 바로 이 골짜기라고 들어갔다 온 사람들이 입을 모읍데다요. 그리고 아까 선상님 말씀마따나 저기 저 반곡 골짜기가 또한 깊이 들어갈수록 경치가 좋습지요. 그런데 그거 참 알 수 없단 말이야."

"뭐가 말입니까?"

"저렇게 경치가 좋은 데서 사람이 그렇게 많이 죽었다니까 말입네다요."

"사람이 많이 죽다니요?"

"선상님, 저 반곡이 옛날 난리 때, 6·25 사변 말이지요. 그때 반곡을 가리켜 쐬렌 모수쿠바라고 했다잖습니까."

"저 마을에서 빨갱이가 그렇게 많이 나왔습니까?"

"많이 나오다마다! 나두 예 와서 살면서 들은 얘기지만 마을 사람 태반이 빨갱이가 됐다더군."

"용 씨네 사람들이었군요?"

"그렇지요. 거 우스운 건 난리가 일어나기 전부터 용 씨네가 두 패로 나뉘어 아옹다옹 싸워왔는데 난리가 터지면서 바로 이때로구나 하고 서로 죽이고 죽고 한 거겠지요. 물론 타성바지두 많이 죽었겠지만 말씀이야."

그렇게 얘기를 풀어놓던 백 노인이 갑자기 앞에 놓인 빈 술병과 술잔을 잡초 사이로 던져 넣었다.

"선생님, 그 과자두 이리 주셔, 저놈의 자슥 꼴 보기 싫어서 원."

백 노인이 내려다보는 개울가에 아까 가겟집에서 만난, 김택준이라고 제 소개를 한 미친 사람이 우리 쪽을 향해 휘적휘적 올라오고 있는 게 보였다.

"아까 가겟집에서 보았는데, 머리가 좀 돈 사람 같더군요."

"모르지요, 괜히 멀쩡한 놈이 그 지랄하고 사는 건지."

"원래는 반곡 용 씨라면서요?"

"그렇다더군요. 빨갱이 짓을 하다가 잡혀 읍내로 끌려가는 도중에 분명히 물에 빠져 죽었는데 2년 뒤엔가 살아서 돌아왔더랍니다요. 모두 귀신이 나타났다고 야단났었던 모양이에요. 그래 경찰서에서 끌어다가 여러모로 조사를 해보니까 죽은 용택준이가 분명하긴 한데 이미 미친놈이라고 해서 그냥 풀어주었답디다요. 허긴 그 난리 때 뭘 제대로 알고 빨갱이 된 사람 있습니까요. 망둥이 뛰니까 전라도 빗자루 뛴다는 식으로 그냥 어— 하고 날뛰다가 당한 사람이 태반이지요."

어느새 그가 우리들 곁에 다가와 있었다. 그는 나 같은 사람은 본 적도 없다는 투로 거들떠보지도 않았다. 백 노인이 미리 준비한 백 원짜리 동전 하나를 내밀었다. 그의 눈에 번쩍번쩍 광기가 역력했다.

"영감, 오늘 산에 올라간 사람 모두 몇 명이여?"

제법 위엄 있는 목소리로 그가 물었다.

"백스물다섯 명이오."

"좋아, 계속 감시하도록! 그리구 물에다가 오줌 싼 놈은 몇 명이여?"

"예, 세 놈입니다요."

"좋아, 그 세 놈 모두 총살해!"

"옛, 옛!"

꼭 어린애들 장난 같았다. 그러나 그 표정들은 사뭇 그게 아니었다. 그가 모자 쓴 이마에 손을 얹고 풍암 계곡을 유심히 살피고 있었다. 백 노인이 속삭였다.

"자기가 풍암산 책임자라나요. 왜정시대 즈 아버지두 이 일대 산을 지키는 산지기였다고 남들이 그러더군요. 참 선상님, 아까 반곡리 누굴 아느냐고 물으셨어? 저 작자가 저래 미쳤어두 사람 이름 하나 외는 건 기가 막힙니다요. 머리가 어떻게 좋은지 죽은 사람 산 사람 인근 마을 사람들 이름을 떠르르 꿰뚫어요. 지서에서두 저번짝에 뭘 조사하러 왔다가 저 작자한테 도움을 청할 정도였으니까요. 아까 뭐시라더라?"

"용만수 씨라고……"

"어이, 김 주사님, 용만수가 어데 사는 누굽니까요?"

산을 쳐다보고 섰던 그가 회딱 우리들 쪽을 돌아다보았다.

"용무가 뭔가?"

"예, 용만수란 사람이 어데 사는 누굽니까요?"

그렇게 생각하고 보아서인지 갑자기 그의 눈에 이상한 빛이 돌았다. 나는 숨이 막히는 것 같았다.

"용만수, 죽었어!"

"언제, 왜 죽었습니까?"

백 노인이 내게 눈을 꿈쩍해 보이면서 물었다.

"각하! 대통령 각하! 이승만 대통령 각하 만세! 대한민국 만세!"

느닷없이 두 손을 번쩍 쳐들고 소리치는가 했더니 그는 어

289   여름의 껍질

느새 휘적휘적 뚝방을 내려가고 있었다. 나는 몸의 긴장을 풀면서 생각했다. 싸움은 끝나지 않았다. 그러나 그 껍질이 떨어지기까지 상당 기간 통증과 껍질이 벗겨진 상처 부위의 쓰라림은 더 오래오래 계속되리라.

사람이 사람을 사랑하지 않는 한 어쩌면 그 껍질은 더 오랫동안 연약한 우리 민족의 속살을 각질로 굳혀 티눈처럼 아프게 우리 자신을 괴롭힐지도 모른다. 내 이웃의 아픔을 내 것처럼 나누어 갖지 못하고 오히려 그 껍질의 그늘 속에 기생하며 그 껍질을 뒤집어쓴 우상을 숭배하려는 그런 사람들이 줄어들지 않는 한 우리들은 좀 더 오래오래 고통받아야 마땅할 것이다. 그러나 신이 우리 인간에게 선심 쓴 그 사랑의 힘을 빌려 우리가 좀 더 부드럽게 남의 아픔을 어루만질 수 있을 때……그러나, 나는 진정 부끄러웠다. 나는 무엇인가, 내가 누구를 사랑할 수 있을 것인가. 한 가정에서 이루어지는 최소한의 이해와 관용과 사랑을 획득하지 못한 이 평범한 사내…… 내가 진심의 사랑으로 그네들을 보살폈던들 그네들이 집을 떠났을 것인가. 아내가 내 뜻을 거역한 것은 아내의 말대로 내가 위선의 탈을 쓰고 있었기 때문이다. 왜 나는 좀 더 그네들 앞에 허심탄회한 심정으로 나를 보여주기를 꺼려 했던가. 어째서 일방적으로 아내가 나만을 이해해주기를 원하고, 그네가 왜 그처럼 고통스러워하는가에 대해서는 얼굴을 돌려왔단 말인가. 왜 진작 그네들 고통받는 그 참담한 얼굴이야말로 내게 보여주는 진정한 사랑이었음을 간파하지 못했단 말인가.

"선상님, 뱀 구경하시구 싶으시면 내려갑시다요."

개울 건너 신작로 위에 관광버스 두 대가 또 도착해 있었고 거기서 내린 사람들이 울긋불긋 개울을 건너고 있었다.

그중 몇 사람이 아카시아 수풀 있는 쪽으로 다가오고 있는 게 보였다.

백 노인을 따라 그곳까지 내려와보니 돌로 만든 아궁이가 셋에 그 위에 주전자처럼 생긴 오지 탕관이 걸려 있었다.

두 군데 탕관에서는 물이 끓고 있는 모양이었다. 좀 전의 그 예닐곱 살쯤 돼 보이는 여자애가 냇물에서 사기 그릇을 씻어가지고 올라오고 있었다.

남녀 두 쌍, 네 사람의 등산객들이 백 노인과 생사탕 흥정을 벌였다.

"할아버지, 뱀이 그렇게 좋아요?"

얼굴이 검고 입술이 두꺼운 삼십 대 후반쯤 돼 보이는 여자가 함께 온 남자 옆구리를 꾹 찌르면서 물었다.

"안 좋으면 이 늙은이가 허구한 날 이런 걸 하고 앉았겠수?"

"뱀이 위장병에두 좋다면서요?"

여자와 함께 온 얼굴이 좀 파리해 뵈는 남자가 멋쩍어하면서 물었다.

"좋다마다. 폐병에 좋구, 기 허한 사람들한테 맞는 뱀이 따로 있는 거구. 뱀 잡쉬 안 듣는 병이 없습니다요."

"한 탕 달이는 데 얼마예요?"

다른 쌍의, 얼굴이 깡마른 여자가 함께 온 여자와 눈을 마주쳐 웃으며 묻자, 백 노인은 바위 밑에 놓여 있는 마대 쌀자루를 번쩍 들어 올리며 말했다.

"우선 뱀을 보고 정하셔. 그냥 몸보신으로 잡술 건지 아니면 어디가 어때서 잡숫구 싶다. 그걸 말씀허시면 거기에 맞는 것이 있는 거니까. 어서 말씀들 하셔."

"그래도 대충 값을 알아야죠?"

"한 탕이 세 마리야. 서울하곤 달라. 직접 눈으로다 집어넣는 걸 확인하시고 이따 산에서 내려오시기까지 풀지 않고 있을 거니 와서 보시구 풀어 잡숴. 생사에 따라 한 탕에 오천 원부터 보통 만오천 원까지. 하긴 큰 능사, 능구렁이 말이여, 그거 하나 잡술려면 오만 원두 넘지만서두 말이여."

등산객들은 서로 눈짓을 하며 값이 괜찮다는 신호를 했다.

"할아버지, 남자들한테 좋은 걸로 해주세요. 순희네두 시키구 가아!"

얼굴 검은 여자가 스스럼없이 주문을 했다.

"잘하셨어. 보아하니 여기 계신 남자분은 안 된 소리 같지만 뱀들 좀 잡숴야 하시겠어. 남자란 자고로 힘이 있구 볼 거여."

그러면서 뱀자루를 여는 백 노인이었다.

"자, 보셔. 서울 것들하곤 달라. 무자수(물뱀)는 없어. 그건 못 먹는 뱀이여. 이게 화사고 이것이 바로 살모사란 게여. 이게 칠점사란 게고……"

여자들은 남자들의 팔에 매달려 지레 겁먹은 표정으로, 그러나 자글자글 정욕이 담긴 그런 눈을 번뜩이며 뱀 자루를 들여다보다간 자지러지게 몸을 비틀어댔다. 밤이면 그 깊디깊은 욕정의 불을 숙이지 못해 헐떡이며 안타까이 열기를 뿜을 그런 몸뚱이, 나는 그네에게서 눈을 돌렸다.

미안해요, 여보. 아내는 한낱 성기를 가진 밋밋한 나무토막이었다. 몸을 열되 던지듯 내맡기고, 자신이 불붙으려고 고심할수록 그네들의 육체는 식어갔다. 처음에는 내 쪽의 결함이요, 무능력이라고 당황한 적도 있었다. 그러나 나는 차츰 아내가 항상 거느리고 있는 그 차갑고 무표정한 분위기의 근원에 대해 뭔가 알아지는 것 같았다. 그네의 불감증은 곧 그네만이 가진 고통과 상통하고 있음을 어렴풋이 헤아리기 시작했던 것이다. 한 여자가 자신의 불감증을 자각하는 것은 곧 그 여자의 생명의 불꽃이 꺼져가는 것과 다름없다. 미안해요, 여보. 그네는 남편과 잠자리를 함께하는 걸 내놓고 고통스러워하지는 않았지만 그 행위가 끝날 때마다 나는 그네가 조금씩 조금씩 죽어가고 있음을 알았다. 그네의 죽음에 이르는 고통이 서서히 내게로 옮아오고 있음을 안 것은 결혼 2년째 되는 해부터였다. 아내와 내가 말다툼을 하고 그것으로 해서 장모와 영채가 집을 나가버린 그 며칠 뒤 나는 실심한 아내를 위해서, 다른 부부가 그렇게 하듯 그 행위를 원한 것이고 그네 또한 순순히 나를 맞았던 것이다. 그러나 그것은 내 불찰이었다. 행위 중에 아내는 히스테릭한 발작을 시작했고 그 무서운 발작으로 해서 나는 그날 이후 아내와 똑같이 죽음에 이르는 고통을 맛보기 시작했던 것이다. 그 이후 우리 부부는 우리들의 끈질긴 노력에도 불구하고 단 한 번의 행위도 성사시키지 못했다. 그때 아내가 발작하는 순간 내 머릿속에 떠오른 것은 심 씨와 그 아들 기중이의 얼굴이었다. 그것이 아니라 노송에 목매달아 죽은 처녀의 그 긴 혓바닥과 늘어진 사지였는지도 모르겠다. 어쩌면 그것은 커다란 싸리 다래끼 속에 들어 있는 죽은 갓난애의 그 푸르뎅뎅한 몸뚱이였을 것이다.

"잘들 보셔. 화사 한 마리, 칠점사 하나 그리고 요놈 살모사 하나― 이렇게 셋을 넣을 거니 말이여."

백 노인이 뱀 자루를 벌려 그 끝을 옆에 선 여자애한테 쥐게 했다. 칠십이 넘은 아버지와 예닐곱 살 딸이 돈벌이를 함께 하고 있는 풍경은 결코 좋아 보이지 않았다. 백 노인의 얼굴이 점점 교활해 보임은 그 어린 딸 때문인지도 몰랐다. 단발머리의 그 어린 것은 노인을 위해서 자루 아가리를 한껏 벌렸다. 노인이 특수하게 만들어진 나무집게로 자루 속에서 뱀 한 마리의 허리를 집어 올렸다. 그리고 왼손으로 잽싸게 뱀의 머리 부분을 쥐었다. 그다음 서류를 찝는 큼지막한 부채꼴의 쇠집게를 뱀의 대가리에 물렸다.

"뱀은 대가리부터 죽이지 않으면 안 되어."

그러면서 뱀의 대가리가 물린 쇠집게를 물이 펄펄 끓는 오지 탕관 속에 담갔다. 몸을 뒤틀며 요동하던 뱀이 불과 삼십여 초 후에 축 늘어졌다. 그러나 뱀은 아직 죽지 않고 있었다. 백 노인은 그 덜 죽은 뱀을 양동이 속에 넣은 다음 손가락으로 배 비늘을 훑어버렸다. 허물을 벗듯 뱀의 뱃가죽 비늘이 벗겨지자 백 노인은 아직도 산 뱀을 끓는 물속에 덤벙 집어넣고 오지 뚜껑을 닫아버렸다. 불과 2분도 안 되는 사이에 끝나버린 것이다. 무엇이든 그 일에 숙련된 전문가가 하는 일은 보는 사람으로 하여금 감탄과 일종의 미학적 충동까지 불러일으킨다. 백 노인이 두번째 뱀을 죽이기 위해 나무집게를 자루 속에 집어넣을 때였다. 아카시아 숲에서 매미가 자지러지게 울기 시작했다. 참매미의 그 세찬 울음소리가 갑자기 내겐 하모니카 소리로 들렸다. 내가 하모니카를 불었다. 꽤액 높은 음으로 자지러지는 소리를 냈다. 심 씨와 그 아들 기중이가 고개를 돌렸다. 그 순간 기중이의 외마디 비명이 터졌다. 기중이가 몇 발짝 내닫는가 싶었는데 그대로 땅바닥에 나뒹굴기 시작했다. 두 손을 사타구니 속으로 밀어 넣고 몸을 새우처럼 동그랗게 오므려 뒹굴었다. 뒹구는 기중이 곁으로 자루를 빠져나온 뱀들이 술렁술렁 앵두나무 밑으로 기어드는 게 보였다. 내 느낌에 심 씨는 나무집게를 손에 든 채 꽤 오랫동안 내가 있는 우리 집 안채 쪽을 멍청히 쳐다보고만 있었던 것 같다. 그러나 심 씨는 어느새 땅에 뒹구는 기중이한테 달라붙어 살모사가 문 팔목을 입으로 빨아대기 시작했다. 그러다가 무슨 생각을 했는지 기중이를 들쳐업고 우리 집 안마당으로 뛰쳐나왔다. 그는 안마당에서 어쩔까 잠시 망설이더니 바로 우리 집의 바깥채인 병원 쪽으로 달려갔다. 심 씨가 아버지를 찾으러 안채로 뛰어든 것은 조금 뒤였을 것이다. 그때 아버지는 오랜 여행의 여독을 푸느라 안방에서 잠을 자고 있었던 것이다. 심 씨에 의해서 잠이 깨어난 아버지는 불같이 화를 냈다. 짚신을 신은 채 대청에 올라온 심 씨의 뺨을 서너 차례 올려붙였다. 그렇게 뺨을 맞으면서도 심 씨는 대청에 무릎을 꿇고 두 손을 모아 아버지한테 애원하고 있었다. "기중인 으르신 자식이 아닙네까!" 심 씨가 그렇게 말하는 소리를 나는 분명히 들었다. 어머니에게 떠밀려 병원으로 나간 아버지는 기중이를 만져보지도 않았다. 기중이의 까맣게 죽은 얼굴빛만 그윽히 내려다보다가 고개를 서너 번 흔들고 안채로 되돌아가려 했다. 심 씨가 아버지의 모시 바지 자락을 붙들고 늘어졌다. 그러나 아버지가 단호하게 뿌리친 다음 횅하니 안채로 사라졌다. 심 씨가 뿌르르 일어나더니 나무 침대에 누워 있는 기중이를 들쳐 업고 밖으로 미친 듯이 내뛰었다. 나중에 들은 얘기로는 어느 집 중돼지 한 마리를 심 씨가 잡았다는 것이었다. 다짜고짜 주인의 허락도 없이 돼지울에 뛰어든 심 씨는 돼지 배를 가른 다음 그 돼지의 배 속에다 기중이의 팔을 집어넣고, 부자가 돼지 피로 흠뻑 젖은 채 몇 시간이고 그렇게 부둥켜안고 있더란 것이다. 기중이가 죽은 것을 안 것은 다음 날 새벽이었다. 우리 집 바깥채에 붙은 아버지의 병원 유리창이 깨지는 소리에 우리 식구들은 놀라 깨어났다. 병원 문짝도 모두 박살이 나 있었다. 그 어둑한 새벽녘 심 씨를 보았다는 사람이 있었다. 그렇게 마을을 떠나버린 심 씨였다. 6·25 사변이 일어나기 두 해 전이었다. 마을을 떠났던 심 씨가 다시 마을에 나타난 것은 빨갱이 세상이 됐을 때였다. 심 씨가 빨갱이가 된 것은 아버지 탓에 기중이가 죽었다고 생각한 때문일 것이다. 빨갱이가 되어야만 우리 식구들을 쉽게 죽일 수 있었을 테니까. 그는 빨갱이가 되어 자기 뜻대로 복수를 했다. 내가 이 세상에 남아 있는 것 말고 우리 식구들은 모두 그의 손에 죽었으니까 말이다. 그러나 심 씨가 우리 식구들을 죽였다고 하는 것은 다만 내 짐작일 뿐이다. 심 씨가 그런 짓을 하는 것을 본 사람이 아무도 없었으니까. 설사 누가 그것을 보았다 해도 이 세상 천지에 혼자 남겨진 아이에게 그것을 어찌 일러주었겠는가. 어쨌든 내가 나이 든 후에 괴로워한 것은 내 하모니카 소리로 해서 어쩌면 나와 한 핏줄이었을 기중이와 드디어는 내 식구들을 다 잃었다는 그 죄책감에 앞서, 심 씨가 우리 식구들을 죽였을 것이라고 단정해버린 그것 때문이었다. 만에 하나라도 그 일을 심 씨가 하지 않았다고 하면 나는 아직도 심 씨에게 부채가 남아 있는 그런 입장에 놓이는 것이기에 어쩌면 부질없는 한낱 감상주의에 불과한 그러한 생각을 근거로 하여 내가 가끔 괴로워하고, 그 고통을 벗어나려 안간힘 쓰는 그런 일을 두고 내 아내는 위선이라고 못 박아버리곤 했다. 이를테면 영채를 향한 내 미묘한 감정의 움직임 같은 것.

달맞이꽃 2

"어머니, 배 안 고프세요?"

은주가 말한다. 다른 집 애들처럼 엄마란 호칭을 쓰지 못한다. 배고프다고 떼를 써야 할 그런 나이에 간접화법을 써 제 의사를 전한다. 몸뚱이와 나이만 어릴 뿐 생각하는 건 그대로 어른이다. 얻어다가 기르는 애라는 걸 알 턱이 없을 것이지만, 뭔가 전해지는 느낌이 없지 않고서야 그럴 수가 없다. 물론 은주가 그처럼 눈치꾸러기가 된 건 전연 내 탓임을 알고 있다. 나는 이때까지 은주를 사랑해본 적이 없다. 그렇다고 은주가 집에서 전연 사랑을 못 받는 건 아니다. 어머니가 이 아이를 친손녀처럼 보살폈고 남편이 또한 남의 집 아빠들처럼 사랑의 손을 주었다. 어머니나 남편은 진정으로 은주를 사랑하고 있었는지 모른다. 그러나 그들은 자신들의 은주에 대한 사랑이 내 자존심에 상처를 낼 것을 몹시 염려하는 것처럼 보였다. 그네들은 내 눈치를 보아가며 야금야금 은주를 보살폈다.

새엄마래. 은주가 제 친구들한테 내놓고 그렇게 말하는 걸 어머니가 들었던 모양이다. 네 배 속으로 애를 낳지 못하면 남의 자식이라도 사랑할 줄 알아야지, 어머니는 그렇게 말하고 싶었을 것이다. 물론 어머니는 내가 애낳이를 하지 못하는 것이 전연 자기의 책임이라도 되는 듯 사위 앞에 얼굴을 쳐들지 못했다.

서른세 살에 남편과 결혼했다.

"용 선생이 결혼을 하다니! 정말 서쪽에서 해가 뜨겠는걸."

동료들이 흥을 보았다. 저렇게 차가운 여자가 어떻게 남편과 잠자리를 함께하고 애를 낳고 가정을 꾸려갈 것인지 회의하는 그런 뜻이었을 것이다. 그네들이 그렇게 생각했다면 그것은 백번 옳았다. 나는 결혼 초부터 2년여는 그런대로 이것이 가정이로구나, 이것이 바로 행복이구나 하는 생각을 하면서 살 수 있었다. 나중에 깨닫게 된 사실이지만 그렇게 내가 잠시나마 행복이란 걸 느낄 수 있었던 것은 전연 남편의 일방적인 양보와 관용에서 얻어진 것이었다. 나는 한 지아비의 아내가 될 여건을 너무나 갖추고 있지 못했다. 일방적으로 남편의 그 끈질긴 애무에서 시작된 잠자리가 끝났을 때 우리는 서로 몸을 떼고 오랫동안 침묵해야만 했다. 그 침묵의 시간에 나는 달맞이꽃이 흐느끼듯 핀 그 개울가를 생각했다. 아버지 얼굴이 보였고, 아버지가 죽인 점수 삼촌도 보았다. 물방앗간 밖 수차 바퀴에 거꾸로 걸려 죽은 재명이의 부릅뜬 눈이 나를 노려보고 있었다. 더 무서운 건 숨소리조차 내기를 겁내고 내 곁에서 침묵하고 있는 내 남편이었다. 잠들지 않은 게 분명한데 남편은 그 숨 막히는 침묵으로 내 몸에 더 무서운 결박을 지었다.

"고압니다."

결혼을 전제로 해서 그를 처음 알게 됐을 때 묻기도 전에 자신의 가족 상황을 그렇게 말해준 남편이었다. 조실부모했지요. 물론 우리의 결혼식에는 그의 친척들이 몇몇 하객으로 나타났고 결혼 후에도 계속 왕래를 하고 있는 편이지만 그네들 역시 남편이 어떻게 고아가 됐는지 그 사실을 말하지 않았다. 실상 그네들 역시 남편에 대해서 아무것도 알고 있지 못한 것 같았다. 남편이 고아라는 사실 때문에 어머니는 더욱 전전긍긍해서 내가 그의 씨를 배 속에 가져주기를 고대했던 것이다. 그러나 그의 내심이 어떠했는지는 모르나 그는 이쪽에서 그 사실을 두고 안타까워할 때마다 분명하게 잘랐다.

"아이를 원해서 당신과 결혼한 건 아니오."

어떻게 들으면 그것은 여자인 나를 모독하는 말이었다. 나는 항의했다. 그럼 무엇 때문에 결혼을 한 건가요? 그가 대답했다.

"가정을 갖고 싶었소. 사랑을 나눌 수 있는 그런 가정 말이오."

우리들의 아이가 있어야 가정이 이루어지는 거예요. 아이가 없는 가정은 그냥 가정의 껍데기일 뿐이에요.

"물론 우리의 아이가 있으면 더욱 좋겠지. 그러나 우리 집에는 우리가 사랑해야 할 사람들이 둘이나 있소. 당신의 어머니와 당신의 동생이오. 특히 영채 처제는 우리가 사랑하지 않으면 한없이 불행한 그런 사람이잖소."

영채를 사람으로 생각해서 억지로 그렇게 내키지 않는 사랑을 베풀 필요는 없어요. 내가 빈정거렸다. 그러나 나는 그가 우리 집 식구들에게 베푸는 마음 씀씀이를 통해서 그와의 결합을 축복받아 마땅한 일이라고 자위할 수 있었다.

영채에게 기울이는 남편의 정성은 믿어지지 않을 정도였다.

"처제가 지금 몇 살이오?"

우리가 결혼했을 때 영채는 스물셋이었다. 그러나 대부분의 정신박약아가 그렇듯 신체 기능이 어딘가 모르게 불균형하고 부자연스러워 서너 살 어린아이를 보는 것 같았다. 두말할 것도 없이 영채는 백치였다. 주의력도 이해력도 제대로 갖추지 못했으며 누구 앞에서나 옷을 내리고 대소변을 보는 등 자기 건사를 제대로 할 줄 몰랐다. 언어가 느릴 뿐 아니라 마치 비공에서 소리가 나오듯 불분명했으며 영채가 구사할 수 있는 단어는 겨우 수십 개에 불과했던 것이다. 어무이, 어—엉니, 바—압, 주—라. 어렸을 적 한때 기대를 갖고 입소시켰던 정신박약아 학교에서 알려준 바에 의하면 영채의 지능지수가 40 정도라 했다.

"이 정도면 백치는 아닙니다. 노둔이라고 할 수 있겠죠. 노력 여하에 따라서 교육도 가능합니다. 사회에 나가 적응할 정도까지는 기대할 수 없지만 최소한 자기 건사는 할 수 있고 남에게 자기감정을 전달할 수는 있지 않을까 합니다."

그러나 그것은 영채에게 심한 전간 증세가 없다는 것을 전제

했을 때의 얘기였다. 그런 면에서 영채는 확실히 저주 받은 인생이었다. 갖은 병신이었다. 영채는 한 달에 한 번 정도 심한 발작을 일으켰다. 내가 가끔 일으키는 신경성 발작과는 또 다른 것이었다. 지랄병. 영채는 혼자 우두커니 서 있다가도 갑자기 무서운 것을 본 아이가 놀라 자빠지듯 그렇게 눈을 부릅뜨고 넘어져 경직성 경련을 일으켰다. 땅바닥에 냅다 팽개쳐진 쥐가 사지를 뻗어 경련하며 죽어가듯 영채의 얼굴은 파랗게 질려 호흡도 멈춰진 채 입에 게거품을 내뿜으며 2분 정도 혼수상태에 빠져드는 것이다. 이럴 때는 영채를 낳은 어머니마저 얼굴을 돌리며 속수무책으로 멍청히 서 있게 마련이다. 나는 영채의 그 발작이 있을 때마다 저대로 그냥 죽어주었으면 하고 얼마나 바라왔는지 모른다.

"처제가 저렇게 된 건 언제부터요?"

"세 살."

나는 그것이 선천적인 것이라고 거짓말을 할 수가 없었다. 영채에게 나타나는 그 두 가지 증세는 분명 세 살 전에는 나타나지 않았던 것이다. 하긴 내가 늘 마음속에 한 가닥 구원받고 있는 것은 영채가 지닌 그런 병 증세는 유아기에는 뚜렷하게 진단을 내릴 수 없는 경우가 많다는 정신박약아 학교 사람들의 말 때문이다. 어쩌면 영채는 태어나기 전, 어머니의 배 속에서부터 그런 저주를 받고 있었는지도 모른다. 비록 내 기억에 세 살까지의 영채가 그처럼 똑똑했던 것으로 남아 있다 하더라도 그것은 '그랬을 것이다' 하는 내 추측에서 비롯된 착각일 수도 있지 않은가. 사실 나는 그때 국민학교를 갓 나온 열세 살 어린 나이였으니까.

"우리 함께 노력해봅시다."

우리 모녀가 이미 포기한 영채의 문제를 남편이 맡고 나섰다. 영채를 집 안의 밀폐된 그 좁은 골방에서 해방시켰다. 어머니만이 할 수 있는 병신 계집애의 뒷바라지를 그가 자진해서 맡고 나선 것이다. 이 세상에 태어나 처음으로 사람대접을 받는 병신 딸에게 새 옷을 갈아입히는 어머니의 손길은 떨리고 있었다. 호랑이도 제 새끼를 귀여워하면 게게 침을 흘린다는데 하물며 병신 자식이 사위로부터 사랑을 받는 것을 보는 어머니의 심정은 오죽했겠는가. 남편은 스물세 살 먹은 계집애를 꼭 갓난어린애 다루듯 했다. 어머니가 사위를 맞은 뒤로는 더욱 신경을 써서 영채를 깨끗이 가꾸어놓은 때문이기도 하지만 남편의 사랑을 받는 영채는 신기할 정도로 바뀌어갔다. 엉부, 엉부, 꼬옻. 도온 쥐라. 어휘력도 늘어갔다. 서른 중반의 사내가 집에서 시간만 나면 영채와 어울려 소꿉장난을 놀 듯 그렇게 어울려 놀아주었다. 매일매일 장난감을 사다가 안겨주고 어떤 때는 우정 시간을 내어 영채에게 동물원 구경도 시켜주었다. 영채가 한 달에 한 번씩 하는 그 발작 증세에 대해서도 자신의 손수건을 꺼내 게거품을 닦아주는 등 세심한 데까지 신경을 썼다. 어떻게 보면 이이가 영채를 무슨 실험 대상으로 쓰고 있지 않나 하는 의심이 들 정도로 매일매일 철저했다. 또 처음에는 갓 결혼한 부부로서 아내나 장모에 대한 한낱 예우의 표시로서 그렇게 하는 거겠지 하는 생각도 해보았다. 그러나 영채에 대한 남편의 정성은 한낱 동정심에서 우러난 그런 상투적인 사랑이 아님을 곧 알아낼 수 있었다.

기적이 일어나기 시작했다. 사람을 무서워하던 영채가 사람을 따르기 시작한 것이다. 짐승처럼 골방에 처박혀 하루 내내 낮잠을 자던 영채가 햇빛을 쬐고 싶어 마당을 거닐었다. 언니인 나를 그처럼 무서워하던 아이가 내가 퇴근해 돌아오면 손수 문을 따주고 손을 내밀었다. 제 형부가 돌아오면 숫제 그의 어깨에 매달렸다. 이처럼 사랑받기를 강요하는 이 어처구니없는 사태 앞에 어머니는 그것을 대견스러워하기에 앞서서 내 눈치 살피기에 여념이 없었다. 나는 이상하게도 영채가 남편에 의해 기적처럼 살아 오르고 있는 사실에 대해 참을 수 없는 모욕을 느꼈다. 나로서도 이해할 수 없는 감정이었다. 나는 더욱더 영채를 멸시했고 나한테 송구스러워하는 어머니에 대해서도 형언하기 어려운 적개심을 품게 되었다. 어머니에게 그것이 옮겨 가지 않을 수 없었다. 어느 날 남편이 영채를 마당에서 데리고 놀고 있을 때 어머니가 내 눈치를 보며 말했다.

"남들이 보면 흉보겠재?"

당신의 눈에도 사위가, 아무리 병신인 딸이긴 하지만 나이는 먹을 대로 먹은 영채와 저처럼 어울리는 게 보기에 이상했던 모양이다. 내가 대답하지 않자 어머니가 말했다.

"한 서방이 나이는 많고 아직 애기가 없어 그럴 거다."

어머니가 그런 의견을 내놓았고 나도 못 이기는 체 따라 한 것이 영아원에서 아이를 데려오는 일이었다. 남편도 어쩐 일인지 순순히 따랐다. 우리가 찾아간 그 영아원에서 그때 우리 앞으로 입양시킬 아이는 은주밖에 없었다. 어머니와 나는 더 기다려 사내애를 데려오자고 했지만 남편은 그것을 마다했다. 결국 은주를 데려오게 됐던 것이다.

은주를 데려온 뒤에도 남편은 영채에 대한 정성을 그대로 쏟았다. 물론 은주를 내 자식이라고 생각한 남편의 은주에 대한 사랑도 명색이 에미인 나보다 훨씬 더 짙은 것임은 두말할 것도 없었다.

그럴 즈음 어머니와 영채가 집을 나갔던 일이 생겼던 것이고, 그 일 이후부터 우리 내외는 가슴에 서로 더 깊은 강을 파이제는 아무리 애써 헤엄쳐도 건널 수 없는 그런 강물이 흐르는 몇 년의 세월을 보냈던 것이다. 한 집안에서 얼굴을 맞대고 살되 가족이라는 형식적 개념의 틀 이상의 그 어떤 따뜻한 감정의 교류도 갖지 못한 부부. 불 꺼진 가슴들의 그 공허한 대화. 그 몇 년 세월은 우리 내외에게는 글자 그대로 천형이었다고 할 수 있다. 나나 그이나 모두 마흔세 살.

은주가 틀어놓은 트랜지스터에선 한시 시보가 울리고 있었다.

나는 서둘러 은주에게 점심을 차려주었다. 주방에서의 모든 것이 시름하기만 했다. 내 집 내 부엌인데 찬장을 열어보면 냄비 하나하나가, 깨끗이 씻어 엎어놓은 그릇 하나하나가 모두 낯설기만 했다. 어느 것이 맛간장인지 어느 것이 집에서 담근 간장인지 분간을 할 수 없었고, 막상 젓가락 하나를 맞춰놓으려 해도 한참씩이나 더듬대야 했다. 어머니가 영채와 함께 집을 나간 이 일주일이 내게는 온통 서름한 것뿐이었다. 오직 어머니의 손길에 의해서 길들여진 집안 구석구석의 가재도구들이 내가 서름서름 다가갈 때마다 요란한 비웃음 소리를 내는 것 같았다. 오직 두 딸을 위해서 그 치욕스런 삶을 지탱해온 내 어머니의 30년 세월이 한꺼번에 커다란 덩어리를 이루어 마치 가위눌리듯 그렇게 덮쳐오고 있었다. 병원의 그 피걸레를 빨아 딸의 학비를 댄 어머니. 병신 자식이 발작을 할 때 혀를 깨물어 그 피가 턱으로 벌창을 이루자 당신 스스로의 혀를 깨물어 영채와 함께 10여 일 입에 곡기를 넣지 않은 그 무서운 표정. 그리고 그렇게 어렵게 키운 딸자식의 눈치를 보며, 딸네집 식모살이를 해온 어머니. 두 딸의 얼굴을 매일매일 바라보면서도 30년 저쪽 그때 겪은 치 떨리는 얘기를 단 한마디도 서로 나눌 수 없었던 그 견딜 수 없는 형벌의 시간.

"어머니, 외할머니하고 이모 언제 오시는 거예요?"

마루 한가운데 뎅그라니 앉아 밥을 먹고 있던 은주가 물었다. 눈이 유달리 까맣고 살갗이 또한 검다. 저 애를 만든 그 당사자들은 지금 어디서 무엇을 하고 있을 것인가. 수없이 생각해왔고 그 생각에 이를 때마다 혐오로 몸이 떨렸다. 적어도 저 애는 정상적인 남녀의 관계로 만들어진 애가 아닐 것이라는 불결한 생각 때문이었다.

"은주야, 이제부터 어머니라고 부르지 마."

좀 더 따뜻하게 얘기하려 했지만, 내 목소리는 내가 생각해도 뻣뻣하고 차다.

"그럼 뭐라고 불러요, 어머니?"

"엄마라고 불러라."

"어머니가 야단했잖아요. 그렇게 부르지 말라고."

"밥이나 먹어!"

나는 결국 퉁명스럽게 내쏘고 말았다. 내 눈치를 보며, 내 기분을 맞추려고 스스로 저 자신을 길들이는 여섯 살 먹은 계집애에 대한 형언하기 어려운 적개심이 살아오는 것이다. 그것은 남편에 대해 수년간 내가 품어온 적개심이기도 했다.

　남편은 8년여를 여일하게 영채를 길들여왔다. 길들이기. 남편이 가장 싫어하는 말이 바로 길들이기다. 자유주의자인 남편은 인간이 길들여지는 획일적 사회를 혐오하는 것 같았다. 그가 근무하는 직장이, 그리고 그가 담당한 부서가 그런 것이어서 그런지 몰라도 그는 공산주의의 그 막히고 닫힌 체제에 대하여 남다른 적개감을 가지고 있는 듯했다. 그 이유 중의 하나는 인간의 우상화였다. 우상이 있는 집단에서는 인간이 그 존엄성을 잃고 만다는 것이었다. 오직 길들여진 인간만이 우상 앞에 무릎을 꿇게 된다는 논리였다.

　그러한 생각을 가진 그가 구제불능의 저능아를 길들이는 일에 열중하고 있었던 것이다.

　"영채는 인간이지 짐승이 아니란 말이에요. 영채를 길들이는 일일랑 제발 고만두었음 좋겠어요."

　"길들이다니, 말두 안 되는 소리!"

　그에게서 좀체 보기 힘든 노여움의 불꽃이 눈 속에 역력했다. 그는 더 이상 말하지 않았지만, 아마도 이것은 길들이는 것이 아니라 인간이 인간에게 베풀 수 있는 최소한의 사랑이오—그런 뜻의 말을 하고 싶었을 것이다. 사랑, 그는 가끔 사랑이란 단어를 입에 올렸다. 그가 사용하는 사랑이란 어휘는 사람들이 흔히 쓰는 세속적이고 흔해빠진 냄새를 풍기는 대신 여름 대낮 소나기 쏟아져 내린 뒤의 풀밭에서 느끼는 것처럼 쇄락한 것이었다. 나는 가끔 그가 어떤 종교를 가지고 있지 않나 궁금히 여겨본 적도 있었다. 그러나 그는 어떤 종교도 갖고 있지 않았다. 그가 종교를 갖게 된다고 하면 확실히 그의 능력은 지금의 수십 수백 배로 팽배되어 초자연적인 이적을 이룰 수 있으리라고 나는 늘 생각했다. 확실히 그에게는 설명하기 어려운 신비한 힘이 주어져 있었다. 그것은 그가 지닌 신앙의 힘일 것이다. 종교 생활을 하는 신자가 절대자에게 갖는 그런 의식적 측면으로서의 신앙이 아닌, 자기 자신 속에서 키운 어떤 흔들리지 않는 믿음의 힘, 바로 그는 그 힘에 의해 살고 있는 것 같았다.

내가 두려워하고 싫어하는 것이 바로 그의 그러한 완벽해 뵈는 사랑의 힘인 것이다. 나는 어머니가 사위와 대화를 나누면서 지금까지 볼 수 없었던 소탈한 웃음소리를 거침없이 쏟아놓을 때마다 이해하기 어려운 배신감을 느꼈다. 그것은 나 자신도 그의 앞에 무릎을 꿇고 한없이 눈물을 쏟으며 고해하고 싶은 그런 충동 때문이었다. 오직 사람을 미워할 뿐 남에게 나를 줄 줄을 모르는 나의 식어버린 심장을 그에게 내보이며 통곡하고 싶은 것이다. 어제는 이미 지나간 날, 어제의 상처를 자랑처럼 구실 삼아 오늘의 삶을 저버리는 것은 참으로 어리석은 짓이오. 남편이 그렇게 말해주기를 그의 무릎 밑에 꿇어앉아 기다리고 싶었다.

그러나 나는 어느새 입을 앙물고 집 안에 떠도는, 나를 배신한 어머니의 웃음소리를 죽이기 위해 발작을 하곤 했다. 그렇게 되면 어머니는 내가 바란 대로 다시 음울하고 처연한 본연의 얼굴을 되찾아 사위가 애써 피워 올린 마술의 안개를 걷어 우쭐거리는 내 남편을 당혹하게 만드는 것이었다.

"자아, 영채 이모두 은주처럼 이렇게 하나, 두울, 세엣……
그렇지! 아주 잘했어요."

남편은 거의 매일 아침 마당에서 은주와 영채한테 텔레비전에 나오는 미용 체조 비슷한 운동을 시켰다. 여섯 살 은주가 깔깔거리고 서른세 살 영채가 짐승 같은 소리로 키들키들 웃는다.

"얘, 은주 에미야, 영채한테 경도가 있구나……"

4년 전 은주를 집에 들여오던 해 봄 어머니가 대단한 것을 발견한 양 내 귀에 속삭였다. 사실 놀랄 일이었다. 스물여덟 작년까지 일절 그런 흔적도 찾을 수 없던 영채 몸에 기적이 일어난 것이다. 아무리 신체의 발육이 불완전하다 해도 그 나이까지 멘스가 없다는 것은 그리 흔한 일이 아니라고 병원에서도 말했던 것이다. 스물아홉에 비로소 여자가 된 영채였다. 놀라운 것은 이제까지 왜소하고 짜브라졌던 영채의 신체가 몰라보게 달라지기 시작한 일이다. 얼굴도 뽀오얗게 피어올랐다. 가슴도 눈에 띄게 부풀고 궁둥이도 팡파짐하게 벌었다. 더 놀라운 일은 영채가 수줍음을 타는가 하면 사내 앞에서는 얼굴에 교태를 부리기 시작한 것이다. 특히 제 형부한테 그랬다. 형부가 퇴근해 올 시간이면 거울 앞에 앉아 머리를 매만지고 꼭 원색 계통의 옷만 입었다. 그것도 수십 번씩 입었다 벗었다 안절부절이었다. 어머니는 진작부터 그러한 사실을 알았을 테지만 일절 내게 내색을 하지 않았던 것이다. 몸이 아파 결근한 그 하루, 나는 영채의 일거일동을 한 여자의 육감으로서 지켜보았던 것이다. 그 모든 영채의 변화는 10여 년 동안 남편이 기울인 노력의 결과였다. 가히 기적이라고 해야 할 그런 결과가 나타난 것이다.

더욱 놀라운 영채의 변화는 한 달에 한 번씩 주기적으로 일으키던 그 전간 증세의 횟수가 서너 달에 한 번 정도로 줄어든 일이었다. 그 대신 영채는 멘스를 전후해서 신경질적으로 난폭해졌다. 이유 없이 심술을 부리고 은주와 싸움을 벌이는가 하면 손에 잡히는 물건을 아무렇게나 집어 던졌다. 남편이 구해다 놓은 단 한 점의 이조 백자를 박살낸 것도 영채가 멘스를 할 때였다. 때로는 제 형부의 구두나 옷 같은 것들을 저만 아는 곳에 가져다 숨기기도 했다. 내가 그처럼 무섭게 화를 내고 심지어는 머리채를 휘어감아 방바닥에 태질을 쳐 짓밟아도 그 버릇은 고쳐지지 않았다. 오히려 영채는 차츰 나한테까지 적의를 품고 으르렁거렸다. 심지어는 내가 남편과 함께 있는 기색만 보이면 느닷없이 문을 열기도 하고 때로는 이상한 행동으로 남편의 주의를 끌려고 했다.

"이제 처제가 정상적인 생활인이 될 수 있는 가능성을 보이기 시작한 것이오. 지금 우리를 난처하게 만드는 처제의 모든 행동은 가식 없는 인간의 원초적인 모습인 것이오. 정상인으로서는 흉내도 낼 수 없는 순수한 감정의 표출이지."

내가 어느 날 영채의 머리채를 휘감아 방바닥에 태질을 쳤을 때 남편이 한 말이었다. 영채의 이러한 기적과 같은 변화로 해서 내 눈에는 남편이 보다 의기양양한 얼굴을 여봐란듯이 내보이는 것만 같았다. 사실 나는 여자의 육감으로 남편이 영채를 처제가 아닌 하나의 여자로 보고 있다고 못 박아 생각했다. 남편의 눈에서 그런 빛이 보였다. 이즈막에 이르러 아주 드문 일이긴 하지만 남편은 그의 남자가 살아 있음을 과시하려 들었다. 그의 몸에서 전에 맡을 수 없던 남자 냄새가 나기 시작했다. 어쩌다 그의 손길이 내 몸에 닿을 때 나는 송충이를 목덜미에 느끼듯 자지러지게 놀라 그의 손을 밀쳐내곤 했다. 아, 불결해. 나는 내놓고 남편을 경멸했다. 그러나 내가 무서워했던 것은 남편이 영채를 여자로 바라보기 시작했다는 것에 앞서 그가 영원히 잠재운 영채의 의식을 깨우고 있다는 사실이었다. 영원히 잠자야 할 영채의 눈이 떠진다는 것은 내게는 견딜 수 없는 굴욕인 것이다. 영채는 기어코 삼십 년 저쪽 세 살 눈으로 바라본 그 기억을 되살려 내 이마에 대못을 박고 말리라.

영채의 그 눈이 작은 악마가 되어 내가 지금 이쯤이라도 이룩한 내 안락한 뜰의 화초를 여지없이 짓밟아버릴 것 같은 의구심이 불쑥불쑥 치솟을 때마다 나는 영채의 잠자는 의식을 되살려내는 남편에 대해 적개심을 키워갔던 것이다.

그럴 즈음 그 일이 생긴 것이다. 그것은 신이 우리 모녀들에게 내린 또 하나의 저주요, 형벌이었다.

"얘야, 이 일을 어쩌면 좋으냐?"

어느 날 퇴근해서 저녁을 먹고 나자 어머니가 얼굴이 온통 사색이 되어 헐떡거렸다. 내 얼굴을 보기가 무섭게 얘기하고 싶은 걸 저녁을 다 끝낼 때까지 참느라고 무진 안간힘을 한 기색이 역력했다. 남편은 그때 돌아오지 않고 있었다.

"영채가 글쎄……"

어머니의 사색이던 얼굴이 차츰 풀리면서 자포자기한 그런 표정으로 바뀌어갔다. 나는 불현듯 영채의 첫 생리일에 어머니가 보인 그 달뜬 분위기를 느낄 수 있었다. 뭔데 또 그래요! 내가 짜증을 부렸다.

"아무래도 이상하구나, 영채가 글쎄…… 홀몸이 아닌 것 같구나."

그날 밤 물레방앗간에서 몇 번인가 서로 마주보던 그런 암울한 절망의 눈으로 우리는 잠깐 맞부딪쳤다. 어머니가 나보다 먼저 눈을 내리깔았다.

여러 징후로 미루어 영채가 임신을 한 것은 의심할 여지가 없었다. 그것을 확인한 순간 우리 모녀는 맥을 놓고 주저앉았다. 그때 나는 어머니의 눈에서 마을을 떠나며 재명이의 어깻죽지를 물던 그때의 파란 불꽃을 보았다. 살기였다.

밤늦게 돌아온 남편이 세수를 하고 소파에 앉아 신문을 펴들자 나는 내 감정의 삽입 없이 영채의 임신을 알렸다. 그리고 숨을 훅 들이마시며 남편의 표정을 읽었다.

"무슨 소릴 하는 거요?"

처음에 남편은 못 믿어 하는 눈치였다. 그다음은 눈을 크게 치뜨고 경악했다. 그러고 나서 남편은 신문을 들었던 손을 부들부들 떨기 시작했다. 그의 눈 속에 내가 아직 한 번도 보지 못한 그런 무서운 혐오의 불길이 타오르고 있었다. 그는 손에 들었던 신문을 차곡차곡 개어 탁자 밑에 넣은 다음 아주 조용한 동작으로 일어나 찬장 속에서 몇 년째 그렇게 처박혀 있던 양주병을 꺼내 들었다. 다음 날 아침 나는 그 양주병이 3분의 2쯤 비어 있는 걸 발견했다. 사위가 귀가해 다음 날 늦은 시간 출근하기까지 어머니는 일절 그네들의 골방에서 모습을 나타내지 않았다. 암울한 뿌리를 가진 파멸의 그림자가 집 안 구석구석 숨어들며 ㅎㅎㅎㅎ 조소하기 시작했다.

어떻게 해야 할 것인가. 누가 영채의 몸에 저주의 씨앗을 뿌렸는가— 이 마당에 그것은 중요한 것이 아니었다. 그 저주의 씨앗을 어떻게 해야 할 것인가, 그것이 문제였을 뿐이다. 어쩔 것인가.

우리 집 식구들은 누가 누구에게인지 모를 그런 침묵의 시위를 계속했다. 항상 침체된 집안 분위기에 활력을 불어넣으려 그처럼 부심하던 남편마저 바람 빠진 풍선처럼 어깨를 늘어뜨렸다. 그가 평소 즐기지 않던 술까지 먹고 밤늦게 돌아와 곯아떨어지곤 했다. 어머니는 나한테까지 그 얼굴을 내놓기를 꺼려 내가 잠 깨기 전 미리 일어나 아침밥을 지어놓곤 당신 방에 숨어버렸다. 은주도 집안 식구들 눈치를 살피며 비실비실 배돌았다. 그러나 당사자인 영채는 미운 벌레 모로 긴다는 격으로 안하무인 집 안에서 설치기 시작했다. 내가 경험해보지 못한 임신녀들의 그 입덧이란 걸 영채가 시위라도 하듯 보여주었다. 구역질을 하는 것은 그 첫 단계였고 영채는 주방의 찬장을 마구 뒤지며 눈을 번들거렸다. 제 입맛에 맞지 않는 음식은 두말없이 쏟아버렸다. 제 형부가 받고 앉은 밥상 위의 김치 그릇을 들어 올려 마당에 팽개치기도 했다. 무엇이 먹고 싶은데 그것을 먹지 못해 걸신들린 아이처럼 눈을 희번덕이며 이웃집 찌개 끓는 냄새에도 코를 벌름벌름 짐승처럼 으르렁거렸다. 항상 입에 침이 고이는지 거품을 버버하게 물고 집 안 아무 데나 침을 뱉었다. 한창 부었던 얼굴이 몰라보게 짜브라들면서 기미까지 끼었다. 그런 중에도 영채는 제 형부의 얼굴이 방에 보이지 않으면 몹시 신경질을 부렸다. 차마 눈 뜨고 봐줄 수 없는 영채의 그런 작태가 죽음처럼 가라앉은 집안 분위기 속에서 계속되었다. 나는 새벽에 잠이 깨어 집 안이 괴괴하면 가슴을 두근대며 마루로 나가 그네들의 방 안 동정에 귀를 기울였다. 어머니가 영채의 목을 졸라 죽이는 환영 속에 하루해를 보냈다. 퇴근 때면 마음을 다부지게 먹고 초인종을 눌렀으며 문가에서 그네들의 얼굴이 보이게 되는 순간 나는 걷잡을 수 없는 분노로 몸을 떨어야 했다.

집안 식구들의 그 고통스러운 침묵의 시위를 가장 먼저 깬 것은 남편이었다. 영채의 임신을 확인한 지 열흘쯤 뒤였다. 어머니도 차마 못하는 일을 그가 했던 것이다. 남편은 퇴근길에 입덧하는 여자들이 좋아하는 그런 과일류를 사 들고 들어왔다. 영채가 걸신들린 개처럼 헐떡이며 그것을 먹었다. 남편의 얼굴에 전에 보이던 온화한 빛이 되살아났다. 은주를 안아 올린 다음 춤을 추듯 빙그르르 돌았고 은주의 깔깔거리는 웃음소리가 집 안의 가라앉은 공기를 일렁거려놓았다. 그는 영채를 위해 늘 하던 그 아침 체조를 다시 시작하고 있었다. 영채가 수줍음을 타듯 몸을 조그맣게 사리며 남편의 팔에 매달리는 흉물스러운 꼬락서니 꼴을 다시 보이기 시작했다. 남편의 마음에 어떤 심지가 굳어졌다는 그런 느낌이었다.

그러한 남편의 작심에서 비롯된 영채에 대한 사랑 표시가 우리 모녀를 무심중 의기투합케 하는 결정적 계기가 되었다. 그것은 남편에 대한 도전이었다.

"어머니, 영채를 내일 병원에 데려갑시다."

"병원?"

며칠 새에 몰라보게 폭삭 짜브라진 어머니가 멍청한 얼굴을 들었다.

"애를 떼어야 하잖아요."

"그래야 하겠지."

어머니는 다시 고개를 푹 꺾어내리며 기어 들어가는 소리로 중얼거렸다.

"애비도 모르는 자식을 낳게 할 순 없잖아요. 설사 애비가 나타난다 해도 영챈 애를 키울 능력이 없어요."

한참 뒤에 어머니가 고개를 들지 않은 채 입엣소릴 했다.

"글쎄다."

"글쎄라니요? 쟤가 애를 낳을 수 있어요? 낳아서 어떻게 하자는 거예요? 난 이제 진저리가 나서 못살겠어요. 정말 죽고 싶어. 그때 다 죽어버려야 했어. 왜, 그때 다 죽어버리지 않은 거야?"

그때, 그때란 말을 30년 세월 동안 단 한 번도 써오지 않았다. 어떻게 감히 그 말이 우리 모녀 사이에 넉살 좋게 끼어들 수 있단 말인가. 그러나 열화 치민 내 입에서 저주 받아야 마땅할 그 말이 쏟아져 나오고 만 것이다. 나는 숨을 훅 들이쉬며 내친걸음, 기다렸다. 하지만 어머니는 고개를 푹 숙인 채 손끝 하나 미동하지 않았다. 어머니의 쪽져 틀어올린 머리 밑 목덜미에서 땀이 배어나오고 있었다.

"낳자는 게 아니구먼서두."

어머니의 입에서 풀 죽은 소리가 나왔다. 와락 울음이 터질 뻔했다. 그러나 30년 그 고통의 세월 속에서도 단 한 번 울어보지 못한 울음을 어찌 지금 터뜨릴 수 있겠는가.

"한 서방한텐 의논했냐?"

"그이하곤 관계없는 일이야요."

"그래두……"

뭐가 그래두야요? 어머니의 그 치사한 속셈이 헤아려지면서 또 한번 울컥 치밀어 오르는 걸 가까스로 삭여냈다.

"엄마, 이모가요 엄마 화장품을 막 쓰고 있대요오. 입술에다 빨강거 막 칠하구……"

은주가 울상을 하고 다가왔다. 제 형부를 위한, 아니다 한 수 컷을 기다리는 암컷의 발정이다. 제 몸에 변화가 생긴 것도 모르는 미개한 암컷.

"내가 낼 조퇴하고 올 거예요."

"그러렴."

우리 모녀의 의기투합은 이런 조로 이루어졌다.

그러나 그날 밤 내 마음을 꿰뚫어보기라도 한 양, 남편이 말했다.

"은주 엄마, 괜히 딴생각하지 말아요."

"무슨 얘기예요?"

"처제 말이오. 우리 시간 좀 두고 생각해봅시다."

"생각할 거 없어요. 내일 당장 병원에 데리고 가기로 했어요."

"무슨 소릴 하는 거요? 누구 맘대로?"

전연 짐작 못한 건 아니지만 남편의 태도는 완강했다.

"나한테 상의 없이는 처제 몸에 손가락 하나 대지 말아요."

"당신이 참견할 문제가 아냐요."

"참견이 아니오."

"영채는 내 동생이에요."

"맞아, 당신은 내 아내고."

뜻밖에 남편의 어조가 부드러웠다. 그것이 내겐 더욱 흉물스럽게 보였다.

"어떻든 개 문제는 은주 아빠가 참견해선 안 돼요."

"그럴 순 없지."

"도대체 왜 그러는 거예요?"

"이유는 간단해, 우린 모두 한식구잖소!"

남편은 철저했다. 그냥 오기로 그래보는 것이 아니었다. 그날 밤 그가 어머니를 불러낸 것이다.

"어머니, 처제 문제에 대해선 우선 저한테 맡겨주십시오."

"한 서방 볼 면목이 없네."

어머니는 정말 사위 앞에 무릎이라도 꿇듯 그렇게 몸을 단정히 하고 고개를 숙인 채 중얼거렸다.

"왜 그런 말씀을 하십니까? 처제 문제는 우리 모두에게 책임이 있습니다."

"그렇다고 씨가 누군지도 모르는 앨 낳게 할 수는 없잖은가."

"아닙니다. 씨가 누구이든 그런 건 문제가 아닙니다. 기독교 식으로 생각한다면 하느님이 내리신 은총이라고 생각하시면 됩니다."

"그걸 누가 키우나?"

"처제 자신이 키울 수 있습니다. 처제가 스스로 애기를 키울 수 있도록 우리가 곁에서 도와주면 됩니다."

나는 더 듣고 있을 수가 없었다. 그네들 사이에 이심전심으로 전해지는 그 음흉한 음모.

"아직두 늦지 않았어요. 우리 헤어져요. 그래야 은주 아빤 자식을 낳을 수 있어요."

내가 소리쳤다.

그러나 남편은 내 쪽을 돌아보지도 않은 채 말했다.

"이제부터 어머니 책임이 크십니다. 처제와 처제 몸속의 생명까지 어머니께서 생각하셔야 하니까요."

고개 숙여 단정히 앉은 어머니의 몸체가 더욱 작아 보였다. 나는 그러한 어머니를 내려다보면서 내 가슴속에 혐오의 불길을 당기고 있었다.

다음 날 내가 일찍 퇴근해 오니 이미 남편이 집에 와 있었다. 어머니가 내 눈을 피하는 것 같았다. 당신이 감당하지 못할 것 같으니까 사위한테 전화를 걸었을 것이란 생각이 들었다. 눈이 뒤집힐 지경이었다.

신도 벗지 않은 채 나는 제 형부 곁에 서 있는 영채의 팔을 낚아채 대문 쪽으로 끌었다.

"왜 이러는 거야?"

"몰라서 물어요?"

"안 돼!"

영채를 가운데 놓고 끌고 당기는 참으로 우스꽝스러운 일이
마당 한가운데서 벌어졌다. 어머니는 얼굴도 내밀지 않았다.
그때 느닷없이 영채가 내 어깻죽지를 물었다. 30년 전 어머니
가 마을을 안 떠나려고 발버둥치는 재명이의 어깻죽지를 그렇
게 했듯. 내 손아귀를 벗어난 영채가 집 안으로 숨어버렸다. 내
가 생각해도 무서운 그런 짐승 같은 소리가 내 입에서 나왔다.
영채가 하던 그런 발작을 내가 시작했던 것이다.

내 히스테리 증세가 가라앉자, 어머니까지 불러낸 자리에서
남편이 말했다. 그는 무릎을 꿇고 있었다.

"어머니, 모두 제 책임입니다. 처제 몸속의 애기는 바로 제
자식입니다."

연극 배우가 그럴 것이다. 남편의 어깨가 들먹거리고 있었
다. 방바닥 장판지의 이음매를 문지르고 있던 어머니의 손가락
이 심하게 떨리기 시작했다.

"거짓말."

탈진한 상태에서 중얼거린 내 말이 까마득 먼 데서 되울려
오고 있었다. 거짓말, 당신은 지금 거짓말을 하고 있는 거예요.
몸에 힘이 싸악 빠지면서 나는 그대로 방바닥에 누워버렸다.

"엄마, 할머니가 이모, 병원에 데리구 갔다 온댔어요."

다음 날 집에 들어오니 은주가 그렇게 일러주었다. 드디어
어머니가 영채를 데리고 집을 나가버렸던 것이다.

망초 3

한시 정각이었다. 반곡에서 나가는 막차까지는 아직 세 시간 반이나 남아 있었다. 백 노인과 함께 개울 징검다리에 걸터앉아 물속에 발을 담근 채 콩국을 먹었다. 국수도 집에서 밀가루 반죽을 해 방망이로 민 다음 직접 칼로 썬 것이었다. 등산객을 끌기 위해 얼굴에 화장까지 야하게 한 촌 아낙네가 그것을 팔았다. 야하고 천박한 화장인데 그것이 오히려 산에 드는 사람들에겐 선정적일 듯싶었다.

"선상님, 저 여자 몇 살이나 돼 보입니까요?"

그 아낙네 쪽으로 내 눈이 자주 가는 걸 알았는지 백 노인이 은근쩍은 목소리로 물었다.

"글쎄요, 한 마흔?"

"그러실 줄 알았습니다요. 실은 저 여자 올해 꼭 오십하나라요. 남편이 사변 때 불구가 됐답니다. 허리를 못 쓰니께 그 능력도 없다는 겝니다요."

"상이군인이군요?"

"웬걸입습죠. 상이군인이면 원호금이나 타 먹을 게 아닙니까요. 사실은 사변 때 반곡 빨갱이한테 매를 맞아 그렇게 됐다는 겝니다요. 조 아래 매실이라는 데 살지요."

"자식은 있습니까?"

"딱 하나 있습지요. 그 아들이 나한테 뱀을 대주고 있는뎁쇼. 헌데 저 여자나 그 아들이 빨갱이라면 지금두 이를 갈아요. 간첩이 나타나면 그걸 신고해서 상금을 타겠다고 맨날 벼르고 있습지요."

콩국을 파는 아낙네가 콩국이 든 동이를 버들 숲 그늘진 웅덩이에 담가놓고 그것이 움직이지 않게 돌로 괴임질을 하고 있었다.

내게서 콩국을 얻어먹은 백 노인이 허리를 수십 번 굽실거리며 신작로로 오르는 나를 배웅했다. 산속이 온통 매미 울음소리였다.

반곡리로 오르는 신작로 위에 여름 대낮의 햇볕이 유난스레 따가웠다. 나 혼자 걷는 길이었다. 울울한 녹음을 뒤집어쓴 좌우의 산기슭에서 멧새가 울었다. 매미 울음소리 같은 건 이미 내 귀에는 소리가 아니었다. 길 밑으로 흐르는 개울물 소리도 여름 산의 적요한 침묵이 무서워 그닥 높은 소리를 내지 않는 것 같았다. 산비탈을 무성하게 기어오르는 칡넝쿨은 잡목가지에 그 줄기를 감고 너른 잎을 너울거렸다. 그러한 칡넝쿨은 산비탈이 끊겼다는 걸 증거라도 하듯 길 밑 개울 뚝방에 남아 있어 중키의 붉나무 가지를 포박한 다음 그 옆 아카시아 덤불까지 파고드는 그악스러움을 보이고 있었다. 길가에는 이제 막 자잘한 꽃망울을 매단 질경이가 그 선명한 잎맥을 가진 잎줄기에 먼지를 뽀얗게 뒤집어쓴 채 무성히 퍼져 있었다. 패랭이꽃이 연약한 대로 유독 돋보였다. 시들시들 꽃잎을 오므린 달맞이꽃이 꼭 종 모양의 꽃자루를 늘어뜨린 것이 어쩐지 좀 처연한 느낌을 주었다. 그리고 흰 꽃.

흰 것은 정확히 말해 빛깔이 아니다. 모든 색소를 거부한 그 순수한 것을 우리는 마음대로 백색이라 이름 지었다. 순수하지 못하기 때문에 순수한 것마저 자기와 동류로 올려놓고 그 흰 것을 흉보는 어리석음을 우리는 매사에 범하고 있다. 내 처제 영채를 보는 세상 사람들의 눈이 그랬다. 아무것도 지각하지 못하기 때문에 저주 받은 것으로 단정해놓고 그 흰 것을 흉보는 어리석음을 우리는 매사에 범하고 있다. 내 처제 영채를 보는 세상 사람들의 눈이 그랬다. 아무것도 지각하지 못하기 때문에 저주 받은 것으로 단정해놓고 멸시하면서 우쭐거리는 세상 사람이 아닌가. 누가 그네의 그 순수를 감히 범할 수 있었던가. 하늘이 내린 섭리가 아니라면 어찌 그런 자가 그 당장에 저주 받아 혀를 물고 나뒹굴지 않았는가. 만일 하늘이 내린 뜻이라고 한다면 그네가 지금 어디선가 겪어내지 않으면 안 될 그 고통은 더욱 부당한 것이다. 하늘의 뜻을 헤아리게 하기 위해 그네에게 준 시험이라고 함부로 말하지 말라. 어찌 하늘이 그네를 시험할 수 있겠는가. 내게 추종하는 신이 있다면 나는 지금 이 시간 이 적요한 산골짜기 하늘로 향한 이 신작로 바닥에 엎드려 고해하리라.

신이여, 벌하소서. 이 세상에서 가장 순수한 그네를 범한 이 죄인에게 벌을 내리시옵소서. 설사 그네를 범하지 않았다 해도 항상 마음으로 간음한 그 죄 더 크옵나니 내 몸속에 아직 살아 있는 그 저주받은 음심을 깡그리 불태워 벌하소서. 인간의 존엄성이란 허울로 사랑이란 무기를 만들어 그처럼 깨끗한 영채를 하나의 암컷으로 보려 한 이 죄인의 위선을 만천하에 알려 귀감을 삼으소서. 만약 누군가 그네를 범하지 않았고 또한 그네가 수태하지 않았더라면 더 오랜 세월을 마음의 간음을 하며, 사랑이란 위선으로 내 식구 내 이웃을 속였을 것이 분명한, 이 일깨움을 주신 신이여, 더욱더 큰 깨우침을 주시어 이 세상 어딘가에 던져져 신음하고 있는 영채와 그리고 더욱 큰 고통으로 시험받고 있는 내 장모님 내 아내에게 반딧불 같은 빛이라도 비출 수 있는 지혜를 주시옵소서.

나는 정말 영채가 임신했다는 사실을 안 순간 이 세상의 모든 인간을 저주하고 혐오했다. 어찌 그럴 수가 있을까. 보이지 않는 그 인간을 내 손으로 발기발기 찢어 죽이고 짓밟는 환각으로 출근길 차 속에서는 다리가 후들후들 떨렸다. 눈에 보이는 사내들이 모두 내 처제를 범한 그런 치한으로 보였다.

그러나 차츰 시간이 흘러감에 따라 나는 진정으로 얼굴을 붉히지 않을 수 없었다. 내 마음 밑바닥에서 언제부터인가 어떤 자의 그런 음심이 싹터 자라오고 있었음을 비로소 깨닫게 되었던 것이다. 날이 갈수록 풍만해가는 그네의 육체를 흘금흘금 훔쳐본 일이라든가, 그네가 나를 반기는 그 깨끗한 웃음을 요염한 계집의 그것으로 착각하고 어떤 기대까지 가져본 적이 얼마나 흔했던가. 비록 순간적인 음심이긴 해도 그러한 생각들은 쉬임 없이 내 의식의 밑바닥에 깔려 결정적 시기를 노리고 있었을 것이었다. 그리고 아주 내놓고 생각한 것 중에는 그네가 싱싱한 여자로 되살아나 그네 깨끗한 몸속에 새 생명체가 자라는 것을 보고 싶다는 갈망이었다. 그것은 내 진정이었다. 영채가 여자 구실을 하고 그리하여 한 남자를 받아들이는 일에 스스로를 기꺼이 열어 새 생명을 탄생시키는 그 거룩한 일을 나는 진정으로 갈망하고 있었던 것이다.

흰 것. 신작로를 타박타박 걷다가 잠시 길가 똘배나무 그늘에 서서 숨을 돌리며 좌우를 둘러보던 중 나는 그 들꽃을 발견했다. 온통 청록색의 산야를 바탕빛으로 하고 하얗고 빛나는 들꽃이 구름처럼 퍼져 여름 대낮의 미풍에 일렁이고 있었다. 어째서 그때까지 그 들꽃이 내 눈에 들어오지 않았을까. 나는 마치 기억나지 않던 국민학교 때의 친구 이름을 떠올렸을 때처럼 기뻤다. 지천이었다. 가깝게는 내가 걷는 신작로 가는 물론이고 산비탈 묵정밭이면 어느 곳이나 지천으로 피어 있었다. 바로 그 꽃이었다. 그때 30년 전 여름 그 마을을 떠나 할아버지가 계신 고향을 향해 그 먼 신작로 길을 혼자서 며칠이고 걸으며 눈이 시리도록 본 그 꽃이었다. 그때 그 길가에서 본 들꽃의 이름을 나는 아직 모르고 있다. 30년의 시간이 지난 지금 다시 그 꽃을 보면서 비로소 그 이름을 꼭 알아두리라 다짐하던 것이 모두 실현되지 못했음을 깨닫는다. 하긴 화원에 들러 몇 번 물어본 기억도 있지만 그 화원 사람들은 흔한 들꽃 이름을 어찌 알겠느냐고 시큰둥 대답하곤 했다. 알고 보면 아마 꽃이 이처럼 지천인 것처럼 그 이름도 흔해 빠진 것일는지도 모른다.

내가 그때 살아남을 수 있었던 것은 어머니 때문이었다. 당신에게 뭔가 오는 게 없고서야 그럴 수가 없었다. 밖에 나가 놀지 않겠다는 나를 어머니가 사내 자식이 집에만 박혀 있으면 큰사람이 못 된다며 부득부득 내쫓았다. 2년 전 기중이가 죽은 뒤부터 시름시름 앓으며 마을 아이들과도 잘 어울려 놀지 못하고 기신기신 배도는 게 어머니 눈에 퍽 딱해 보였던 모양이다. 난리가 나 인민군이란 사람들이 우리 마을보다 훨씬 아래까지 내려갔다는데 아직 우리 마을에는 이렇다 할 변화가 없었다. 멀리서 들려오는 대포 소리로 미루어 전쟁이 터졌다는 걸알 정도였다. 마을 사람 누구도 피난을 떠나지 않았다. 바로 예가 정감록에서 말한 피난처여. 마을 사람들은 그렇게 말하곤했다. 그러나 마을 사람들은 함부로 밖에 나다니지 않고 집에만 박혀 있었다. 폭풍 전야의 정적처럼 마을 전체가 괴괴하게가라앉아 있을 때였다. 그럴 때 어머니가 나를 밖으로 내몬 것이다. 마을 공회당 앞에 아이들이 대여섯 모여 있었다. 한 아이가 손등에 새매 한 마리를 올려놓고 있었다. 난추니였다. 배 쪽에 적갈색의 가는 가로무늬를 가진 새로서 아이들이 집에서 길들여 새를 잡는 데 쓰기도 하는 새였다. 난추니의 발목에는 노끈이 매어져 있었다. 그걸 길들이기 위해 산으로 간다고 했다. 난추니가 먹을 개구리 한 마리씩을 잡은 아이만 따라가게 한다고 했다. 나와 비슷한 나이의 아이들이었다. 나는 그들과 어울려 논둑을 싸리나무 가지로 치면서 개구리를 잡았다. 우리들이떼 지어 노고산 중턱까지 올라간 것은 거의 해 질 녘이었다. 우리가 생각했던 것처럼 난추니는 쉽게 길들여지지 않았다. 찢어낸 개구리를 포식한 놈이 날아다니는 새 같은 걸 거들떠볼 턱이 없었다. 우리들은 그 일에 곧 싫증이 나자 편을 갈라 병정놀이를 했다. 먼 마을에서 대포 소리가 들려와 우리들의 병정놀이는 제법 실감이 났다. 그 놀이 중에 한 아이가 뱀을 발견했다. 대가리가 세모진 살모사였다. 기중이를 물어 그 독으로 죽게 한 그런 뱀이었다. 아이들이 작대기를 들어 그 살모사를 쳐

죽이기 시작했다. 그러나 나는 도망치고 있었다. 온통 땀으로 범벅이 된 채 산을 내려 뛰었다. 죽은 기중이를 만난 것보다 더 무서웠다. 그렇게 허둥허둥 내려 뛰다가 마을 한가운데 불길이 치솟고 있는 걸 보았다. 땅거미가 어둑어둑 마을을 뒤덮는 속에 그 불길은 거세게 치솟고 있었다. 나는 다리에 맥살이 풀려 그 자리에 털썩 주저앉았다. 느네 집이구나. 뒤따라온 아이가 주저앉은 내 옆에서 말했다. 마을 사람들이 하얗게 모여들고 있는 게 보였지만 우리 집 병원과 안채에 붙은 불길은 좀체 수그러질 줄 몰랐다. 우리들이 마을까지 내려왔을 때는 구름처럼 모였던 사람들이 간 곳이 없었다. 다만 거의 타버린 우리 집만이 그 무서운 열기를 뿜으며 꺼져내리고 있었을 뿐이다. 마을 사람들이 없어진 것은 마을 입구에 나타난 인민군 오토바이 부대 때문이었다. 우리 집이 불타는 것을 신호라도 삼은 듯 마을은 금세 인민군으로 가득 찼다. 우리 집의 불탄 자리에서 그 열기가 식기를 기다려 마을 사람들이 새카맣게 불타버린 우리 식구들을 꺼내놓은 건 이틀이나 뒤였다. 아버지 어머니, 그리고 나와 함께 마을 공회당까지 나갔다가 되돌아온 동생—이렇게 세 구의 시체는 모두 몸을 동그랗게 오그린 채 불타 있었다. 다 죽인 뒤에 석유를 끼얹고 불을 지른 거여. 글쎄 그 얘기가 맞다니까. 우선 죽여놓고 불을 지른 게 확실혀. 마을 사람들이 그렇게 말했다.

누구여, 그게? 내가 아나, 본 사람이 없으니께. 시체를 꺼내 식구들의 죽음을 확인하기까지 이틀 밤을, 그리고 또 며칠을 나는 눈물 한 방울 흘리지 않은 채 이 집 저 집을 떠돌며 지냈다. 사람들이 말하길, 붉은 완장을 찬 사람 중에 2년 전 마을을 떠난 심 씨가 있었다고 했다. 그러나 심 씨가 우리 식구를 죽였을는지도 모른다는 말을 하는 사람들은 아무도 없었다. 다만 내가 그들 곁에 서 있는 줄 모르고 아버지 얘기를 하는 사람들이 많았다. 죽은 사람 두고 이런 얘길 하는 건 안됐지만 그 공의 양반 여잘 너무 밝히다 보니 죄두 많이 졌을 거구먼. 왜 아니래여, 지난해 다리참 사는 이석만이 딸이 목 매달아 죽은 일만 해도 다 그 공의 양반 때문이 아닌가 말이여. 맞아, 몇 해 전 이석만이 딸이 애비 모르는 애를 배가지고 집을 쫓겨났었지. 그리고 목 매달아 죽은 걸 작년에 발견했던 거지. 어디 그뿐인가 말이여. 죽기 전에 낳아서 기르던 앨 그 병원에 갖다가 놨대지 않어. 아마 애가 죽으니까 이참저참 살맛이 없어 그렇게 복수나 하고 죽자 해서 그랬을 거구먼. 제 동생 목 매 죽은 시신하고 그 싸리 광주리에 든 죽은 앨 놓고 이석만이 큰아들이 공의 양반하고 싸움깨나 벌여쌓더니! 결국 재판까지 했었지. 애초 씨도 안 먹힐 양반을 붙들고 싸움을 걸었으니 될 게 뭐여. 결국 이석만이만 재판에 지고 화병에 아직 누워 있잖은가 말이여. 아니 그런데 그 이석만이 큰아들두 그게 됐다며?

세상이 바뀐, 그런 흉흉한 마을을 떠나던 날 나는 아버지와 그처럼 가깝게 지내던 사람들에게서 단 한마디의 배웅 인사도 받지 못했다. 내가 마침내 울음을 터뜨린 것은 마을이 내려다보이는 말고개 위에서 마을을 뒤돌아보았을 때였다. 죽은 식구들에 대한 애통의 울음이 아니라 적어도 내게는 고향인 그 마을에서 서럽게 쫓겨나는 설움 때문이었다. 아버지의 고향, 할아버지가 살아 있다는 강원도 땅을 찾아 나선 그 막막한 여정은 온통 눈물이었다. 불탄 개만 하게 오그라붙은 내 식구들—어머니와 내 동생을 부르며 나는 쩡쩡한 그 여름 한낮을 땀과 눈물범벅이 되어 걸었다. 전쟁의 한가운데를 질러 타박타박 걷는 열세 살 아이의 울음을 뚝 그치게 하는 공포가 있었다. 길가에 버려진 시체도 보았고, 때로는 길 옆 국민학교 운동장에서 어른들이 벌이는 그 살벌한 놀이로 해서 손이 뒤로 묶인 채 산골짜기로 끌려가는 사람들의 그 묵묵한 행렬도 보았다. 억센 억양의 사투리를 쓰는 병사들이 여섯 바퀴 자동차를 세워놓고 개울에서 목욕을 할 때, 빡빡 깎은 머리의 그 애송이 병사 사타구니의 거뭇한 털이 내 눈을 신기하게 했다. 비행기 소리가 나면 차를 타고 가던 북쪽 병사들이 개미처럼 흩어져 산비탈에 붙곤 했으며, 그 무서운 쌕쌕이의 굉음 뒤에 유리창이 박살이 난 자동차가 불붙어 오르는 것도 볼 수 있었다. 그러나 나는 언제나 그 막막한 길 위에 혼자 남겨지곤 했다. 닳아 뚫어진 고무신 바닥으로 길바닥의 모래가 올라와 물집이 터져 짓무른 발바닥을 쓰리게 했다. 뚫어진 고무신 바닥에 갈잎을 꺾어 깔다가 문득 발견한 것이 그 들꽃이었다. 산비탈의 멍석딸기 같은 건 부지런히 따 먹으면서 그렇게 흔한 꽃들이 어떻게 눈에 띄지 않았던 것일까. 길가와 산비탈 묵은밭에 무성하게 자란, 피침형의 거친 잎사귀를 가진 잡초가 피운 꽃이 바로 그 들꽃이었다.

나는 지금 반곡을 향해 걸으면서 그 들꽃 한 송이를 꺾어본다. 멀리서 보면 그 들꽃의 무더기가 마치 안개꽃처럼 화사하지만 막상 가까이 대하면 산방 꽃차례를 한 꽃 모양은 너무 빈

약해 뵌다. 빈약해 보이기에 오히려 들판을 덮은 강인한 번식력이 돋보이게 마련인지도 몰랐다. 초라하면서도 강인해 뵈는 잡초 한 포기가 사람들의 눈에서 사랑받지 못한 채 버림받고 있기에 나는 더욱 애착과 연민을 느꼈다.

풍암 계곡 입구에서 이미 이곳이 잣나무가 흔한 곳이구나 생각했었는데, 막상 반곡에 가까워질수록 온통 좌우의 산들이 짙푸른 잣나무로 덮여 있음에 감탄하지 않을 수 없었다. 글쎄, 묘목을 심어 몇 년이나 돼야 이런 아름드리 잣나무로 클 것인가. 한때 잣나무 조림을 전적으로 편 양 나무들의 크기가 하나같았다. 그렇게 더디게 자란다는 잣나무가 이 정도 크려면 아마 거의 백여 년 세월은 흐르지 않았나 싶었다. 잣나무는 모두 그 울울한 가지를 거쳐 상수리에 적은 것은 대여섯, 많은 것은 20여 개의 주먹만 한 잣송이를 거뭇거뭇 매달고 있었다.

이제 마을이 나타나는가 싶은 산모롱이를 두번째 돌자 생각하지 못했던 드넓은 벌판이 나왔는데, 모두 경지 정리가 잘되어 반듯반듯한 규모의 논이었다. 아직 이삭이 패기엔 이른 벼가 물결치듯 쩡쩡한 여름 한낮의 햇빛 속에 펼쳐져 그대로 그림이었다.

마을 입구에 해당하는 개울가에서 이 길에 들어서고는 처음인 사람 하나를 만났다. 반곡 쪽에서 자전거를 타고 내가 지나온 풍암 계곡 쪽을 향해 내려오던 사람이 문득 내 옆에서 멈춘 것이다.

"선상님, 어딜 가십니까유?"

말소리는 반가운 이웃을 만나 나누는 인사처럼 들렸지만, 얼핏 살핀 그의 얼굴에서는 낯선 사람 경계하는 시골 사람 특유의 그런 의뭉스러움이 엿보였다. 역시 등산객이 어째서 산에 오르지 않고 먼 마을까지 나타났느냐 그런 의문일 것이다.

"산에 온 길에 이곳 반곡 잣나무가 유명하대서 그냥 구경 삼아……"

"아, 그러셨군유. 예, 유명하지유. 그래서 반곡을 모두 잣골이라구 안 부릅니까유?"

그가 자랑스런 얼굴로 휘휘 산을 둘러봤다.

"저 잣만 해도 일 년 수익이 대단하겠는데요?"

"수익이 많으면 뭘 합니까. 지금이야 모두 서울 사람 건데유. 영일재벌에서 10여 년 전 싹 사버렸지유. 철광이 있는 가막골까지 몽땅 넘어간 거지유."

그가 아예 자전거에서 내려서며 말했다.

"참, 반곡에 옛날 철광 터가 있다면서요?"

"예, 있습지유. 지난달에두 전문가들이 노두(露頭) 조살 나왔다 갔으니까 다시 시작할 것두 같습니다만서두……"

내가 담배를 뽑아 건네자 그가 10여 미터 앞에 있는 나무 그늘을 가리켰다. 우리는 개울 쪽에 면한 그 나무 밑으로 걸어갔다. 호두나무가 이런 길가에서 제대로 컸다는 것이 신기하기만 했다. 우리는 그 호두나무 밑에서 초면의 수인사를 했다. 그는 반곡서 나서 이제까지 한 번도 고향을 떠나본 적이 없다고 했다. 계유생이라고 자기 출생한 해를 댄 것으로 보면 올해 만으로 마흔일곱, 육이오 땐 열일곱, 모든 걸 제대로 봤을 나이다. 최완선이라고 자기 이름을 밝힌 그가 말했다.

"실은 길에서 서울 선상님 붙잡고 얘길 나눈 건 다름이 아닙니다유. 혹시 이런 걸 안 사실까 해서……"

그러면서 자전거 뒤 짐 싣는 데 잡아맸던 쌀자루를 들어 올렸다. 확실히 오늘 일진이 묘했다. 그가 자루 아가리를 묶었던 노끈을 풀자 그 속에 큰 뱀 한 마리가 또아리를 틀고 있었다.

"지금 밭에서 일을 하고 있는데 글쎄 이것이 땅속에 있잖습니까유. 저 등짝에 흙 묻은 거 좀 보세유. 잡아서 몇 달씩 물만 멕인 것하고는 다릅니다유. 그래, 이놈을 잡아가지고 집에 들어갔더니설라므네, 애들이구 안식구구 모두 팔지 말고 내 몸보신이나 하라더군유. 허지만 어디 요새 같은 불경기에 그럴 수가 있어야지유. 그래 들구 나온 겁니다유. 실은 저 아래 생사탕 하는 노인한테 가져가는 길입니다만, 혹시 서울 선상님이 맴이 있으시면 해서……"

"거기 가져가시면 얼마나 받으실 수 있습니까?"

"글쎄 가봐야 알겠지만…… 헌데 그 영감태기 우리 동네 살지만서두 평이 영 안 좋아서유. 이건 뱀을 잡아오라 해놓곤 그저 꽁으로 얻으려 덤빈다지 뭡니까유?"

"이거 얼마 받으시겠어요?"

나는 그와 말을 나누고 싶었던 것이다.

"선상님, 보시다시피 이 뱀이 예사 것이 아니지요. 능사, 땅에 사는 능구렁이라는 겁니다. 아마 저 아래 영감 같으면 이거 한 마리 해주는 데 십만 원은 받아낼려고 할 겁니다유."

"그러지 말고 받으실 금액을 말씀하십시오."

흥정이 틀린 것 같다고 지레 단념하며 내가 재촉했다.

"선상님, 아무래두 사천 원은 주셔야……"

나는 선뜻 오천 원짜릴 내줬고 그가 잔돈을 거스를 일을 염려하자 손을 내저어 그만두라는 뜻을 전했다. 우리들은 그렇게 해서 백년지기처럼 금방 친해질 수 있었던 것이다. 서울서 오는, 그래 이곳에서 네시 반 막차가 될 버스가 손님 네댓 명을 싣고 우리 곁을 지나갔다. 두시가 좀 넘어서고 있는 시간이었다.

"선상님, 땀 나시는데 저 시원한 데서 목욕이나 허시지 그래유."

최완선 씨가 그런 제의를 했고, 우리들은 신작로에서 잘 안 보이는 후미진 개울 웅덩이를 찾아 거기에 옷을 벗고 들어앉았던 것이다. 대낮인데도 이가 떨릴 정도로 물이 찼다. 버들치 닮은 작은 물고기가 겁도 없이 사람 몸을 톡톡 건드리며 다가왔다간 제풀에 놀라 날렵하게 도망가곤 했다.

"농사 많이 지으십니까?"

"웬걸유. 땅이래야 쓰잘 데 없는 밭이 그저 천여 평, 논 좀 있던 건 한 10여 년 전에 싹 뺏겨버리고 말았습지유."

"뺏기다니요?"

"쥔이 나타난 거지유. 얘기하기 부끄러운 말씀이지만 사변때 여기 살던 용 씨네 집안 땅을 내가 소작을 내어 부쳤지 않습니까유. 난리가 나니까 논 임자 용 씨가 떠억 눈이 뒤집혀 빨갱이가 돼 날치더니 그만 식구가 죄다 종적을 감춰버렸지 뭡니까유. 그런데 거시기 그 논 임자 조카라는 사람이 나더러 부치던 거 그내로 사라는 거예유. 싸게 판다는 거지유. 아 그때야 문서구 뭐구 심지어는 그 쉬운 계약서 하나 읎이 사람만 믿고 산 거예유. 어디 살 걸 샀나유. 그거 빚 갚느라고 고생 엔간히 했구먼유. 어떻든 내 논이라고 사가지고 떵떵거리며 살다 보니까 나라에서 그처럼 등기 없이 산 땅을 등기 내준다는 특별 조치법을 발표하더군요. 그래 등길 내려구 하는 판인데 정식으로 그 논을 샀다는 사람이 문설 가지고 떠억 나타난 겁니다유. 예, 꼼짝없이 당했지 으쩝니까유. 그 조카란 놈이 이중 매매를 해처먹고 도망을 친 거예유. 여기 살던 용 씨넨 그래저래 난리 끝나구 다 떠나버리구 읎지만서두, 지금 생각함 용 소리만 들어두 이가 갈립니다유. 그래, 으쩝니까 알거지 됐지유. 여기 지금두 옛날 용 씨네 땅 샀거나 혹은 배짱 좋아 임자 읎는 땅 그대로 경작하다가 주인 된 사람 더러 있지만서두, 모두 이게 또 어떻게 뺏기는 게 아닌가 불안해하는 사람들 많습니다유. 그래 객지 사람만 들어오면 우선 가슴부터 쿵— 한다는 겁지요. 그놈의 난리가 뭔지……"

너무 쉽게, 얘기가 제 곬으로 잘 풀려가고 있는 것 같았다.

"저도 어서 잠깐 들은 것 같습니다만 사변 때 이 부락 희생이 컸다면서요?"

"크다마다유! 아, 옛날 으른들 얘길 들어봐두 이 마을이 부촌 중에 부촌으로 알부자만 살았다지 않습니까."

"그게 모두 용 씨 성을 가진 사람들이었겠군요?"

"대부분 그렇습지우. 헌데 사변 얼마 전부터 그 자세한 내막은 모르는 얘기지만, 그 용 씨 집안이 싹 두 패로 나눠진 겁니다유. 바루 이 잣나무를 심은 산 때문이었지우."

종중산을 놓고 집안끼리 싸움을 벌인 것이다. 애초 수가 많지 않았던 반곡의 용 씨 선조들이 대부분의 전답이나 산을 종중 재산으로 공유화해버린 것이 탈이었다. 세월이 흐르면서 외지에서 흘러들어온 용 씨들까지 연고권을 주장하고 덤볐다. 종중 전답을 분할하지 않으면 안 될 지경에 이르렀고, 그러자니 산 같은 건 남한테 팔아 그 재산을 나누자는 쪽으로 종중 회의에서 결정했다. 시쳇말로 부동산 브로커들이 모여들고 그 새중간에서 농간을 놓고 억울한 쪽을 쑤석거려 싸움을 일으키고, 결국은 용 씨네가 두 패로 갈라지지 않으면 안 되었던 것이다. 요는 용 씨네 산을 헐값에 사려는 서울 돈 가진 사람들의 농간에 집안이 그꼴이 되고 만 것이다. 한 항렬을 가진 집안끼리도 재산을 놓고는 의절하게 마련인데 외지에서 들어온 용 씨까지 합세해 날뛰었으니 그 싸움이 대단했을밖에.

"그 외지에서 굴러들어온 용 씨 중에 아주 개차반인 사람이 하나 있었지유. 열여덟인가 하는 나이에 홀어머니를 모시구 마을에 나타났다는 겁니다유. 어른들 얘기론 용 씨 어른들 중에 한 사람이 타향에 나간 길에 외입을 좀 하고 돌아온 모양인데……"

마치 옛날얘기처럼 그로부터 20여 년이 지나서야 그 사생아라고 할 자식이 제 뿌리를 찾아든 것이다. 그러나 그때는 이미 그 씨를 뿌린 당사자도 저세상 사람이 됐고 이제 와서 그 핏줄입네 하고 찾아온 걸 내 식구처럼 반가이 맞아줄 사람이 있을 까닭이 없었다. 특히 그 씨를 뿌린 집안의 자식들이 눈을 부릅뜨고 문턱에 얼씬도 못하게 했다. 그러나 그 젊은이의 모친은 이 집 저 집 궂은일을 도맡아 해주며 자식 하나를 용 씨 집안에 접붙이기 위해 자신이 당장 겪는 수모쯤은 달게 받으려 했다. 붙임성이 있는 여자라 그런대로 마을 사람들한테 인정을 받을 수 있었다. 그러나 문제는 그 젊은이였다. 워낙 홀어미 밑에서 큰 자식이라 버릇이 그렇게 돼먹기도 했지만 마을에 들어가기만 하면 상객 취급을 받을 줄 안 것이 막상 와보니 푸대접이라 젊은 혈기에 오기가 뻗치기 시작한 것이다. 못된 짓은 도맡아 했다. 용 씨네 가문들뿐만 아니라 마을의 타성바지들도 그 사람이라면 아예 상종을 피했다. 장가갈 나이가 됐지만 혼처가 나서질 않았다. 인근 마을에서도 그의 행패는 파다하게 소문이 나 있었던 것이다. 마을의 부녀자들이 그의 불량스러운 눈에 띨 것을 겁내 함부로 밤나들이를 삼갈 정도였다.

"결국 그 개망나니가 일을 저지르구 만 겁니다유. 내가 네 살인가 다섯 살인가 되던 해라구 어른덜이 그러는 걸 보면 벌써 까마득한 옛날얘기지유. 왜정시대 아닙니까유. 그때, 조기 보이는 조 등성이 너머 동네가 먹실이라는 덴데……"

그 먹실에 사는 처녀 하나를 그가 범했다는 것이다. 먹실서 한다 하는 집 딸이었다. 대처에 나가 여학교를 다니다가 여름방학이 돼 집에 내려오는 걸 그 용 씨 집안 피붙이라는 망나니가 철광 사람들이 쓰는 막사까지 끌고 가 일을 저지른 것이다. 때마침 먹실 사람 하나가 그 현장을 목격했고, 그 소문은 삽시간에 인근 마을로 퍼져버렸다. 딸을 버린 먹실 사람이 그 망나니를 잡아 죽이겠다고 낫을 들고 잣골을 며칠씩 헤맸다. 까마귀 날자 배 떨어진다고, 그럴 즈음에 그 망나니의 모친이 남의 밭일을 하다가 그 조밭에서 급사를 한 것이다. 아마 지금 말로 심장마비나 고혈압 정도였을 것이다. 그러나 인근 산속으로 피해 다니던 망나니가 자기 어머니 죽음을 보고 눈이 뒤집혔다. 곧장 먹실로 넘어가 내 어머닐 죽인 게 네놈들이라고 으름장을 놓으면 난장판을 쳤다. 그런저런 시비가 해를 넘기게 된 어느 날, 몸을 망치고 종적을 감췄던 그 처녀가 홀연히 잣골에 모습을 나타낸 것이다. 등에 딸 하나를 업고 그 망나니가 살고 있는 오막살이를 찾아들었다. 그렇게 이루어진 부부였다.

"그리고 몇 년 있다가 해방이 된 거구, 거시기 아까 제가 말씀했다시피 그 용 씨네 종중 땅 관계로 시끌시끌해진 통에 그 망나니가 앞장을 선 거지유. 요는 백수건달이 한밑천 잡아보자는 꿍심이었겠습지우."

대충 몸을 씻고 개울가 펑퍼짐한 바위에 걸터앉아 최완선 씨와 담배를 나눠 물었다. 정말 날아갈 것 같다는 표현은 이런 경우를 두고 하는 말일 것이다. 숲에서 참매미와 찌르레기가 어울려 합창을 뽑고 있었다. 시골에 흔해빠진 얘기긴 해도 그 나름의 한 맺힌 여인네의 실상이 가슴에 왔다. 일생을 망치게 해준 그 망나니 사내를 찾아 그 핏줄을 등에 업고 나타나기까지 한 아낙네가 겪어낸 갈등과 고뇌는 어떤 것이었을까. 그리고 그 나머지 생은 어떻게 보냈을지. 조금은 과장이 섞였을 싶은 최완선 씨의 얘기에 나는 넋을 놓고 있었다.

도대체 그 개망나니란 사람의 이름이 뭡니까. 그 개망나니한테 몸을 망치고 결국은 함께 부부가 되어 산 그 아낙네는 지금 어디서 어떻게 살고 있는 겁니까. 나는 이렇게 묻고 싶었다. 최완선 씨, 당신은 지금 그 옛날이야기의 우연성 속에 나를 끌어넣기 위해 진작부터 벼르고 있다가 오늘 이처럼 나를 마중 나온 것이 틀림이 없지요? 당신의 자전거 뒤에 매달려 있는 구렁이처럼 당신은 내 속을 샅샅이 읽어내며 능청을 떨어 내 영혼을 농락하고 있는 것이오. 사람은 이따금 맹랑한 우연 앞에 놓이게 되면 차라리 덤덤해지게 마련이다. 나는 그에게 말려들지 않을 것이다. 결코 서둘러서는 안 된다. 그가 스스로 말할 것이기 때문이다.

"아무튼 용만수라고 하면 우리 대일면 일대가 다 알아주는 개차반이었습지우. 설상가상으로 이 개차반한테 빽줄이 생긴 겁니다. 일본 가서 공부하는 중에 이상한 물이 들어가지고 온 용 씨 집안 사람이 하나 있었는데 즈 아버지가 죽자 그 재산을 다 처분해가지고 대처로 들락거리면서 젊은 사람들과 어울려 뭔가 꾸며내는 눈치였습지우. 용만수가 갑자기 큰돈을 손에 넣고 펑펑 쓰면서 두 패로 갈라진 용 씨 집안의 한 패를 휘어잡기 시작한 겁니다유. 나두 직접 봤습니다만 그 무슨 청년단인가 뭔가 해가지구 세도 가락이 대단했지우, 그러다가……"

경찰에서 손을 댄 것이다. 좌익 운동에 가담했던 마을 사람들이 모두 잡혀갔다. 그러나 그 안경잡이는 그때 이미 월북을 하고 만 뒤였다. 사변이 터지기 두 해 전이었다. 잡혀갔던 마을 사람들이 죄상에 따라 그저 몇 달에서 길게는 일 년 반까지 옥살이를 하고 돌아왔다. 용만수가 가장 늦게 나온 편이었다. 눈에 불을 켜고 으르렁거렸다. 두 패로 갈린 한쪽에서 찔러넣었기 때문에 자기들이 그처럼 고생했다고 으름장을 놓으며 사변이 나기 전까지 마을을 흉흉하게 만들며 날뛰었다.

"좌우지간 세상이 바뀌고 나니까 무섭더군유. 난리가 났다고 해서 마을 남자들이 모두 가막산 속으로 숨었거든요. 철광 터 윗골짜기가 피난처라고 해서 옛날부터 죄짓고 쫓겨난 사람들이 숨어 살던 데지유. 헌데 이건 어떻게 된 놈의 것이……"

호랑이굴로 찾아 들어간 꼴이 되고 말았다. 그 골짜기로 숨어들었던 마을 사람들이 모두 한꺼번에 잡히고 만 것이다.

"나중에 알고 보니까 바로 그 골짜기가 빨치산 소굴이었다 그겁니다유. 난리가 터지기 한두 달 전부터 북쪽에서 넘어온 빨갱이가 마을 용만수 같은 사람들하고 내통을 해가면서 작전을 하고 있었다 그겁니다 네. 그 꼴짜기 상봉이 바로 가막산인데 게서 내려다보면 멀리 개성은 물론 이쪽으로 인천 바닷가까지 한눈에 잡혀, 옛날부터 민란이 나면 봉화를 피우기도 했다는 덴데, 저놈들이 거길 남침에 이용하기 위해 빨치산을 내보냈던 거지요. 이 년 전 월북한 안경잡이가 그 책임자로 내려온 겁니다요. 네."

"그래, 그때 그 산속에 들어갔다가 잡힌 마을 사람들은 어떻게 됐습니까?"

"무서운 얘기지유. 그때 잡힌 사람이 꼭 마흔여덟 사람이었지유. 그중에는 애들까지두 여섯이나 끼어 있었지유. 반곡리 아흔두 집에서 그 숫자면 대단한 거 아닙니까유? 나두 그때 꼭 죽을 건데 어쩔라구 그 골짜길 늦게 올라갔다가 변을 면했습지만서도."

그때 산속에 숨어들었다가 잡힌 마흔여덟 명의 마을 남자들이 폐광 속에 갇힌 채 다시는 바깥 구경을 못하고 말았다는 것이다.

"그때 어디 휘발유나 흔했었나유. 굴속에다 꽁꽁 묶어 앉혀 놓고설랑 그 위에다가 석유를 붓고 불을 지른 거지유. 난리가 끝난 뒤에야 불타 죽은 시신들을 끄집어낼 수 있었는데……"

최완선 씨도 그때 시신들을 끄집어내는 작업에 참가했다고 한다. 누가 누군지 분간을 할 수 없을뿐더러 그때까지도 굴속에 석유 냄새가 남아 있더란 것이다. 하긴 식구들이 굴속으로 들어가지 못하게 굴 입구를 막아버렸다니까, 그 불탄 냄새가 그냥 남아 있었다는 게 어느 정도 믿어지는 얘기였다.

풍암 계곡 입구의 가겟집 처녀가 말하던 폐광터 내력을 지금 최완선 씨가 들려주고 있는 것이다.

아직 막차까지는 한 시간여나 남아 있었다. 최완선 씨는 자전거를 끌고, 나는 그 옆에 서서 걸었다.

"선상님, 저 아랫동네서 혹시 미친 사람 못 보셨습니까유?"

"봤습니다. 그 양반 원래 성이 용 씨라면서요?"

"어서 들으셨군유. 바로 그 친구가 나하고 동갑에 생일이 닷새 빠른 것뿐인데, 그 호적초본에 먹물두 안 마른 것이 세상이 바뀌었다니까 어 하고 남의 장단에 춤추다 그 꼴이 안 됐습니까유. 차라리 그때 죽는 게 나았지 않나 싶지만서두……"

"그때라니, 수복이 될 때 얘기로군요?"

"맞습니다유. 또 한번 사람이 뭉청 죽어나게 된 거지유. 이래저래 우리 잣골 사람들은 남자가 몇 살아남질 못하게 된 겁니다유. 으트게 된 애긴고 하면 거시기 왜……"

잣골뿐 아니라 대일면 일대가 용만수의 세상이었다. 2년 전

월북했던 그 안경잡이 용가가 바뀐 세상에 어느 도의 책임자로 들어앉으면서 그 위세가 그대로 용만수한테까지 뻗쳤다는 것이다. 난리 전 좌익 운동을 하다가 옥살이를 한 잣골 사람들이 중심이 돼 면 일대가 그야말로 인공 천하가 됐다. 폐광에 묻혀 불타 죽은 잣골 사람들 외에도 인근 마을 사람들이 숱하게 죽었다. 남한 일대에서 면 단위로는 가장 많은 사람이 죽었을 것이라는 최완선 씨의 주장이다.

그러나 그 세상은 짧았다. 다시 바뀐 세상에 눈 뜨고 앉아 고스란히 당한 사람들이 제정신일 수가 없었다. 용만수는 가족들이 보는 앞에서 용 씨네 사당 앞 정자나무에 목이 매달려 죽었다. 마을 사람들의 사형(私刑)이었다. 용만수네 가족들이 그날 무사할 수 있었던 것은 그 처가 옛날 만수한테 당한 정상도 그랬지만 만수가 처가의 장인과 외아들인 처남까지 죽인 걸 동정해서였다. 그날 더 많은 지방 빨갱이가 죽을 것이었지만 인근 마을 사람들이 몰려와, 빨갱이를 읍내로 내보내 법의 심판을 받도록 하자고 설득을 했기 때문이었다. 옳은 일이긴 했지만 그것이 결국은 더 큰 참화를 빚어내게 되고 말았다. 용만수 밑에서 완장을 차고 날뛰던 부역자 중 미리 도망친 자들을 빼고 이곳저곳 뒤져 잡아낸 것이 꼭 열아홉 명이었다. 거기다가 그 가족 중 후환이 두렵다고 해서 열두 살 이상의 사내애들까지 합치니까 모두 스물일곱 명이나 되었다. 그 어린것들이 뭔 죄가 있다구 함께 묶어가는 게여? 그처럼 마을 노인들이 반대를 하고 나섰지만 그 당장에 멸족을 해버리지 못해 눈이 뒤집힌 사람들한테 그 말이 먹혀들 리가 없었다.

"지금이야 이 길로 자동차가 다녀 별문제지만 그땐 일루 해서 읍내나 서울까지 나갈려면 엄청 돌아야 했습지유. 그래서 대개 바쁜 걸음은 저 가막산을 넘어가면 거기 댐이 안 있습니까유, 거기까지 가 배를 타고 나가면 빨랐던 거지유. 그래, 잡은 빨갱이 스물일곱을 그리로 해서 데리고 나가던 중 그 일이 벌어진 거지유."

가막산 너머 마을에서 통통배를 빌려 거기다가 스물일곱 명을 태우고 이쪽 호송원들도 10여 명 탔다고 했다. 그런데 배가 호수 한가운데를 지나가고 있을 때였다. 배 안이 술렁거리기 시작했다. 우선 열서너 살 먹은 애들이 울부짖기 시작했다. 자기들을 호수 한가운데서 돌을 매달아 죽일 것이란 말이 그네들 사이에 퍼지기 시작한 것이다. 선창에 꿇어앉았던 그들이 모두 일어서 아우성치자 배가 요동하기 시작했고 몇 명은 손이 묶인 채 물속으로 뛰어들었다. 묶인 사람들이 모두 우루루 배 한쪽으로 몰리면서 배가 뒤집혔다.

"살아 나온 사람이라곤 호송해 가던 사람 중에서 다섯뿐이었습죠. 참, 배를 몰던 사람두 살았다더군유."

"그리고 또 한 사람이 살아오지 않았습니까?"

"그렇습지유. 선상님이 아까 보셨다는 그 용택준이가 훨씬 뒤에 그 꼴로 돌아오긴 했지유."

산밑 논 속에 흰 것이 여릿여릿 움직이고 있는 게 보였다. 목을 땅으로 박았을 때는 꼭 사람의 등허리처럼 보였다. 무려 세마리가 함께 있었다.

"저게 백로 아닙니까?"

"그렇군요. 몇 년 안 보이더니 요즈막에 또 나타나기 시작했습니다유. 벼에 농약을 쓰니까 올챙이가 살지 못해유. 그래 저런 새들두 옛날엔 숱하게 많이 오더니만서두…… 특히 왜가리가 많던 동네루 이름이 났었는데 난리 후엔 영 볼 수가 없구먼유. 바로 저게 왜갈봉이 아닙니까유."

마을이 가깝게 보이는 산모롱이 지점이었다. 마을 중심까지는 불과 500여 미터, 나는 그 짧은 거리나마 혼자 걷고 싶었다. 자전거를 끌고 옆에서 걷는 최완선 씨가 그렇게 부담스러울 수가 없었다. 꼭 한 가지, 그들 부역자들의 살아남은 가족들이 언제 어떤 모습으로 마을을 떠났는지 그런 후일담을 듣고도 싶었지만 어쩐지 물어볼 흥은 일지 않았던 것이다. 나는 최완선 씨에게 자전거를 타고 마을까지 먼저 내려가달라고 부탁했다. 솔직히 시골길을 혼자 걷고 싶다는 말도 했다. 그리고 마을 가게에서 만나 막차가 출발하기까지 술 한잔씩 나누고 헤어지자고 했다.

"선상님, 그 술은 제가 살랍니다유. 우리 마을에 오신 손님이니께 말입니다유."

그가 자전거에 올라 허리를 굽히고 자전거 페달을 밟자 그와 나의 거리는 삽시간에 멀어져버렸다. 세시 삼십오분이었다.

마을 입구에서 바라보는 반곡리는 생각보다 정리가 잘돼 있었다. 울긋불긋한 슬레이트 지붕에 담도 모두 블록담이었다. 마을 한쪽에 '농촌 변소 개량 시범 마을'이란 입간판이 서 있기도 했다.

—김진표 선생님, 김진표 선생님, 학교 정구장으로 빨리 오

시랍니다. 빨리빨리 오세요. 오바.

산밑 국민학교에 설치한 스피커인 모양이었다. 온 마을에 들리도록 또랑또랑한 목소리가 장난스레 들려왔다. 농촌의 목가적인 풍경에 그런대로 걸맞은 스피커 소리를 들으면서 나는 부지런히 길 한옆에 우람하게 선 느티나무 밑으로 다가갔다. 쥘부채꼴로 펑퍼짐 퍼진 느티나무의 위용이 먼 곳에서부터 내 눈을 끌었던 것이다. 나무 한옆으로 네모진 입간판이 서 있었다. "수종: 느티나무(道나무 1등급), 수령: ?, 나무넓이: 12㎡, 관리자: 김봉수"

나는 아직 이렇게 큰 느티나무를 본 적이 없었다. 나무의 나이를 표시하는 난에 '?'를 해 넣었다는 것부터가 이 느티나무의 역사를 말해주는 것 같았다. 그렇게 드넓은 나무의 밑동 부분은 속이 텅 비었고 그 속에는 물이 충충하게 괴어 있어 매우 음습해 보였다. 나는 문득 느티나무 그늘 속에 서서 이것이 바로 아까 최완선 씨의 말 중에 나온 그 정자나무일 것이라고 단정 지어버렸다. 무심결에 나무 곁에서 서너 걸음 물러서면서 나무 위를 쳐다보았다. 그럴싸해 보이는 굵은 나뭇가지 하나를 골라 그곳에 밧줄을 걸었다. 그리고 그 밧줄 올가미에 삼십 대의 사내 목을 걸었다. 내 머리에 떠오른 그 사내의 얼굴은 심씨였다. 몸서리치며 한 걸음 더 물러서자 그때 내 눈에 잡힌 얼굴은 너무나 낯이 익었다. 그 사내가 나를 내려다보면서 히죽이 웃었다. 거울 속에서 늘 마주친 바로 내 얼굴이었던 것이다. 나는 다시 한번 몸서리치며 뒤를 돌아다보았다. 내 가족들을 마지막으로 보기 위해서였다. 그네들이, 그, 여, 자, 들이 거기

꿇어앉아. 있. 었. 다.

느티나무에서 이삼십여 미터 떨어진 곳에 고풍스런 토담이 둘러쳐져 있는 게 눈에 띄었다. 그 뒤에 바로 잣나무 울울한 산이 솟아 있었다. 나는 호기심에 끌려 산 밑 그 토담 쪽으로 다가갔다. 토담의 한가운데는 낡아 삭긴 했어도 원형이 제대로인 솟을대문이 토담에 그대로 붙어 있었다. 집터가 분명했다. 그러나 예삿집이 아닌 게 토담의 길이가 좌우로 길게 퍼져 있을 뿐 그 폭이 좁았기 때문이다. 사당이구나— 나는 그렇게 직감했다. 한 문중의 사당 자리임이 분명하다는 걸 확인한 것은 그 토담 너머로 집터를 들여다보았을 때였다. 대문 쪽으로는 대여섯 평쯤 되는 뜰이 있고 그 뜰에서 주춧돌이 그대로 남아 있는 집터로 오르는 세 곳에 돌로 깎아 만든 계단이 보였기 때문이다.

아— 내가 입을 벌려 놀란 것은 사당터 빈 뜰 한구석에 모로 쓰러져 있는 두 개의 돌비석 때문이 아니었다. 그 빈 뜰에 흰 들꽃이 도대체 다른 잡풀 같은 건 아랑곳없이 무성히 한가득 피어 있었기 때문이다. 풍암 계곡 입구에서부터 이곳까지 오는 도중 길가에서 혹은 묵정밭에서 그렇게 지천으로 보아온 그 들꽃이었다.

"선상님, 아직 여기 계셨구먼유."

느티나무 저쪽 신작로 위에 자전거를 탄 최완선 씨가 이쪽을 쳐다보고 있었다. 내가 그 밑에 있을 때는 기척을 내지 않던 매미들이 한여름의 기운 대낮 속에서 느티나무를 하늘로 띄워 올리기라도 할 듯 듣그럽게 울었다.

네 시 오 분 전이었다. 이곳 느티나무 밑에서 너무 시간을 보낸 것 같아서 나는 서둘러 최완선 씨 있는 데로 내려갔다. 그의 녹슨 자전거 뒤에 내가 산 뱀이 든 쌀자루가 아직 달려 있는 게 보였다.

"저기 산 밑에 있는 게 국민학교입니까?"

나는 최완선 씨가 느티나무와 사당 쪽 얘기를 꺼낼 것이 두려워 얼른 화제를 딴 방향으로 잡아버렸던 것이다. 목에 올가미가 걸린 듯 숨이 가빠오고 가슴속에는 쨍쨍한 대낮과는 달리 음울한 그늘이 깔리기 시작했다.

네 시 반에 출발할 버스가 보이는 지점에 가게가 있었다. 가게 앞 평상에 자리 잡고 앉아 맥주 두 병을 땄다. 오징어포 하나를 펼쳐놓고 그걸 안주 삼아 최완선 씨와 내가 서로 동시에 상대방의 잔에 술을 따랐다. 최완선 씨도 목이 말랐던지 나보다 더 빨리 잔을 비웠다. 맥주 두 병을 더 꺼내 오게 했다.

"인사해, 서울에서 오신 분이셔."

최완선 씨가 맥주병을 들고 온 오십 대의 사내한테 나를 소개했다. 어색한 대로 수인사를 차리는 중인데 가게 안에서 전화벨 소리가 들렸다. 가게 주인이 방으로 급히 들어갔다.

"아니, 여기 전화가 다 있습니까?"

최완선 씨가 무슨 소리냐는 듯 정색한 얼굴을 하더니 우선 잔을 단숨에 비우고 나서,

"전화 있는 집이 스물네 집이나 됩니다유. 물론 핵교나 지서 분소 같은 덴 빼놓고도 그렇습니다유. 대일면에 우체국이 있습지유. 여기서 서울 신청을 하면 단 십 분두 안 걸려 나오던 걸유."

"전기가 들어온 지도 오래됐겠군요?"

"오래됐구말구요. 벌써 십 년 전인걸유. 대일리 다음에 우리 반곡에 전기가 들어왔습지유. 육이오 때 피해가 제일 큰 곳이라구 정부에서두 여러모로 각별히 신경을 써주셔서 고마운 게 한두 가지가 아니구먼유."

우리들은 대개 이런 조의 얘기나 나눴다. 혀끝까지 와 뱅뱅 도는 말을 도로 삼키면서 나는 얼른 버스가 움직여주길 기다렸다. 버스는 풍암 계곡에서 내려온 손님을 태워야 수지가 맞을 것 같았다. 버스 속에 고작 대여섯 사람이 먼저 올라 있는 게 보였을 뿐이다. 나는 내 스스로에게 다짐 두기 위해서 술잔을 비우며 고개를 흔들었다. 적어도 그네들이 이곳에 왔다면 최완선 씨의 입을 통해서 그네들의 귀향 소식이 안 흘러나왔을 리가 없잖은가 말이다. 나는 어리석은 내 감상주의를 비웃었다.

"선상님, 저 뱀은 이따 버스에 오르실 때 제가 올려드립죠. 이거 오늘 선상님 만나서 폐가 이만저만이 아니올시다유."

최완선 씨는 아직도 방에서 전화를 받고 있는 가게 주인의 귀를 피하듯 작은 목소리로 말했다. 술값에 맞을 그런 돈을 내가 주머니에서 꺼내고 있었던 것이다.

차가 시동을 걸고 있었다. 전화를 받던 가게 주인이 밖으로 나왔다. 나는 술값을 내밀었다. 최완선 씨가 거북선 한 갑을 사 내 남방 주머니에 쑤셔 넣었다. 또 한번 놀러 오라는 말을 수없이 되뇌는 그의 손을 맞잡아준 다음 버스 쪽으로 걸음을 옮겨 놓기 시작할 때였다.

"잠깐!"

어느새 내 곁에 세 사람의 예비군 옷을 입은 청년들이 둘러서 있었다. 그들 뒤에 순경 한 사람의 모습도 보였다. 버스가 풍암 계곡 쪽을 향해 움직여나가고 있었다.

"실례합니다. 대일지서 반곡 분소에 근무하는 박창대 순경입니다. 조사할 게 있어서 그렇습니다. 차편은 여섯 시까지 있습니다. 풍암 계곡에 들어온 관광버스를 이용하시도록 모셔다드릴 테니 안심하시고 저희 분소까지 가주셔야 하겠습니다."

마을 한가운데 위치한 대일지서 분소까지 가 박창대 순경과 책상을 사이에 두고 대좌하고 앉았다. 내 신분증을 이리저리 살펴본 뒤에 그가 몸을 벌떡 일으켰다.

"죄송합니다. 주민들의 신고가 들어왔기 때문에…… 더 잘 알고 계시겠지만 이 지역은 간첩 침투가 용이한 곳이라……"

자신과 비슷한 업무를 수행하는 내 신분증을 보고 그가 필요 이상 미안쩍은 얼굴을 했다. 그러나 아직도 경계하는 빛은 조금도 풀지 않은 채 어쩔까 퍽 난처해하는 눈치기에 나는 그가 안심할 수 있도록 주민등록증까지 내놓으며 상급 기관에 신원을 조회해볼 것을 권했다. 그는 분소의 다른 동료와 내 문제를 의논하는 듯하더니 조회까지는 하지 않았다. 그가 거듭 사과를 하며, 그곳에 배치 근무 중인 듯싶은 보충역 장정에게 뭔가 지시했다. 예비군 옷의 그가 분소 뒤꼍에서 소형 오토바이를 끌어냈다.

박 순경이 직접 운전대에 앉았다.

"뒤에 타십시오. 관광버스까지 안내해드리겠습니다."

박 순경의 일거일동이 처음부터 내게 어떤 호감을 주어서 그랬는지도 모른다. 나는 갑자기 이 반곡 마을에서 하룻밤을 묵고 싶은 충동에 사로잡혔다. 어쩌면 그것은 멀리 떨어져 있는, 방금 내가 맥주를 마시던 그 가게 앞에 아직도 자전거를 세워놓고 분소 쪽을 멍청히 쳐다보고 서 있는 최완선 씨를 보았기 때문인지도 몰랐다.

"박 순경, 나 오늘 저녁 이 마을에서 하룻밤 자고 가도 되겠습니까?"

내가 웃으면서 그렇게 말하자 박 순경이 오토바이에서 성큼 내려섰다.

"어이구, 이제 됐습니다. 어찌나 미안하던지…… 주무실 데를 마련해놓도록 하겠습니다. 물론 저녁은 제가 사겠습니다."

구김살 없이 활짝 펴진 박 순경의 얼굴에서 나는 한 말단 관리가 보여주는 정직, 신뢰 같은 단어의 의미를 떠올렸다.

"부담 갖지 마십시오. 실은 저기 계신 최완선 씨와 한잔 더 나누고 싶어서 그러는 겁니다."

박 순경은 바로 그 최완선 씨가 신고를 한 주민 중의 한 사람이라는 말이라도 해주고 싶다는, 그런 어색한 얼굴 표정을 하고 서 있었다. 나는 그와 악수를 나누다가 문득 좀 더 솔직해지고 싶었다.

"사실은 이곳이 내 집사람의 고향입니다. 그래, 풍암산까지 온 길에 둘러본 거고, 오늘 저녁 집사람 대신 여기저기 돌아보고 싶어서 그러는 거지요. 그래야 집사람한테 고향 냄새를 물컥 옮겨다 주고, 그 덕분에 점수 좀 딸 게 아닙니까?"

내 웃음을 맞받아 웃으며 박 순경이 말했다.

"서울에 연락하실 일 있으시면 저희 분소 전화를 쓰셔도 좋습니다."

그렇잖아도 나는 저녁 시간 적당한 참을 내어 서울에 전화를 넣을 궁리를 깊이 하고 있는 중이었다. 아내를 놀라게 하겠다는 그런 단순한 뜻이 아니라 아내의 그 차가운 얼굴에 정말 잠시나마 화기를 넣어줄 그런 바람이 불게 하고 싶은 간절한 마음이었다. 그것은 우선 이제까지 전연 남으로 돌아앉아 너무나 철저하게 제 몫의 고통만을 끌어안고 제 나름의 껍질 속에 파묻혀 살아오는 동안 누구도 건널 수 없이 깊이 파인 그 강을 건너기 위한 가교를 놓는 일이었다. 어쩌면 이 마을에서의 하룻밤이 그런 계기가 되어줄는지도 모른다는 막연한 기대를 하면서 나는 최완선 씨가 멍청히 서 있는 가게 앞으로 걸어가기 시작했다. 아직도 내가 산 그 능사라는 구렁이가 그의 자전거 뒤에 얹혀 있었다.

달맞이꽃 3

일곱시 저녁 뉴스가 TV 화면에 흐르고 있다. 어린이 프로를 다 보고 난 은주가 하품을 한다. TV를 끄려고 하다가 문득 어떤 예감에 사로잡혀 홀린 듯 그 자리에 주저앉았다. 3급 이하 공무원 숙정 어제 중 매듭. 컬러 TV 8월부터 시판. 과열과외 근절 제도 개혁 검토. 북괴 남침 준비 혈안, 김정일은 김일성 대리인 행세. 귀순한 이영우 씨 회견. 천여 명 해외 취업 사기. 전문대학은 14일부터 개강. 연립주택 이중매매, 입주권 놓고 다투다 살인. 미 공화당 레이건, 카터보다 우세. 독약 먹여 남편 청부 살인. 7시 20분부터 여의도 청백전.

나는 일어나 TV 화면을 죽였다. 하루를 자고 나면 20년만큼의 역사를 살고 난 느낌뿐이다. 그러나 20년의 역사보다 내게 중요한 것은 내 식구들이다.

"신원을 알 수 없는 육십 대 노파와 삼십 대 임부, 의문의 변사체, 산속에서 등산객이 발견 신고."

이런 뉴스를 예감처럼 가슴에 깔며 일주일을 살았다. 어머니와 영채는 그 긴 일주일의 시간 속에서 열 번도 넘게 죽었다. 여러 번 죽었다는 것은 여러 번 살아날 수 있다는 것이다.

나는 그네들의 죽음을 기다리고 그네들의 되살아남을 다시 기다린다.

기다림은 만남을 전제로 했을 때만 그 의미가 있다. 우리들의 만남을 훼방 놓듯 여름 저녁의 어둠이 집 안 구석구석으로 음울한 그림자를 끌며 스며든다. 멜로디를 가진 이웃 교회의 종소리가 호객하듯 구성진 선율로 스며들어 집 안의 어둠과 음모를 꾸민다. 그들 어둠의 마술에 걸린 은주가 소파 한구석에서 잠들어 있다. 집 안이 갑자기 휘휘해진다. 문득 차탁 위에 멍청하게 엎드려 있는 전화기가 눈에 들어온다. 수화하지 않을 때의 전화기는 바보스럽게 느껴진다. 누구에겐가 전화를 걸고 싶어진다. 같은 학교 유영자 선생의 얼굴이 떠오른다. 따뜻하고 부드럽고 그러면서 거침없이 밝고 명랑한 바로 옆 반의 담임이다. 그러나 나는 수화기를 들지 않았다. 전화의 저쪽 유영

자 선생의 그 따뜻하고 부드럽고 밝은 것이 이쪽 음울한 어둠
으로 옮겨져 사십을 넘어선 차갑고 질긴 고깃덩어리, 이 돌계
집의 치부를 향해 깔깔거리며 웃겠지. 나는 그것이 두렵다. 내
어둠을 밝혀 내 치부를 보려는 그들이 두렵다.

그러나 나는 기다린다. 한충구, 그를 기다린다. 사랑하는─
사, 랑, 하, 는? 그래, 사! 랑! 하! 는! 내 남편 한충구를 기다
린다. 건널 수 없는 강 저쪽에 그가 서 있기에 더욱 그리워진
다. 그에게 기대고 싶다. 그의 넓은 가슴속에 나를 던지고 참으
로 딱 한 번 엉엉 소리 내어 울고 싶은 것이다. 시계를 보지 않
아도 정확한 시간이 머릿속에 그려진다. 7시 40분, 산에 갈 때
마다 그는 언제나 이 시간쯤 집에 돌아온다. 팔봉산이랬지. 3
시 30분에 하산한다. 타고 내려온 능선을 새삼스레 돌아보며
타고 간 차에 오른다. 4시에 차가 움직인다. 버스가 망우리 고
개를 넘는다. 마장동까지 들어가는 데 시간이 생각보다 많이
걸린다. 그래, 삼십 분쯤 더 걸린다고 하자. 7시, 마장동 터미
널에서 그가 빠져나온다. 귀갓길에 택시 타기를 좋아하지 않는
남편이다. 제기동까지 걸어간다. 10분, 7시 15분에 26번 버스
를 탄다. 버스에서 우리 집 근처 정류장까지 삼십 분이 걸린다.
7시 45분, 지금 그는 육교를 건너고 있다. 육교 밑 구멍가게에
서 거북선을 산다. 구멍가게에서 네번째 집 식품점에서 과일을
고른다. "은주 엄마, 정말 부러워 죽겠다. 좋은 아빠 두고, 둘
이 벌고 친정 엄만 살림해주고…… 정말 약올라 죽겠네." 우리
집 단골인 그 식품점 여자가 말하곤 했다. 남편이 고른 과일을
봉지에 넣으며 그 여자가 눈웃음을 치고 있다. 남편이 못 본 체

돌아서 나온다. 세탁소 앞을 지났다. 골목에 들어선다. 20미터, 10미터, 5미터, 3미터…… 나는 손가락 하나 까딱할 수가 없다. 나는 어둠의 기둥처럼 마루 한가운데 우뚝 선 채 움직일 수가 없는 것이다. 덥다. 숨이 막힌다. 어디선가 발악하듯 어린애 우는 소리가 들려온다. ㅎ, ㅎㅎ, ㅎㅎㅎㅎㅎㅎㅎㅎ, ㅎㅎ.

웃기는군. 바보 같은 놈. 한충구, 위선자, 영채, 제 처제를 범한 치한. 아니야, 그가 영채를 범했다는 건 거짓말이라고! 제 계집도 다스리지 못하는 주제에, 흥, 사랑? 자비? 고통은 나눠 가져야 한다고? 위선자. 나쁜 놈, 개만도 못한 자식, 짐승보다 더 더러운 놈들. 놈들. 놈들.

나는 내 몸에 히스테리한 발작의 징후를 느낀다. 그러나 그래서는 안 된다. 아무도 내 발작을 보아주지 못할 것이다. 어머니도 없다. 영채도 없다. 내 발작은 그들 앞에서만 의미가 있다. 나는 참아내야 한다. 그러나 자꾸 놈들이 보인다. 보, 인, 다.

"재명아, 억울하게 생각해선 안 된다. 죽어야 마땅한 사람은 그렇게 죽어야 하는 거란다. 재명아, 너두 알잖니! 아버지가 그처럼 많은 사람을 죽이고 어떻게 이 세상에 살아 있을 수 있겠니. 먹실 외할아버지랑 외삼촌을 죽이라고 한 것도 다 느 아버지였잖니."

마을을 벗어나 신작로를 몇 시간이고 걷다가 개울에 내려섰을 때 어머니가 재명이를 조용조용 타이르고 있었다. 우리들 머릿속에서 죽은 아버지를 지워내기 위해 어머니는 그처럼 애를 쓰고 있었던 것이다. 그러나 재명이는 성난 얼굴로 뿌르퉁 하니 흐르는 개울물만 내려다보고 서 있다. 재명이의 어깻죽지 한가운데 핏자국이 선명했다.

"재명아, 그 옷 빨아 입고 가자."

어머니가 내 등에서 잠든 영채를 안아내려 땀에 젖은 배에 손부채질을 하고 있는 동안 나는 재명이의 적삼을 벗겨 빨아주려고 했던 것이다.

"어서 벗으라니까. 그 핏자국이나 빨자."

"싫어!"

재명이는 새삼스레 식식거리며 어머니 쪽을 노려봤다. 마을을 떠날 때 땅바닥에 주저앉아 발버둥치는 그의 어깨를 어머니가 깨문 것에 대한 화가 아직 안 풀린 것이다. 오빠, 데리구 가자아. 내 등에서 버둥거리며 저만큼 떨어져 울고 있는 재명이를 돌아보던 영채는 어머니 무릎에서 아직 잠자고 있었다. 어머니는 재명이의 심술을 짐짓 외면한 채 산그늘을 쳐다보고 있었다. 워꾹, 워꾹, 워, 워꾹. 어머니가 바라보고 있는 산그늘 속에서 뻐꾸기가 울었다. 어머니가 신데렐라 공주 이야기를 꺼냈다. 우리들에게 몇 번씩 들려준 그 얘기를 쉬엄쉬엄 다시 시작했다. 아버지가 안경 쓴 아저씨와 뒤꼍에서 수군수군 뭔가 모의를 할 때도 어머니는 계속해서 우리들에게 갖가지 동화를 들려주었다. 아버지에게 발길로 허리를 걷어채어 굴신을 못하고 누워서도 그 아름다운 주인공들이 한때 겪는 수난과 고통을 이야기해주었다. 어머니가 들려주는 이야기는 그냥 허황된 옛날얘기가 아니라 꿈과 희망, 그리고 결국은 사랑이 승리하는 그런 아름다운 이야기였다. 이야기를 들은 우리 남매들은 항상 '집 없는 아이'가 되어 떠돌면서도 어딘가 살아 있을 예쁜 엄마를 만날 희망으로 그 고통스런 여정이 하나도 괴롭지 않았다. 어머니의 아름다운 동화를 들으면서 가장 신비로운 눈을 하는 것은 세 살짜리 영채였다. 제대로 의미가 잡히지 않는 얘기를 좋아 눈을 초롱초롱 빛내는 영채의 볼을 재명이가 꾹꾹 찌르곤 했다. 그럴 때마다 영채는 짜증을 냈고 재명이는 제 동생이 짜증 내는 게 귀여워 못 견디겠다는 듯 깔깔거렸다. 어머니가 백설공주 얘기를 하면 우리들은 백설공주가 되어 난쟁이들의 침대에서 잠을 잔다. 뻐꾸기가, 매미가, 개울물 소리가 산의 나무들이 모두 난쟁이처럼 우리들 편이 되어 우쭐우쭐 걸어다닌다. 우리가 걸어 내려가는 신작로의 저쪽 산모롱이 쪽 아카시아 숲에서 뻔쩍이는 금 투구를 쓴 왕자가 말을 타고 뚜벅뚜벅 걸어온다. 마을을 떠날 때의 그 영악스런 울음과 어깻죽지 어머니의 잇자국을 잊은 듯 재명이가 우와우와 소리치며 우리들보다 앞질러 달려간다. 그러한 재명이를 넘겨다보면서 내 등에 업힌 영채가 깔깔거린다. 며칠이고 며칠이고 우리 식구들은 그런 시골길을 걸었다. 마을 한가운데를 피하기 위해 산비탈을 질러 걷기도 했다. 가까운 마을에서는 우리 식구들의 얼굴을 알 것이기 때문이다. 잣골 우리 고향 마을에서 멀리 떨어진 마을에서는 마을 입구에서 열대여섯 살 된 사내애들이 지나다니는 사람들을 검문했다.

"피난 갔다가 이제야 집에 돌아가는 거구먼."

어머니가 그렇게 말하곤 했다.

"집이 어데유?"

나를 홀금홀금 곁눈질하며 그 사내아이들이 추근거렸다.

"우리 집은 둔낸데 총각들 이담에 한번 놀러 와요."

어머니가 그런 식으로 둘러댔다. 마을 한가운데에서는 나이
든 남자들이 눈에 핏발을 세운 채 아직은 젊은 우리 어머니와
어머니를 닮아 키가 훌쩍 큰 내 몸을 아래위로 훑어보았다.

"영분아, 네 머리를 빡빡 깎을 걸 그랬다."

겨우 열세 살 된 내 몸을 훑는 사내들의 눈이 두려운 듯 어머
니가 집에서 떠날 때 나를 남장시키지 못한 걸 후회하곤 했다.
우리 식구들은 난리가 끝난 뒤에 그런 정처 없는 피난길을 걸
었다.

집을 떠난 게 꼭 여드레째 되는 저녁이었다. 어머니가 머리
에 이었던 보따리 속의 쌀이 다 떨어진 저녁이었다. 날이 어두
웠다. 하늘에는 엷은 구름이 끼었고 그 구름을 뚫고 희붐한 달
빛이 부어져 내리고 있었다. 개울둑과 길가에는 달맞이꽃이 만
개했다. 달빛 아래 보는 달맞이꽃의 노란 꽃잎은 그냥 희게만
보인다. 저녁에 피었다가 아침이면 햇빛이 두려워 꽃잎을 오므
려 시드는 달맞이꽃 속을 우리 식구들이 걸었다. 온통 우리 식
구들의 발소리뿐인 저녁이었다.

"어무이, 이제 고만 가자아."

재명이도 나도 발바닥에 물집이 잡혔다. 대낮에 걷는 것보다
낫다고는 하지만 모든 것이 잠자는 산속을 걷는다는 것은 그닥
좋지가 않다. 어머니가 대답하지 않자 재명이는 심술을 부리
듯 발걸음을 더 크게 떼놓아 성큼성큼 앞질러 걸었다. 개울가

에 거뭇한 집채가 보였고 어머니가 거기서 자고 가자고 했다. 개울 건너 한참 저쪽 산 밑에 마을이 있는 듯 불빛이 보였다. 우리들이 들어간 곳은 물레방앗간이 있다. 이제 추수가 끝나고 나야 바쁘게 돌아갈 물레방앗간은 텅텅 비어 있었다. 물을 담아 싣고 돌아가는 수차 바퀴도 고정이 된 채 그 밑으로 헛물이 세차게 흐르고 있었다. 방앗간 안은 널찍했다. 방앗공이와 방앗굴대가 천장에 덩그러니 매어져 있었다. 방아확은 흙이 들어가 부식 작용을 일으키는 걸 방비하려는 듯 등겨로 가득 덮여 있었다. 어머니가 방앗간 한구석에 짚북데기를 펴 잠자리를 만들었다. 세차게 흐르는 도랑물 소리가 밤의 모든 소리를 잠재워버렸다. 이날 밤은 어머니가 동화도 들려주지 않았다. 우리들이 잠들어버렸기 때문이다. 나는 잠을 자다가 두 번이나 눈을 떴다. 재명이의 발이 내 가슴에 올라와 있었기 때문이다. 천장의 숭숭 구멍 뚫린 곳으로 희붐한 달빛이 새어들어 방앗간 안은 그런대로 눈짐작이 잡혔다. 천장에 매달린 방앗공이가 그림에서 본 용의 대가리를 하고 있었다. 그다음 눈을 뜬 것은 어머니가 자신의 치마로 내 배를 덮어주면서 머리를 쓸어넘겨주는 기척 때문이었다. 나는 내 이마 위에 놓인 어머니의 손을 잡았다. 어머니의 거친 손바닥에 못이 박혀 있었다. 남들이 우선 배 속의 애부터 떼고 보라고 하더군요. 어머니가 가끔 마음 통하는 이웃 아주머니한테 첫딸인 내가 출생하게 된 사연을 조용조용 털어놓는 걸 엿들은 적이 있었다. 아무리 더러운 씨지만 그럴 수가 없었어요. 이것은 하느님의 뜻으로 내 배 속에 잉태된 아이다. 양잿물 그릇을 들었다가도 그 생각을 해서 그만둔

게 여러 번이었지요. 그렇게 해서 낳은 게 우리 영분이지요. 기왕에 낳은 것, 제 애비 밑에서 키워야 되겠다는 생각에서 작심을 하고 찾아든 것이…… 어머니는 더 이상 말하지 않았다. 어머니의 얘기를 듣던 이웃 아주머니가 쯧쯧 혀를 찼을 뿐이다.

　누가 내지른 비명이었는지 모른다. 내가 눈을 떴을 때는 우리 식구 모두가 잠이 깨어 있었다. 영채가 울고 있었다. 어머니가 방아확 곁에서 한 사내에게 당하고 있었다. 내 위에 몸을 덮친 사내의 입에서 훅 단내가 끼쳤다. 나는 울음을 터뜨릴 여유도 없었다. 물레방앗간 안이 빙빙 돌아가는 것 같았다. 뭔가 큰일이 났구나 하는 절박한 느낌이 머리를 강하게 때렸기 때문이다. 그 경황 속에서도 나는 재명이를 찾았다. 그러나 방앗간 안에 재명이는 보이지 않았다. 영채 혼자 우리들이 자던 그 짚북데기 위에 일어나 앉아 어머니와 나를 번갈아 바라보며 울어댔다. 내가 그 참을 수 없는 고통을 발악처럼 내지르며 정신을 잃기 전 마지막 본 것은 방앗간 문짝을 젖히고 들어온 또 다른 한 사내가 손을 털며 어머니 쪽으로 다가가고 있는 모습이었다. 그렇게 어머니 쪽으로 다가가던 세번째 사내가 악을 써 울고 있는 영채 쪽으로 몸을 돌리는가 싶었는데 어느새 영채의 몸이 방바닥에 내동댕이쳐지고 있었다. 영채의 머리통이 땅바닥에 부딪치는 그 둔탁한 소리를 들으면서 나는 의식을 잃었던 것이다. 재명이가 죽어 있는 곳은 물레방앗간 밖 물을 담아 도는 수차 바퀴였다. 재명이는 물레바퀴에 거꾸로 걸린 채 숨져 있었다. 나는 하복부가 빠져나가는 듯한 그 통증 속에서도 눈을 허옇게 뒤집어쓰고 벌벌 경련을 일으키며 아직 살아 있는 영채를

안고 서서 어머니가 재명이의 시체를 끄집어 내리는 그 어렵디
어려운 작업을 끝까지 지켜보아야만 했다.

여덟 시 이십 분. 남편은 아직 돌아오지 않고 있었다. 돌아올
사람은 그뿐이었기 때문에 그를 기다리는 것이다. 그러나 그는
신데렐라의 짝이 될 왕자가 아니었다. 백설공주의 목에 걸린
독 사과 조각을 꺼내 살려준 다음, 공주님 당신은 지금 나하고
같이 계십니다. 이 세상에서 당신같이 사랑스러운 사람이 없어
요. 자, 나하고 우리 아버지가 계신 궁전으로 갑시다. 그리고
나의 아내가 되어주십시오— 왕자는 그렇게 말했다. 그러나
그는 말했지. 처제 몸속의 애기는 바로 제 자식입니다. 뻔뻔스
러운 것. 후안무치. 어머니를, 나를, 얼마나 우습게 생각했으면
그런 소리를 떳떳이 말할 수 있었을까? 그날 밤 이후 어머니의
입에서 동화가 사라진 때문이다. 백설공주도 신데렐라도 죽었
다. 왕자가 하늘나라로 갔기 때문이다. 살아 있는 것은 오직 득
세한 계모와 그네가 낳은 카인의 자식들뿐이다. 파랑새는 날아
갔다.

들꽃들의 이 늦은 만남

초인종이 운다. 짧고 거칠게 거듭거듭 울린다. 남편은 분명
아니다. 지나가던 아이들이 장난치듯, 혹은 속달등기를 가져온
우편배달부가 그렇게 하듯 마구 눌러대는 것이었다. 8시 30분,

초인종은 계속 울었다. 소파 한구석에 웅크려 잠든 은주가 초
인종 소리에 몸을 뒤척이다 다시 잠들었다. 그러나 나는 서둘
지 않았다. 놀라지 말자, 기다리던 것이 온 것이다. 올 것이 왔
을 뿐이다. 불 하나 켜지 않은 컴컴한 집 안이 초인종 소리에
들썩들썩하는 것 같았다. 이웃집 개가 우리 집 초인종 소리에
놀라 기가 넘듯 짖어댄다. 나는 아주 천천한 동작으로 마당까
지 나가 수하 없이 그대로 대문을 열었다.

"어, 엉—니!"

나는 놀라 뒷걸음쳤다. 영채가 번들거리는 눈으로 나를 반기
며 대문 안으로 쏟아지듯 들어서고 있었던 것이다. 영채가 들
어선 그 뒤에는 텅 빈 어둠이 있을 뿐이었다. 영채가 저 혼자
실내로 들어간 뒤에도 나는 한참이나 대문에 서서 기다렸다.
혹시나 해서 대문 밖까지 나가 휘둘러보았다. 그러나 어느 곳
에도 어머니는 보이지 않았다.

집 안에 들어선 영채는 꼭 주인과 떨어졌던 강아지가 집에 들
어와 꼬리를 치며 설치듯 이만저만 흥분해 있는 게 아니었다.

"엉부, 엉부!"

그는 이 방 저 방을 들락거리며 형부를 찾았다. 그런가 하면
소파에 잠들어 있는 은주를 안아 올려 얼굴을 맞대고 마구 비
벼댔다.

돌아왔구나. 나는 현관에 멈춰 선 채 입속으로 중얼거렸다.
수백 리 떨어진 곳에 옮겨진 벌이 그 알 수 없는 힘으로 제 집
을 찾아오듯 그렇게 집을 찾아든 영채를 바라보면서 나는 망연
자실 서 있었다. 무엇을 어떻게 어디서부터 생각하고 시작해야

할는지 갈피가 잡히지 않았다. 먼젓번 집을 나갔다가 지금처럼 먼저 돌아와 어머니의 소재를 묻는 식구들의 추궁에 전연 대답하지 못했듯, 이번에도 영채는 어머니에 대해 아무것도 알려주지 못할 것이다. 다만 영채는 일주일 전 집을 나갈 때보다 얼굴에 기미가 더 끼었을 뿐 몸놀림이나 얼굴 표정이 더욱 싱싱해져 있었다. 그러한 영채의 싱싱함이 내게 배신감을 안겨주었다. 문득 남편의 얼굴이 떠오르자 나는 부르르 몸을 떨었다.

차탁 위의 전화가 울렸다. 은주가 눈을 뜨고 아직 잠결인 양 몽롱한 눈으로 영채를 올려다봤다.

"으쭈야!"

영채가 다시 은주를 안아 올릴 자세를 하자 은주가 먼저 그 가슴속으로 뛰어들었다.

"여보세요?"

수화기를 들자 전화번호를 확인한 다음 시외전화를 받으라는 교환양의 목소리가 글을 외듯 빠르게 들려왔다. 그리고 윙윙 잡음이 들렸다.

"아, 당신이구먼!"

전화기 속의 잡음과는 달리 남편의 목소리는 가깝고, 분명했다.

"어디예요?"

내가 생각해도 내 목소리는 소름 끼치도록 냉랭했다.

"으응, 당신 그건 그렇구…… 집에 별일 없지?"

별일, 별일이 없느냐. 기분 전환을 위해 집을 탈출한 뒤 산에까지 간 사람이 집의 안부를 묻고 있다. 아기자기하게 어울리는 부부가 그렇게 하듯 남편의 말은 정겹다.

"없어요."

나는 짧게 대답했다. 자칫하면 지금의 내 감정을 억제하지 못하고 무너져 내릴 것만 같아서였다. 영채가 왔어요. 영채가 싱싱하게 살아서 왔어요. 어머니도 올 거예요. 몇 년 전 영채를 찾아 어머니가 집으로 돌아왔듯 어머니는 지금쯤 어디선가 집으로 오고 있을 거예요.

"어머니 소식 아직 없소?"

"없어요."

남편 쪽에서 잠시 침묵했다. 그리고 좀 있다가 다소 허튼 목소리로 말했다. 술 취했을 때 하는 그런 호기 있는 목소리다.

"그건 그렇고, 당신 지금 내가 어디 와 있는지 알고 있소?"

"오늘 못 오겠군요?"

나는 되도록 차게 말했다.

"당신, 그러지 말고 알아맞혀봐. 정말 대충이라도 말이야."

"내일 직장에 늦게 나가실 거라고 전화해드릴까요?"

"그런 건 아무래도 좋아. 당신 정말 답답하군. 남편이 어디에 가 있는 줄도 모르고."

"전화 요금 많이 올라요. 말씀하세요, 뭔 얘긴지."

"전화? 삼십 분 쓰기로 했어. 당신하고 연애 좀 하려고 말이야."

나는 대답하지 않았다. 영채가 은주와 어울려 목욕탕에 들어가 있었다. 은주가 제 이모의 등에 물을 얹어주는 모양, 영채가 킬킬거리고 있었다. 그렇게 씻기 싫어하던 애가 몸을 씻고 있었던 것이다.

"당신 놀라지 말아요. 여긴 말이야……"

남편의 목소리는 잘 맞아 나가는 정구공 소리처럼 명쾌하다. 어떻든 지금 그는 기분 좋은 상태임이 분명하다.

"당신 대일면 반곡리 알아? 잣골 말이오."

나는 숨을 훅 들이쉬었다. 용영분 선생은 고향이 어딥니까? 직장 동료들이 묻곤 했다. 서울이에요. 한때 시골에 좀 살긴 했지만. 시골 어디요? 강원도 어딘데 그 마을 이름두 기억에 없어요. 영채와 나는 서울이 고향이다. 내가 모르는 사이에 어머니가 호적을 옮겨놓았던 것이다. 물론 남편이 있는 데서, 아주 드문 일이긴 하지만 어머니와 나는 시골 얘기를 주고받기도 했다. 시골에도 오래 살았소? 남편이 물었다. 아니요. 피난 가서 아주 잠깐. 어딘데? 강원도 어딘데 그냥 잣골이라던 마을 이름만 기억나요. 그것도 우리가 행복하다고 느꼈던 신혼 초에 주고받았던 얘기일 뿐이다.

"나, 오늘 풍암산 입구에서부터 잣골까지 걸어서 올라왔지. 정말 절경이던데."

용바위, 닭바위, 장수바위, 가막산, 능청봉, 왜갈봉, 복골, 둔지마을, 먹실, 궁소, 무등재, 말고개.

"그런데 말이야, 꼭 하나 당신한테 물어볼 게 있어요."

이래서는 안 된다. 그에게 넘어가서는 안 된다. 나는 이를 악물고 마음을 다잡아 먹는다. 그러나 가슴이 터질 것만 같다.

"당신은 알고 있을 것 같아 물어보는 건데 말이야, 길가나 산비탈 묵정밭에 아무렇게나 자란 잡초 중에 희고 자잘한 꽃을 가진 게 이름이 뭐지? 풍암산 입구에서 잣골까지 가는데 그 꽃이 그렇게 지천으로 많이 피어 있더라니까."

피이, 나는 웃음이 나왔다.

"당신두 모른다면 여기 사람들한테 물어보는 수밖에 없군. 거시기 그런 잡풀에 이름이 있는지는 모르겠지만서도……"

거시기…… 모르겠지만…… 피이, 나는 남편이 시골 사람들 말투를 흉내 내는 게 진정 우스웠다. 전화기 저쪽에서 시끌하게 남자들의 목소리가 들린다. 선상님, 이제 연애 좀 고만하시고……

"당신 정말 그 꽃 이름 모르는 거지?"

"망초, 시골에선 개망초라고 할 거예요."

나는 흔들리고 있는 자신을 발견한다. 온몸이 와들와들 떨리는 흔들림이다. 나는 지금 중심을 잃은 팽이처럼 비틀거린다. 어지럽다.

"망초라고? 무슨 망 자일까? 망할 망? 아니겠지. 망녕될 망? 바쁠 망? 아아, 잊을 망이 아닐까? 또 있지, 망망할 망, 실심할 망, 도깨비 망, 아니면 희망 원망 전망이라고 할 때의 망도 있고……"

남편이 장난처럼 주워섬긴다. 할아버지 밑에서 한문 공부를 했다는 남편이니까 그럴 수도 있을 것이다. 피이, 그러나 나는 웃고 말았다.

"아무 망자도 아니라니까요. 그냥 그 꽃이름이 망초일 뿐이에요. 엉거시과 두해살이풀. 육칠월에 백색, 혹은 엷은 자색의 두화가 방상 꽃차례로 핌. 북미 원산의 귀화식물이에요."

나 자신 놀라고 있었다. 벌써 까마득히 오래된 사범학교 시절 생물도감을 펼쳐 외었던 기억이 주문처럼 흘러나온 것이다.

"와하, 은주 엄마 알아줘야 되겠는데."

남편이 거침없이 웃는다.

"지금 거기 누구하고 계시는 거예요?"

나는 내가 무너지고 있음을 느낀다. 댓가지처럼 꼿꼿하게 경직되었던 내 몸의 근육과 심줄들이 긴장을 풀면서 핑핑 끊어져 나감을 느낀다. 그러나 지금 나의 해체는 고통이 없는 무너짐이다. 황홀하고 몽롱하고, 쾌감을 갖고 아스라이 가라앉는 행복한 그런 침몰이다.

"내가 누구하고 술을 먹느냐고? 은주 엄마, 그건 비밀이야. 왜냐하면 술자리의 흥이 깨지기 때문이지. 가능하면 언젠가 이 다섯 분들을 우리 집에 초청하고 싶군. 어쩌면 오늘 밤 내가 더 취하면 정식으로 초청을 할는지도 몰라. 한충구와 용영분 부부 공동 이름으로 말이지."

다섯 사람. 남편은 지금 자리에 함께하고 있는 사람이 다섯이라고 했다. 누구일까. 용재, 칠성이, 돼지, 택준이—몇몇 대일 국민학교를 함께 걸어 다닌 사내애들 이름이 떠오른다. 개울을 먼저 건너가 찔레 덤불 속에 숨었다가 여자아이들을 놀래주던 용재의 그 인중 긴 코밑에 항상 마르지 않던 콧물이 보인다.

"용영분 선생, 나 오늘 용 씨네 문중 사당 터도 보고 왔지. 사당 뜰 가득 망초가 피어 있더군."

"그 사당 앞에 있는 느티나무 고목도 보았겠군요?"

사랑하는 사람 앞에 벌거벗은 몸의 치부를 처음 보인 처녀가 갖는 수치심은 곧장 사라지게 마련이 아닐까. 오히려 그렇게 드러내 보였기에 더욱더 뜨겁게 몸을 열고 싶겠지. 내친걸음, 나는 그런 심정이었다.

"그 느티나무가 나한테 말하더군. 영분이가 보고 싶다고."

영채와 은주가 아직도 목욕탕에서 깔깔거리고 있었다. 전화기를 든 채 나는 마룻바닥에 무릎을 꿇었다. 나는 이제 전화기에 대고 아무 말도 할 수가 없었다. 입을 열면 그대로 울음이 될 것이기 때문이다.

"이왕 여기서 묵는 김에 내일은 가막산 계곡에 있는 철광 굴속도 좀 들러보고, 그 가막산을 넘어가면 청평 호수가 있다고 하더군. 거기서 통통배를 타고 청평까지 나갔다가……"

영채와 은주가 목욕탕에서 와당탕 쏟아져 나오고 있었다. 어차피 영채의 귀가 소식은 뒤로 미룰 수밖에. 어머니가 아직 돌아오지 않은 이상, 영채의 귀가는 의미가 없기 때문이다. 영채가 건강하다는 것도, 영채 몸속의 우리들 애기가 끄덕없이 자라고 있다는 것도…… 남편이 어서 돌아오길 기다릴 뿐이다.

"은주 엄마, 당신 뱀에 대해서 뭘 좀 알고 있소?"

엉뚱하게 남편이 그렇게 묻고 있었다.

"몰라요."

"여기 오니까 사람들이 뱀을 고아서 먹더군. 몸에 좋다는 거야. 특히 남자들한테 말이야. 당신 그거 알어?"

갑자기 남편의 어투가 상스러워진다.

"그래서 나도 뱀을 샀다구. 팔뚝 같은 구렁이지. 크고 늠름

하고 아주 힘센 놈이야. 고아 먹을 게 뭐 있나, 장작불에 얹어 지글지글 구워 먹지. 제기랄 놈의 꺼, 굽긴 뭘 궈, 껍데길 벗겨 날것을 그냥 통째로 으적으적 씹어서 먹는 거야. 거시기, 그러 구설라므네, 쏘주 한잔, 마늘 한 쪽 먹고 당신한테 달려가는 일만 남었구먼, 히, 히히."

남편이 짐짓 야만스런 소릴 골라 한다. 그런데 하나도 천하지 않게 들린다. 중요한 것은 그 당장 내 몸에 이상한 조짐이 오기 시작한 일이다. 무릎을 꿇고 마룻바닥에 꿇어앉은 내 몸을 칭칭 감았던 밧줄이 느슨느슨 풀려나간다. 누군가 등 뒤로 묶인 내 손목의 밧줄을 풀고 있다. 몸이 자유롭다고 느낀 순간 나는 조금씩 움직여본다. 그러자 내 몸에서 뭔가 우적우적 부서져 내리는 소리가 난다. 차갑고 질긴 중년 계집의 몸뚱이에서 한풀 껍질이 벗겨져 나가자, 그 탈바꿈의 첫번째 반응은 내 몸속 깊이 사내를 들이고 싶은 그 치열한 정염의 불꽃이었다.

○ 1980년『문예중앙』여름호

죄의식으로 도착(倒錯)된 가족 소설

임정균(문학평론가)

1. 고통의 원인 찾기

전상국 소설에서 가장 큰 줄기를 이루는 것은 한국전쟁의 상흔이다. 잘 알려진 대로 전상국의 작품 세계는 한국 현대사의 가시적 사건들로부터 보다 근원적인 문제들로 심화, 확장되어 왔다. 곧 전쟁의 가시적인 폭력성과 분단 문제는 고향을 상실한 근대적 주체의 뿌리 찾기 혹은 정체성 탐색의 과정으로 심화되고, 집단주의와 이념적 맹목성과 같은 근원적인 사회악에 관한 소설적 궁구(窮究)와 비판으로 확장되었다. 이러한 주제의식의 확장 과정에서 「우상의 눈물」을 비롯한 일련의 소설들이 교육 현장을 배경으로 이데올로기를 재생산하는 국가 장치의 작동 방식을 폭로하고 있다면, 이 책에 수록된 작품들은 피난과 이산, 아버지의 죽음과 고아가 된 자식 등 전쟁이 불러온 비극적 가족사를 다루는 소설들로 묶어볼 수 있다. 그런데 이 작품집에서 인물이 겪는 고통의 원인으로 전쟁을 직접 지목하는 소설은 서너 편뿐이다. 이는 전쟁에 대한 유년기 체험 세대의 인식적 특수성에서 비롯되는 것이기도 하지만, 전상국에게 전쟁의 상처는 소재의 차원을 넘어 전후 한국 사회가 안고 있는 많은 문제의 실존적 조건이자 근원적 고통으로 자리하고 있기 때문이다.

가족은 인간 사회의 최소 단위이자 근대적 국가 개념의 근간이다. 거기에 더해 우리의 전통적 가족 이데올로기는 국가와 민족이 하나의 핏줄임을 강조해왔다. 그러나 혈연으로 엮인 이들이 서로 총구를 겨누었던 전쟁의 참상은 그러한 가족 관념에 의문을 가져왔다. 가족은 핏줄이면서 동시에 적대의 대상이기도 했다. 한편 이 소설들의 배경인 7~80년대는 전쟁과 분단, 4·19혁명과 군부독재를 거친 뒤 급속하게 산업자본주의로 전환되던 시기였다. 그 경제 성장의 이면에 동족상잔의 비극과 원한을 동력 삼아 더욱 극단으로 치달았던 이념 대립과 체제 경쟁이 놓여 있음은 말할 것도 없다. 그런 상황에서 가족은 산업자본주의가 요구하는 '남성 생계부양자 가족 모델'과 결속한 전통적 가부장제를 '정상 가족'의 규범으로 삼으면서 사회적 갈등과 모순이 충돌하는 장소였다.

국가의 물질적 토대가 빠르게 변모하는 와중에도 여전히 공고한 전통적 가족 이데올로기와 억압적인 사회 분위기는 고통받는 인간 스스로 제 고통의 심부에 접근하는 것을 까다롭게 만든다. 원인을 가늠하기 힘든 고통 앞에서 인간이 취할 수 있는 대응 방식은 제한될 수밖에 없다. 최선은 원인을 찾아 이해하고 해소하는 것이겠지만, 때로 인간은 고통 자체에 매몰되거나 굴복할 수도 있으며, 환상을 통해 진실을 회피하거나 다른 것에 책임을 전가하기도 한다. 전상국의 인물들 역시 마찬가지다. 그러나 전상국은 그러한 인물들을 재현하는 데 그치지 않고 가족 소설의 형식을 통해 고통의 심연을 계보학적으로 따져 묻는다. 그 물음을 따라가다 보면 어느덧 잊힌 상처들과 마주하게 될 것이며 상처 너머에 존재하는 근원적인 고통의 심부에 닿게 될 것이다. 이 소설들이 여전히 문제적이라면 작가가 던진 물음이 현재를 살아가는 우리에게도 여전히 유효하기 때문이다.

2. 막연한 적의에 깃든 자기혐오

고통에 대한 즉각적이고 손쉬운 반응은 고통을 유발한 대상에게 분노와 적대감을 표출하는 것일 테다. 기실 적대감은 전후 한국 사회를 지배하던 감정이었다. 전쟁에서 비롯한 고통은 처음에는 뚜렷한 적대의 대상과 이유를 갖고 있었고, 그것이 체제 경쟁과 경제 발전의 논리로 이용되었음은 주지의 사실이다. 그런데 이 소설집의 인물들이 느끼는 적의는 대상과 이유가 불분명한 경우가 많다. 가령 「우리들의 날개」의 한호가 마을에 가졌던 적의라든지, 「여름의 껍질」에서 등산을 즐기는 사람들을 향한 한충구의 "막연한 적의"(264쪽)는 자신에게 구체적인 위해를 가하지 않은 다수를 향한다. 그런가 하면 미신과 같은 그릇된 믿음(「우리들의 날개」)이 적의의 이유가 되기도 하고, 「추억의 눈」의 '나'가 아내나 쐐기에게 가졌던 적의는 다소 부당해 보이기도 하며, 「여름의 껍질」에서 "정상인으로서는 흉내도 낼 수 없는 순수한 감정의 표출"(309쪽)로 묘사되는 영채의 적의는 합리적 인과관계를 벗어난 다분히 본능적이고 맹목적인 것이다. 분명한 것은 이처럼 막연한 적의를 느끼는 인물들이 죄의식과 뒤섞인 고통을 겪는다는 점이다.

원인이 불확실한 고통은 형벌과 같은 것이다. 「여름의 껍질」의 용영분이 결혼 생활에서 느끼는 고통은 "글자 그대로 천형"(304쪽)이다. 남편 한충구에 초점을 둔 서사가 아내의 고통을 이해하기 위해 그녀의 고향을 찾는 이야기라면, 용영분의 서사는 이미 오래전 내면화되어 이유를 잊어버린 고통의 원인을 까마득한 과거로부터 길어 올린다. 여동생 영채와 남편의 기이한 관계, 그들을 향한 영분의 적의가 고통의 직접적인 원인으로 제시되고는 있지만, 그 중심에는 아버지로부터 물려받은 죄의식이 있다. 아버지 용만수는 친족의 땅을 차지하기 위해 좌익에 가담했다가 사람들을 죽인 죄로 집성촌 마을 사람들에게 사형(私刑)을 당했다. 그 와중에 남동생 재명도 죽임을 당하고, 막내 영채는 머리를 다쳐 발달장애를 갖게 된다. 시간이 흘러 한충구와 결혼한 영분은 잠시나마 행복을 느끼지만 바로 그 행복으로 인해 죄의식에 시달린다.

고통을 형벌로 인식하는 영분이 가족사에서 발견하는 사후적 인과관계는 무죄 증명을 위한 것이 아니다. 오히려 "견딜 수 없는 형벌의 시간"(305쪽)을 스스로 납득하고 견디기 위한 죄의 발견이다. 문제는 자신의 고통을 아버지의 죄와 연결 짓는 일이 사회적으로 강제된 것이라는 데에 있다. "그래서 옛 할머니들이 말하잖는가 말이여. 남 가슴 아프게 하면 그 죌 꼭 되받게 되는 게라구."(275쪽) 용 씨 집성촌 사람들의 말처럼 오랫동안 우리네 의식 속에서 죄는 벌을 이르는 말이기도 했다. 죄와 벌의 동일시는 '인과응보'나 '권선징악'의 의미라기보다 '벌을 받는 사람은 죄를 지었다'라는 뜻에 가까우며, 무엇보다 사회적 통념으로 자리 잡고 있는 것이다.

비교적 뚜렷한 혐오의 대상과 이유를 제시하는 「그늘 무늬」는 전상국의 작품 세계에서 적의의 시원과 기제를 단적으로 보여준다. 기행(奇行)을 일삼던 중학교 친구를 향한 종수의 혐오는 전후 한국 사회의 이념적 적대를 닮았다. 수재였던 종수와 동창생은 어려운 형편 때문에 마을 유지의 원조로 수학했는데, 친구는 "그 도움을 받아들인 종수를 비웃기라도 하듯 함께 입학했던 서울의 K고등학교를 1학년 1학기 때 자퇴해"(146쪽)버린다. 혐오감의 이유로는 다소 부당해 보이지만, 종수는 막노동으로 근근이 살아가는 친구의 소식을 들을 때마다 그를 향한 혐오감을 원동력으로 악착같이 공부해 출셋길에 오른다. 종수에게 타자를 향한 막연한 적의는 출세와의 인과성을 통해 지속되는 것이다.

반면에 종수의 고등학교 친구 혁진의 혐오는 이부형제와 어머니를 향했다가 종래에는 피학적인 자기혐오로 옮아간다. 혁진의 어머니는 "6·25 전에 공산당 열성 당원"이었던 남자에게서 형을 낳고 전쟁통에 "남쪽 장교"와의 사이에서 혁진을 낳았다. 이후 형제를 키운다는 명분으로 "세 사람의 남자를 바꿔가며 살아"온 어머니를 혁진은 "갈보"라고 매도했고, 어머니의 명분을 수용한 덕에 떵떵거리며 사는 형을 혐오했다. 혁진은 대학을 졸업한 뒤 자신이 혐오하는 가족에게 "충격을 주기 위해"(154쪽) 돌연 미국으로 건너가 연락을 끊어버린다. 자기 처벌에 가까운 혁진의 기행에는 죄의식마저 엿보인다.

종수는 혁진의 기행 역시 혐오한다. 여기서 주목할 것은 종수가 자신과 비슷한 형편이었던 중학교 동창을 혐오했듯 혁진과 유사한 출생 비밀을 갖고 있다는 점이다. 호적상 아버지인 삼촌을 친부로 알았던 종수는 "널 키워서 그 빨갱이 놈 얘길 해주고 그놈이 한 것처럼 네 모가질 낫으로 내려치려고 내 별러왔다"(152쪽)라며 믿기 힘든 사실을 폭로한 삼촌에게 용서할 수 없는 적개심을 느꼈고, 이후 "삼촌을 뺀 모든 사람들의 모습에서 자신이 원하는 아버지와 어머니의 현현된 모습"(153쪽)을 찾아왔다. 이는 "모든 것을 혐오하는 일로 시작하던 혁진"과 "다른 사람의 생각과 그 삶"(157쪽)에 관심을 둔 종수의 대비된 삶의 태도로 드러난다. 그런 만큼 이 소설의 핵심적인 테마는 유사한 출생 비밀에서 비롯한 두 인물의 적의가 결정적으로 차이를 빚게 된 계기를 찾는 일이다.

"남쪽 장교"의 아들인 혁진과 달리, 종수가 "빨갱이"였던 생부의 존재를 부정하는 것은 이념적 적대감이 팽배했던 사회 분위기에 의한 (무)의식적인 방어기제였을 것이다. 게다가 기행과 혐오감 사이의 부적절한 인과를 종수도 모르지 않았다. 그랬으므로 혁진을 사랑했던 정은에게 찾아가 "어떻게 그렇게 살 수 있는 겁니까? 왜 그렇게 살아야 하지요? 그렇게 사는 게

　해설—죄의식으로 도착(倒錯)된 가족 소설

정말 옳게 사는 겁니까?"(158쪽)라고 묻곤 했던 것이다. 타인의 삶의 태도가 옳은지를 따지는 이 질문에는 이미 제 삶에 대한 의문이 전제되어 있다. 또한 의문을 회피하거나 책임을 전가하려는 의도가 감추어져 있다. 종수의 고통은 적의와 죄의식이 뒤섞인 이러한 자기 의문에서 비롯된 것이다. 그렇다면 문제는 종수와 혁진 가운데 어느 쪽이 옳은가 하는 것이 아니라, 이들을 혐오와 자기혐오라는 병적인 양자택일로 몰아넣은 상황에 있지 않을까. 종수가 생부의 죄를 물려받지 않기 위해 끊임없이 타자를 혐오하고 있다면, 모든 것을 혐오한 끝에 자기 자신까지 혐오하는 혁진은 자기혐오의 고통 속에서 죄의식을 갖게 된다. 종수와 혁진은 적대감이 지배적 감정인 시대의 두 초상이라 할 수 있다.

3. 아버지의 죽음과 상속되는 죄의식

가족 소설에서 아버지의 죽음은 부성의 사회적 승계의 중요한 계기이다. 가령 「달평 씨의 두번째 죽음」에서 남몰래 베풀어 온 선행이 밝혀지며 세간의 관심을 받게 된 달평은 두 번에 걸친 죽음을 맞이한다. 첫번째 죽음이 미화된 신문 기사 속 인물처럼 행동하며 제 삶의 내력을 내다 버린 달평 개인의 실존적 죽음에 견줄 수 있다면, 그가 재차 꾸며낸 이야기(고아, 악행, 업둥이)가 아내와 자식으로부터 승인받지 못하면서 맞이한 두번째 죽음은 가장이자 아버지로서의 상징적 죽음이다. 「좁은 길」은 이유를 알 수 없는 아버지의 죽음을 납득하기 위해 화자가 생각을 시작하는 장면으로 끝난다. "자신의 죽음이 이해되기를 거부한 아버지의 자살을 어떻게 이해해야 할 것인가."(96쪽) 이 물음에 대한 '나'의 탐문은 그 자체로 아버지의 죽음을 인정하고, 그로부터 부성을 상속받는 과정이나 다름없다.

상징적 죽음에는 그에 합당한 절차가 또한 요구된다.「추억의 눈」에서 시신과 무덤 없는 아버지의 죽음은 동수 형제가 선옥의 제안으로 무덤을 만들고 장례를 치름으로써 비로소 아버지라는 이름에 합당한 죽음을 맞이한다. "그렇게 장난처럼 시작해서 드디어는 우리들 스스로가 아버지를 죽였다. 기다려도 기다려도 돌아오지 않는 아버지에 대한 죽음의 선고였던 것이다."(248쪽) 그와 같은 방식으로 동수는 적의와 죄의식으로 뒤섞인 쐐기와의 관계를 그의 무덤 앞에서 술을 나눠 마심으로써 해소하게 된다. 이처럼 죽음의 인정과 장례는 아버지의 빈자리에 자신을 동일시하는 아버지-되기의 전제 조건이자, 과거와 화해하고 앞으로 나아가기 위한 계기로 작용하기도 한다.

「그늘 무늬」의 종수가 죄지은 생부의 존재를 부정하고 모종의 의문과 죄의식에 사로잡히는 것도 가족 소설에서 부성의 상속 과정과 무관하지 않다. 아버지 없는 종수의 아버지-찾기가 출세 욕망으로 발전한 것은 당대 가부장의 전형을 추구하는 아버지-되기로 이해된다. 그런데 종수의 출세 욕망은 어느 정도 충족되지만, 그것이 아버지-되기의 필요조건은 아닌 듯하다. 고아를 자처한 종수가 결말에 이르러 정은의 이모가 거둔 갓난아기에게서 본 망령은 상징적 죽음에 이르지 못한 아버지의

해설―죄의식으로 도착(倒錯)된 가족 소설

망령이라 할 수 있다. 이는 아버지의 존재와 죽음을 인정하는 장례 절차를 치르지 않았기 때문인지도 모른다. 셰익스피어의 『햄릿』이 예시하듯 망령이 된 아버지의 출현과 그로 인한 죄의식의 발현은 적법한 장례를 치르도록 요구하고, 이로써 상속자는 아버지의 법을 내면화하고 부성을 물려받게 되는 것이다.

그러나 전상국의 주된 관심은 부성의 승계나 상처의 회복보다는 가족의 계보를 통해 상속되는 죄의식과 고통에 있다. 그것은 끊을 수 없는 사슬처럼 가족을 통해 대물림되고, 나아가 사회적으로 재생산된다. 「악의 사슬」의 작중화자 역시 월북하여 생사를 알 수 없는 아버지의 유복자로 태어나 아버지의 장례를 치르지 않았다. "어머니의 입을 통해 재생되는" 아버지의 모습은 마을 사람들에게 갚을 수 없는 죄를 저지른 그야말로 "악종자"(119쪽)다. 어머니는 남편이 사람들의 기억에서 사라지지 않기를 원하는 듯 틈만 나면 그를 입에 올리고 저주를 퍼부으면서도 "당신의 지아비가 저질러놓은 일에 대한 죄 갚음"(118쪽)을 하듯 마을의 궂은일을 도맡아 했다. '나'에게는 그런 아버지라면 차라리 죽고 없는 편이 낫지만, 어머니의 태도는 마치 아버지가 어딘가 살아 있다고 믿는 듯하다. 그런 까닭에 '나'는 이따금 얼굴도 모르는 아버지의 환영이 나타나 죄의식을 건드릴 때면 그 책임을 어머니의 험구 탓으로 돌린다.

어머니의 죽음 이후 '나'는 비로소 죄의식에서 벗어났다고 생각하지만 아버지의 환영은 더욱 자주 나타난다. 그런 점에서 아버지로 인해 당국의 감시까지 받아온 화자에게 죄의식은 사회로부터 주입된 것에 가깝다. 그런 '나'와 달리 형이 유복자인 까닭에 아버지의 정체가 늘 의문이었던 동생 태수는 죄의식을 물려받지 않았고, 어머니와 마찬가지로 아버지가 어딘가 살아 있을 것이라 믿는다. 어머니가 죽기 전 핏줄을 확인해준 것에 기뻐하는 태수의 모습에서 '나'는 지금껏 자기 목을 죄어온 것이 "아버지의 그 피 묻은 손에 들린 질긴 밧줄"(138쪽)이었음을 새삼 알게 되고, 그야말로 악종자인 피천구의 가족을 집에 들인 후 어머니가 지아비의 죄를 대물림하지 않기 위해 '악의 사슬'을 혼자서 감당해왔음을 이해하게 된다. 경찰에 쫓기며 협박에 가까운 전화를 걸어온 피천구에게서 아버지의 목소리를 듣게 된 '나'는 그 사슬이 어느 한 사람의 과오나 죄를 넘어서 우리 사회 전체를 옭아매고 있는 것임을 또한 깨닫는다.

　이러한 망령의 정체는 「그늘 무늬」의 정은이 망령으로부터의 단절을 통해 해방감을 느끼는 대목에서 선명하게 드러난다. 종수가 아버지의 망령에서 죄의식을 발견한다면, 정은이 느끼는 감정은 두려움이다. 결혼 오 년 차에 어렵사리 아이를 갖게 되었을 때 정은은 "여러 번 특사 혜택을 거절한 채 자신의 형기인 무기형을 치르다 그 속에서 죽은 아버지"(159쪽)의 망령이 꿈에 나타나 유산을 하게 되었다. 그러나 정은은 아이를 잃은 슬픔보다는 오히려 "전통적 가부장제의 부권에 맹종한" 어머니와 "지아비의 이념과 궤를 같이한 능동적"(144쪽)인 이모의 삶과의 단절로부터 오는 해방감을 느낀다. 정은에게 아버지의 망령은 "무책임한"(143쪽) 남자'들'에게 종속된 여자'들'의 삶을 강요하는 굴레 같은 것이다. 정은이 아이 갖기를 거부하고 남편과 별거를 선언한 것은 전상국 소설에서 죄의식에 시

달리는 남성 인물들이 보이는 성적 무능이나, 「여름의 껍질」의 영분이 아이를 갖지 않으려는 이유와는 다르다. 그것은 가부장제에 종속되어 출산과 양육을 담당하며 그러한 가족 이데올로기를 재생산해온 어머니들의 운명으로부터 해방되기 위한 선택이다. 그러나 곳곳에 도사린 가부장제의 올가미는 정은이 느끼는 해방감이 위태로운 찰나의 감정임을 암시한다.

4. 이념적 맹목과 악의 없는 악행

전상국의 소설에서 인물들이 느끼는 고통의 가시적 원인은 전쟁으로 인한 이산과 아버지의 죽음과 같은 가족의 파괴에 있을 것이다. 특히 죄지은 아버지로부터 대물림된 죄의식은 남은 가족들에게 적지 않은 영향을 끼친다. 이를 통해 전상국은 아버지의 부재에도 불구하고 여전히 건재한 가부장제의 이데올로기적 진실을 말하고 있다. 요컨대 이 소설들은 부재하는 아버지, 홀로 가족을 건사하려는 어머니, 가족 이데올로기의 모순 속에서 고통을 겪는 자식들 사이의 갈등을 다룬 서사라고 말할 수 있을 것이다. 전통적 의미의 모성이 가부장제의 한 축인 만큼 아버지 없는 가족의 가장이 된 어머니의 분투는 그야말로 부성의 화신이나 다름없다. 자의든 타의든 가부장제에 종속된 어머니는 가부장적 질서의 모순을 은폐하거나 수호자를 자처하기도 한다. 아버지가 남긴 책임과 죄를 자식에게만큼은 대물림하지 않기 위해 자신의 죄로 떠안으려는 어머니의 노력마저 낡아빠진 가족의 질서를 공고히 하고 재생산하는 데에 일조하는 결과를 낳는다. 가부장적 질서는 아버지의 부재에도 정확하게 작동한다.

무속의 힘을 빌려 가정의 평안을 지키려는 어머니들의 물밑 노력과 그에 저항하는 아들들의 이야기로 요약할 수 있는 「우리들의 날개」는 우리네 가족 이데올로기의 모순을 예리하게 포착한 작품이다. 집안의 흉흉한 일들이 대대로 이어진 살(煞) 때문이라고 믿는 할머니는 객사한 할아버지의 소식을 듣고 7대 독자였던 한호에게 적의를 보이는가 하면, 그러한 믿음을 이어받은 어머니는 철없는 막내 두호가 집안의 원흉이라는 무당의 말을 거리낌 없이 맹신한다. 할머니에게서 어머니에게로 이어진 미신의 힘은 그것에 저항하는 아버지와 화자인 한호에게까지 영향을 미친다. 아버지는 "어떤 알 수 없는 힘과의 싸움"(16쪽)을 오기로 이어가다 거듭 처참한 패배의 수렁에 빠지고, 한호는 두호를 향한 가족들의 "비정상적인 변화를 적의"(26쪽)를 갖고 바라본다. 이처럼 근거 없는 적대감으로 뒤엉킨 가족사는 맹목적 이념 대립이 낳은 막연한 적의로 얼룩진 당대 우리 민족의 수난사를 은유한다고 봐도 좋을 것이다.

미신의 힘에 굴복해 두호를 내다 버리려다 죄책감을 느낀 한호가 동생의 날개가 되어주리라 다짐하면서 끝나는 이 소설은 그간 화해와 극복의 서사로 이해되곤 했다. 하지만 악의 본질을 탐구해온 작가답게 전상국은 이 소설의 갈등을 그처럼 단순하게 봉합하지 않는다. 가족 소설의 관점에서 아직 미성숙한 열댓 살 소년의 다짐에는 뜻밖의 섬뜩한 민낯이 감추어져 있다. 한호 스스로 고백하듯 가족을 향한 적의가 동생을 향한 "그네들의 편애"(26쪽)에 대한 질투였다는 사실은 화자의 진술을 액면 그대로 받아들이기 곤란하게 만드는 지점이다. 부모님의 사랑을 독차지해온 한호에게 동생의 출생은 난데없는 훼방꾼의 출현이었다. 아직 "품속의 어린 새에 불과"(26쪽)한 이 소년의 순진한 질투심은 동생의 출생을 의미심장하게 바라보는 도입부에서부터 이미 악의 없는 악행을 예견하고 있는 것이다.

그런 까닭에 한호의 내러티브는 예견된 악행과 죄의식을 합리화하려는 플롯을 띠게 된다. 아버지는 자동차 사고가 반복될 때마다 송장처럼 방구석에 틀어박히고, 그로 인해 가장의 역할을 떠맡은 어머니의 액막이는 더욱 집요해진다. "집안의 그 뒤숭숭하고 요령부득의 어떤 힘과 맞서서 끝까지 싸울 것이라고 기대해왔던"(35쪽) 아버지가 어머니로부터 두호의 병세를 들은 뒤 그 힘에 굴복하듯 두호를 향한 태도를 바꾸었을 때 한호는 질투심이 뒤섞인 실망감을 느낀다. 마침내 두호가 화재를 내고, 재차 사고를 낸 아버지가 유치장에 갇혔을 때 한호는 미신적 힘의 위력을 실감한다. 그 힘에 두려움을 느끼지만, 아버지의 부재로 그것과의 싸움은 한호의 몫이 된다. 이렇게 한호는 질투심을 해소하기 위해, 그리고 알 수 없는 힘으로부터 가족을 지키기 위해 동생을 내다 버릴 나름의 합리적 이유를 갖게 된 것이다.

아버지의 부재를 틈타 부권 상속의 경쟁자를 물리치고 유일한 상속자가 되려는 소년의 아버지-되기 시도는 결과적으로 실패하지만, 그로 인해 갖게 된 죄의식은 소년을 성장시킨다.

"나는 이제 눈물 같은 건 흘리지 않았다. 배 속 깊은 데서 위로 뿌듯하게 치밀어 오르는 어떤 힘을 느낀 것이다."(44쪽) 한호의 다짐은 부모의 무관심에 너무 일찍 날개가 꺾여버리고 스스로 어른이 되어야 했던 소년의 소망이 투영된 것인 한편, 그 다짐이 진심에 가까울수록 한층 성숙한 어른임을 증명하게 된다. 그러나 소년에게 때 이른 성장만큼 비극은 없다. 가족과 자신을 지킬 충분한 힘을 기르지 못한 채 세계와 맞서게 된 조숙한 소년의 미래를 과연 낙관할 수 있을까.

전후 한국 사회의 역사적 특수성은 지나친 적대와 죄의식을 요구한다. 그것이 야기하는 고통에 대응하는 인물들은 너무 이르거나 너무 늦게 죄의식을 느끼고, 혹은 너무 긴 시간을 죄의식에 시달린다. 이처럼 죄의식으로 도착(倒錯)된 전상국의 가족 소설은 아버지가 부재하는 아들딸들이 저마다의 방식으로 가부장적 부성과 모성을 이어받거나 거부하는 방식으로 성장하는 이야기들이다. 죄의식의 발현과 수용은 사회의 일원으로 승인받기 위해 도덕적 규범을 내면화하는 통과의례이기도 하다. 그러나 그 죄의식이 불합리한 외적 압력에 의한 것인 한 이들의 성장은 기형적일 수밖에 없을 것이다. 물론 이 세계의 도덕을 수용한다고 해서 그것을 정상적인 성장이라 할 수도 없다. 그런 이유로 전상국은 이들의 고통을 서둘러 봉합하거나 치유하기보다는 섬세하고 예리한 시선으로 그 너머에 존재하는 고통의 본질을 응시한다. 이념 대립이 낳은 맹목적이고 막연한 적대감과 가족을 지키려는 어머니들의 악의 없는 맹신, 미성숙한 소년의 순진무구한 악행은 무엇이 다른가. 대답은 간

단하다. 원인과 이유를 망각한 맹목적 행위는 그것이 악한 것
인지 알지 못한 채 행하는 소년의 순진함과 다르지 않고, 그러
한 행위는 명백한 악한의 죄만큼이나 무섭다. 또한 그 행위가
어떻게 악행이 되는지 이해하지 못해도 효과를 발휘한다는 데
문제의 복잡성과 심각성이 있다. 전상국은 그러한 가족 이데올
로기의 진실을 자신만의 고유한 가족 소설을 통해 보여주고 있
다. 그리고 그 진실은 지금 우리의 현실과도 그리 멀리 떨어져
있지 않은 듯하다.

「여름의 껍질」「추억의 눈」 두 편의 중편소설과 「우리들의
날개」 등 다섯 편의 단편소설을 한데 모아 중단편소설 전집 5
『우리들의 날개』를 묶는다.

1980년, 샤머니즘에 얽매인 한 집안의 비극적인 상황을 절실
하게 파헤쳤다는 평가 속에 「우리들의 날개」로 제14회 동인문
학상을 수상한다. 이 작품이 「달평 씨의 두번째 죽음」과 함께
MBC 베스트셀러극장 등에 방영되면서 원작 소설에 대한 세간
의 관심을 받는다. 이는 작가가 이제까지의 분단 관련 작품들
이나 이 시대 잘못 쓰이는 힘 등 사회 비리의 구조적 모순 보여
주기에서의 엄숙주의, 그 강박의 톤을 다소 벗어나 인간 인성
문제를 다룬 데 대한 관심이었을 것이다.

함께 묶은 단편 「좁은 길」「악의 사슬」「그늘 무늬」 등 역시
그 제목이 시사하듯 인간의 원초적 죄의식과 훼손된 인간관계
의 도덕성 회복 및 반성 모드를 서사로 그려내는 일에서 글쓰

기의 또 다른 즐거움을 찾은 작품들이다.

그러나 1980년 같은 해에 쓴 중편소설 「추억의 눈」과 「여름의 껍질」은 6·25 전쟁으로 인한 분단의 상흔이 오늘 우리들의 삶을 얼마큼 비참하게 일그러뜨려놓았는가 하는 물음이 이전의 그것보다 더 절실하다. 덧붙여 유년의 역사 체험과 각인된 기억을 작품 모티브로 하여 오늘의 참담한 현실을 극복하기 위한 대안으로서의 자기 정화 메시지까지 생각한다.

그리하여 두 중편 모두 상처 치유로서의 이해와 사랑이란 널리 내걸린 진리 구현을 위해 작위가 지나치다는 지적을 감수하면서까지 서사의 결말 반전으로 감동을 유도한다. 어쩌면 이것은 이제까지 무엇을 보여줄 것인가 하는 그 무엇의 마음 짐짐함, 그 무거움으로부터 독자를 풀어주기 위한 글쓰기 전략쯤으로 생각해도 좋을 것이다.

특히 「여름의 껍질」을 쓰던 그 여름을 잊을 수 없다. 어느 작품이나 다 그러했겠지만 이 작품을 쓰는 동안 이것이 어쩌면 내가 쓰는 마지막 작품, 내 대표작이 될 수 있다는 그런 절실함으로 작중인물들과의 동일화, 그 심적 메커니즘으로 신명을 냈다. 42년 전 쓴 작품을 새로이 읽는 감회가 그리 나쁘지 않았다는 뜻이기도 하다.

오래전에 쓴 작품을 읽으면서 새삼 확인한 사실 하나는 작품 여러 곳에 집단성폭행 이야기가 나온다는 것. 섬뜩하다. 이것은 인간이 행하는 가해 행위 중 신체적, 정신적으로 가장 악랄

하고 비인간적인 것이 성폭력일 텐데, 특히 권력 집단의 횡포에 대한 인식이 내 작품의 주조이며 집단성폭력은 그 메타포였다는 뜻으로 이해되길 바란다.

어제도 식당에서 마스크를 쓰지 않았다는 지적을 받았다. 이 시대 마스크 쓰기의 강요는 소가 오가는 중에 농작물이나 풀을 먹지 못하게 소 주둥이에 씌우던 부리망을 생각하게 한다. 지금 우리에게 씌워진 부리망, 그동안 우리가 말과 글을 너무 헤프게 썼지 않나 하는 각성과 함께 작금의 정치판 그 꾼들의 한심한 언사에 오염되지 말라는 경고만 같다.

전집을 묶기 위한 작품 정리 작업이 내 문학의 길, 그 초심과 만나는 일과 다르지 않다. 강출판사에 거듭 고마움을 전한다.

2022년 여름, 금병산 자락에서
전상국

1940년 3월 12일(음) 강원도 홍천군 내촌면 물걸리 1102번지
에서 부 전석주, 모 박춘봉의 장남으로 출생(정선전씨
석릉군파 47세손).

1946년 홍천읍으로 이사.

1950~1953년 홍천국민학교 4학년 때 6·25 전쟁이 일어나 고
향 마을 동창국민학교 졸업(10회).

1954년 홍천중학교 입학. 읍내에서 처음으로 서점 발견, 생애
최초로 교과서가 아닌, 탐정소설 따위의 책을 서점에
서 읽기 시작.

1957년 홍천중학교 졸업(6회). 춘천고등학교 입학. 1학년 때
담임이 시인 이희철 선생으로 2학년 때 문예반에 들어
간 결정적 계기.

1958년 춘천 지역 문예반 학생 중심의 '예맥문학회'를 만들어
문학적 방종에 탐닉.

1959년 최초로 쓴 소설 「산에 오른 아이」가 제6회 학원문학상

에 3위 입상. 「황혼기」가 강원일보 신춘학생문예에 당선 없는 가작 1석 입상, 작품이 신문에 연재됨.

1960년 경희대학교 문리과대학 국어국문학과에 문예장학생으로 입학. 처음 사 신은 구두를 신고 4·19 시위에 참가, 발뒤축에 상처를 입다.

1962년 경희대학교 제6회 문화상 수상, 장학 혜택.

1963년 조선일보 신춘문예에 단편소설 「동행(同行)」 당선. 12월 31일자 대학 졸업. 경희대학교 제7회 문화상 수상.

1964년 원주 육민관고등학교 국어교사로 부임. 단편 「광망」 (『현대문학』 2월호) 발표.

1966년 춘천중학교 국어교사로 부임. 단편 「해바라기 시계」 (『문학춘추』 1월호) 발표.

1967년 10월 9일. 김옥자와 결혼.

1968년 10월 24일. 큰딸 소영 출생.

1970년 7월 22일. 아들 경구 출생.

1972년 3월. 은사 조병화 선생의 부름으로 서울 경희고등학교 국어교사로 부임.

1973년 3월 1일. 작은딸 소옥 출생.

1974년 서울 상봉동 105-37 자택에서 작가 조선작을 만나 새로이 글쓰기를 시도, 그 첫 작품 「전야」를 『창작과비평』 가을호에 발표하면서 재등단.
춘천의 소설 동인 모임 '예맥동인'에 참가. 작가 유재용과 면목동 그의 문방구에서 처음 만남.

1975년 단편 「할아버지 묻힌 날」(『현대문학』 2월호), 「소인의

나들이」(『세대』 2월호), 「돼지새끼들의 울음」(『현대문
학』 9월호), 「육아일기」(『예맥문학』 1집) 발표.

1976년 단편 「악동시절」(『현대문학』 3월호), 「껍데기 벗기」(『월
간문학』 9월호), 「사형」(『현대문학』 12월호) 발표.

1977년 단편 「맥」(『현대문학』 3월호), 「바람난 마을」(『뿌리깊은
나무』 3월호), 「바다 재우기」(『월간문학』 7월호), 「여름
손님」(『현대문학』 10월호) 발표.

단편 「사형」과 「껍데기 벗기」로 제22회 현대문학상 수상.

첫 작품집 『바람난 마을』(창작문화사) 출간.

1978년 단편 「침묵의 눈」(『한국문학』 2월호), 「산울림」(『뿌리깊
은나무』 5월호), 「고려장」(『현대문학』 6월호), 「안개의
눈」(『문예중앙』 여름호), 「망각의 집」(『주간조선』 7월 10
일), 중편 「물걸리 패사」(『소설문예』 2월호), 「하늘 아
래 그 자리」(『문학과지성』 겨울호) 발표.

'작단' 동인 활동을 시작함.

1979년 단편 「초혼」(『월간문학』 1월호), 「수렁 속의 꽃불」(『한
국문학』 3월호), 「잊고 사는 세월」(『현대문학』 4월호),
「그 먼길 어디쯤」(『작단』 1집), 「우리들의 날개」(『작단』
2집), 「진화설」(『문학사상』 6월호), 「암코양이의 식성」
(『월간중앙』 4월호), 「겨울의 출구」(『창작과비평』 가을
호), 「실반지」(『현대문학』 12월호), 중편 「아베의 가족」
(『한국문학』 10월호), 「외등」(『문예중앙』 겨울호), 「공터
사람들」(『신동아』 9월호) 등 한 해에 단편 9편과 중편 3
편 발표.

「아베의 가족」으로 제6회 한국문학작가상 수상.

작품집 『하늘 아래 그 자리』(문학과지성사) 출간.

1980년　단편 「우상의 눈물」(『세계의문학』 봄호), 「이것은 기분
　　　　문제가 아니다」(『작단』 3집), 「어떤 이별」(『소설문학』 8
　　　　월호), 「달평씨의 두번째 죽음」(『한국문학』 9월호), 중
　　　　편 「여름의 껍질」(『문예중앙』 여름호), 「추억의 눈」(『문
　　　　학사상』 12월호) 발표.

　　　　「아베의 가족」으로 대한민국문학상 자유문학부문 수
　　　　상, 「우리들의 날개」로 제14회 동인문학상 수상.

　　　　작품집 『아베의 가족』(은애), 『우상의 눈물』(민음사 오
　　　　늘의작가총서) 출간.

1981년　중편 「외딴길」(『문학사상』 5월호) 발표.

　　　　콩트집 『식인의 나라』(소설문학사), 작품집 『우리들의
　　　　날개』(동서문화사) 출간.

1982년　장편 『길』의 연작 중편 「출향」(『문예중앙』 봄호), 단
　　　　편 「술래 눈뜨다」(『현대문학』 3월호), 「이산」(『세계의문
　　　　학』 봄호), 「좁은 길」(『문학사상』 9월호) 발표. 장편소설
　　　　『불타는 산』 연재(『경향신문』 1982. 3. 15~1983. 3. 30).

　　　　경희대학교 대학원 국어국문학과에 입학.

1983년　단편 「이류 속에서」(『한국문학』 8월호) 발표.

　　　　장편소설 『불타는 산』(고려원) 출간.

　　　　전업작가를 꿈꾸면서 중화동 28-11에서 중화동 286-7
　　　　로 집을 옮김.

1984년　중편 「허허벌판」(『문학사상』 3월호), 「산 넘어 강」(『현

대문학』9월호), 단편「관심」(『한국문학』12월호) 발표.

경희호텔경영전문대학에 출강.

1985년 단편「악의 사슬」(『말과 삶과 자유』, 문학과지성사), 「그
늘무늬」(『문학사상』9월호), 「왜」(『현대문학』10월호),
「술법의 손」(『동서문학』11월호) 발표.

장편소설『길』(정음사) 출간.

국립 강원대학교 인문대학 국문학과 교수로 발령이 나
면서 서울 탈출.

1986년 중편「음지의 눈」(『소설문학』4월호), 「형벌의 집」(『문
학정신』10월호), 단편「먹이그늘」(『현대문학』8월호),
「송충이의 칩거」(『강대신문』3월 14일) 발표.

1987년 중편「썩지 아니할 씨」(『문학사상』2월호), 「지빠귀 둥
지 속의 뻐꾸기」(『문학사상』12월호), 단편「퇴장」(『한
국문학』4월호), 「밀정」(『문예중앙』봄호) 발표.

작품집『형벌의 집』(한겨레) 출간.

1988년 단편「잃어버린 잠」(『현대문학』3월호), 중편「투석」
(『현대문학』11월호) 발표.

「투석」으로 제4회 윤동주문학상 수상.

1989년 중편「사이코 시대」(『동서문학』11월호) 발표.

작품집『지빠귀 둥지 속의 뻐꾸기』(세계사) 출간.

1990년 중편「시인의 겨울」을 연재.

「사이코 시대」로 제1회 김유정문학상 수상. 강원도 문
화상 수상.

1991년 『문학사상』(1989년 10월호~1991년 4월호)에 연재한 소설

창작교실『당신도 소설을 쓸 수 있다』(문학사상사) 출간.

1992년 중편「거울의 알리바이」(『문학사상』 9월호) 발표.

콩트집『장난 전화 거는 남자를 골려준 남자』(판) 출간.

1993년 장편소설『裕貞의 사랑』(고려원) 출간.

1994년 콩트집『우리 시대의 온달』(작가정신), 작가연구『김유
정』(단국대출판부) 출간.

1995년 한국대표작가선집『투석』(신원문화사) 출간.

1996년 중편「개미거미들의 화음」(『문예중앙』 봄호), 중편「시
인의 겨울」(『작가세계』 봄호) 발표.

작품집『사이코』(세계사), 테마소설집『애비』(열림원)
출간.

『사이코』로 제33회 한국문학상 수상.

1997년 중편「너브내 아라리」(『21세기문학』 가을호) 발표.

1999년 중편「실종」(『문학과의식』 봄호) 발표.

2000년 「실종」으로 제8회 후광문학상 수상.

첫 수필집『우리가 보는 마지막 풍경』(북스힐), 회갑기
념문집『세미나와 재미나』(북스힐) 출간.

2001년 중편「한주당, 유권자성향분석사례」(『문예중앙』 봄호),
단편「이미지로 간다」(웹진『인스워즈』 5월호) 발표.

『아베의 가족』 스페인어로 번역, 페루 리마 PUCP 출
판사에서 출간.

2002년 단편「플라나리아」(『동서문학』 봄호),「온 생애의 한순
간」(『현대시』 6월호) 발표.

김유정문학촌 개관과 함께 초대 촌장을 맡음.

2003년 단편「소양강 처녀」(『문학수첩』 여름호) 발표.

「플라나리아」로 제27회 이상문학상 특별상 수상.

2004년 단편「물매화 사랑」(『문학사상』 10월호) 발표.

「플라나리아」로 제8회 현대불교문학상 수상.

'아베의 가족'이란 이름의 개인 서재를 춘천 석사동에 마련.

경희문인회 회장.

2005년 강원대학교 정년 퇴임. 황조근정훈장 수훈. 남북작가 대회 참가(평양).

작품집『온 생애의 한순간』(문학과지성사), 문학 이야기『물은 스스로 길을 낸다』(이룸), 산문집『길 위에서 만난 사람들』(이치) 출간.

2006년 단편「꾀꼬리 편지」(『세계의문학』 겨울호) 발표.

강원대학교 명예교수.

2007년 김유정탄생100주년기념사업회 추진위원장.

2008년 중편「지뢰밭」(『창작과비평』 봄호) 발표.

『아베의 가족』 독일어로 번역, 독일 페퍼코른 출판사에서 출간.

경희대학교 객원교수.

2009년 중편「남이섬」(『문학과사회』 봄호) 발표.

단편「춘심이 발동하야」(『계간문예』 겨울호) 발표.

황순원기념사업회 초대 회장. 김유정기념사업회 이사장.

2010년 단편「드라마게임」 (『세계의 문학』 여름호) 발표.

2011년 작품집『남이섬』(민음사) 출간.

2013년 춘천시 신동면 풍류1길 84-7(증리 562-6) 문학의 집 '동행'에 입주.

2014년 제8회 동곡문화상 수상. 제27회 경희문학상 수상.

바이링궐 에디션 『Ahbe's Family』(아시아), 『전상국의 춘천 산 이야기』(조선뉴스프레스) 출간.

2015년 단편 「집을 떠나 집에 가다」(『문예중앙』 여름호), 「가을하다」(『대산문화』 여름호) 발표.

이병주국제문학상 수상.

2016년 단편 「어디에도 없고 어딘가에 있는」(『현대문학』 1월호) 발표.

단편 「봄봄하다」(『대산문화』 봄호) 발표.

2017년 단편 「오래된 나무는 나무가 아니다」(『월간태백』 3월호), 「춘천아리랑」(김유정학술발표지 2017) 발표.

산문집 『춘천 사는 이야기』(연인M&B) 출간.

2018년 중편 「굿」(『문학의오늘』 여름호) 발표.

대한민국예술원 회원. 보관문화훈장 수훈.

2019년 전상국 중단편소설 전집 1 『동행』(강) 출간.

2020년 에세이 『작가의 뜰』(샘터) 출간.

전상국 중단편소설 전집 2 『하늘 아래 그 자리』(강) 출간.

2021년 단편 「저녁노을」(『문학사상』 6월호) 발표.

춘천 신동면 금병산예술촌에 '전상국 문학의 뜰' 개관.

전상국 중단편소설 전집 3 『아베의 가족』(강) 출간.

2022년 전상국 중단편소설 전집 4 『우상의 눈물』(강) 출간.

전상국 중단편소설 전집 5 『우리들의 날개』(강) 출간.

전상국 중단편소설 전집 5

우리들의 날개

© 전상국

1판 1쇄 발행		2022년 7월 25일

지은이		전상국
펴낸이		정홍수
편집		김현숙 이명주
펴낸곳		(주)도서출판 강
출판등록		2000년 8월 9일(제2000-185호)

주소		서울시 마포구 동교로17안길 21(우 04002)
전화		02-325-9566
팩시밀리		02-325-8486
전자우편		gangpub@hanmail.net

값 18,000원
ISBN 978-89-8218-302-7   04810
　　　978-89-8218-245-7(세트)